妾本庶出

5

目次

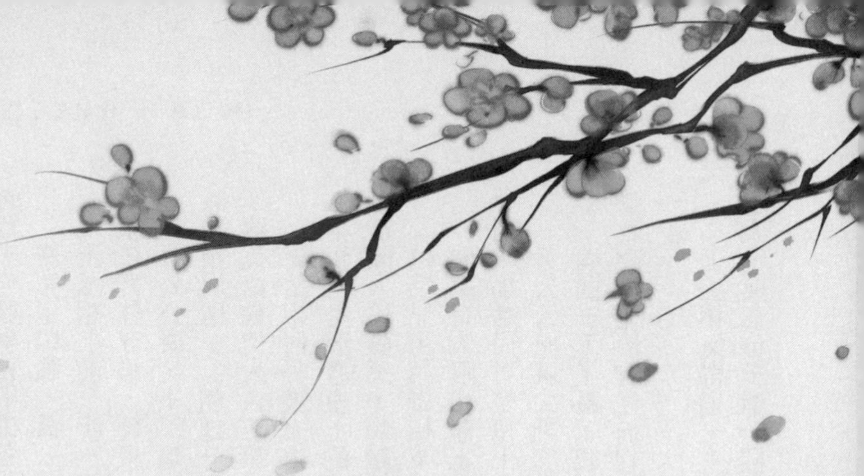

壹之章

伏殺皇子施故技

次日的早朝，建安帝又未出席，黃公公傳皇上口諭，奏摺交給內閣，重要事宜由內閣成員協商處置，一般事務則由各部尚書處置。

傳完了口諭，黃公公便一掃拂塵，打算回內宮。

王丞相上前一步，憂心忡忡地道：「不知皇上的龍體如何了，若是皇上不便接見臣等，那麼臣等願在宮外守候，待皇上龍體適宜之時再行覲見，實在是有些政務須得稟報皇上方能定奪。」

黃公公要笑不笑地道：「王丞相此言差矣，皇上既然如此信任爾等內閣重臣，幾位大人應當就該殫精竭慮，為朝廷分憂，為皇上分憂才是。皇上只是偶感風寒，一來需要靜養，二來也是不想過了病氣給幾位大人，皇上一片體恤之意，大人們如何不知？」

王丞相何時被人這樣嗆過聲，當下便沉下一張臉，眼眸中陰鷙密布，拱起雙手，朝北邊一揖，「本相自是感激皇上的體恤，可是本相卻擔心，皇上龍體微恙，本不至於不能召見臣子，卻被你們這群閹人給蠱惑，想趁機假傳聖旨，惑亂朝綱。」

這話兒可說得極重，黃公公當即氣得白了臉，手中的拂塵抖得跟風中的枯草一般。

偏還有人附和著王丞相的話道：「可不是，至少也當讓我們到太安殿外聽一聽聖音，好分辨一下剛才那話兒可是皇上自己的意思。」

黃公公原就尖細的嗓音更加尖銳刺耳：「你們這是什麼意思？想逼宮嗎？」

場面一下子亂了起來，仁王明子信和賢王明子期、莊郡王明子恆忙上前勸解，他們三人只是上朝聽政，並沒有任何官職，拿不準是否有重要的政務要稟報給父皇，只得兩邊順毛摸，請他們各退一步。

王丞相氣得鬍子直翹，將戰火燒到定遠侯身上，「侯爺怎麼說？皇上怕人打擾，不如就由你我二人，與三位王爺一同入宮覲見，如何？」

侯爺微蹙眉頭道：「皇上也不過三日未早朝而已，還不需要如此吧？」

王丞相冷哼一聲：「皇上可是勤政之君，曾經拖著病體還徹夜批閱奏摺，何曾會因一點小風寒便罷朝？我覺得就是這起子閹人在這裡混淆視聽！」

頓時便有官員附和，卻也有人支持定遠侯，而黃公公則擺出一副死豬不怕開水燙的架勢，就是不讓步，縱使王丞相心頭有怒火燎原，卻也不敢真的直闖禁門，只得不斷拿言語相激，雙方頓時展開了開口水戰，幾位王爺則在一旁勸得口乾舌燥。

太和殿內正吵得不可開交之際，忽聽到太監尖細地唱喏聲：「皇上駕到！」

文武百官忙依次列隊，跪倒在地，山呼萬歲。

建安帝由一名太監扶著走上臺階，到龍椅上慢慢坐下，似乎心有餘怒，卻不曾叫眾人平身。有膽大包天之人偷眼看去，只見黃公公正幫皇上擦著額頭上的汗水……

過得片刻，才聽到建安帝道：「平身。」一聲音沙啞，似是咳嗽所致。

眾官謝了恩，恭敬肅立，悄悄抬眸看去，皇上顯得體力不支，精神不大好，但氣色並不差，臉上還有一點淡淡的紅暈，而非毫無血色的蒼白。

建安帝冷哼了一聲，緩緩開口道：「不是要見朕？有何要事還不快說？」

哪裡每天都會有非得皇上親自批示的要事？眾人一縮脖子，不由看向王丞相。

王丞相到底是在朝中打滾多年之人，當下便端出一臉欣喜若狂的表情，只差沒有喜極而泣了，「臣只是擔憂皇上的龍體，恨不能親自到龍榻前侍疾，才會口不擇言。方才言語間多有衝撞，還請皇上恕罪。」

人家認了錯，建安帝也不欲多加追究，反而還和顏悅色地道：「丞相一片赤膽忠心，朕最是清楚，丞相只需將政務處理妥當，免了朕的後顧之憂，朕便欣慰了。」

又說了幾句安撫的話，黃公公在一旁小聲提醒：「皇上，該服藥了。」

建安帝還未說話，眾臣便呼啦啦跪倒，言辭懇切地請皇上回宮休息，保重龍體。

待龍輦走遠，眾臣才從地上爬起來，往宮外走去。

劉御史很是看不慣王丞相的囂張，這會子走到王丞相附近，嘲笑道：「王丞相的忠心真是令人欽佩啊，不單勞心勞力處理朝政，還要學著孝子到榻前侍疾！」

王丞相被諷刺得臉色一僵，重重冷哼了一聲，抬腳便快步走了。

要說當朝兩位御史，劉御史的人緣遠沒周御史好，就是因為劉御史太不會說話。這話兒的確是諷刺王丞相沒錯，可是聽在幾位王爺的耳朵裡也格外不舒坦，他們幾個當兒子的，剛才沒提在榻前侍疾的話，是不是要被劉御史嘲諷為不孝？

其他的官員搖了搖頭，走開幾步，盡量離劉御史遠一點。

成王是個酒肉王爺，一雙眼睛下有著重重因酒色過度而起的黑眼圈及眼袋。他平素是個渾渾噩噩的人，今天倒是邊走邊蹙眉，一副若有所思的模樣。

燕王平素就瞧成王不起，路過他身邊時，見到他似乎在想著什麼，不由得嗤笑道：「這還沒出宮呢，你就開始想你新買的小清倌了？」

成王瞪了燕王一眼，原不想理燕王，只是心中猜測的事兒令他心癢難耐，非要找個人說道說道才好，便將燕王拉到路旁，小聲嘀咕道：「你剛才注意了沒，皇上臉上的膚色與脖子和手上的不一樣。」

燕王仔細回憶一下，似乎是這樣，只是他沒好氣地道：「那又如何？」

成王很肯定地點頭，「皇上肯定擦了婦人用的胭脂。」

燕王被他嚇了一跳，恨不得卡住他的脖子，當下左右瞧瞧，低喝道：「這話是能混說的？你膽子漸長啊，居然敢編派起皇上來了！」

成王卻梗著脖子道：「女人我見得多了，老遠就能看出來！」

燕王再不想跟他說話，踹他一腳，揚長而去。

成王不過是個閒散王爺，自不敢回贈燕王一腳，恨恨地啐了一口，一扭頭，看見安王似笑非笑地看著他，忙端著王爺的譜走了。

安王回到府中後，依舊直接拐到西角門，乘了輛不起眼的青色小轎去老地方。

在宅子的正堂裡，早有幾名謀士在等著安王了。

一人遞上一卷細細的紙條，展開來一閱，安王得意又鄙視地一笑，「夜御二女，他還真當自己是二十出頭的小子了！」

一名謀士笑道：「是那香料中原本就有些媚藥的成分，主公真是高瞻遠矚啊，二十年前得的香料，一直留至今時才用。」

另一人道：「看來皇上的病是千真萬確的了。」

安王點了點頭，「今日看來是不假。」

原本他還在擔心建安帝的氣色太好，偏巧聽到成王的那番話……成王那個傢伙，別的本事沒有，對女人倒是很熟，他若說皇上抹了胭脂，應當就不會錯。剛好自己也注意到了幾個細節，與皇上平時的習慣不符，現在想來，似乎是支撐不住的樣子。

想到這兒，安王笑得更是開懷，「不過還是要謹慎，愈是靠近成功，愈是要小心，萬不可大意！還有，他這病藥石罔顧，拖不了多久，我們必須加快布署計畫，必須搶在他人前面出奇制勝！」

眾謀士都恭謹地應是，安王又問：「秦公公怎麼沒傳消息出來？姓胡的到底怎麼樣了？」

一名謀士道：「皇上昨晚要夜審胡老闆，不過身子撐不住，卑職在宮外，看到赫雲連城和賢王等人出了宮，姓胡的應當暫時還未說出什麼來，至於秦公公的確是沒傳出消息來，不過現在皇上龍體沉痾不適，又不想讓人知曉，應當是封鎖了宮門，秦公公傳不出消息來也是正常。」

安王沉吟片刻道：「這張字條能傳出來，秦公公為何傳不出消息來？還是要著人打聽一下。」

一旁便有人應了。

待到夜間，到宮中去聯絡的人始終找不到秦公公，忽然覺得有些不對勁，忙傳了訊兒進安王府。安王再次乘小轎來到這處宅子，關起門來，與謀士們商議。

安王蹙著眉問：「怎麼會完全聯繫不到人？」

那人稟報：「就連平時傳消息的小蘇子公公也沒找到。」

安王猛地站起身，在正堂之中來回踱步，眉頭蹙得死緊，猛地頓住身形，伸指在空中虛點幾下，「很可能上當了，那隻老狐狸可能根本就沒有中毒！」

一名謀士思索了許久，緩緩搖首道：「應當不可能。依屬下的猜測，可能是皇上很快發覺自己是中了毒，恰巧秦公公昨夜去地牢中處置姓胡的時被人發覺，或許已經被擒，因為皇上想將計就計。」

另一人也道：「是啊，皇上中毒已有幾日，秦公公是昨晚才行動的，之前他一直極得皇上信任，不可能會在此之前被發覺。」

安王迅速思量一番，下達一連串的指令：「你們立即找些人到城中四處散播消息，就說皇上病重，幾位皇子不思在榻前盡孝侍疾，卻急著爭權奪勢。」

一人忙問道：「不知主公可否明示用意？」

安王道：「要逼他們這幾個人為了保全名聲，到相國寺去做法事，為皇上祈福。」

這些人都是跟在安王身邊許多年的親信，一聽便明白了，相國寺是他們布署了多年的祕密基地，若在那裡行事，可謂是萬無一失。

有謀士讚道：「主公此計甚妙。皇上重病，當皇子怎能無所表示？只要誘使幾位王爺聚集在相國寺內，若是有個什麼閃失，也是他們自找的。天災人禍，怨不得旁人。如此一來，縱使皇上那隻老狐狸是在裝病，痛失數子，不病也得病了。」

安王得意地笑了笑，「這事兒不能算是天災人禍，你們別忘了，還有一個當送親大使去了。」

一人沉吟道：「由我帶人去將其暗殺了？」

安王呵呵一笑，「怎麼就不能是他私自回京，策劃了誅殺手足的大陰謀呢？」

眾人立即作恍然大悟狀，全都翹起大拇指道：「高！主公實在是高！」

安王得意了片刻，神情一斂，憤恨地道：「我這也是被逼的！明瀧這老賊，當年用卑鄙的手段奪得帝位，我苦於找不出證據，不得不屈居其下二十餘載，如今，不過是找他拿回原本就屬於我的江山而已！」旋即又極嚴肅地道：「皇子們出行，按制最多只能帶五百御林軍保護，你們能調動多少人？」

一人道：「我手下有一千人，主公不是還拉攏了一人？他手中有五萬精兵。」

安王搖了搖頭，「軍士至少在三十里之外，調動起來太過顯眼，若是軍隊動了，京中的禁軍就會動。不是說南山大營有五千人在操練？想法子調那裡的人。」

有人便提議道：「為防萬一，還是要調開定遠侯父子才好。」

❖ ❖ ❖

赫雲連城到禁軍大營裡轉了一圈，才回到府中。

郁心蘭正趴在純羊毛的花紋地毯上逗兒女玩，赫雲連城見狀笑道：「妳也想學他們爬行嗎？」說著抱起了女兒，伸出左手食指給兒子抓著玩。

郁心蘭細瞧了他幾眼，問道：「你的左手怎麼了？」

赫雲連城微微一滯，不由得抿了抿唇道：「沒什麼，一點小傷。」

郁心蘭立即翻身坐起，去扯他的衣袖，一邊問道：「好端端的，怎麼會受傷？」

赫雲連城推開她的手，做了個噤聲的手勢，壓低聲音道：「後來我又入宮了，抓到了秦公公……傷不重，劃破一點皮。」說到這兒，蹙了蹙眉頭。

郁心蘭堅持要看，確認的確不重，而且也包裹妥當了，才放下心來，好奇地問：「秦公公可供出什麼沒？」

赫雲連城的眉頭擰得更緊，搖了搖頭道：「他是個嘴硬的，什麼都不說，反而還說了些皇上的壞話，幸虧當時地牢裡只有幾名劍龍衛在。」

郁心蘭聽得心一跳，「難道是什麼祕密？你聽到了會不會有關係？」

赫雲連城低頭摸著女兒柔軟的頭髮，好一陣子沒有言語。郁心蘭的心跳得更慌了，莫不是這秦公公說了什麼關於皇上的醜聞？那可就糟了，世上最保險的保密方式就是殺人滅口，皇上不會……

她忙挪到連城身邊，將唇湊到他耳朵邊，小聲道：「快告訴我，若是皇上敢殺你，我就讓全天下的人知道。」

赫雲連城不覺失笑，心裡卻是軟軟的、暖暖的，騰出一隻手來摟住她道：「沒這麼嚴重，其實秦公公說的這些，在皇上被冊立為太子之初就有人妄議過，只是現在無人敢再提及了而已。」

郁心蘭的心越發癢了，推了他好幾下，赫雲連城才不得不說道：「就是說，皇上的太子之位來得不明不白……聽說，當初先帝冊封了太子之後便一病不起，事實上，皇上自冊立為太子之日起就總攬了朝政。」

郁心蘭「哦」了一聲，沒任何特別的表示，赫雲連城不由得問道：「妳不覺得奇怪？」

有什麼好奇怪的，中國歷史上下五千年，這類的事太多了，就算先帝是被皇上殺死的都不稀奇！

郁心蘭在心裡嘀咕，嘴裡卻說：「跟我又沒關係，我要奇怪幹什麼？」

轉眸見他的眼中有些紅血絲，想到他一夜未睡，忙讓他進內室休息。

赫雲連城順從地進去休息，還沒來得及合眼，陳社便忙忙地來到靜思園，站在門檻外回話道：「請大爺立即去前書房，侯爺有要事相商。」

赫雲連城忙披衣出去，直到晚間才返回，見到郁心蘭便道：「大食國進犯我玥國邊境，聽說帶兵的是他們的兵馬大元帥，內閣和兵部一同商定，要求父親親自帶兵出征。」

郁心蘭怔了怔，「大食國很強嗎？」

赫雲連城道：「蠻荒之地，不過民風剽悍。」頓了頓又解釋道：「大食國與西疆接壤，快馬也要七、八天才能送軍報入京，也就是說，戰事其實已經開始了至少八天了，所以兵部要求父親明日就點齊二十萬大軍西征。」

第二天一大清早，一家人都到前院正堂為侯爺送行。定遠侯一身鎧甲飛身上馬，威風凜凜地遠去。長公主幽怨地道：「軍中又不是沒有能人，為什麼非要侯爺出征？他都一把年紀了。」

郁心蘭和岑柔留在宜靜居中，溫言軟語地勸了許久，才讓長公主收了淚。

回到靜思園，紫菱跟著郁心蘭進了內室，小聲回話道：「安亦差了人來說，已經尋到錢將軍的住處了。」

錢勁的這處院子，裡外三進，不過面積不大，與一般商戶人家的住宅等同。外宅裡只有幾個守門的小廝，內宅的人倒是多一點，不過都是老婆子，沒有年輕的丫頭。

赫雲連城沒走正門，是帶著郁心蘭從圍牆翻進去的，兩人避著那幾個婆子，在後院轉了一圈，並沒見到任何看起來像「嬌妾」的姑娘，只得又從圍牆翻了出去。

郁心蘭使了店鋪中的一個夥計去敲門，裝作找人，問清這戶人家是姓「武」，而非「錢」。赫雲連城的眸光有些冰冷，官員另置宅子養外室倒不稀奇，可是連戶主都不敢寫自己的名字，就顯然有問題了。

兩人也不急著走，坐在馬車內靜候。

不過兩炷香的時辰，錢勁匆匆地趕來，神情顯得十分焦急，頓也沒頓一下，直接進了正門。赫雲連城立即拉著郁心蘭的手下了車，守門的小廝還想攔著，被他一瞪，懾於他的容光與冷峻，很自覺地縮起脖子，小聲道：「這位爺高姓大名？容小的去通稟主子一聲。」

「赫雲靖。」

那小廝嚇得一個激靈，忙忙地跑進去。不多時，錢勁就急匆匆地迎出來，一張俊臉上驚疑不定，強自撐著兩分鎮定，向赫雲連城拱了拱手，「不知靖兄如何會來此處……」

赫雲連城淡淡地問：「錢賢弟如何會來此處？」

錢勁頓時就緊張又尷尬了，想了好一會兒，也沒編出個好藉口來說明這裡到底是哪裡，一張俊臉憋得通紅。

郁心蘭悄悄拉了拉赫雲連城的衣袖，赫雲連城便道：「不請我們進去坐坐？」

錢勁只好側了身，請這夫妻二人進去。在正廳落坐後，赫雲連城便開門見山地問道：「不知錢賢弟為何要在此置宅子？」

錢勁尷尬地低了頭，郁心蘭覺得自己不方便坐在一旁，便笑問錢勁道：「不知府中可有丫頭婆子，領我去小花園裡逛一逛可好？」

錢勁忙道：「好的。」立即吩咐了人，引著郁心蘭和紫菱等丫頭去後院。

這宅子不大，並沒有整套的花園，只有一處小涼亭、一座小假山、一片花圃，郁心蘭在涼亭裡坐了坐，見四周的花多有掐摘的痕跡，便狀似隨意地笑問道：「府中有女眷嗎？為何不請出來讓我見一見？」

陪伴她的婆子屈膝笑道：「就是將軍大人隨意買的一處宅子，想著偶爾來休息一下，哪裡會有什麼女眷。」

郁心蘭便指著一枝沒幾朵花的枝桿問道：「這是什麼花？」

那婆子暗自蹙眉，臉上還是陪著笑，回話道：「這是杜鵑花，想是奶奶平素沒仔細看過？」

郁心蘭哦了一聲，「我家的杜鵑花都是紅色的，沒見過這樣的。」說罷站起身來，扶著紫菱的手便往屋房處走，「帶我去屋子裡看看，這種顏色的杜鵑花插瓶後好不好看。」

那婆子終於明白問題出在哪裡了，急忙上前攔住，陪著笑道：「還請奶奶見諒，因這宅子裡沒女眷，所以屋子裡亂得很，也沒插瓶，是我們幾個老婆子摘了，壓花汁喝了。」

郁心蘭停了腳步，回眸半真半假地笑道：「難怪覺得妳們幾個年紀雖大，皮膚卻極好，原來時常壓花汁喝呀！」

正說著話兒，小廝帶著錢勁和赫雲連城過來，赫雲連城朝郁心蘭伸出手道：「我們回去吧。」

「該說的話，我都跟錢勁說了，不知他聽進去了沒有。」坐在馬車上，赫雲連城摟著郁心蘭道：「總覺得他今日心神不寧的。」

郁心蘭點頭贊同，「我也覺得。是不是那個女人不肯再跟著他了呀？」

明明今日一早，錢勁才去珍品軒取了首飾，可是屋子裡卻沒有女人，而錢勁又是一臉的焦急，莫非是那女人找到更大的大款傍了？

赫雲連城搖頭嘆息，「我方才也側面問了他，他不願承認。若那女子真是跑了，倒是椿好事。」

郁心蘭哼道：「就怕那女人是別人特意安排給他的，這番逃跑也是故意的，背後有別的目的。」

赫雲連城慢慢地道：「我會盯緊他。」

錢勁的宅子在西城，離定遠侯府頗遠，兩人見天色已然變暗，此時回府也趕不及飯點，索性到聽風水榭用飯。

打聽到江南包下的雅間內沒有人，赫雲連城和郁心蘭便要了那個雅間，點了幾樣招牌菜，打發走了小二，小夫妻倆便坐到欄杆邊的連椅上看銘湖的風景。

此時已經是春暮夏初，接天的碧綠荷葉之間，已經有小小的枝椏長出，隨著微風輕擺。

郁心蘭愜意地將手臂曲在欄杆上，將頭枕在臂上，半瞇著眼道：「江南還真是個會享受的，這個雅間的確不錯。」

正說著，一串腳步聲由遠及近，房門咚咚咚響了三聲，赫雲連城揚聲道：「進來。」

門一推，露出江南那張揚的笑臉，「喲，難得你們倆這麼有閒情逸致！」

赫雲連城忙請他進來，相互見過禮，郁心蘭便笑道：「我們還沒恭喜國舅爺的，淑妃娘娘大喜，想必貴府得了不少賞賜吧？」

江南嘿嘿一笑，「可不是！女人啊，一定要肚子爭氣，之前我妹妹幾個月沒喜訊，可把我父母親給急壞了，四處幫她尋醫問藥，偷偷地送進宮去，好在有用。」

郁心蘭心裡直犯嘀咕，私自偷藏藥品入宮可是重罪，江南就這麼不管不顧地給嚷嚷了出來，也不怕旁人知道了參上一本。

江南似乎聽到了她的腹誹，嘿嘿一笑，「我相信你們兩人，這才說的，別人我不告訴他。」

「先是助孕的藥，服了不下十副，後來又是安胎的香料，說是聞了能生兒子的，估計我妹妹那宮裡，現下都是這種香料味兒呢。」

他還愈說愈上癮了。

三人一同用過晚飯，江南想拉赫雲連城去醉鄉樓看歌舞，說明子期也會去，還向郁心蘭保證：「只聽歌舞，別的什麼也不幹。若是連城兄弟敢多看哪個美豔的舞伎一眼，我就揍他。」

不待郁心蘭表態，赫雲連城還是拒絕了，拉著小妻子坐上了馬車。

待馬車開動後，郁心蘭輕聲道：「我覺得讓賀塵或是黃奇跟著他一下才好……我總覺得，他是想告訴你什麼。」

赫雲連城眸光閃亮地看向她，「妳也這麼覺得？」

郁心蘭微訝，「難道你已讓人跟著他了？」說著挑起了車簾，往外張望，果然沒見到黃奇了。

赫雲連城好整以暇地道：「他說了那麼多藥材香料的事，恐怕是想讓我查一查皇上的病因。」

郁心蘭蹙了下眉道：「皇上病得的確古怪，若真說起來，淑妃害皇上，對她可沒任何好處。別的妃子都已經有了成年的皇子，她可是沒有一點依仗的。她才剛剛二十出頭，這麼年輕，哪會願意孤寡一生？」

赫雲連城淡淡地道：「或許是旁人想除了她也不一定，事後查出來，只有她的宮中有宮外偷送進來的藥材，她是百口莫辯的。」隨即又道：「這些事自有皇后操心，今日咱們去茶樓聽段評書再回府，如何？」

郁心蘭眼睛一亮，「好呀！」

兩人又讓馬車轉向，尋了間高雅的茶樓，坐在裡面聽評書。這一聽，倒是聽到不少茶客在那裡議論，說是幾位皇子沒有孝心，皇上病了，也不見有人主動去侍疾，反倒是拚命在那兒爭權奪勢。

赫雲連城和郁心蘭都不由得皺起眉頭，這分明就是有人在散布謠言，否則普通百姓哪裡敢這樣大聲議論當朝皇子？

回府後，赫雲連城立即請了明子期入府，與他商議如何打壓謠言。

到了第二天，這樣的謠言不但沒消散，反而甚囂塵上。

就連言官也開始指責幾位皇子，將參奏的摺子遞到了王丞相手中。

王丞相作勢發怒道：「那起子刁民蒙昧無知，難道你們也是無知之人嗎？幾位王爺在朝聽政，心中一樣也是關心皇上的，不知你們這些言官到底有沒有腦子，不但不幫著幾位王爺澄清事實，維護皇室的體面與朝廷的尊嚴，反而助長這起子刁民的氣焰！」

這番話說出來後，幾位王爺更加尷尬，言官也寸步不讓地道：「丞相豈不知『防民之口甚於防川』的道理？若要維護皇室的體面和朝廷的尊嚴，須得幾位王爺拿出百姓們看得見的孝心來，到皇上榻前侍疾。」

眼見著又要吵起來，便有幾位叔輩的王爺站出來，為小侄子申冤，「並非他們不願去皇上榻前侍疾，而是皇上想靜養，不願旁人去打擾啊！」

這麼一說，許多官員也贊同，一通議論紛紛後，不知是誰提出的，為皇上辦一場法事祈福，這提議立即被所有官員通過。這時代的人很信這些，天若大旱，皇上也要親自去天壇祭祀，向天求雨。

明子期便道：「那就在白雲寺辦法事吧，一空大師亦是皇族之人，父皇也喜歡去白雲寺。」

最愛拜菩薩的成王道：「若是要祈求皇上龍體康健，最好還是去皇家寺廟相國寺，不要去白雲寺。一空大師以前是皇族之人，但一入空門便六根清淨，這種事還是講不得情面的。」

成王的這一說法，得到了不少人的贊同，其實成王就是以前想在白雲寺做法事，被住持一空大師拒絕過，所以很不想將這麼大的法事交給白雲寺去辦，白白讓白雲寺賺上大把的香油錢。

除了三位皇子，還另外有幾位王爺想參加法事，反正這些王爺多半是沒有實際職責的，王丞相和諸位大臣大大稱讚了一番後，便將事情定了下來。幾位王爺便回府齋戒沐浴，準備三日後到相國寺去舉辦法事。

待赫雲連城回府，郁心蘭聽到他說了今日朝堂上的事後，不由得微哂道：「這就是朝中的大臣？每天只知道提這樣的建議，一點實事也不幹。」

赫雲連城只是笑了笑，今日他有些累，下了朝就去禁軍營辦事，還要悄悄潛入宮中審訊秦公公，然後才又悄悄溜出宮。

郁心蘭見他神情疲憊，便沒多說別的，只道：「我明天想借用賀塵一下，我要陪蓉嫂子去白雲寺進香。」

赫雲連城不由得抬眸瞧她一眼，「妳陪蓉嫂子去？妳何時與她這麼熟稔了？」

郁心蘭笑了笑，「她說是她家鄉的風俗，要個有兒有女的人陪著去求子，才靈驗。」

已經查清楚是赫雲榮要蓉奶奶來約她的，雖然不知赫雲榮到底有什麼打算，但是郁心蘭想，不入虎穴，焉得虎子，還是陪著去一趟，看看他們到底在玩什麼鬼，所以她才向赫雲連城借用賀塵。

赫雲連城也沒多問便同意了，還問要不要黃奇也陪著去。

郁心蘭想了想，「嗯，可以，要他們一明一暗吧。」

赫雲連城的眉頭立即蹙了起來，「有什麼不對嗎？」

郁心蘭輕笑，「沒什麼吧，只要你將你的好侍衛借給我，我就不會有事。」

赫雲連城盯著她看了一會兒，才淡淡一笑，「好，我相信妳的本事。不過，妳也別太輕忽了，明日必然不會早朝，我早些去禁軍營將事務處理完了，去白雲寺接妳。」

正說著，蓉奶奶又來拜訪，赫雲連城跟堂嫂打了一個招呼，就避到書房去了。

郁心蘭讓了座，蓉奶奶捧著茶杯輕啜了一口，才一臉歉意地道：「實在是不好意思，今日我娘家出了點事，明日我得回我娘家一趟，後日和大後日時辰又不大好，我想將進香的日子調到三日後，還請弟妹妳別嫌我麻煩。」

郁心蘭微微一怔，沒想到她會忽然換了時間，這事兒也是提前了幾日相約的，難道是蓉奶奶娘家真的出了事，還是有什麼還沒準備好嗎？只是她是個作陪的，只得道：「沒事兒，就三日後吧。」

蓉奶奶聽她應允，頓時喜不自勝，揀著吉利話兒誇了曜哥兒和悅姐兒幾句，忙忙地回了西府那邊。郁心蘭招手讓紫菱進來，「讓千荷去西府那邊打聽打聽蓉奶奶家出了什麼事……也不必太急，明日上午去問便是。」

過不多時，赫雲連城回了內宅，見蓉奶奶已經走了，便問道：「跟妳敲定明日的時辰嗎？」

「不是，她說明日她娘家有事，要推到三日後再去。」

赫雲連城蹙了蹙眉道：「三日後？三日後幾位王爺要在相國寺做法事，我雖不是御林軍，卻也要坐守在禁軍大營，不能陪妳去了……妳讓她再改個時間。」

郁心蘭聽了這話兒，心中一動，忙靠近他附耳道：「會不會……他們就是不想讓妳陪著我？」

赫雲連城眸光一寒，「難道榮哥還想對妳如何不成？若是這樣，妳就別去了。待在府裡，任他有千條計謀也奈何不了妳。」

坐在府中，當然不會有事，每個院子都有四名侍衛，還怕他來行刺不成？

郁心蘭琢磨著，「別急，待明天到西府那邊問清楚情況再說，這幾日也讓巧兒著意打探了。」

第二日中午，千荷終於從那裡得了些消息，說是蓉奶奶娘家的確是昨夜派了人來，但好像是快宵禁那會兒，在蓉奶奶來尋郁心蘭之後。另外，巧兒有喜了。

郁心蘭一聽，便覺得這其中有些不對勁。巧兒是早就說好了，日後她要以寡婦的身分擇良人另嫁的，所以必然不會懷榮爺的孩子。巧兒說她從青樓弄了個方子……這年代還是有些古怪的方子可以有避孕的功效。

這懷孕之事，要麼是巧兒弄出來的，要麼就是赫雲榮故意放的風……這般一想，郁心蘭便有了主意，讓紫菱從庫房裡取了一支老山參和一串小孩子戴的赤金腳鈴給巧兒送去當賀儀。

紫菱親自跑了一趟西府，巧兒的身邊圍滿了人，她並不好說話，倒是巧兒見到她，一副很傲然很得意的樣子，硬拉著紫菱坐到自己身邊，話裡話外都是炫耀自己是如何得寵。最後，還硬賞給紫菱一支簪子，「這支簪可不比大奶奶賞妳那支差，妳也好換著戴給大奶奶看看。」

紫菱只得勉強笑著接下，謝了賞，忙忙地回了靜思居。

郁心蘭接過那支簪子，仔細打量了一眼，輕笑道：「還真是跟我送妳的那支簪差不多。」郁心蘭特意送過一支鏤空的簪子給紫菱，讓她將地契、銀票什麼的存在簪子裡。

說著，郁心蘭便將簪子扭了幾下，中間果然分開，露出一小截紙卷。展開一閱，郁心蘭便蹙起了眉頭，上面只說赫雲榮昨日回府較晚，一回來便讓蓉奶奶去東府這邊，更多的，巧兒也探聽不到，赫雲榮連蓉奶奶和大老爺都沒告之。

郁心蘭思慮良久，還是決定陪蓉奶奶一同去白雲寺，赫雲榮到底要如何，只有去了才知道。

錢勁這幾日心神不寧，諶華瞧著很不對勁，下了衙便拖錢勁到一旁問：「將軍這是怎麼了？」

錢勁瞧了他一眼，想到榮琳郡主已經失蹤兩天了，或許多個人能幫著找到，這才道：「看守的婆子沒注意，讓榮琳跑了。」

諶華大驚，心下又是極怒，說話的語氣便不大好：「何時的事？你怎麼不早說？」

錢勁蹙了蹙眉頭道：「我是想著，她一介女流又不能說話，總跑不遠……」

諶華什麼話都不說了，立即告辭，將事情通過聯絡人稟報了安王。

安王氣得直拍桌子，立即吩咐手下人到京城中各處去尋。

還是他那遍布京城的打手有本事，很快就在一處小青樓找到了被人強賣去的榮琳郡主。要說榮琳郡主好不容易裝睡麻痹了幾個婆子，趁她們不注意溜出了那所宅子，卻不知如何去安王府。她本就是個足不出戶的千金小姐，出府就是乘車，哪知什麼人心險惡，還大大咧咧地坐到一輛出租馬車上，極闊氣地從頭上拔下一支價值連城的玉簪，讓車夫送她去安王府。也是她倒楣，那車夫是個心術不正的，見她穿得漂亮，卻是個啞巴，就動了歪心思，搶了她的首飾，拖到青樓賣了。好在老鴇見她生得極美，想傾心打造，還沒吃什麼虧。

安王抓到女兒，當即就狠狠搧了她一個耳光，大罵道：「妳不是成天吵著不想嫁給姓許的嗎？父王好心幫妳找了個如意郎君，妳卻不惜福，想害死闔府上下嗎？」

罵完也不管榮琳郡主如何掙扎啞叫，讓人將她關到了小偏院裡。

諶華得了訊兒，放下了一半的心，忙去找錢勁，對錢勁道：「你可知這是要闖大禍的？她都跑外地去了，好在現在被找到了。王爺說了，先讓她休養幾日，再送回京來。」

錢勁一聽說找到了人，當下便鬆了一口氣，忙道：「是我太不謹慎了。」

諶華拍了拍他的肩膀，「她不甘不願的，你自是難防，以後還是要看緊一點。對了，這次我來，也是有要事相商。」說著天花亂墜地說了一通，要錢勁將在南營訓練的五千精兵帶去守住相國寺的山道，美其名曰：「這是為了保護幾位王爺，你只須不讓旁人上山便成。」

錢勁遲疑道：「保護皇室是御林軍的職責，我的兵士也不能隨意調動，要兵符才成。」

諶華笑道：「你在訓練兵士，手中怎會沒有兵符？又不是要進城門，你就當是拉他們去山下訓練的不就成了？況且這是個表現的好機會，說不定入了哪位王爺的眼，日後你必然前途廣闊。」說著又將聲音壓得極低地道：「你恐怕還不知道，侯爺手中兵權過重，皇上已然對侯爺起了疑心，所以這回才一定要求侯爺帶兵親征，而赫雲連城掌著禁軍數萬兵馬，他們父子素來同心，若萬一他們父子真有反意，必然會想捉住王爺們挾持皇上……所以，若是見到赫雲連城前來，將軍千萬要將其擋下。」

錢勁聽得雲山霧罩，「侯爺難道有反意？」

諶華嘆息道：「人在高坐居久了，難免心生異樣。若將軍此番能立下大功，他日便封侯拜相，前途無量啊！」又拍著錢勁的肩膀道：「待將軍功成名就，王爺自然會送榮琳郡主與將軍相見。」

既然錢勁是個容易被女色所迷之人，那就用女色迷他到底吧。

錢勁暈乎乎地回了錢府，錢老將軍見兒子神情異樣，不免要關心幾句，點著他道：「你若是朝政上有什麼拿不準主意的，就同為父說一說，為父多少比你多吃了幾十年米糧，總能幫著分辨分辨。」

錢勁也不是個傻子，諶華那番話聽得有道理，可是反過來一想，為什麼要派兵守在山腳下？難道有御林軍不足夠嗎？還是說，諶華料定相國寺內會發生了什麼事？

愈想愈覺得這種可能性比較大，若真是有事發生，他卻攔著相助的人不讓上去，豈不是成了幫凶？於是，他吞吞吐吐地將自己如何在梁州城與諶華結交，如何想與他一同支持永郡王明子岳，剛剛諶華又說了何事，一一向父親稟明了。

錢老將軍氣得一巴掌拍到兒子的腦門上，「虧你還是個當將軍的人，這點子是非曲直都分不清！若是侯爺有了反意，皇上如何會讓他帶兵出征？這不是將兵符送至他手中，讓他謀反嗎？」

錢勁聽得心中一個激靈，慌忙問道：「那……那麼……相國寺內是不是會出什麼事？」

錢老將軍沉吟片刻後道：「先去找赫雲少將軍，將事情稟明，再來定奪。」畢竟錢老將軍已經掛了官，而且現在皇上根本誰也不見，他們只能找赫雲連城。

❖ ❖ ❖

三天一晃而過，蓉奶奶一大早便使了人過來約郁心蘭，偏是今日皇后亦在宮中召見一批外命婦，長公主和甘氏也在奉詔之列，所以府中的外行馬車用完了。蓉奶奶聽說後便親自過府來，笑道：「弟妹若是不嫌我那邊的馬車小，便乘我們的車吧，只是妳的丫頭們要擠一擠了。」

郁心蘭忙道：「哪裡會嫌小，我有得車坐就成了。至於丫頭，我不喜歡多帶人，就帶李杼去。」

她已經收拾妥當，出門前，李杼又幫她戴上了幃帽。

郁心蘭解釋道：「我怕曬太陽，一曬臉上就會生斑。」

蓉奶奶只笑了笑，「弟妹生了斑也漂亮，只是我坐車有些暈，所以要丫頭在一旁服侍著，就不能陪弟妹坐一輛車了。」

郁心蘭忙道：「不妨事，我與李杼一車好了。」

待兩位奶奶坐入馬車之中，車隊便向城外馳去。剛到朱雀大街這兒，馬車忽然停了下來，蓉奶奶不由得問道：「怎麼了？」有婆子去後面打聽，一會兒來回話：「大奶奶店鋪裡一名夥計暈倒了，家人在店裡鬧事，管事的請大奶奶過去看一看。」

說完這話，李杼便跑上前來，福了福身，歉意地道：「我家奶奶的鋪子出了點事，不過離得不遠，只一條街，去去就會回來。」

蓉奶奶只得道：「要不要我幫忙？」

李杼忙道不用，又跑開了。蓉奶奶便打發了那名婆子跟著去看。那婆子跟到香雪坊的二樓，房間門口圍了一圈兒人，她擠不進去，只聽得郁心蘭溫言安慰那家人，又使人拿出了二十兩銀子給請大夫看診。說完話，便見李杼扶著戴著幃帽的大奶奶出來了。

經這麼一停之後，蓉奶奶便使人跟郁心蘭說：「怕誤了吉時，出了城，咱們行快一點。」

郁心蘭忙表示沒有關係。

車隊出了城門，果然在官道上飛奔起來。眼見白雲山就在跟前了，轉過一道急彎之時，馬車輪子忽地一顫，竟被抖散了，一隻輪子飛得老遠，而不能平衡的馬車自然是往一邊倒去，直直地翻下了山坡。

❖ ❖ ❖

天上的月亮是鮮血一般的血紅色，玥國的江山在血月的映照之下，鮮紅一片，陰森非常。

建安帝「啊」地大叫一聲，自噩夢中驚醒。

黃公和何公公忙躬身進來，站在床腳處輕聲詢問：「皇上可是要起身了？」

建安帝大口大口喘著氣，聽到他們的說話聲，看著床簾外隱約的人影，劇烈的心跳才緩緩平穩下來。

七年前，他做過一個這樣的夢，隨後，他的五位皇子一齊歿了，去年他也曾經做過一個這樣的夢，但那時，皇叔一空大師說，出現了破局之人，應該可以放下心來。而去年一年，他小心提防，也的確是沒有出過事。可是，現在他怎麼又會做這個夢了？

建安帝凝神沉思，雖然布署得倉促一點，但是不像七年前那樣完全沒有徵兆地被人暗算，這一次他已經洞悉了先機。

不會了！一定不會再出現七年前的慘劇了！

扶了扶抽痛的額頭，尖銳的鈍痛讓建安帝微微蹙起了眉頭，隨口問道：「什麼時辰了？」

黃公公輕聲稟道：「回皇上，辰時正了，皇上可是要起身？」

建安帝輕輕點頭，黃公公和何公公忙將簾子用銅鉤掛住，服侍著皇上梳洗更衣，用早膳。待皇上用過早膳，品了茶，黃公公才小聲地道：「赫雲將軍帶著錢大人在偏殿等候召見，皇上您看？」

建安帝微微頷首，「傳。」

❖ ❖ ❖

白雲山下的大域湖景色秀麗，每年的上巳節，京城中的年輕男女就會到白雲山腳、大域湖畔來踏青。大域湖的湖面波瀾不驚，但在湖口處只有一條窄小的溪道洩流，因而水流變得十分湍急。

這條小溪沿著白雲山山麓向大江流去，入山的通道須跨越小溪流經的山澗。實際上，也只有這個急彎處道路有些驚險，急彎的前後都是坦途，只要在此處行駛得慢一點，亦不會出事故。

可是，郁心蘭乘坐的馬車偏偏就在這急彎翻下了山坡，沒滾得兩圈，就直直地墜下山澗，跌入湍急的小溪之中。

這條山澗位於白雲山的兩座高峰之間，說深也不算很深，但兩旁都是岩石，生滿滑膩膩的青苔，山道上又沒有可以借力的大樹，隨行的侍衛和小廝們來不及施手援救，都目瞪口呆地看著馬車車廂滾下山澗，在溪水上沉浮幾下，轉眼不見了蹤影。

聽到這個消息的時候，安王正在走廊下逗鳥兒，聞言神情閒逸，仍舊是從隨侍的太監手中取了鳥食，逐一將走廊上垂掛的鳥籠裡添了食，才淡然地道：「是嗎？真是遺憾啊！這麼重要的事情，有沒有人告訴赫雲將軍？」

那人回道：「侯府的家僕自然會告知的。」

安王點了點頭，「聽說他們鶼鰈情深，赫雲將軍當好好地尋找一番才對。」

那人陪著笑道：「是啊，這樣赫雲連城便沒法子在禁軍大營坐鎮，也省得他去相國寺壞事。」

安王搖頭笑了笑，又問起永郡王：「他在哪裡了？」

那人忙稟報：「他一聽說皇上重病垂危，哪裡還有心思當送親大使？聽說昨日就藉口有女官染疾，讓使團停駐在泯江口，自己悄悄地返回了。按路程上算，此時應當快抵達京城了。」

安王「嗯」了一聲：「引他去相國寺的人安排好了吧？」

「依主公之計，早已安排妥當。」那人想了想又道：「錢勁將軍手下的士兵已經到山腳下了，可是卻沒見到他本人。」

安王瞇了瞇眼，「恐怕是察覺出了什麼，不想牽涉在內！哼，只要他派了人去，就已經跟我們是一條船上的人了，況且榮琳還在我手上，還怕他敢反骨嗎？」

一切都已安排妥當，幾位能與他爭皇位的王爺，不論是同輩還是晚輩，都會在一瞬間化為冤魂，而這樣的陰謀自然是隨後趕到相國寺的永郡王一手策劃的，他早已經安排了死士，可以指證永郡王，絕對令他百口莫辯。

禁軍不能隨意調離京城，而且赫雲連城的妻子還下落不明，他只怕沒有心思管理軍務，會親自去白雲山尋找。白雲山在東郊，而相國寺在南郊，兩地相隔二十餘里，即便聽到相國寺傳送的消息，反應也會慢上一步，只要慢了這一步，也就事成了。

明瀧那個老賊，聽到這樣的消息，恐怕會當場驚得一命嗚呼吧？就算是不死，也恐怕會中風，全身癱瘓。而國不可一日無君……

安王撥著手中的佛珠，面帶微笑，神情安逸地在花園在散步。

一切都按照他的計畫進行著，他只須在王府中聽消息便是了，而他本人自然是離那是非之地愈遠愈好。

思及此，安王唇邊的笑紋更深了。

一串腳步聲由遠及近，安王不悅地蹙眉，回頭看去，只見他親信的一名隨從慌慌張張地跑過來，喘著氣稟道：「王……爺，大事不好……五……姑娘……不見了！」

這位五姑娘，就是榮琳郡主。

安王聞言勃然大怒，啪就是一個耳光搧了過去，「一群廢物，連個女人都看不住，還不快去給我找，挖地三尺也要把她找出來！還有，今日在這府中見過她的下人，一個也不要留！」

那人得了令，立即跑下去辦事，卻是搜遍了王府的後院也沒尋到人。安王怒火中燒，立即派人去查今日有些什麼馬車或者貨車出了府，得到確切消息後，遞了個密函出去。

且說郁心蘭，這會子正一個人樂悠悠地坐在香雪坊的二樓執事房內，劈里啪啦地打著算盤，算自己這個月又有多少進帳。

昨個兒赫雲連城一臉凝重地跟她說，不許她陪蓉奶奶進香，理由自然是怕出事。可是郁心蘭一想，若是人家安了心要生事，只怕防也防不住，至少這回還是知道他們別有用心，若是下回無徵無兆地來一次，自己豈不是要被害？因此，她便說服了赫雲連城，讓她今日出府來。

不過，她也知道，所謂明槍易躲，暗箭難防，萬事還是小心為上，所以才想了一個李代桃僵之計，剛才在香雪坊之中，便讓身高與自己十分相似的李采替代了自己。正好如今也到了四月初，正是夏初，有了些日頭，她戴著長可及地的大幃帽出門，旁人也不會見怪，而且也看不清幃帽下到底是不是她。

算過了帳目，還要等著李杼和李采從白雲寺回來後，她才能回府。郁心蘭百無聊賴地伸了個懶腰，走到窗邊看街景。

忽然，一個小小的人影閃入她的眼簾，轉眼又快速跑過了對面的小巷子，不見了蹤影。

郁心蘭大吃一驚，雖然只是驚鴻一瞥，可是她覺得自己應當沒有看錯，那個女子是榮琳郡主。世上再難找第二個這麼美的人兒……儘管那女子似乎用了些泥土糊在臉上。

郁心蘭想也不想地提起裙襬，往樓下衝，只跟安亦交代了一聲：「我去對面看一看。」

郁心蘭飛速地跟進了那條小巷，順著巷道轉了兩個彎後，便瞧見前面那個一身鵝黃色華美衣裳的女子。女子正背對著她，不住探頭探腦地往一旁的大街上觀望，聽到身後有腳步聲，女子頭也不回地便提裙開跑。

郁心蘭怕追趕不及，喝了一聲：「榮琳！」

前方的女子頓時頓住了身形，忽地轉過身來，不敢相信地瞪著郁心蘭。而郁心蘭更是驚訝得嘴巴都忘了合上。剛剛在二樓窗前看見之時，雖然覺得像是榮琳郡主，卻也覺得自己是想多了，或許是個長得很相似的人，這才特意追出來看一看，哪知竟會是真人。

那張小臉上儘管糊了不少泥巴，卻還是能一眼分辨出絕美的五官來。

花了點時間恍回神，郁心蘭慢慢靠近她，小聲地問：「妳……沒死？這陣子去哪了？」

榮琳郡主的眉頭忽地蹙了一下，搖了搖頭，往後退了一步。她確實是來找郁心蘭的，她不甘心這樣被父親禁錮著，因為禁錮之後，肯定還是會把她當作貨品一般地隨意送人……或許是另外一個男子也不一定。

她自小受到的教育便是烈女不能侍二夫，可是她現在已經侍了二夫了，還是以一個侍妾的身分，那個自幼將她捧在掌心裡的父王，還說是為了她好，甚至不問她在宮中遇到了什麼事，為何會「死」。

她氣憤，她不甘，她怨恨，所以她尋著機會，偷跑了出來。

跑出來之後，她第一想著的就是去找赫雲連城，可是她又怕她像上回那樣，找不著定遠侯府，反而被人賣去青樓。她唯一有印象的幾個地方，就是從安王府出發，去往香雪坊和珍品坊。

香雪坊是郁心蘭的產業，找到了香雪坊，就能找到赫雲連城，這是她的信念。可是，在看到郁心蘭的那一瞬間，她又猶豫了。她知道自己已經是個「死人」，若她真的去告發父王，父王就會以欺君之罪被流放，甚至是被斬首，所以她又猶豫了。

郁心蘭已經離她很近了，自是能發覺出她臉上的猶豫和驚慌，特意放柔了聲音，小聲問：「怎麼了？妳有什麼事，可以告訴我……或者是連城，連城一定會幫妳的。」

聽到赫雲連城的名字，榮琳郡主的眼睛亮了一下，可隨即想到自己未死之事曝光後，自己也會隨著父親入罪，靖哥哥根本幫不了她。

榮琳郡主退後一步，離郁心蘭遠一點，用手做出推拒的動作，不讓她靠近，嘴裡還「啊、啊」地發著氣聲。

郁心蘭大吃一驚，「妳怎麼變成啞巴了？」

這話兒戳到了榮琳郡主的痛處，她立即轉身就跑。郁心蘭不防她有這麼一手，忙又提裙去追。眼見著要追上了，前方憑空出現一個人，深身藏青對襟直莽，巴掌寬的皮革腰帶，竟是一身軍官的裝扮。

郁心蘭一開始只盯著榮琳郡主，發覺她猛然停住，小身子劇烈地抖了起來，這才抬眸，發現了對面之人，不由得驚訝一聲：「諶華？」她的心中感應到不妙，忙踉蹌著停下腳步，轉身就跑，邊跑邊喊：「連城！」

希望赫雲連城能將諶華駭住！這個念頭還沒轉完，她就覺得脖子上一痛，眼前一黑，人事不知。

❖ ❖ ❖

她真是大意了，怎麼總是忘記這裡不是現代了？郁心蘭悠悠轉醒，發覺自己與榮琳郡主都身處於一間昏暗不見天日的石屋之中時，不由得苦笑。

之前安亦追在她身後說，派個人跟著，她還嫌麻煩，怕跟丟了人。這會兒倒好，若是多一個人，是不是能有機會大喊大叫，多一絲逃脫的機會？

手腳都被綁得緊緊的，幾乎阻斷了她的血液流通，掌心和足心都已經開始有麻刺感了，諶華這人還真是謹慎，並未因她二人是女子就掉以輕心。

郁心蘭用力拿肩膀撞榮琳郡主，把榮琳郡主弄醒後，壓著聲音道：「快，妳倒到地下，用牙齒幫我把繩結解開。」

榮琳郡王憂鬱地搖頭，表示她不會。

郁心蘭狠狠地瞪她一眼，氣得翻了翻白眼，「那妳轉過身，我來幫妳解開。」

榮琳郡主忙轉了身，郁心蘭仔細研究了一下繩結，發現雖然是打的死結，但因麻繩較粗，還是有辦法打開的。她拱了拱身子，拉開點距離，側身躺下，順著繩結的方向用力地咬。也不知用了多少時間，只覺得滿嘴的牙都鬆動了，才終於將結頭打開。

榮琳郡主的手得了自由，就能自己解開腳上的繩索了。解開後，她便蹲身溜到釘滿木條的窗邊，悄悄地往外張望。

郁心蘭沒好氣地看著她的背影道：「妳不會是想留下我一人，獨自逃跑吧？我勸妳還是別自作聰明了，若是我們兩人合作還可能有一點機會，妳一個人，只怕出了這屋子就又被抓回來。」

大概是最後一句話起了點作用，榮琳郡主遲疑了一下，回身到她身後，幫她解開了繩索。郁心蘭趕緊站起來活動麻木的手腳，用力甩了甩胳膊和腿，也悄悄伏到窗邊查看了一下。

眼前所及，無人守著，但不知門邊是否有人，窗前是片茂密的樹林，瞧這景致像是在山上？她故意弄了點聲音出來，大聲地哼唧，又是說渴又是說餓的，仍然沒有人應聲，看來是真的沒有人。

也對，他們不是要在相國寺行事嗎？應當將人手都調去了那裡才對，而諶華應當是臨時過來抓榮琳郡主的。看來，榮琳郡主一定是知道些什麼祕密……郁心蘭回頭瞧了榮琳郡主一眼，榮琳郡主被她眸中的精光給駭到，不由自主地往後退了一下，垂頭扭著衣角。

郁心蘭撇了撇嘴，這麼說來，一定要將榮琳郡主給帶上才行。她鬆了鬆筋骨，用力一踹木門，兩片門板就裂成幾塊，訇然委地。

不是吧？郁心蘭已經做好了不成功的打算，卻沒想到，雖然踢得腳痛，卻居然真的將門給踢開了。這麼說來，這只是臨時找到的關押處，放眼望去，果然是一片山林。

她們倆被那麼緊緊地綁著，丟在無人的山間草屋內，是想她們渴死餓死嗎？

郁心蘭在小屋前前後後查看了一番，這裡真是一片密林，根本不知往哪個方向走才是下山的路。而榮琳郡主似乎被她剛才那神來一腳給驚懾住了，小心翼翼地跟在郁心蘭身後，不時偏頭揣摩她的臉色，生恐她一個不順心就一腳踢到自己肚子上。

郁心蘭在這廂盤算了半晌，咬了咬牙，握著榮琳郡主的手道：「我們從這邊下山。」

榮琳郡主用力點頭，郁心蘭看著她全然信任的眼眸，不由苦笑，她也只是隨意指的方向。

❖ ❖ ❖

而相國寺的大雄寶殿內，法事正進行到一半，幾位王爺都是一身俗家弟子的裝扮，盤腳端坐於佛像前，雙手合十，斂容垂目，細聽住持大師誦經文。

住持大師誦經完畢，一旁的幾位佛門弟子便齊聲敲起跟前的木魚。而住持大師則來到寶殿一旁，那裡臨時搭了一個鐘架，架了一口大銅鐘。

住持大師推動櫸木鐘擺，用力向鐘上撞去。「嗡！嗡！嗡！」雄渾的鐘聲響徹雲霄。

只不過，坐在寶殿內的幾位王爺，因距離得太近，聽著這鐘聲就兩耳發堵，好一陣子頭暈目眩的。鐘聲的音波震動，還引得寶殿內的幾十尊大小佛像產生了共鳴，持續的聲響久久盤旋在寶殿之內，震得橫樑上的灰塵紛紛下墜。

成王忍不住在心裡嘀咕，這法事怎麼做得這般怪？他悄悄將眼睛睜開一條小縫，四下瞄了一眼，當下便忍不住叫道：「咦，和尚呢？」

寶殿內那幫子誦經的大小和尚都不見了蹤影。

成王覺得不對勁，騰地站起來，大聲嚷嚷：「怎麼只有我們幾個了？」

原本聽了成王的話，還有幾位王爺鎮定地閉目誦經，直到他這話叫了出來，忙一個個睜開眼睛四下張望。果然，寶殿之內已經只有他們幾位王爺了，而且殿門還已經關上，都不知道是何時關的。

正在疑惑之際，諸人頭頂的橫樑嘞嚓一響，直直地砸了下來。

相國寺的大雄寶殿建在半山坡上，後面是巍峨的山崖，兩側是一片樹林。

相國寺大雄寶殿之外，五百名御林軍士分列幾隊，肅立在廣場之上，守住了大殿的四面八方，他們雖見到住持大師和小和尚們走出大殿，卻因沒聽到主子們的召喚，以為法事並未結束，不敢隨意亂動。

忽然，大殿裡響起了此起彼伏的驚呼聲，御林軍統領一驚，正待趨前相詢，便聽得轟隆隆一聲巨響，大殿的屋頂整個兒陷了下去。

這下子可把守衛在大殿之外的御林軍軍士們給嚇傻了，這樣直直地砸下去，裡面的王爺可還有命在？若是王爺們沒命了，他們全家老小的命也就都完了。幾百名軍士立即往大雄寶殿內飛奔，想著救出一個是一個，總好過十來個王爺被一起砸死了，他們這些人家裡的祖墳只怕都會被皇上給刨了，將屍首扒出來鞭屍。

可是，當他們一動，兩側的樹林和後面的山崖之間忽然出現了無數個蒙面人，手執長弓，搭弓起箭，瞄準了廣場中的御林軍們。這些箭都是箭頭帶著火苗和燃油的火箭，而御林軍的軍士們是不穿鎧甲的。這些火箭嗖嗖地帶著風聲飛過來，令人躲避不及，縱使躲開了箭，卻也難躲過飛濺出來的火苗和火星。

一瞬間，廣場上屍橫遍野，還有些身上著了火的軍士，痛得在地上翻滾。

有人站在遠處的高崗之上，看到場中的這一幕，又見到大殿的屋頂整個兒砸入了殿中，而大殿之內卻無一人逃出生天，不由得揚唇一笑，對一旁的人道：「該是我等去宮內報喪了。」

❖ ❖ ❖

建安帝正在太安殿內歇息，何公公帶了人去傳來午膳，正在偏殿內布菜，便聽到黃公公焦急的腳步聲。

何公公抬頭一看，只見黃公公滿臉汗水，焦急萬分，進了偏殿便問：「皇上是否還歇息？」得到了回答之後，他一刻也不停留，直接從側門往後面的正殿而去。此時，何公公才看到，黃公公的身後還跟著王丞相、吏部尚書、兵部尚書等幾位重臣，神情都是同樣的緊張焦躁。

建安帝不待黃公公走近，便騰地睜開眼睛，問道：「何事驚慌？」

黃公公撲通一聲跪倒在地，高聲道：「皇上，大事不好啊！」

建安帝蹙眉問道：「到底何事？」

黃公公這才支支吾吾地將事情告知，建安帝聞言，頓時睜大龍目，霍然站了起來，疾步衝出內殿，一撩衣袍，端坐在龍椅之上，沉聲問候在正殿中的幾位大臣：「此事當真？」

吏部尚書撲通一聲跪下，沉痛地道：「請吾皇節哀！」

其他幾位大臣也隨著跪下，以悲痛的聲音齊聲道：「請吾皇節哀！」

眾人遲遲未聽到皇上的反應，不由得悄悄抬眼一看，只見建安帝口吐白沫，兩眼翻天，已然暈死過去。

眾人忙高呼「傳太醫」，黃公公直接撲到皇上身上，又是掐人中，又是拍胸口，花了老半天才將皇上給喚醒。可是，建安帝醒來之後卻目光呆滯，目鼻歪斜，嘴也半張著，口水從嘴角直流而下，竟不知要擦拭。

諸臣大驚，紛紛在心底盤算，皇上莫不是中風了？若真是如此，那麼日後將由誰來監國呢？思緒紛飛中，太醫院醫正和幾位醫術高超的太醫，背著醫箱飛奔而來。經過一番診治之後，確認是中了風。

太醫院醫正道：「幸虧皇上平日龍體康健，最近雖然偶感風寒，但亦不算太嚴重，所以這次中風才沒有直接……可是，也必須好生靜養，決計不能再操勞、傷心。」

王丞相大吃一驚，連忙詢問：「那皇上不是這些日子都無法上朝嗎？」

醫正道：「何止幾日無法上朝，依卑職所見，應當以後幾年都得安心靜養才是。」

諸臣面面相覷，「國不可一日無君，若皇上幾年不能理朝政，這可如何是好？」

當著皇上的面兒，幾位大臣便開始討論要請哪位德高望重之人代理監國。

有人提議祈王，祈王乃皇上的皇叔，卻也沒比皇上大幾歲，在皇族人中聲望極高。便有人反對，說祈王總是一臉疲憊之態，還是在府中靜養的好。

提議之人強辯道：「那是體力虧欠過度所致，只是好好進補便成了。」

可是還是被其餘人等給駁回了，又有人提議暫由王丞相代理，王丞相還未來得及謙虛地表示自己不行，就有淑妃娘娘的父親忠義伯冷嘲熱諷道：「哪有讓外臣監國的道理？之前丞相說要來皇上榻前侍疾，莫不是早已知曉今日之災，因而想求皇上收為義子？」

這話雖沒直接說王丞相想盜國，但意思亦不遠矣。

王丞相氣得鬍子都翹了起來，破口大罵道：「老夫何曾想過要監國？你個外戚休想監國，若是提名你，老夫第一個反對！」

忠義伯冷哼一聲：「我又何時說了要監國？我是想說，無論如何，這江山是姓明的，所以這監國之人必須是皇室之人。」

可是皇族之中，多半都是堂了不知道多少代的王爺，真正與皇上血緣親近的，已經只剩下祈王和安王了。

之前提名祈王，已經被諸人駁回，那麼就只剩下了安王。

安王坐在府中品茗，忽然接到宮中傳出的旨意，忙整了衣冠入宮。到了太安殿，才知道事情的原委，他一臉為難地道：「可是，我不務朝政許久了。」

吏部尚書和忠義伯忙道：「可是您之前亦是在朝中任有職務的，先帝也曾誇讚您有大才！」

這般左一勸右一勸，安王擺足了姿態，終於半推半就地接下了監國一職。

事情商定之後，建安帝在太醫們的針灸之下，終於恢復了一點神智，說話雖然不清晰，但也能聽能說了。

黃公公輕聲將前因後果稟報了一遍，安王趨前兩步，恭敬地躬身一禮，滿臉誠懇地道：「皇兄請放心，臣弟雖代為監國，但必不會生出異心，待十五皇子或是兩位后妃腹中的皇子成年之後，臣弟必定將江山完整無缺地交還至皇侄的手中。」

正說著，外面又是一通吵鬧，建安帝不由得蹙了蹙眉頭，想說話，卻又有些口齒不清，只拿眼睛去看黃公公。黃公公立時會意，使了個眼色，便有一名小太監忙忙地跑出去，片刻後復又跑回來稟報道：「回皇上話，是淑妃娘娘聽說皇上龍體不適，想進殿探望。」

建安帝抬了抬手，黃公公忙道：「宣。」

不多時，淑妃扶著蔡嬤嬤的手慢慢走了進來，見到皇上的情形後，大吃一驚，忙快步走至皇上身邊，拿帕子掩著臉哭道：「皇上這是怎麼了？」

黃公公輕聲稟明原委，淑妃驚得捂住胸口，「幾位皇子全都歿了？」她極度震驚之後，便又極度歡喜，忙拿了帕子掩面，好像是想哭似的，其實是強壓著不讓小臉笑出來。如此一來，她若是生了皇子，就是母妃身分最高的皇子了，那不就是將來的一國之君？

忠義伯見女兒來了，怕她露了餡兒，忙向蔡嬤嬤使了個眼色，蔡嬤嬤便扶淑妃娘娘後退幾步，小聲道：「之前皇上染了風寒，還沒康復，娘娘仔細別過了病氣，傷著了腹中胎兒。」

淑妃一聽，立即放棄再次上前盡心的打算，一手捂口鼻，一手扶住自己還未顯形的肚子。

建安帝只是瞥了她一眼，扶著黃公公的肩，勉強坐起，眸光忽地變得淡漠而悠長了起來。這神態轉變得太快，一時之間，諸臣都以為自己眼花了，個個揉了揉眼睛，再仔細看時，皇上哪裡還有半分中風之態？明明坐得身正背直，眸中精光閃耀，深不見意。諸臣個個心中一驚，不由自主地撲通跪下。

建安帝冷冷地道：「諸位愛卿這是為何？方才你們為國為朝廷謀心謀力，朕聽後萬分感動呢！」

冷汗早已滲出了額角，聽到這幾句話後，更是直接濕透了各人的衣背。

建安帝繼續道：「只是朕不明白，你們聽誰說朕的皇子都歿了？嗯？」

最後那個「嗯」字，帶著濃濃的脅迫和威懾之意。

諸臣相互看了看，最後論定了兩人，全都伸手指向他倆，「是忠義伯和吏部尚書大人說的。」

建安帝淡淡的眸光居高臨下地審視下來，忠義伯和吏部尚書又都驚出了一身冷汗，結結巴巴地道：「是……是微臣……想去相國寺觀禮……因而……見到大殿的……屋頂坍塌，可是幾位王爺又未出來，故而有此推斷。」

安王此時已經有了不祥的預感，可是，他的計畫這麼縝密，他的人也回報說，大殿的屋頂的確是坍塌了，王爺們也沒能逃出來……就算建安帝未中風也不必怕，他並未有證據可以證明是我幹的！替罪羊早已安排好了，最多是這次又未成功而已！

雖是這般安慰自己，可是安王仍然覺得心緊張得縮成了一團，而另一面，又極為不滿、極為失落，他明明離成功已經只有一步之遙了，到底又是哪裡出了問題？

正在他左思右想之際，建安帝已經開始審問忠義伯和吏部尚書：「哦？兩位卿家見到朕的皇子被困在大殿之內，竟不思救助，反而忙忙地糾及眾人，到宮中來恐嚇朕？」

兩人不知如何作答，建安帝的問題又接踵而來：「況且，你們如何確認朕的皇子真的被壓在殿內了？是你們親眼所見，還是無端臆想，抑或根本就是你們一手策劃的陰謀？」

他說的雖是疑問句，可是用的卻是肯定的語氣。

這下子兩人再不能沉默，立即開口喊冤：「冤枉啊皇上，臣如何敢加害幾位王爺？」

建安帝冷笑道：「不敢嗎？」說著從袖袋裡取出一封密摺，狠狠地甩到忠義伯的面前，「睜開你的狗眼看清楚，這上面都寫了些什麼！」

那密摺扔在眼前幾步之處，忠義伯忙跪爬幾步上前拾起，打開來一看，頓時眼前一黑，這本密摺裡，居然將他和安王商議陰謀的時間、地點、細節都記錄得清清楚楚。雖然關於相國寺一事，他們是在外面商議的，因而記錄得比較模糊，但淑妃殿內的香料和讓皇上一病不起的陰謀，卻是極為詳細。憑著這封密摺，建安帝就斷沒有上當的理由。

再看落款，竟是江南，而且時間就在淑妃診出懷孕的當日。

忠義伯一口鮮血噴了出來，撕心裂肺地痛呼：「這個逆子！」

聽到忠義伯的這聲驚呼，安王立即明白了，一定是那次去忠義伯府密談之時被世子江南聽了去，而江南怕惹火上身，便給皇上呈了密摺。只是，江南是如何知道呈密摺的方法？不過，現在已經不是計較這些的時候了，安王只是飛快地轉著腦筋，想著有沒有辦法摘清自己，或是有沒有辦法硬闖出宮。

跟來的大臣們也立即明白了，這事兒有蹊蹺。

王丞相立即憤慨地道：「我們居然都被這個居心叵測的外戚給騙了，真是愧對皇上的一片栽培之心啊！」

每一次，王丞相都是最先且最會摘清自己的人，反正這事兒他的確是沒參與，雖然在乍聽到吏部尚書的稟報之後，他就心存疑慮，但是本著混水才好摸魚的想法，他也將計就計了。

其他人聽到王丞相這麼一說，立即也開始大聲痛斥忠義伯和吏部尚書，直斥其為「國賊」。

建安帝冷笑道：「事後再說這些又有何用？」

一眾人等再不敢多言，皆撲通跪倒，等著皇上的裁決。

建安帝只輕咳了一聲，一眾劍龍衛便立即從各隱身之處衝了出來，將殿中央跪著的幾位大臣團團圍住。

建安帝低沉而威嚴地道：「全都給朕押入天牢，大刑伺候。」

淑妃早被嚇得小臉蒼白，手心裡都是冷而黏膩的汗漬，本是扶著蔡嬤嬤的手，忽然覺得有些反胃，便想去拿手帕捂住嘴，哪知手才一動，就立即被蔡嬤嬤反扭到身後。

蔡嬤嬤挾著淑妃猛退幾步，惡狠狠地道：「放開我家王爺和老爺，否則我就殺了這個女人，還有她肚子裡的孩子！」

建安帝只是冷漠地瞥了蔡嬤嬤一眼，嘴都懶得張開，只用眼神示意她，想幹什麼就幹什麼吧，妳當我會稀罕她肚子裡的孩子？

安王和忠義伯眼中的希望之光剛剛燃起，就被冷冷撲滅，他們簡直不敢相信，這樣冷漠的建安帝，是那個寵淑妃寵得沒了邊的男人嗎？

劍龍衛得了令，立即往各人肩上架了一柄明晃晃的大刀，三下兩下將各人都綁成了粽子，完全無視蔡嬤嬤的威脅。蔡嬤嬤一咬牙，伸手從頭上拔下一根簪子，狠狠地戳進淑妃的胳臂裡，痛得淑妃殺豬般的嚎叫，痛哭流涕道：「皇上，救救臣妾！」

建安帝看也不看一眼，只淡淡地問道：「明灩，你老實說，七年前的秋山獵場之事，是不是你幹的？」

安王哈哈大笑，「可憐我這英明睿智的皇兄，原來也有弄不清的事情，我偏不告訴你！」

建安帝怒道：「你個敢做不敢當的老匹夫！」

安王嘲弄地道：「若是你有證據，我便敢認，可是你沒有證據，憑什麼我要認下來，讓你睡得安穩？不錯，我是有這麼做的理由，可是旁人便沒有嗎？謹王、祈王，這些人不會做嗎？你後宮裡的那些妃子，為了自己的兒子，恐怕也不見得就不敢幹吧？」

他愈說愈興奮，忍不住又大笑起來，「只要那個人不除，你必定不能安心，我看你這晚年就睡在噩夢中好了！哈哈哈，小心啊，說不定哪天你的兒子就全都死光光了，你只能白髮人送黑髮人，眼睜睜看著自己搶到手的江山又得交給別人！」

建安帝勃然大怒，指著安王道：「給我帶到天牢好好地用刑，我倒是要看一看是你們的鞭子硬，還是他的嘴硬！」

劍龍衛立即應了一聲，拖著安王等人下去了，而王丞相還兀自掙扎著，「皇上，臣等是被蒙蔽的，皇上，您不能這樣不分青紅皂白就將臣等關押起來！」

建安帝道：「今日你們參與了這事兒，可是假的？至於你們是不是主謀，自有大理寺卿和都察院御史來審問。審問清楚了，清白的，自會還你們清白。」

這話便是說，誰讓你們妄想混水摸魚？至少也得挨上幾鞭子，給你們一個教訓。

❖ ❖ ❖

此時，天色已然全黑，郁心蘭拖著已經走不動的榮琳郡主，在樹林裡轉圈圈。她們雖然能逃出小草屋，卻逃不出這片密林，一整天下來，又渴又餓，正在焦急著，忽見遠處幾支火炬時隱時現，她忙拉著榮琳郡主躲到一邊。

火光漸漸近了，赫雲連城無雙的俊顏在火把的照耀下，不失半分神采。

郁心蘭心中大喜，忙跳出來，揮舞雙臂，高喊道：「連城，我在……」

「這裡」二字，被橫斜裡忽然伸過來的手給捂在了嘴裡。

身子被禁錮在一個強勁且充斥著血腥味的胸前，一柄明晃晃的長劍精準地架到了郁心蘭纖細的脖子上。

那人朝漸行漸近的赫雲連城道：「赫雲將軍，沒想到我們這麼快又見面了！」

聽聲音，郁心蘭立即辨認了出來，恨聲罵道：「諶華，你這個無恥小人，只會躲在女人身後，算是什麼男人！」

諶華哼哼冷笑，「我算不算是男人，榮琳郡主最清楚了，是不是，榮琳？」

榮琳嚇得倒退一步，一腳踩空，跌坐在地上。

因為郁心蘭說好了會用女侍衛代替她去白雲寺，所以赫雲連城比較放心她這邊，一直留在宮中保護皇上。之後，又奉建安帝之命，帶了幾名劍龍衛，從皇上太安殿的內殿密道，直接去了相國寺的大雄寶殿。相國寺是國寺，由朝廷出錢建造，建造當初就設定了皇室成員逃生的一處密道，這條密道只有皇帝才會知道，而且也只能從太安殿內往相國寺開啟。

當赫雲連城打開密道的大門之時，裡面的幾位王爺正被即將砸下的橫樑嚇得面無血色。

然後，守衛在山腳下的錢勁帶領的精兵，與殿內的赫雲連城等人會合，聯手向山坡、樹林中的叛軍發起了攻擊。

這些叛軍是諶華從邊疆帶過來的親信，在他的訓練之下，的確是驍勇善戰，只是壓不住赫雲連城和劍龍衛的高強武功，也扛不過錢勁帶領的上萬雄兵。

諶華見勢不妙，立即想起關在小草屋內的郁心蘭，果斷地悄悄逃跑，卻被赫雲連城眼尖地發現，立即帶人追蹤。

郁心蘭和榮琳郡主兩個人，一個是現代人，一個是千金之軀，都不懂在密林之中如何分辨方向，兼之這片密林是由人按五行八卦的陣形植下的，兩人走了一天的路，卻只是在林子裡打轉。

諶華一心往草屋裡衝，原本也沒發現她倆，偏偏郁心蘭見到赫雲連城太過高興，振臂高呼。

赫雲連城已然發現了這邊的險情，眸光一寒，將火把遞到一旁的劍龍衛手中，自己執劍而立，冷聲道：「放開她，你我二人決戰，若是你贏了，我擔保你可以安全離開。」

諶華哈哈一笑，「別說你擔保什麼，你身後的劍龍衛可不會聽你的指揮，這些哄小孩子的話，你拿回家去哄你的兒子吧！」他邊笑，邊慢慢收緊手中的長劍，鋒利的刀刃立即劃破了郁心蘭嬌嫩的皮膚，一抹暗紅的血線蜿蜒而下……

赫雲連城眸光一寒，「你以為你傷了她，我會讓你全身而退嗎？」

諶華冷笑，雄厚的內力使得聲音在陡峭的山峰中迴盪：「赫雲連城，你可知曉，我早有意與你比試一次？可惜，上回在太和殿前被錢勁給拉住了，今日，就讓我看一看，你到底有沒有旁人說的那般本事，能不能從我手中搶回嬌妻！我也不妨告訴你，若是你今晚搶不走她，我就要享用了！」

他刻意地頓了頓，目光在對面的所有人眼前掃視而過。隔得雖遠，目光卻猶如劍鋒，一寸寸凌遲著劍龍衛的意志，最後豎立在赫雲連城的面前。

赫雲連城身形一動，瞬間就接近了一丈，可是諶華的反應亦是十分快捷，立即拖著郁心蘭往後退，還用力在郁心蘭的咽喉一劃，痛得她輕哼了一聲。赫雲連城知道諶華的武功絕不在自己之下，也不敢再動，只是將眼眸鎖定在妻子的小臉上。

郁心蘭被諶華勒得呼吸不順暢，知道對方武功高強，她也不敢隨意亂動，怕壞了赫雲連城的打算。若是伸手去拔頭上的髮簪，必定會被諶華發覺，她只能悄悄地向榮琳郡主使眼色，要榮琳郡主將其頭上的髮簪從後遞給自己。

榮琳郡主怔怔地透過火把的微弱光亮，看著郁心蘭遞來的手勢和眼色，弄了半天，終於明白了，忙悄悄地從頭上拔下一根尖銳的髮簪，正要從下方遞到郁心蘭的手中，冷不丁諶華一腳踢來，踢得榮琳郡主往後倒飛數丈，重重撞在一棵大樹上，噴出一口鮮血。

諶華淡然而自得地道：「休想在我眼皮子底下玩陰的！」

話音剛落，四周又無聲無息地閃現數十個人影，衣著打扮與諶華十分相似。

郁心蘭倒抽一口涼氣，這下子，他們的人數就遠遠超過了赫雲連城那一邊。正焦急著，轉眼，赫雲連城的身後也出現了數十名侍衛，領頭的正是明子期。

明子期是懶得在太安殿內看那些官員的嘴臉，悄悄帶了數十名大內侍衛去相國寺增援赫雲連城。到達相國寺後，卻沒發現赫雲連城本人，問了錢勁，才知道他沿著山道追蹤諶華去了，明子期這才帶著一隊人追趕而來。

如此一來，兩邊的形勢又變成了勢均力敵。

諶華頓時變得異常謹慎，令十餘名死士圍在自己身邊。這番命令之下，抓著郁心蘭的手便鬆動了一些，郁心蘭此番出來也不是全無準備。以前她聽說吳為是個使毒解毒的高手之時，便厚著臉皮向吳為討要了一些毒藥、迷眩藥，今天全都帶在身上呢。

趁著諶華指揮手下排成陣勢，疏於對她盯梢之際，她迅速伸手從衣襟中取出一只小瓶，閉上眼睛往後一灑，諶華頓時「啊」地痛呼出來。

可是諶華並沒有鬆開緊抓著她的大手，任憑她如何掙扎，也沒能掙扎出去。

赫雲連城和明子期已經趁機展開了攻擊，可是諶華帶來的這些死士，亦是安王培植多年的暗勢力，不單是武藝高強，而且個個抱著必死的決心。他們可以不顧命，但是明子期不行，赫雲連城也不能讓賢王有任何的閃失，一時之間，雙方只能打成平手。

片刻後，諶華復又睜開眼睛，惡狠狠地勒緊郁心蘭的脖子，看著她的小臉變成暗紅，小嘴不受控制地張大，這才獰笑道：「想毒我？恐怕妳還不知道我的師父是誰吧？我的師父就是江湖人稱鬼見愁的鬼醫。說到用毒，我若排第二，就沒人敢排第一。」

郁心蘭聽了這話，心中一緊，果然，對面的劍龍衛和大內侍衛們成片地倒下，口吐白沫，嘴唇發黑，顯然命不久矣。

明子期和赫雲連城得益於生在皇族，幼時又深受皇恩，得以服下解毒的聖藥，一般的毒藥對他倆並沒有用處。

可是，原本就只能勉強戰成平手，現下只剩下他們兩個人，對方的手中還挾持著郁心蘭……赫雲連城的眸光寒至冰點，悄悄地對明子期說出一番話，明子期大驚，壓低聲音急道：「不行，你帶她走，我殿後！」

赫雲連城蹙眉道：「你不行，我能拖住。」他的意思很清楚，由他來拖住這些人，明子期和蘭兒還有可能活命，可若是由明子期來殿後，只怕他們三人最後都會落入諶華的手中。

明子期也不是個婆婆嬤嬤的人，當下明白了赫雲連城的用意，只得咬牙應下。兩人猛地一左一右向對方攻去，同時撒出了懷中的白色粉末。

這些粉末有一點的麻痹作用，是建安帝交給二人的。一些死士應聲倒下，郁心蘭也趁機拔下頭上的簪子，狠狠扎入諶華的手臂之中。

諶華不過分心看向對面一眼，就中了郁心蘭一下，原是不想在意，可那一簪正好扎在一處穴位上，令他的手臂頓時酥麻，不由得鬆了開來。

郁心蘭忙往旁邊跨出一步，就是這一步，令她與諶華之間拉開了一點距離。赫雲連城飛身而至，立即抱著她躍出了死士包圍下的圈子。來不及說任何話，赫雲連城將她往明子期的身邊一推，低喝道：「快走！」

郁心蘭沒有反應過來，就被明子期扯著跑出了好幾步。天黑路陡，她忍不住踉蹌了一下，明子期此時也顧不得什麼禮儀規矩，彎腰將她抱起，提氣疾奔。

郁心蘭從明子期的肩頭看過去，赫雲連城將長劍舞成了一個圈，將一眾想追殺過來的死士全數擋在身前，不讓他們逼近一步。

眼淚無徵兆地流了下來，她不敢哭出聲，怕赫雲連城聽到會分心，只能哽咽著悄聲問明子期：「他不會有事的，是吧？」

明子期懷抱一人，提氣狂奔，實在不宜說話，只得用力點下頭。

連城哥不會有事的，只要再往東三里地，就能尋到追蹤而來的士兵，就能去解救連城哥了！

可惜，沒有奔出多遠，一道人影就攔在他二人的身前。明子期只得急促地剎住腳步，抬眸一看，竟是諶華。

諶華傲然一笑，「我那些死士足夠圍困住赫雲連城一時半刻的了，就憑你，也想從我的手中帶走人嗎？」說著又哂然道：「你跟赫雲連城的感情還真是不錯，連他的妻子都可以抱！」

明子期忙將郁心蘭放下，憤然道：「你嘴巴放乾淨點！」

郁心蘭則冷哼一聲：「狗嘴是吃大便的，你讓他放乾淨一點，真是難為他了。」

明子期頓時笑了，「哦，也對，我是太勉強他了。」

諶華的眼睛一瞇，長劍如長虹一般劃了個半圓，直刺向郁心蘭。

明子期忙將郁心蘭護在身後，揮劍相迎。

噹啷一聲脆響，兩劍相擊，明子期被擊得連退三步，嘴中一股腥甜，一口鮮血差點噴了出來，他忙用力嚥下，又伸手將郁心蘭拉到自己身後。

郁心蘭卻不甘只充當被保護的角色，她的眼睛早已經適應了黑暗，在樹林中一掃，拾起一根小兒手臂粗的樹枝，雙手緊握，立在明子期的身旁道：「我們一起，你攻下盤，我攻上盤。」

以前為了追時髦，郁心蘭曾去學過日本劍道、柔道這類的，雖然無法跟諶華這種武功高手相提並論，但也不是弱不禁風的小女人。

明子期一怔，側目看去，依稀月輝之下，身邊的小女人一臉堅定，就這樣無畏地站在他的身旁，與他比肩。

「好，我們一起！」

明子期揚唇一笑，揮劍攻向諶華的下盤。而郁心蘭則同時揚起樹枝，往諶華的天靈蓋打去。諶華根本就沒將郁心蘭放在眼中，自是先去防範明子期，哪知郁心蘭會半途變招，一棍橫掃向他的太陽穴。這可是大穴，被擊中了的話，重則身亡，輕則昏迷。

諶華只得往後躍開，但是對面兩人的下一輪攻擊又到了，同樣的招術，也不怕他膩煩。連續三招之後，諶華才發現，兩人聯手，若是配合得精妙的話，真的比二十個人還難對付。正在惱火兼狂躁，想用內力掌風先將郁心蘭擊倒之時，赫雲連城忽然趕了上來，他一身是血，猶如浴血的修羅，帶著一身的煞氣。

赫雲連城與諶華的武功本就在伯仲之間，加上一旁的明子期和郁心蘭，諶華頓時落到了下風。而此時錢勁帶著士兵已經將相國寺清理乾淨，忙將事務交由副將處置，親自帶兵入山搜尋。

上千名士兵高舉火把，邊尋找邊呼喚：「赫雲將軍！賢王殿下！」聲音震天。

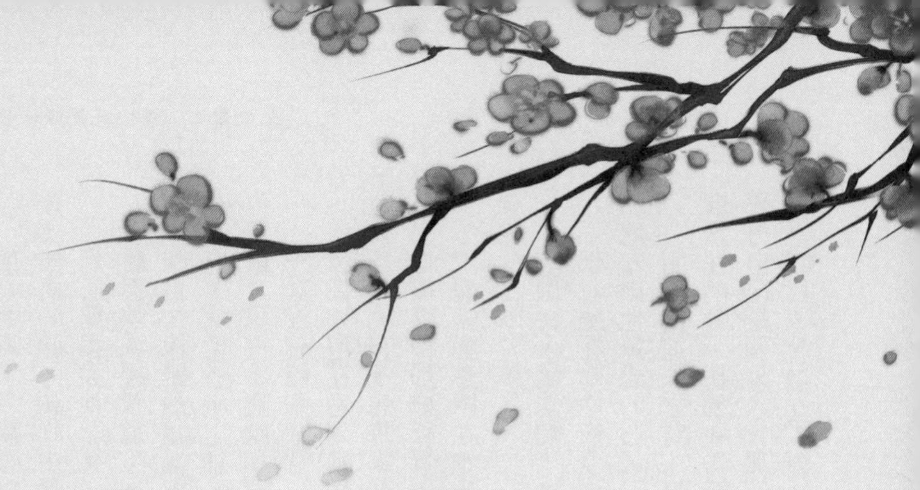

貳之章

秋山沉冤成往昔

郁心蘭睡了一個好覺，覺得眼前有些異樣，才懶懶地睜開眼睛。映入眼簾的，就是赫雲連城那俊美無邊的臉，和眸中無限的擔憂與寵溺。

郁心蘭柔柔地一笑，「你先起來了？怎麼不多睡一會兒？」

赫雲連城啞聲道：「怕妳不見了。」

昨日，他雖然覺得郁心蘭不會有事，可到底還是不放心，曾經派賀塵回府打聽，聽得郁心蘭沒有回府，又忙去了店鋪，哪知竟聽說她獨自一人跑了出去。那時他聽命於皇上，必須去相國寺救諸位王爺，只得將賀塵和黃奇都派出去尋找小妻子。

一直沒有聽到回音，令他的心漸漸沉入谷底。

沒人知道在看到她被諶華挾持住的那一刻，心底有多慌多亂，也沒人知道他看到她被劃傷時，心有多痛，有多想將諶華生生咬死。

他很害怕那種感覺，卻無法用語言表示，只得輕輕摸著她的秀髮道：「我只怕又是夢一場。」說罷，翻身壓在她的身上，尋了她的唇瓣，狠狠地吻下去，絞著她的丁香小舌，吸取屬於她的氣息。

這個女人是他的，她的心也是他的，誰也不能奪去！

郁心蘭在吻中感受到丈夫的恐懼和心疼，無法勸解，只能一點點地回應他，一點點順從，一點點地安撫他驚恐的心。

明子期進來之時，見到的就是這對夫妻緊緊相擁的情景，他想要退去，忍不住望了又望。一隻腳還在門外，彷彿在告訴他，應當離去，不要打擾他們夫妻二人，一隻腳卻黏乎乎的不肯離去，只覺得自己是個外人，無端轉入桃花林中，偷窺到最令人神往的一幕，羨慕之餘又悵然若失。

昨日，有個女人對他說「我們一起」，那麼堅定、那麼無懼地從他身後站出來，站在他的身邊，將他身邊的位置瞬間填滿，不留一絲餘地。

他一直想找到一個可以與他比肩的女子，一直沒有找到，父皇和母后向他推薦過無數的女子，但他一直沒有那種比翼的感覺，昨日，他終於找到了，可是她卻是他的表嫂，他最敬重的男子的妻子。是不是應該離去了？

明子期怔怔地看著他們忘情地擁吻，手中的門簾頹然落下，門簾的縫隙中，一點點的餘光也淡去，只餘下靛紫門簾華麗的色彩，平和安寧。

他忽地一拍腦袋，裝作貿然闖入的模樣，嘴裡大聲呼道：「連城哥！表嫂！」

赫雲連城忙將床簾放下，床上兩個人慌得趕緊分開，不自在地理了理衣裳，可憐郁心蘭還躺在床上，身上只著中衣。

明子期嘿嘿一笑，「聽太醫說你的傷沒有大礙，父皇的意思是，讓你今日就到天牢之中，與方大人一同審訊這些叛黨。」說罷轉身出去。

赫雲連城只得跟郁心蘭打了個招呼，進內間換了官服，與明子期一同走了。

郁心蘭搖了搖頭，起身讓丫頭們服侍梳洗，忽地想起西府的蓉奶奶，忙問紫菱道：「西府那邊如何了？」

紫菱忙稟道：「昨日就找到了墜落的馬車，證實是動了手腳的，西府那邊的主子都給抓住了。」

郁心蘭一怔，「巧兒呢？」

紫菱悄悄地道：「巧兒姑娘昨日上午小產，大出血，晌午不到就沒了。」

郁心蘭這才鬆了口氣，這個巧兒倒還有點子本事，居然買通了幾個穩婆……忽地又想到幫巧兒弄戶籍的事，她之前跟明子期提過，明子期當時一口答應，這會子得早些幫巧兒給辦了，若不然，一旦西府的事兒牽扯出來，巧兒就很難逃脫了。

妝扮好後，郁心蘭便讓紫菱將李杼請進來，親自賞了一個大荷包給她，誠懇地道謝：「昨日真是辛苦妳們了。」

李杼謝了賞，垂眸謙虛地道：「是婢子應該做的。」

郁心蘭讓她坐下，笑著道：「雖說妳的職責是保護我，可是這麼危險的事，還是讓我過意不去，算我欠妳一個人情，妳日後若有什麼想要的，或是什麼為難之事，只管跟我說。」

李杼恭謹地應了一聲，並未有特別大的情緒波動。郁心蘭知道這是對侍衛的基本要求，也不好強行讓她改，又說了幾句道謝的話，便讓她忙自己的事兒去了。

丫鬟們將飯菜布好，進來請郁心蘭入席。郁心蘭早已餓得頭昏眼花，昨天一整天顆粒未進，半夜回府時又累得眼睛都睜不開了，好像直接就靠在赫雲連城的懷中睡著了，這會兒醒來了，所有感覺也就都醒來了，首當其衝的就是餓覺。

當下一陣風捲殘雲，吃了個囫圇飽。郁心蘭將筷子放下，方才一直覺得自己忘了什麼，現在終於想起來了，忘了向赫雲連城問榮琳郡主的情形。

昨晚的情勢那麼緊急，無暇顧及受傷的榮琳郡主，可是之後呢？有沒有人將她救回來？因為榮琳郡主的身上還藏著祕密。

昨日白天，她與榮琳郡主一起逃跑時，不止一次地問榮琳郡主，在宮中受傷到底是因為何事。可是榮琳郡主就是不願告訴她，還用樹枝在地上寫著：「我只告訴靖哥哥。」

好吧，她就當作是這個女人想接近赫雲連城，反正赫雲連城也不會對榮琳郡主動心，就讓他來問好了。

只是，不知到底救回榮琳郡主沒有，赫雲連城又問出什麼來沒有。

用過飯，已是下晌，郁心蘭剛到暖閣裡坐下，長公主便扶著紀嬤嬤的手，帶著岑柔過來了。郁心蘭忙起身相迎，長公主滿臉憂色，握著她的手問：「昨日受苦了，可憐的孩子。」

紀嬤嬤忙將丫頭們都打發了出去，岑柔在一旁解釋道：「大嫂，您不知道，昨日大哥遣了賀塵回來問您的訊兒，聽說您沒在店裡也沒在府中，可把母親給嚇壞了，急得命人四處尋找。」

長公主忙按住岑柔的肩道：「昨日蘭丫頭是跟靖兒在一起，我派人出去尋人，只是不知情而已，此話不要再提了。」

郁心蘭聞言，滿心感激，真心實意地向長公主拜了拜，喚了聲：「多謝母親體諒。」

在這個年代，女人的名聲何其重要，她被叛黨擄走了一整天，雖然因為諶華以為她們兩個女人沒本事逃跑，並未派人看守著，可是並不代表別人會相信。若真有人以此為藉口來潑污水，她還真是難以應付。若是換成一般的婆婆，都會主動來責問有沒有被人輕薄了，讓兒子戴綠帽這類話了，可是長公主卻一心向著她，還幫她圓了話兒。

長公主拉起郁心蘭，和藹地笑道：「說什麼謝？我就拿妳當自己閨女似的，靖兒也都告訴我了，妳還幫了子期，是個好孩子。」

婆媳三人又說了會子閒話，讓乳娘將兩個會爬會笑的寶寶抱進來逗了一會兒，長公主便道：「妳且好好休息，我們就不打擾妳了，這陣子靖兒會很忙，妳多用些心思，別讓他累壞了。」

郁心蘭恭謹地應了，送長公主和岑柔上了轎，才回到屋內。

兩個小傢伙在臨窗的短炕上滿地爬，郁心蘭歪靠在炕邊的引枕上，滿心幸福之感。能回到家中，與寶寶和赫雲連城一同安然度日，真好。

紫菱取了美人錘，搬了張小杌坐到炕邊，一面為郁心蘭捶腿，一面笑著說些家長裡短。郁心蘭一面逗寶寶玩兒，一面有一搭沒一搭地跟紫菱說話，忽地想起來，「今日怎麼沒見著錦兒，不會是她家中有什麼事吧？」

紫菱抿唇笑道：「奶奶可算是想起錦兒來了，昨日奶奶不在府中的時候，她忽然暈了，一開始嚇了婢子們一跳呢，請了府醫一診脈，原來是有喜了，不過懷得不是很穩，婢子便作主讓她在家中休養三個月，等胎兒養穩了再來辦差。」

郁心蘭聽得大喜，忙問紫菱：「可有代我送賀儀？」

紫菱笑道：「奶奶就放心吧，婢子代您送了，殿下還按府中的例份打賞了。」

郁心蘭笑道：「那我可要去瞧一瞧她。」說著想了想，畢竟現在還在四處抓亂黨，外面應當不是很太平，「嗯，過陣子再去，我帶曜哥兒和悅姐兒去給她滾滾床。」

按風俗，讓男孩兒滾床，孕婦就會生男孩，若是在床上尿上一泡童子尿，那就是最好的。若是帶龍鳳胎去，豈不是也會生龍鳳胎？

紫菱驚訝了一瞬，立即起身向郁心蘭福了福，「那婢子就先代錦兒向奶奶道謝。」

郁心蘭只是笑，「不過是討個好意頭，哪當得什麼謝，反正這兩個小傢伙沒怎麼出府玩過。」

正說著話兒，蕪兒挑了門簾進來道：「奶奶，剛得了消息，西府那邊的大老爺和程夫人、二爺、惜奶奶都被放回來了。」

謀反這類的事情，不是應當連坐的嗎？郁心蘭只眨了眨眼，便笑道：「放回來就放回來了。」大概真的是沒有參與到安王的事中，或者是證據還不足吧。

❖　❖　❖

大老爺此時正躺在床榻上，讓夫人幫著往鞭傷處上藥，自己則在那邊哀嘆：「那個逆子，之前問他跟了什麼主子，一句話都不肯透露，現在倒好，被他牽累得如此之苦。」

這一整日的天牢之行，可不是一日遊那麼輕鬆愜意的，一頓子皮鞭是少不了的。好在赫雲榮一人將所有的事情都攬了下來，因是涉及到定遠侯府的，大理寺卿方正片刻不敢耽誤，立即上報了天聽。這回朝中的大臣抓了不少，許多官員被刑具嚇得什麼都說了，又牽扯出許多無關緊要的事來。建安帝亦是頭痛，不想放過叛黨，又不想牽涉過多，還要看在定遠侯的面上，於是決定先將他們一家子放了出來，反正人在京城，跑得了和尚跑不了廟。

做母親的十月懷胎才生下來的兒子，赫雲榮又是長子，自是最愛寵愛的，程氏哪裡會說自己兒子的半句壞話，只咬牙切齒地道：「這還不是你那個好弟弟幹的？若是他遵守約定，將侯爵之位傳與榮兒，榮兒用得著去跟安王嗎？而且我覺得這事兒吧，應當是榮兒被安王給騙了，以為幫安王就是幫永郡王爺啊。」

她愈想愈覺得是這麼回事，忙推了推大老爺，懇求道：「老爺，您去想想辦法，尋幾個交情好的官員，向皇上說說情吧。」

大老爺被老妻氣得鬍子都要直了，破口大罵道：「妳有沒有腦子，現在是什麼時候？正在抓人的時候，人人自危，誰會去幫妳說話？況且我都已經被革了職，哪個還會賣我面子？」

程氏掩面痛哭，「那也不能不管榮兒呀，您當榮兒的反叛之罪落實了之後，您和璉兒還能得到什麼好處？還會有什麼前程？」

這話說得大老爺沉吟了起來。程氏自指縫中見到老爺神色鬆動，忙趁熱打鐵道：「二弟如今不在京城，咱們就去尋長公主，她可是皇上的嫡親妹子，她若肯幫榮兒說幾句，皇上說不定就會放了榮兒。況且榮兒他做了什麼？不就是誆郁心蘭那丫頭去白雲寺嗎？那丫頭如今好好地待在府中，榮兒這事便只能算是未遂，當不得什麼。」

大老爺思前想後，也覺得夫人說得在理，若是榮兒給冠上了叛黨的帽子，他和璉兒兩個的前程就真的完了，日後一家子都得仰仗二弟的鼻息過日子。那長公主是個軟弱好說話的，趁著二弟不在，說動她入宮去給榮兒求個情，應當不是難事。

夫妻倆打好算盤，立即整了衣裝，乘轎來到宜靜居。

這會子已經是掌燈時分了，長公主正坐在膳桌前用膳，忽聽得外面報大老爺和大嫂的名，忙讓人掀起門簾，請他們進來。

待大老爺和程氏說明來意後，長公主只是淡淡地笑道：「大哥大嫂還沒有用晚飯的吧？來人，添碗筷。」

大老爺和程氏知道求人不能太急，加之也的確是餓了，於是先用了飯，喝了杯潤口茶後，又舊話重提。

長公主這才慢條斯理地道：「女人不得干政，我斷沒得干涉皇兄處置叛黨的道理。若榮兒是無辜的，皇兄自會放了他，若他真是與安王勾結，那麼我去求情也沒有用。」

程氏氣得騰地便站了起來，指著長公主罵道：「我兒子在天牢裡受苦，妳卻在這兒錦衣玉食說風涼話，榮兒怎麼會跟亂黨勾結？他必定是被人給騙了，妳這個當嬸嬸的卻不願拉扯他一把，妳的心到底是什麼做的，這般冷硬無情！」

長公主的玉容一沉，威嚴立現，駭得程氏不由自主地收回囂張的手指。紀嬤嬤和柯嬤嬤在一旁冷聲道：「大夫人真是好威風，竟敢直指殿下，當皇室的威嚴是當擺設的嗎？」

程氏這下子才真的被駭住了，「我、我、我」地我了半天，也不知道該說什麼才好。長公主見嚇她嚇得夠了，這才冷淡地道：「大哥大嫂請回吧，此事我無法相助。看在你們愛子被關押的分上，方才大嫂的無禮之舉，我就當沒看見，但絕沒有下一回。」

聽了這番話，大老爺和程氏才真正意識到，他們的二弟妹是位皇室公主，而不是軟柿子。

夫妻二人灰溜溜地回了西府，大老爺努力安慰老妻，同時自我安慰道：「罷了，就算沒了榮兒，咱們還有璉兒。」

❖ ❖ ❖

郁心蘭聽到千荷來回話說，大老爺和程氏去求長公主相救赫雲榮，不由得搖了搖頭，真是沒有最無恥，只有更無恥呀！赫雲榮想害死長公主的兒媳婦，他們倆還好意思上門去求人相救，以為隨便說兩句無辜的話，長公主就會相信嗎？

只不過，赫雲璉真的是無辜的嗎？郁心蘭總是抱著懷疑的態度，大老爺和程氏自骨子裡覺得這個侯爵之位是他們的，那麼必定會從小就這樣教育兩個兒子，赫雲榮動了歪心思，赫雲璉只怕也難免。

等到深夜，赫雲連城才拖著一身疲憊回府來。郁心蘭原是想問他的話，都只好悉數嚥回肚裡，服侍他更衣沐浴後，便讓他睡下了。

次日清晨，郁心蘭特意起了個大早，邊服侍赫雲連城梳洗，邊問他審訊的情況。赫雲連城想了想道：「安王爺就是不承認七年前的秋山之案，不過，昨晚子恆已經在他的別苑中搜到了大批的火藥，他想抵賴也不成了。」

郁心蘭「啊」了一聲，「莊郡王怎麼知道那處別苑有火藥？」按說安王的別苑應當挺多的吧。

赫雲連城道：「江南不知怎麼聽說了。」

郁心蘭睜大眼睛問：「江南現在幫著莊郡王嗎？」

赫雲連城想了想道：「忠義伯亦是安王的黨羽，忠義伯滿府都有難，不過江南之前便上密摺給皇上，皇上說給他一次機會，若是立了功便可以折罪，立得愈多折得愈多。」

他頓了頓又道：「永郡王私自回京便是重罪，現在已經被皇上關入了宮中的地牢。有人指證他參與了相國寺一案，他雖自辯，但到底解釋不清。子期又不喜歡朝政，現在風頭正健的，便是仁王和莊郡王了。」

郁心蘭「哦」了一聲，「原來江南認為莊郡王登基的機會更大。」

赫雲連城笑了笑道：「或許吧，不過這不關咱們的事，我只要能將七年前秋山一案的主謀找出來就安心了。」

這好像還是頭一次聽到他說這樣的話，以前談到冊立太子之事時，他多少要替莊郡王說上幾句，要麼也會表示「他是莊郡王的伴讀，就算他不相助，旁人也會認為他是莊郡王這邊的，所以還不如相助」之類的話。

郁心蘭抬起秋水雙眸，亮晶晶地看著他，笑問道：「是不是有什麼我不知道的事呀？」

赫雲連城的神情閃過一絲遲疑，郁心蘭卻堅定地望著他，非要他說明白不可。赫雲連城只得無奈地拉著她進了內間，小聲道：「是這樣的，我前日帶劍龍衛去相國寺營救王爺們，打開地道門的時候，便見到子恆他已經蜷縮在彌勒佛像之下了。聽說……寶殿裡，只有那尊彌勒佛像是青銅鑄的。」

佛像多半是泥胎塑成，尤其是大雄寶殿的佛像無不高大壯觀，若是採用青銅鑄造，一來太重無法搬運，二來容易起鏽，使表面的鍍金層被毀壞。當然，也不是沒有用青銅鑄的，比如說那尊彌勒佛像。

雖然郁心蘭沒有去過相國寺，但大凡寺廟裡的擺設和規劃都會差不多，每座大殿都有前後門相通，正面大佛，背面小佛。大雄寶殿之內供奉的是如來佛祖，而彌勒佛一般是供奉在如來佛祖的背面，兩尊佛像應當是背對背的。

青銅佛像通常是中空的，為了維修方便，背後會有一個小門，可以容一人躲避，而且應當也能抵住屋頂下墜的力度。若是赫雲連城沒有趕到，估計最後大殿之中，只會有莊郡王存活下來吧？就連明子期，應當已經從皇上那裡聽到消息的人，都沒有明子恆反應那麼快。

據說屋頂坍塌是瞬間的事，明子恆卻能在瞬間找到那尊青銅鑄成的彌勒佛像，而且是在高大的如來佛祖佛像背面的彌勒佛像，若不是他有著驚人的判斷力和行動力，就只有一個可能性了，他早就知道會發生什麼事，早就已經為自己找好了退路。

郁心蘭想到這兒，忍不住打了個抖，而赫雲連城只是垂了眸，俊臉上的神色淡淡的，只握了握她的手道：「還是父親說的對，皇家的事還是少摻和為妙。」

誰都不是省油的燈，只看戲的話，還是可以八卦一下的，只是我等凡人還是不要參與其中了。說話間時辰已經不早了，赫雲連城匆匆喝了幾口粥，吃了幾個包點，便要去大理寺審訊叛黨。郁心蘭這會子才想起榮琳郡主的事，她下意識裡總是將其忘記，莫非真個是有些嫉妒？

赫雲連城道：「她被劍龍衛救了，已經送入宮中，在太后的泰安宮中養傷，聽說情形不大妙。謀華的內力驚人，她一介弱女子恐是撐不過幾日。」

郁心蘭急了，忙將他拉到一旁小聲道：「她中了那什麼寒冰掌，卻不知是不是秦公公所為，總要問清楚才好。」

赫雲連城笑著握握她的小手，「妳放心，皇上比妳更想知道。」

❖ ❖ ❖

一晃便是一個月過去了，炎炎夏日已經來臨。

這段時間赫雲連城忙得腳不沾地，每天天不亮就出門，總要至半夜才會帶著滿身疲憊踏月而歸。不過成效也是很顯著的，安王的黨羽幾乎都已經伏法，在他的府第和多處別苑中找到了大量的火藥。另外，在那日幫著動亂的御林軍的某位首領也落了網，在嚴刑之下吐了口，證實七年前的秋山一案的確是安王一手策劃的。

拿著大量的證詞，建安帝到天牢中來親自審訊安王。

安王到了此時，不知受過了多少刑，身上已經是沒有一塊好皮膚了，可是人卻仍是高傲如帝王一般，鄙夷地道：「是我做的又如何？這是你欠我的，這皇位本來就應當是我的，別以為我不知道你弄了什麼鬼！」

「父皇病重那晚，明明是宣了你我二人入宮，可是你卻早到了一步，等我到時，你已經拿到了冊封聖旨，父皇又已昏迷不醒。哼，那道聖旨誰知是真是假？可憐我一時遲疑，想等父皇甦醒之後必定會真相大白於天下，可是沒料到你手段那般毒辣，立即將父皇送去行宮休養，又快速地換下兩位朝中重臣，使得我有冤無處申！」

建安帝得到了自己想要的答案，便不再讓安王說話，令人用麻石封了他的口，冷漠地道：「聖旨如何會有假？不單是要加蓋玉璽，還要交給內閣大臣驗看，只有你這等居心叵測之人才會如此臆想。而你，膽敢索朕五位皇子的性命，朕要將你全家凌遲處死。」說罷，一拂袍袖，憤然離去。

太安殿外，兩位有身子的皇妃都在靜靜等候著建安帝，相互不予理采。

龍駕緩緩行近，敬嬪與淑妃忙忙下拜。建安帝走下龍輦，伸手虛扶了敬嬪一下，威嚴地道：「愛妃快起，妳年紀大了，又有身子，應當格外注意，多在寢宮休息才是。」

這話便是說，妳的責任就是安心養胎，別的事都不用妳操心！

敬嬪如何聽不出來，心中苦澀，只得強顏歡笑道：「臣妾身子很好，多謝皇上掛念。只是，每每想到皇兒，臣妾心中就分外悲痛，皇兒他愧對皇上您的教誨和栽培，實在是萬死難辭其咎，只是……臣妾就這麼一個皇兒，還請皇上念在臣妾腹中胎兒的分上，網開一面。」

安王的人死咬著永郡王是同夥，永郡王無法證明自己的清白，目前仍舊關在宮中的地牢之中。敬嬪想盡了法子，求太后、求皇后都沒有用，實在是沒辦法了，只好親自來求皇上。

建安帝卻冷哼一聲：「他若是沒有這個心，如何會丟下送親隊伍私自返京？有皇命在身而無詔入京者，就是死罪，不論他是否與安王勾結。」

敬嬪倒抽了一口涼氣，不敢置信地道：「他是您的親生骨肉啊，難道您要處死他不成？」

建安帝的眸光一暗，不予回答，只吩咐內侍們道：「來人，送敬嬪娘娘回去，以後沒有要事，還是讓娘娘在居處靜養。」

何公公答應一聲，領了幾個小太監，向敬嬪道了聲「得罪」，架起敬嬪，強行將她拖上了肩輿。

建安帝這才將目光落在淑妃的身上，因為沒聽得皇上的吩咐，她仍是跪在地上，這會兒估計是察覺到皇上正在看她，忙將那張美麗柔弱的小臉抬起來，泫然欲泣，嬌怯怯、哀憐憐地喚道：「皇上……」

尾音一波三折，分外撩人，足可繞樑三日。

建安帝只是淡淡地道：「朕知道妳未曾參與妳父的陰謀之中，回宮安心養胎吧。妳放心，妳肚子裡的是朕的骨肉，朕自然會認。何況愛妃生得如此之美，朕還希望能添一個像愛妃一樣的小公主。」

說罷從她身側穿行而過，看也不曾回頭看上一眼。自有太監去請淑妃娘娘起身，護著她坐上肩輿，一路抬到西南角的雲宮之中。

淑妃一開始在肩輿上發呆，還未從皇上那句話的打擊中醒過神來，皇上他……竟然只想要我生公主？

她傷心了一陣子，便又尋思著要怎麼才能重擄帝心。反正目前在這後宮之中，她是最年輕最漂亮的，就是新來的兩位大慶國才人，也只是徒有美貌，沒有她柔弱可人的氣質。

只不過，大著肚子，縱使是吸引了皇上，也無法侍寢，還是先將孩子生下來才是正理。雖然皇上說了想要公主的話，可若是萬一生了個皇子，皇上必定也會十分高興，哪個男人會不喜歡兒子呢？

她拿定了主意，微笑著抬眸，忽地發覺眼前景物不對，怎麼這麼荒涼？她急忙低喝道：「停下！停下！你們這群大膽的奴才，這是將本宮抬到了哪裡？」

一名小太監上前躬身行禮，語氣恭謹，神情卻十分不屑地道：「回娘娘的話，這裡是雲宮。」

什麼？雲宮可是冷宮啊！

淑妃尖叫道：「快抬我回梓雲宮，你們這幫奴才，居然連本宮住在哪裡都不知道！」

那名太監神情更是鄙夷，「回娘娘的話，這是皇上吩咐的，皇上還說，沒在宮中大肆宣揚，亦是為了娘娘您的心情著想，畢竟之前娘娘您聞過那麼多摻了毒的香，若懷胎這幾個月中再是心情不好，小公主恐怕會胎死腹中。」

淑妃的腦子再不靈光，這會兒也聽懂了話裡的意思，皇上根本就不相信她能生出個正常的嬰兒來，所以將她軟禁在這冷宮之中。如果她生下的孩子真的有問題，或許就會直接處置了孩子和她，絕不會讓她們母女活在世上丟人現眼，讓百姓聽到皇家出了個傻公主的笑話。

❖　❖　❖

為了安全起見，郁心蘭窩在府中整整一個月，只覺得骨頭都已經僵硬了。
兩個小傢伙都已經會爬了，更是閒不住，小小的炕頭已經無法讓他們一展身手，他們時常扒在窗臺上，睜大兩隻烏溜溜的水晶眼眸，看著外面碧綠的世界，非常渴望到外面更廣闊的天地去爬行。
郁心蘭笑著拍了拍兩個小傢伙嫩嫩的肉屁股，哄騙道：「是不是想出去玩？等爹爹回來了，讓爹爹帶咱們娘兒仨一起出去玩兒好不好？」
身後忽然傳來赫雲連城的笑聲，「妳怎麼知道今天我會提早回府？」
郁心蘭轉頭一瞧，只見赫雲連城和明子期笑盈盈地站在暖閣門前，她忙下了炕迎上去，讓紫菱領人沏壺新茶。
明子期直接撲到炕上，在曜哥兒臉上親了幾口，抱起悅姐兒，一上一下地舉著，逗她玩兒。
赫雲連城由著他去，拉著郁心蘭坐到一旁道：「總算是告一段落，可以在家休息幾日，妳想去哪裡玩，我都陪著妳。」
郁心蘭笑了笑，「你若是能休息幾日，那就不急，先好好休息一下，養足了精神，我自會想到玩處。」
明子期回頭朝他二人道：「你們去哪兒玩，我也要去。」
赫雲連城沒好氣地道：「找你九哥玩去，別來打攪我們。」
明子期輕哼一聲：「他如今有江南陪著玩兒，哪裡還差了我呀！」說著抱著悅姐兒湊過來，嘿嘿笑道：「你們兩個出去玩，總得有人幫你們帶孩子是不是？」
郁心蘭噗哧笑了，赫雲連城也哭笑不得，只得道：「那就說好了，你就是幫著帶孩子的。」
明子期半點不以為忤，還樂呵呵地舉了舉悅姐兒，「哦，表叔帶妳去玩兒嘍。」
過不了多會兒，兩個男人又開始談論起正事，赫雲連城道：「總算是將七年前的主謀給抓住了，清理了兩批叛黨，朝政終是能平靜一陣子了。」

郁心蘭好奇地問道：「難道一個漏網之魚都沒有嗎？」

明子期向她解釋：「那都是些從屬，只要安王這個主謀落網，他們也必不敢興風作浪。不過王丞相這回吃了不少苦頭，不知以後會不會整出什麼妖蛾子來。」

要說這王丞相在朝野之中的根基的確是深厚，自他被關入天牢之後，就不斷地有朝臣上書建安帝，說道老丞相為國為民忠心耿耿，必不會犯下如此滔天罪行，還請皇上三思。因為上書的官員人數眾多，其中還包括許多封疆大吏，建安帝也不得不小懲大戒，只打了幾板子，懲罰他不辨是非，入宮擾亂宮中秩序之罪，就將其放了出來。

郁心蘭哼一聲：「他都要七十了，還不上書乞骸骨嗎？」

只要王丞相的官職沒了，他那兩個兒子的靠山也就沒了，畢竟提拔誰為新任丞相，是皇上說了算的。

明子期笑道：「正是捨不得權勢，才不願乞骸骨，不過他的時日不多，若真是想兒子謀劃到丞相之位，就必定支持一位皇子了。」

而這個人選，不用明子期說，郁心蘭也知道，必然是仁王莫屬。

赫雲連城淡然道：「管他支持誰，反正太子是由皇上來冊封的。」

好不容易休息幾日，赫雲連城不想再提這些事，只是對於沒能從榮琳郡主口中問出是何人傷了她，他倒是有些介懷。榮琳郡主在救入宮中之後，就由吳為親自出馬醫治，可惜她的傷太重，只昏昏迷迷地撐了兩天，便逝去了。雖然後來秦公公自己承認了，可畢竟沒有聽到榮琳郡主親口說打傷她的是秦公公，總是讓人覺得不放心。

三人坐在炕上又聊了會兒閒話，明子期從懷裡摸出一柄精美的小匕首，狀似隨意地丟到郁心蘭面前，努著嘴道：「喏，送妳了，這匕首小，妳可以帶著防身，比妳的簪子好用得多。」

他平素不大喜歡戴些玉冠、玉佩之類的，隨身的物品只有這麼一把匕首，玄鐵製成，削鐵如泥，送給郁心蘭防身最好。

郁心蘭見是匕首，大喜過望，忙拿在手中，將匕首從鞘中拔了出來細看。赫雲連城只隨意瞥了一眼，見匕刃上刻著一個「悳」字，不由得抬眸看了明子期一眼，「這是你的防身之物吧？」

明子期的宮名叫明悳，皇子出生後，一般都會取一個單字的宮名，再取一個雙字的表字，平日用表字相稱，若是日後成了新皇，就只用宮名，因為宮名都是生僻字，不會讓百姓們有諸多避諱，而其他的兄弟則只能棄宮名，而用表字了。

明子期故作鎮定地道：「哦，也不算我的防身之物，一時好玩刻上去了，你若覺得不妥，就抹去好了。」

那字很小，郁心蘭一開始以為是什麼圖案，這會子才發現是字，抬眸看向赫雲連城，等他拿主意。赫雲連城將匕首拿在掌中，用內力蹭了蹭，沒有蹭掉，便道：「先這樣吧，等我找到合適的匕首，再還給你。」

明子期的心中一滯，面上卻隨意地笑道：「何必這般見外，你找個小刀慢慢磨，總能磨掉的。」

我只是想，有樣東西能陪著她就好，即使沒有我的名字也沒有關係。

雖然匕首上有明子期的名字的確是不妥，可是郁心蘭真的很喜歡這把匕首，就哀求地看向赫雲連城。赫雲連城無奈地道：「妳先拿著用吧。」反正他會找到辦法將那個字抹去的。

赫雲連城在家中陪了小妻子三日，又帶著娘兒仨去京郊的別苑小住了兩日，才正式回朝。此時安王一黨已經被定了罪，在菜市口凌遲處死。想著這樣的場面十分血腥，郁心蘭好幾日不曾出府，直到某一天接到巧兒悄悄派人傳回的字條，請她到某處客棧裡相見。

郁心蘭已經通過明子期幫巧兒弄到了一張全新的戶籍，按戶籍上的說法，巧兒不是京城人士，只是遠嫁來京城，可惜沒幾日丈夫便故去了。這倒也正合了赫雲榮的命運，雖然他現在還沒有被處斬，但是離死期也不遠了。

巧兒見到郁心蘭，忙上前跪倒，「見過大奶奶。」

郁心蘭笑道：「妳如今可是個自由人了，何必行此大禮。」說著拉起她，將戶籍資料和約定的銀票、地契交到她的手中，「妳今日就可以搬去了，裡面我已經讓紫菱和安娘子幫妳收拾過，家具什物都是全的。」

巧兒又再道謝，從房間內叫出來一名小丫頭，指著她問：「大奶奶可否對她還有印象？」

郁心蘭覺得這小丫頭眼熟，卻沒細想起來，巧兒便解釋道：「她原是榮爺給我買的丫頭，後來被惜奶奶給要了去的。這陣子西府那邊手頭緊，賣了不少婢女和小廝出來，我正好遇上她，便買下了，她聽到了一件事。」

郁心蘭神情一斂，巧兒又道：「她說，她親耳聽璉爺說的，璉爺派人給大爺和三爺下過毒。」

郁心蘭眼睛一亮，一直沒找到下毒之人，原本以為是榮爺了，哪知赫雲連城去審問的時候，榮爺聽到這話，一臉的驚訝，似是根本不知情。開始赫雲連城還以為他是想裝傻，後來一想，參與叛亂已然是死罪，赫雲榮沒必要否則這一條的，卻原來下毒的另有其人。

那小丫頭聽郁心蘭問話，忙福了福身回話道：「婢子的確是親耳聽到的，璉爺在與惜奶奶的兄長商議，要將下毒之事汙在榮爺的頭上，說道『此事東府那邊必然不會甘休，須得尋個替死鬼才妥當』。正巧惜奶奶也聽到了，就與璉爺商量……原來惜奶奶也是知情的，下毒的人也是她找的。璉爺一直想當世子，只是得先除去東府那邊的幾位爺，他在外任上才得了那香料，忙使人給了惜奶奶。」

郁心蘭想了想問：「有沒有說，為何只給大爺和三爺下藥？」

「說是二爺是個傻的，不用理會，四爺卻是因為一直沒尋到機會。」

郁心蘭想了想，便想通了，四爺年紀不大，身邊的小廝年紀也不大，還沒什麼發財的心思。倒是赫雲連城身邊的長隨都已經是有兒有女的人了，有了生活壓力，自然覺得錢不夠使，這樣便很容易被銀錢所打動。

她得了這個訊息，自然是立即使人告訴了赫雲連城，沒多久，大理寺便差人到西府提人。那赫雲璉平日裡沉默寡言，可是卻熬不住刑，沒抽幾鞭子便什麼都招了。這下子罪名坐實，雖不至處死，但也得流放，奪去一切功名。

程氏聽到訊兒，哭得上氣不接下氣。她身邊得力的嬤嬤急跑進來，附在耳邊小聲稟告道：「夫人，老奴打聽到了，是東府那邊的大奶奶得了訊兒，告的密。」

程氏眼淚一收，厲聲問：「千真萬確？」

那嬤嬤用力點頭，「千真萬確！當時那邊的二奶奶和三奶奶就在宜靜居裡，親眼見她拉了長公主進內室，一會兒出來之後，長公主便使了人去衙門裡尋靖大爺。」

程氏恨得牙根都是癢的，「好妳個郁心蘭，都是一家人，為了這麼點子小事，妳就急頭白臉地告上大理寺，妳是想讓我斷子絕孫不成！」

❖ ❖ ❖

安王在朝野上下經營了二十餘年，勢力也不可小覷，況且這時代流行連坐，一人犯法，全家都得被牽連，因此大理寺的牢中已經人滿為患了，可是除了安王一家被淩遲處死之外，其他的人卻要慢慢審慢慢查。因為建安帝不希望史書將他寫成暴君，所以沒有犯下太重大罪行的大臣，他還是打算網開一面的。

大理寺卿方正無可奈何，只得先將犯人的身分都復查了一遍，看有沒有之前就關押進來的，能判刑的判刑，能流放的流放，先將牢房空出來一些。這麼一瞧，就發現了甘老夫人。甘老夫人自被關入大理寺大牢之後，先是謹王一案，接著又是安王一案，她的事情一直沒來得及處理。

方正的女兒是赫雲策的妾室，以前方正只是一個偏遠地區的小縣令，攀上定遠侯府的二爺，那叫榮幸，而如今他已經是正四品的大理寺正卿，嫡出女兒卻只是個妾，就十分傷顏面了。所以將女兒抬為赫雲二爺的平妻，是方家一直在努力的目標。

而若要想將女兒抬為平妻，首先要正妻同意，其次要甘氏和侯爺同意。李尚書的女兒正是赫雲策的嫡妻，也是抬為正妻的一大阻力。

此番安王一案，兵部李尚書雖沒牽涉在內，但因李尚書之前跟著王丞相去宮中鬧什麼代理監國一事，也是受了處罰的，而且方正的手中還有幾份其他官員供認出來的一些瑣事，雖不算大，但對李尚書的官聲卻很有影響。因此方正極有把握說服李尚書，讓李尚書向其女施加壓力。

可是甘氏這邊，因為侯爺也有一位高貴的平妻之故，甘氏是極為憎惡「平妻」這個詞的，否則當初方姨娘懷孕之時，就極有可能被抬上來了。

方正之所以能升得這麼快，很大的原因便是因為他為人圓滑、通世故，他幾乎是立即想到，這是賣給甘氏一個大人情的絕好時機。

不過，要將甘老夫人放出，卻也有點難度，畢竟她的罪名是意圖謀害皇族。方正尋了個時機，攔住來大理寺辦差的莊郡王明子恆，極為有禮地請明子恆「借一步說話」，然後將自己的難處，以及甘老夫人年紀如此老邁，兒子又是為國捐軀的忠烈，若是王爺您堅持要處置甘老夫人，世人難免覺得您過於嚴苛云云，細述一番。

這件事情說到底，若是莊郡王和莊郡王妃唐寧不追究，甘老夫人的罪名也就可以當作不存在。

明子恆對定遠侯府那一家子的恩恩怨怨再清楚不過了，雖然方正的話說得完美，句句都彷彿是在為莊郡王考慮，其實真正的目的他一眼就能看透。不過，他正要趁機拉攏朝中官員，自然願意給方正這個人情，說了幾句點到即止的施恩之語後，便大方地同意了放甘老夫人一條生路。

只不過，偏不巧，這番話被無意中途經此地的仁王明子信給聽了去，明子信立即使人給建安帝上了一封密摺。

密摺呈上之後，明子信便尋了個藉口，帶著兩位王妃入宮探望母妃，一家子在回雁宮閒話家常。

劉貴妃見皇兒有些心不在焉，便打發兩位媳婦去外殿等候，好詢問明子信原故。聽了兒子的話後，劉貴妃蹙了蹙眉頭問：「你是不是覺得你父皇現在還沒宣莊郡王入宮斥責，不如你所期望？」

明子信正色道：「正是！律法豈能容他二人如此輕慢？」

劉貴妃端莊地搖了搖頭，「水至清則無魚。若是皇兒你不能容忍官員們有一點點小私心，那麼誰會甘心情願為你辦事？皇上是深諳此理的，所以他絕不會為了此事便去責罰莊郡王和方大人。」頓了頓又道：「你如今雖得了王丞相的鼎力支持，可也不能得意忘形，你父皇想要辦王丞相很久了。」

明子信的眸光一暗，「可是，孩兒還想借用王丞相的勢力……」

劉貴妃淡淡一笑，「借是可以，但切莫像永郡王那樣落個被牽連的下場。」

明子信忙道：「孩兒明白。」

劉貴妃又壓低了聲音，面授機宜，明子信一一記在心中。出了宮後，明子信便向郁玫道：「府中安靜好一陣子，京城裡這段時日也是緊張萬分，如今風浪過去，正該熱鬧一番了。」

郁玫會意，忙笑著應道：「臣妾明白，臣妾這就安排聚會事宜，不知王爺想邀上哪些大人？」

明子信道：「待我想好了，再將名單給妳吧。」

那廂，甘氏聽聞母親被放出來了，忙到宜靜居同長公主稟告，要求回甘府一趟。程氏正在宜靜居裡哭鬧，想讓長公主幫忙求情，至少將璉兒的罪名給抹去，按家務事來處置，回府之後任打任罰，就是不要關入大牢、流放邊境。

長公主被程氏纏得幾乎要流淚了，聽到甘氏的話後，就彷彿尋到了一線陽光，忙道：「既是妳母親回府，妳就回去看看吧，那……我還要麻煩大嫂代我去探望一番才好。」

這話兒說得極是合宜，就平妻的身分來說，甘老夫人有點什麼事，長公主去探望也是應該，只是她身分尊貴，自是不可能親自去，派程氏代表她去，卻是可以的。

甘氏心中有氣，她母親是從牢房裡放出來的，有什麼可探望的，莫不是想去看母親的笑話？只是她如今氣勢不比從前，沒有拒絕的權力。程氏這會子只想著討好長公主，自然是一口應承下來，陪著甘氏去了甘府。

在牢裡待了幾個月，雖然甘氏和甘家的人都四下打點，使了不少銀子，可甘老夫人仍是瘦成了人乾，精神亦是不濟。程氏只是象徵性地問候了兩句，聽得甘老夫人並不知道自己兩個兒子的近況，就拿帕子掩了鼻，藉口讓她們母女說說話，到一旁的小廳裡坐著去了。

而甘老夫人待程氏一離開，便焦急地拉著女兒的手道：「若是有個姓譙的人求到妳頭上，不論許了什麼好處或者拿什麼來威脅，妳都萬不可答應。」

甘氏聞言方一怔，「姓譙的？我又不認識，怎會來求我？」

甘老夫人把眼一瞪，「以前的事妳當真以為妳想作罷便作罷了？」

甘氏這才想起一件事來，當下臉色一白，哆嗦著嘴唇道：「不是說……安王的黨羽都已經被抓了嗎？應該沒有漏網之魚吧？」

甘老夫人閉了閉乾澀的眼睛，緩緩地道：「希望如此。若還有人遺漏掉，就真的是天要滅我們甘家了。」

甘氏也被嚇得再不敢多說一個字。

回程的時候，甘氏明顯心不在焉，程氏也擔心著兒子，卻焦躁地左顧右盼，忽然，一個少婦的身影出現在她視野之中，她忙敲敲車門道：「停車！停車！」

甘氏不耐煩地問：「怎麼了？」

程氏不理她，招手讓嬤嬤跟過去偷聽，兩隻眼睛直直地盯著那個少婦，只見少婦一身普通小康之家的婦人打扮，頭纏藍巾，卻掩不住秀麗甜美的容顏。此人正是巧兒。巧兒見著蕪兒走出香雪坊，忙緊上前兩步，笑道：「蕪兒，來送帳冊嗎？」

蕪兒回頭見是她，忙將她拉到馬車上，小聲問：「妳怎麼到這兒來了？」

巧兒笑道：「我已經買好了兩個丫頭、一個婆子，打算明日一早便搬家了。」

她的戶籍安排在京郊，要出城的，而且大老爺和程氏並沒受到牽連，她以後也不能隨意入城來，所以才會想來跟蕪兒道個別，同時也讓蕪兒向大奶奶帶聲謝謝。

她將自己親手繡的兩雙小鞋子交給蕪兒，笑道：「我沒什麼好送的，請奶奶別嫌我的手藝不如千葉就行。」

蕪兒接了包袱，巧兒便下了馬車，自個兒走回了客棧。

回到府中後，程氏恨得砸了一地的碎瓷片，咬牙切齒地罵道：「原來，全是郁心蘭那個賤婦諂害的！我要殺了她，殺了那個巧兒！」

大老爺聽她說了後，當下亦是大怒，卻還有一絲理智，斥她道：「家中如今是什麼光景？妳不老實待著，還想著殺誰？殺人不用償命的嗎？」

程氏卻早就想好了，咬著大老爺的耳朵道：「如今才是好時機，赫雲連城這回抓了多少官員？難道就不曾得罪一個人？江湖上多的是殺手，隨意請一個來，誰知道是咱們請的，不是那些官員的家人請的？再者說，咱們動不了大的，就動小的，總之要讓他們嚐一嚐咱們受過的苦。」

大老爺一聽覺得有理，卻又害怕這麼做的後果，遲疑了許久，仍是道：「罷了罷了，就用這個去說服長公主，讓她放過璉兒便成。」說罷直接進了內室。

程氏恨得朝他的背影猛啐了一口：「沒用的東西，還是個男人呢！」

❖　❖　❖

郁心蘭拿著請帖細看，將時間排了一下，明日有三家宴客的邀請，都是場面上不好推辭的，她只得每家都去一趟，然後半路告罪開溜，最後一站自然是郁府。

想到弟弟郁心瑞最近常說起，父親總是回府便去教那個寡婦的兒子一事，郁心蘭就隱約覺得，這個託孤，託得很不簡單。

郁心蘭正想著明日怎麼開口跟父親商量那對母子的事兒，窗外送入一股涼風。

雖是盛夏，但這股拂進來的夜風卻十分陰涼，郁心蘭不由自主打個寒噤，忍不住心裡犯嘀咕，怎麼這麼鬼氣森森的？明明才六月初，還不到中元節呀……不會是這聚會有什麼問題吧？

尋思到這兒，郁心蘭便將三張請柬又拿在手中仔細翻閱。

大盛夏的，一般的聚會都會安排在下午晚邊或者直接就是夜裡，比如賞曇花、遊夜河這類，這幾張請柬也不例外，她原是想著去主人家隨意坐一坐便走，可是黑燈瞎火的，一腳踩空掉到河裡怎麼辦？

郁心蘭愈看愈不想去，這樣的請柬，長公主婆婆也應當收到了一份才對，她抬眼瞧了下案几上的漏刻，見時辰尚早，便吩咐紫菱和蕪兒跟上，到宜靜居去請求婆婆。

待傳喚進入花廳之後，郁心蘭便說明來意：「哪家都不好拒絕，媳婦想著還是分開去的好。」

話音才落，紀嬤嬤便笑道：「大奶奶真是心思靈巧，方才殿下還在為這事兒著急呢。」長公主的確是正在煩惱這事兒。

郁心蘭給誇得有些不好意思，「嬤嬤過譽了，我只是想著，一般人家送請柬，除了母親這裡和靜思園，應當也會單獨給幾位小叔才對，不如咱們各去各的，這樣也省得坐一坐便離席，顯得對主人家不尊重。」

長公主笑睇著她道：「妳這主意挺好，我原是想著怕主人家請客，咱們府上的人卻到得不齊，好似有意怠慢，卻也忘了這一碴。」又笑了笑道：「宮中已經傳了消息給我，侯爺已經啟程回京了，他一人帶親兵先行一步，應當不過十日左右就能返京，到時府裡總是會要辦個接風宴的，我們再回請便是了。」

說完，轉頭吩咐柯嬤嬤去請甘氏和二爺、三爺、四爺及幾位奶奶過來相商。

因為赫雲家的幾兄弟都在朝裡任職，所以旁的府上請客，送請柬都是送一套，人人有一份。偏偏這三個府上將時間定在一塊兒，誰也辦不到面面俱到，所以都一口應下了長公主的提議。

長公主便笑道：「那就這麼定了。我與靖兒、蘭兒赴郁府的聚會，甘夫人妳帶策兒兩個去莊郡王府，老三、老四你們兩兄弟一起去安慶侯府。」

郁心蘭抬眸瞧了一眼笑得美美的婆婆，心底下不由得暗生欽佩之意，到底是皇宮裡生存過的人，一轉眼就將這裡裡外外的關係給看透了，均勻了，也躲開了。

目前朝中的局勢漸漸明朗，明子期的態度一直就是不爭的，現在永郡王明子岳還被幽禁在宮中，皇上到底要如何發落，到現在都沒有一個準訊兒，因此有競爭力的就是莊郡王明子恆與仁王明子信了，這兩人都是打親和力牌，以禮賢下士出名的。

莊郡王府的聚會請了朝中不少達官貴人，用意自然是十分明顯了，聽說仁王府也要辦同樣的聚會，只不過是請柬下晚了一步，只得暫時錯開，免得有些想請的人請不到。

赫雲連城與莊郡王是自幼的玩伴，現下他不想再參與到立儲一事之中，可是卻也不好直接向莊郡王表明態度，只能用暗示的方法，免得撕破了臉面。

平日裡還可以用公務繁忙為藉口，可是夜宴如何能不去？如果明子恆在聚會上提出什麼要求，赫雲連城若是拒絕，莊郡王便是當下不說什麼，日後若果真稱帝，對赫雲連城肯定心有芥蒂。可是甘氏和赫雲策去卻大不相同了，他們面上亦能代表侯府，可是實際上卻無法替代侯爺或赫雲連城應下任何事情。

連談判的對象都沒有，明子恆便是有什麼要求也說不出口，而且這樣一來，他也應當能明白赫雲連城的意思了。

而安慶侯府是劉貴妃的娘家，因為仁王要晚幾日才能下請柬，所以就由安慶侯府出面，暗地裡同莊郡王爭奪賓客。而長公主或是赫雲連城出席，亦會遇上與莊郡王府那邊同樣的問題，所以索性由赫雲傑和赫雲飛兩兄弟攜夫人出席，他們倆是有官職無實權的，去了也是白去。

而郁府那邊，只不過是郁老太太嫌悶了，憋了兩個月，純粹的請人去熱鬧熱鬧，倒是最好去的地方，再者又是郁心蘭的娘家，去自己娘家的聚會，而錯過了其他府上的宴請，旁人也尋不到理由來說道她。

眾人聽後都沒有反對，經過謹王和安王叛亂一事後，赫雲策和赫雲傑兩兄弟收斂了許多，總算是知道朝中藏龍臥虎，一個不小心就會被人給陰了去，當了替死鬼都無處喊冤，因而暫時打消了在朝中結交官員的心思，都想等太子正式冊立之後，再開始行動。

只不過，赫雲傑有些彆扭地道：「孩兒能不能自己一個人去？」

這話兒當著三奶奶的面說出來，三奶奶的眼中頓時盈滿了淚水，尖叫道：「赫雲傑，你還有沒有點良心，難道我會死皮賴臉地往人前湊嗎？這話兒你就不能回去再向我提？」

長公主也是一臉責備地罵道：「侯爺早已經說了，糟糠之妻不下堂，雖然這裡坐的都是自家人，可你如何能當著旁人的面，這樣折辱你的妻子？」

赫雲傑的俊臉上顯出幾分尷尬和難堪，卻又十分不以為然，覺得自己是為了赫雲家的顏面著想，現在三奶奶在府中都是以厚紗掩面，根本不敢以真面目示人，若是被外人給瞧見了，豈不是還得花費一番唇舌來解釋？

三奶奶聽到長公主為她說話，眼淚流得更是滂沱，甘氏在一旁看著不滿，忍不住冷聲道：「傑兒是我的兒子，自有我這個當娘的來管教他，殿下若是沒有別的吩咐，我們娘仨就先告退了。」

三奶奶在面紗下狠狠地咬著嘴唇，在心裡大聲咒罵甘氏，有妳這樣當婆婆的嗎？使計想讓三爺休了我，害得我容顏被毀，卻連二娘教訓三爺幾句，妳都要干涉！虧我往日裡這般尊重妳，妳卻是這樣待我，姓甘的，若是哪天妳有事兒犯到我手裡，看我不會鬧個天翻地覆，扒下妳這張老臉皮！

甘氏自是聽不到三奶奶的心聲，只拿兩隻大眼瞪視著長公主，人都站了起來，就等長公主說送客。長公主對甘氏的無禮已經習以為常了，只淡淡地「嗯」了一聲，端茶送客。

剛送走他們，赫雲連城下衙回府，先到母親這兒來請安，見這個時辰小妻子也在，不由得詫異地問：「有事嗎？」

長公主笑道：「沒什麼，就是為明日赴宴的事商量了一下，你也累了，蘭兒妳跟靖兒回去吧。」

小夫妻倆施禮告辭，攜手回了靜思園。路上郁心蘭已經將明日的安排說了，赫雲連城只握了握她的手，溫言道：「我正好尋了個有趣的事物，送給老太太解悶。」

郁心蘭問是何物，赫雲連城卻神祕地笑笑，搖頭不告訴她。郁心蘭氣得一扭頭，瞪大眼睛看著他道：「什麼東西這麼神神祕祕，再不告訴我，一晚上不跟你說話。」郁心蘭自以為樣子兇惡，殊不知，她眼含秋水，臉泛緋紅，在燈籠的燭光下這麼一回眸，看起來卻是嫵媚無比。

赫雲連城的眼神立即燃起了火，被他這樣瞧著，郁心蘭的胸口「咚咚」直響，只覺又慌張又甜蜜，渾身漫上發軟的感覺，似乎挪不開腳步了。

丫頭們很自覺地慢下腳步，遠遠地跟在身後，赫雲連城的膽子也大了起來，握住她小手的大掌一翻，改為握住她的手腕，用指腹輕撫她的掌心，麻麻酥酥的感覺立即從掌心直竄入郁心蘭的心房，她紅著臉咬唇嗔道：「快放手！」

赫雲連城只是半側了頭看她，魅惑地輕輕一笑，就是不鬆手。

剔透的墨玉葡萄似的眼珠兒，平日裡清清冷冷的，這會兒竟像是燃著小簇小簇的火苗，帶著一種琥珀的顏色和光澤，襯得他的眉眼越發完美無瑕，那輕輕一笑的瞬間，有如北極破冰消融，陰雨半月後的第一抹陽光。

怎麼會，這樣美？

郁心蘭一時不由有些癡了，震在原地，不得動彈。

見小妻子如此，赫雲連城眼裡笑意更盛，嘴角的弧度亦是愈大，當下展臂一撈，將佳人攬入懷中，半是調侃半是認真地輕聲道：「要看，回屋裡隨便妳看。」

郁心蘭頓時恍過了神，羞窘得恨不能找個地縫鑽進去，只覺耳畔「騰」地一聲，一張雪白的小臉瞬間染上了晚霞，豔麗的紅暈一直漫至纖巧的脖頸。

赫雲連城十分滿意自己對小妻子而言如此有魅力，當即笑得更加魅惑，趁著走入樹蔭處，悄悄往她耳洞裡吹了一口氣。

這下子，郁心蘭連腳趾上的皮膚都開始發燙了。

回到屋內，郁心蘭只幫著赫雲連城換了外衫，便藉口要去看看寶寶，鴕鳥似的逃出了內室，在兩個寶寶的房裡磨蹭了許久，眼見著快三更了，才蹭回屋內。

郁心蘭一進屋，便見燈光昏暗，一絕色美男側臥於榻間，烏黑的長髮隨意披散著滿榻，彷彿半披薄毯，而真正的薄毯卻只輕搭在腰際，身上只穿了一件潔白的長衫，在腰間隨意縛住，衣襟大敞著，露出一大片潔白而堅實的胸肌。

郁心蘭的腦袋又有點發昏，站在屏風處呆呆地望著。

「咕咚」，她聽到了自己嚥口水的聲音……千萬別被他聽到呀。

赫雲連城放下手中書卷，抬眸一笑，「終於捨得回來了？」

說話之時，胸口起伏，光裸的皮膚晶瑩剔透，鎖骨的線條完美流暢，肩膀細微的疤痕在燭光下反著光，讓人一見便生出了些異樣的感覺。

不得不承認，這男人如果不板著臉的話，真是美得妖孽。

郁心蘭忽地憤憤不平，直衝過去將赫雲連城撲倒在床榻上，磨著小尖牙道：「想消遣我？我這把年紀是白活的嗎？」說著就狠狠地咬下去。

反正他都已經擺出一副任君品嚐的模樣了，她也不要太客氣才是！

一夜奮戰。

第二天郁心蘭直睡到日上三竿才醒來，張開眼便見赫雲連城的俊顏上，那明顯的調侃神情。

「醒了？」他問。

「唔。」她含糊不清地答。

「嗯，技術不錯，就是體力欠缺，改日陪我晨練吧。」

赫雲連城將她的散髮繞在他修長的食指上，繞上又鬆開。

郁心蘭被他說得小臉通紅，嘛嘴扭過頭去，卻被扯住了頭髮，疼得「呀」了一聲。

赫雲連城忙將她的頭髮鬆開，焦急地問：「哪裡疼了？是這兒嗎？」

他將大手放在她的髮根處，一點點尋找著扯疼的位置，待見得小妻子委委屈屈地點了頭，忙輕柔地幫她按摩，「對不住。」

郁心蘭輕哼了一聲，享受得差不多了，才拉著他的衣袖道：「我原諒你了。」

赫雲連城忍不住漾起笑容，刮了刮她的小鼻子，「那為夫就多謝娘子了。」

紫菱和蕪兒早就帶著一排丫頭婆子候在屋外了，赫雲連城翻身而起，令她們進來服侍大奶奶，自己則到書房處理公務。

紫菱和蕪兒的臉上都含著笑，促狹的笑。郁心蘭覺得十分不好意思，只能斂容端正坐好，任她們幫著淨面、梳妝。

正忙碌著，門外忽然唱了三奶奶的名兒，郁心蘭便道：「快請進。」

小丫頭打起門簾，三奶奶面覆輕紗，嫋嫋婷婷地走了進來，被丫頭們簇擁著的郁心蘭待她進得屋內，便道：「三弟妹先坐，一會兒我就好了。」

三奶奶輕柔地應了一聲，看到眼前光彩照人的郁心蘭，神情卻是一滯。

那眾人擁簇的姿態、淡然無華的氣質，還有淡淡瞥過來的眼神，有種讓每個男子都忍不住想要去征服她的魅力，為什麼這樣的人不是自己？

三奶奶暗暗絞著手中的帕子，輕柔地笑道：「我還是在外面花廳裡等吧。」

郁心蘭略點了點頭，讓蕪兒跟過去服侍，心裡卻想，明明可以在花廳裡等的，卻特意要進屋裡來，莫不是想找連城？

待得她快速地用了兩口鹹粥，到花廳裡見到三奶奶後，果然聽三奶奶問起：「今日不是休沐嗎？大哥怎的不在？」

郁心蘭道：「他去書房了。」

「哦。」三奶奶的眸中滿是失望。

郁心蘭便道：「妳若是有事找他，我讓人去請他回來便是。」

想著大哥十分寵愛大嫂，或許先求大嫂也是一樣？三奶奶咬了咬唇，方道：「我想請問一下大哥，吳神醫去了哪裡，我……想請吳神醫幫我醫治臉上的疤痕。若不然，我……我這輩子都出不了門了。」

聽了這話，郁心蘭不免有些同情她，尋思著道：「吳神醫過陣子應當會來侯府小住，我讓連城幫著問問吧。」

其實上回吳為就曾跟她說過，三奶奶臉上的坑窪和疤痕，他有辦法治好，不過方法很痛，估計三奶奶支持不住，所以他提都沒跟三奶奶提。

三奶奶忙道了謝，一臉感激地走了。

待到晌午赫雲連城回來，郁心蘭便向他談及此事，赫雲連城道：「吳為說那法子很殘忍，他不想治，再者說，三弟妹也受不了。」

郁心蘭將昨晚商量事情時，赫雲傑說的話學了一遍，「被夫君如此看待，她如何受得了？說不定三弟妹能受得了呢？」

赫雲連城思忖著道：「可是，昨日我才向兵部提了三弟的名，讓他去邊關歷練一番。」

諶華以謀反罪被抓，他的父母親自然也受到了牽連，已經在解押入京的路上，但是邊關不可一日無守將，而侯爺又不在京中，因此兵部尚書才尋了赫雲連城，問他有沒有合適的人選，赫雲連城便提了赫雲傑的名。

郁心蘭不由得蹙眉，「他？」語氣裡很是不信任。

赫雲連城正色道：「三弟是有些缺點，不過他與二弟比起來，武功、戰略方面都要強上許多，另外，他留在京中，只會與那起子紈絝吃喝玩樂，還不如去邊關鍛鍊鍛鍊。」他頓了頓又道：「原本我是想提名四弟，不過四弟昨日才與我說，四弟妹好像有喜了。」

郁心蘭眼睛一亮，「岑柔有喜了？怎麼沒聽她說？」

赫雲連城笑了笑，「可能想再等些時日吧，反正四弟已經是一臉喜氣了。」

那應該是確定了。郁心蘭忙讓紫菱先將賀儀準備著，待靜法園那邊報了喜訊過來，就能立即送過去。

說話間便到了下晌，兩人先去宜靜居尋了長公主，一同去郁府玩耍。

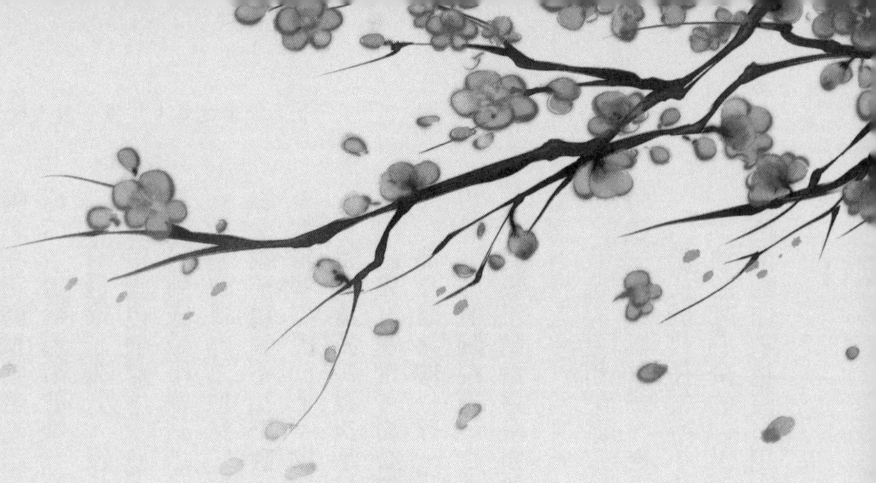

參之章

借手殺人敗形跡

郁府請的客人不多，郁心蘭把兩個滾圓的小寶寶抱到老祖宗面前，逗得郁老太太樂得合不攏嘴。在花廳裡陪著老祖宗閒聊了幾句，見娘親完美無缺的笑容裡有那麼一線憂色，郁心蘭便尋了個藉口，請娘親陪著她一同回了槐院。

身邊沒了外人，溫氏便抹起眼淚，哽咽著道：「妳父親真是愈來愈渾了，一下朝回府就去探望那母子倆也就罷了，偏還是當起了教書先生，在那院子裡一留便是大半日。雖說身邊也有小廝陪著，可到底是不像話，我昨日同他說起，他還責罵我善妒。」

「前日妳二伯父二伯母返回寧遠城，我老早便同妳父親說，正好可以讓她們母子一同回寧遠。妳父親卻罵我不知禮數，連這點子人情道義都不懂，分明是要陷他於不義。我氣不過，便說請大哥大嫂幫著照拂一下，也是照拂，不一定非要留在京城之中，卻還被大夫人給駁斥了……」

說到這兒，溫氏越發的傷心，「從那日起，妳父親就一直是宿在大夫人那裡。見了我也不願與我說話兒，連帶著對心瑞都開始冷淡了。」

郁心蘭氣得「砰」一拍桌子，「呸！我才不信他就是為了同鄉之誼呢！這麼大把年紀，心裡還想著這些個齷齪事，也不怕閃了那把老腰！」

溫氏沒聽過這麼粗的話，當下便羞得紅了臉，拉了拉女兒的衣袖道：「別這樣說，他終歸是妳爹爹。」

我還有更粗的話沒罵呢！郁心蘭撇了撇嘴，只得好言安慰娘親：「那母子住在哪裡，妳使個人帶我去，我幫著勸一勸。」

溫氏聞言便舒心不少，忙讓張嫂帶路。

要說郁心蘭的口舌還算是伶俐的，可是如果遇到一個一問三不知，說什麼都沒回應的泥菩薩，再伶俐的口舌也沒有用。無論郁心蘭是威逼也好，利誘也好，那俏寡婦只是可憐兮兮地搖頭，一徑兒回道：「先夫託孤於郁公，便是要民婦一切聽從郁公的吩咐，民婦什麼都不懂，回不回寧遠，且都由郁公安排便是。」

直把郁心蘭差點氣得頭頂沒生了煙。

王氏恰在此時到訪，扶著紫絹的手進了屋，見到郁心蘭便是眉頭一蹙，「妳是來當說客的吧？哼，當初說我不能容人，我看妳娘也是一潑婦，裝什麼溫柔賢慧！」

郁心蘭臉色一沉，敷衍地行了個禮，漫聲道：「我娘親不能容人便會直說，不像有些人，特意將人接入京來，卻又容不下，何苦來哉？」

說完也不再看王氏，徑直告辭了。

這事兒不對，王氏何時變得這麼大方了？她有可能會為了氣娘親而容下這對母子，可絕不會這麼好心，聽說自己來了這小院就特意趕來，生恐自己會花言巧語將人趕走。

郁心蘭想了想，見天色不早，晚宴快要開始了，便讓張嫂先去前面幫助娘親，自己則到竹院去看一看小弟弟。

因為溫氏不在，大丫頭、二等丫頭們都隨著溫氏去待客了，小丫頭們忙完手中的活，便都尋了地方休息，竹院裡空蕩蕩的。郁心蘭徑直走入東廂房，房裡仍是沒人服侍，只有龍哥兒躺在小搖籃裡睡覺。

郁心蘭輕手輕腳地走近，想看一眼弟弟，哪知竟被眼前的一幕給嚇了一大跳。一隻手掌那麼大的黑蜘蛛，正順著錦墊往龍哥兒的小臉爬去。

雖然恐懼一層層的漫上心頭，但郁心蘭的手依然十分沉穩，迅速地拔下髮髻上長長的玳瑁簪，不帶一絲猶豫地衝著那隻大蜘蛛的身體，狠狠地扎了下去。

扎下去後，迅速地將簪子和蜘蛛一同遠遠地拋在地上。

大蜘蛛的幾隻腳用力劃了幾下，才僵硬著死去。郁心蘭這才拍著胸口舒了一口氣，方才，她幾乎以為蜘蛛會在將死的那一刻，跳起來狠狠地咬她一大口。

這番動靜吵醒了睡得正酣的龍哥兒。小孩子都有起床氣，沒睡到自然醒，就會焦躁得大哭大鬧。郁心蘭忙將龍哥兒抱在懷裡輕拍著，哄著：「龍哥兒乖，不哭了，不哭了！」

哭聲引來了本該守在屋裡的小丫鬟，這個小丫鬟是新買入府中的，以前從未見過郁心蘭。此時看見她家夫人的兒子，在郁心蘭的懷裡哭得上氣不接下氣，眉毛頓時皺了起來，剛要發作，便被郁心蘭一個響亮的耳刮子搧到了地上。

「自家的小主子在這兒歇息，後院裡又有這麼多的外人，妳居然讓小主子一個人歇在屋裡，萬一來了歹人怎麼辦！說，看到誰到這房裡來了？」

郁心蘭是見這丫鬟進門時臉上猶帶笑意，便知道這丫鬟定是跑哪裡串門戲耍去了，一時心頭想起剛剛的驚險，更是震怒，張口便罵道：「沒良心的小蹄子，小主子在這裡睡著，妳也敢跑出去！」

那丫頭進了府後，是認過府中的主子的，確定自己不認識郁心蘭，只怕也是夫人哪位好友的女兒，被郁心蘭罵了幾聲，心頭大是不服氣，妳是誰，憑什麼管我們府中的事！

只不過，她到底被人牙子和郁府的教習嬤嬤教導過，又見郁心蘭穿得華美至極，深知自己惹不起，只得自個兒從地上爬起來，低頭咬唇，無聲地抗議。

郁心蘭被這丫頭的模樣給氣得手指都抖了起來，抱著龍哥兒衝到屋外的走廊上，厲聲喚道：「管事嬤嬤是誰！」

安靜的小院子裡，立即探頭探腦地伸出幾個小腦袋，有認識郁心蘭的忙忙地上前行禮，低眉斂目地道：「見過四姑奶奶，竹院的管事嬤嬤是張嫂，這會子她應該在廚房幫二夫人管著膳食。」

郁心蘭瞧了眼天色，也的確是這個時辰了，便讓這名小丫頭去請林管家過來。林管家帶著兩名小廝來到竹院，郁心蘭跟林管家說了前因後果，指著那隻巴掌大的蜘蛛給他看。

林管家一瞧，亦是駭了一嚇，這種大黑蜘蛛一瞧便是有毒的，毒性如何暫且不知，但傷就憑這個頭，小主子被咬上一口，只怕也得腫起半邊臉來。想著這些，他狠狠地瞪了那名小丫頭一眼，「說，這是怎麼回事？小少爺身邊怎麼只有妳一個人了？」

見了那隻毒蜘蛛，小丫頭才知道怕了，嗚嗚地哭了起來，「龍哥兒沒有乳娘，平日裡都是張嫂帶著婢子們照看，今日府中來了不少貴客，龍哥兒在老祖宗那兒玩了一陣子，有些倦了，老祖宗便吩咐說怕龍哥兒晚間沒精神賞曇花，讓婢子帶龍哥兒小歇一會兒。龍哥兒睡前吵著要喝羊奶子，婢子這才趁龍哥兒睡熟了，去廚房取。」

郁心蘭聽了這話便冷笑一聲，喝牛奶、羊奶是她灌輸給娘親的觀念，但這世上沒有比較好的加工方法，不能去除掉奶中的腥味，因此每回都得哄著龍哥兒，他才肯喝，什麼睡前吵著要喝羊奶子，絕對是謊話。

林管家對小主子的事情亦是十分了解的，當下便將眼一瞪，怒斥道：「不說實話是嗎？來人，給我拖下去打十板子！」

小丫頭嚇得撲通一聲跪到地上，驚慌地哭道：「是十兒姊姊叫婢子去園子裡採鳳仙花製胭脂，婢子見哥兒睡得正香，便想著離開一會兒沒什麼……婢子錯了，求四姑奶奶饒了婢子吧！」

挨十板子不見得會死人，但是林管家帶來的可是前院的小廝，被幾個小廝按著打了屁股，她這輩子也就別想嫁出去了。

郁心蘭將眼睛一瞇，看向林管家問道：「十兒是誰？」

林管家忙回道：「十兒是伍夫人的貼身婢女。」

郁心蘭怔了一下，才想起這個伍夫人就是那個俏寡婦，她看向這個小丫頭問：「妳叫什麼，與十兒很要好嗎？」

小丫頭抖著嗓子道：「婢子叫翠兒，婢子與十兒是最……最近才要好的，上回婢子見她做的荷包漂亮，讚了幾句，她便將荷包送給婢子，婢子也回贈了她一個絡子，就……就交好了。」

明顯就是在套近乎，郁心蘭俏臉凝霜，冷冷的視線在竹院中每一個丫頭婆子的眼前盯視而過，嚇得一眾人等不由自主地垂下了頭，她淡淡地問：「方才有誰進去過龍哥兒的房間？」

眾人都立即搖頭，紛紛說自己沒有進去過，還有人大著膽子道：「回四姑奶奶的話，婢子們都是粗使丫頭，沒資格進主子屋的。」

郁心蘭冷冷一笑，「沒資格不等於沒膽子。」見丫頭和婆子們不想說，便對林管家道：「將她們分開關押，一個一個地問清楚，方才在幹什麼，有何人可以作證。若是發現哪個撒謊的，就稟報給老祖宗，直接將全家都發賣了出去。」

林管家立即使了兩名小廝去前院，又調了幾名有經驗的僕人過來，將丫頭婆子們分開看管住，逐一問了。因是之前郁心蘭說出的處罰極重，要將她們的全家都發賣出去，所以無人敢撒謊，得出的結論是，基本上都躲在後罩房裡聊天鬥牌，沒人去過龍哥兒的房間，也沒人見著有誰進去過。

郁心蘭聽得大搖其頭，娘親也太過溫和了一點，自己院子裡的這些下人，主子一不在就全都躲懶，難怪有人敢進屋裡行兇。她蹙眉道：「此事要如何處置，我一會兒尋個時機與老祖宗商量商量。現在賓客們都還在，先將這個小丫頭、院子裡的丫頭婆子以及伍氏院子裡的人，著人看管起來，待明日再來審問。」頓了頓又道：「這隻蜘蛛給我包起來，我要帶走。」

林管家忙差了小廝們進屋，拿了幾張厚厚的牛皮紙，裡三層外三層地將蜘蛛包了起來，放在一只木匣子裡，雙手呈給郁心蘭，又將簪子清洗乾淨，交給郁心蘭。郁心蘭收好東西，牽著龍哥兒的手，乘小轎返回了梅院。

女賓客們都在梅院的花架下坐著，郁心蘭正愁要找什麼藉口將老祖宗拉回屋子裡才好，恰在此時，幾位姑父陪同郁老爺入內院向老祖宗請安。郁心蘭忙道：「請老祖宗回屋坐著，你們再行禮吧。」

請過安，明子信想著與前院的官員們交流，郁心蘭便趁機請大姊夫、二姊夫陪他回前院，將自家人都叫進了老祖宗的內室，將那木匣子打開，把黑蜘蛛倒在郁老爺的眼前，把個郁老爺駭得騰一下跳得老遠，吹鬍子瞪眼地道：「蘭兒，妳要幹什麼？」

赫雲連城以為蜘蛛是活的，立即攔在郁心蘭的身前，待發現是死的，才用手捏起來細看，蹙眉道：「這是西南叢林裡的毒蜘蛛，妳怎麼會有這個？」

郁老爺一聽，頓時便急了，「居然是毒蜘蛛！蘭兒，妳對為父有何不滿，為何要用此物來嚇唬為父？」

郁心蘭撇撇嘴道：「女兒對父親沒有任何不滿，是有人對龍哥兒不滿，放了這隻蜘蛛到他的搖籃裡，若不是女兒一時心血來潮，想去瞧一瞧弟弟，只怕龍哥兒如今已經是一具乾屍了。」

郁老爺和溫氏聞言都大吃一驚，又慌又怒地問道：「可有抓住是何人所為？」

郁心蘭暗翻了一個白眼，淡淡地道：「女兒哪有時間審問？只知是翠兒被十兒給叫走了，屋裡只有龍哥兒一人睡著，兼之管事嬤嬤不在，院子裡的丫頭們也都躲懶去了，所以沒有知道有誰進了院子。」

語氣雖是淡淡的，可那話語裡的指責之意，溫氏如何聽不出來？連郁老爺都斥責溫氏道：「妳那院子裡的人，可要好好管上一管了。之前夫人同我說妳太過溫和，管事不力，我還不大相信，如今一見，果然如此。」

郁心蘭哼地冷笑一聲：「父親不是前不久才說娘親管得過嚴了，不應當說十兒進出外院不合規矩嗎？如今指責娘親管得過鬆，卻為何不問一問，十兒偏在這時機尋翠兒去掐鳳仙花，是安的什麼心？」雖然她也覺得娘親太過溫和了一點，沒將下人們給管住，可是聽父親責怪娘親，她心裡就萬分不舒服。

老祖宗點頭道：「不錯，今日府中宴客，這時節去花園子裡掐鳳仙花，若是衝撞了客人，可如何是好？那個十兒也在府中住兩個月了，應當明白這點子規矩才對。」說著抬頭看了郁老爺一眼，威嚴地道：「雖說十兒是伍氏的丫頭，算是半個客人，但住在郁府，也得守郁府的規矩。這件事，老爺應當查問清楚才是。」

郁老爺老臉一紅，咳嗽了一聲，陪著笑臉道：「請祖母息怒，伍氏一向溫柔守禮，應當只是十兒年紀小，一時貪玩所致。孫兒自會叮囑伍氏嚴加看管，不過她們是客，斷不會有加害龍哥兒的心思。」

老祖宗抬眼看著郁老爺，淡淡地道：「這蜘蛛方才四姑爺也說了，是西南叢林裡才會有的，咱們京城中便是有，也應當在山林裡才對。咱們郁府種的樹本就不多，如何能招來這樣的毒物？此事不能由著老爺覺得誰無辜便放過誰，還是要細細查問清楚才是。」

溫氏在一旁哽咽道：「老爺無論如何要查問清楚，斷不能再留這樣心腸歹毒的人在咱們府中。不論是誰想傷害我的龍哥兒，我都絕容不下他。」

郁老爺還想推辭，赫雲連城神色淡淡，卻又不容人拒絕地道：「岳父大人若是不方便查問，明日下了朝，小婿便來府中相助便是。」

真沒想到赫雲連城會願意出手相助，郁心蘭心花怒放，忙悄悄握住了他的手。赫雲連城不動聲色地回握住，伸出食指在她掌心輕輕撫摸幾下，弄得郁心蘭掌心癢癢的，卻又掙不開他的大手，更不敢當著這麼多人的面用力甩開……那跟打情罵俏是沒區別的。

有了赫雲連城的表態，郁老爺便再不好拒絕，只得應下：「今日先將客人們招呼好，此事待明日再說。」

郁心蘭淡淡地笑道：「的確應當如此，女兒剛才已經令林管家請了梅院的婆子，去將伍氏的小院給看管起來了，審問清楚之前，任何人等不得出入。事先沒同老祖宗商量，就用了老祖宗的人，還請老祖宗原諒則個。」

郁老太太笑道：「妳做得很好，正當如此。我一會兒便吩咐下去，待明日四姑爺來了，同妳父親一同去問一問……沒有當伍氏是犯人的意思，只是滋事體大，她素來溫婉和熙，想來不會介意。」

郁老爺不由得臉皮一僵，老祖宗這話即是告訴他，就是他去了，也不會賣他面子放他進去，必須等明日四姑爺來了，才能放行。

這邊商量妥當，幾位主人家不敢怠慢了客人，忙又分頭去招呼人。

一場夜宴賓主盡歡，圓滿落幕。

郁心蘭回府後，又拿出那隻死蜘蛛翻看，愈看愈覺得毛骨悚然，「真想請吳為來幫忙看一看，這東西到底有多毒。」

赫雲連城用牛皮紙將蜘蛛包住，淡淡地道：「明日我帶去給他看。」

吳為不知怎的中了建安帝的計，打賭輸給了建安帝，不得不在宮中任了個五品太醫，平日裡雖然不用管宮裡的那群娘娘，但必須要負責帝后二人的安全。前段時間大肆抓捕安王一黨，建安帝怕宮中還有其同夥下毒謀害他，所以不讓吳為外出，現在應當算是安全期了，吳為的行動也就自由了一點。

第二日，赫雲連城去上朝之後，郁心蘭便開始扳著指頭數時辰，直到掌燈時分，赫雲連城才從郁府回來，朝郁心蘭無奈地笑道：「只抓到了一個管事婆子，因妳娘親發現她中飽私囊，免了她的差事，所以懷恨在心，聽得十兒和翠兒議論說是院子裡無人，她便大膽去放蜘蛛。」

郁心蘭蹙眉道：「那也得她有這蜘蛛才行，十兒跟翠兒沒事議論院子裡無人幹什麼？我才不相信有這般巧合的事。」

赫雲連城道：「蜘蛛是那婆子在廚房後抓到的，一瞧便知有毒，當時就存了這樣的心思。」

郁心蘭頓時就怒了，「我不相信！這事跟王氏一點關係也沒有嗎？挑撥離間的事她最會幹了！」

赫雲連城道：「都問了，跟妳嫡母沒有關係，不過，我覺得她與那位伍氏應當是熟識的。」

郁心蘭用力點頭，「我就是這個意思，我覺得她肯定認識那個寡婦。若說這事兒跟伍氏和王氏沒有關係，我是堅決不信的。」

赫雲連城握了握她的手道：「此事老太太已經警覺了，旁人應當討不了好去。她老人家雖說年紀大一點，不過比妳娘親還是有魄力得多了。」想了想又道：「吳為看了，他說，那隻蜘蛛已經被人拔了牙，就算咬了人，也不會有什麼大事。」

郁心蘭頓時將眼睛瞪得老大，「什麼意思？那婆子怎麼說？」那隻蜘蛛雖大，可要給牠拔牙也屬於精細活了。

「她自然是什麼都不知道。這蜘蛛肯定是有人放在廚房後，引她去發現的。」

郁心蘭頓時蹙起了眉頭，「毒蜘蛛沒了牙，那就不能將毒液注射進皮膚裡，自然不會有大事，可是他們辛苦辦這麼一樁事，又是為何？」

赫雲連城拍拍她的小臉道：「這事兒妳覺得與誰有關？」

郁心蘭想了想道：「王氏，還有那個伍氏。」

赫雲連城修長的食指敲了敲桌面問道：「為何會有伍氏？就算她想跟了岳父大人，也不用除去龍哥兒。」

郁心蘭嘸起小嘴，「我就是這麼覺得，沒有理由，我想娘親也是這麼覺得的。」

赫雲連城瞇了瞇眼，尋思了一下道：「那就好說了。」

郁心蘭忙湊到他身邊，追著問道：「怎麼說？」

赫雲連城笑了笑道：「若是妳娘親懷疑是伍氏下的手，以後自然會針對她，那麼岳父大人就會覺得伍氏受了委屈，越發偏向她……這應當才是她的目的。」

繞了這麼大一個圈子，就是為了這個原因？郁心蘭簡直不敢相信自己的耳朵。

❖ ❖ ❖

這樣的事情，郁老爺極不願讓旁人知曉，因而對於四姑爺主動要求來幫忙的舉動，心中是不喜的，只是當著老太太的面不敢說，事後便向溫氏說道：「蘭兒到底是嫁出去的人了，以後妳別什麼事情都同她說，丟了咱們郁府的臉面，日後瑞兒、龍兒如何在姊夫面前抬得起頭來？」

溫氏一聽便怒了，當即冷聲問道：「難道蘭兒救下自己弟弟，想抓出幕後兇手也有錯嗎？還是老爺覺得蘭兒不應當救下龍兒，應當讓龍兒順了那些人的心，一死了之才好？」

郁老爺聞言便蹙起了眉頭，「說什麼這些人那些人的？明明已經查得很清楚了，這事兒是那個膽大包天的王婆子幹的，與旁人沒有任何關係，妳這暗指的是誰？」

溫氏冷哼一聲：「四姑爺都說了，這蜘蛛是西南叢林裡才有，如何會在咱們府中出現……」

郁老爺跺腳道：「寧遠城可是在東南，並非在西南。」

溫氏冷然道：「老爺如何知道我要說東南邊的人？」

郁老爺被堵得無語可說，只得站起身來，一拂袖道：「不可理喻！」說罷怒氣沖沖地抬腿便走。出了竹院，抬頭見天色已然全黑，又不想回前院的書房，郁老爺鬱悶無比，只得一人背負雙手，溜達到花園裡慢慢散步。沒走得幾步，便到了小花園偏東南角的假山處。忽聽一陣斷斷續續的笛聲傳來，吹奏的是相思之曲。

這支曲子郁老爺聽伍氏吹奏過多次，知道這是她的亡夫最愛的曲子，當下不知怎麼的心中一滯，怔怔地看著東南方向發呆。

「咦？郁老爺，婢子給老爺請安。」十兒不知何時提了燈籠出來，見到郁老爺，忙屈膝福了福。

郁老爺怔了一下，才回過神來，面帶微笑地問：「這時出來，所為何事？」又瞥了一眼十兒手中的食盒，不由得大皺眉頭，「怎麼，這個時候妳才去廚房取飯？」

十兒忙道：「回老爺子話，不是的，婢子是去送食盒給廚房的林大娘，這食盒是林大娘的。」

郁老爺越加覺得不對勁，拿起一府之主的架子要十兒實話實說，十兒這才吞吞吐吐地道：「是……因為二娘似乎不大歡迎我們夫人和少爺住在府內，所以我們夫人說了，盡量不要麻煩貴府，每日裡吃的飯食，夫人都要婢子算好銀兩送給廚房。只是……我們老爺留下的銀錢少，所以平日裡，夫人都只肯要兩素一葷。昨日府中來了貴客，廚房裡有不少好吃的，今日林大娘就給我們夫人和少爺送了一些過來，說是她請的，因上回夫人幫她繡了一雙鞋，十分合腳……夫人這才收下，婢子這便是去還林大娘食盒的。」

郁老爺一聽，頓感伍氏高風亮節且極有骨氣，不肯受嗟來之食，反觀溫氏卻鼠肚雞腸，明裡暗裡排擠人家孤兒寡母。這般一想，只覺得自己對不住同窗的託孤之請，抬了腳便往小院子裡去。

林管家不得不咳嗽一聲：「咳咳，老爺，夜深了，您明日還要早朝，應當歇息了。」

郁老爺這才察覺時間不對，忙讓十兒該幹什麼幹什麼去，自己則與林管家回正房歇息。

可是這心裡頭若是動了念頭，人就會特別惦記著，第二日下了衙回府，郁老爺便直接去了伍氏與伍少爺住的小院，溫言問候了一番後，又關心起伍少爺的功課，詳細給他講了一篇論策，不知不覺，天色就暗沉了下來。

十兒提了飯盒進來，將飯菜布在小廳的圓桌上，兩素一葷一湯，四樣小菜，配上三碗白米飯，看著十分簡樸。郁老爺原本要走了，這會子卻又改變了主意，吩咐林管家將他的飯食提到這兒來，與伍氏與伍少爺一同用。

林管家覺得這樣傳出去不好聽，只得咳嗽提醒老爺。可是郁老爺鐵了心，還瞪了他一眼道：「若是病了就休息兩日，別過了病氣給小伍子。」

林管家只得含著兩泡熱淚退了出去，吩咐人將老爺的飯食提到別院中來，又暗中差人去稟報二夫人。溫氏聽了訊兒，當即帶了丫頭過來，親自來請老爺回竹院用飯。

郁老爺冷淡地道：「我在這兒用就行了，一會兒還要輔導小伍子的課業，我既然答應了伍賢弟教好他的兒子，就不能食言與人前。」

溫氏好言勸道：「老爺不如請小伍哥兒到竹院用飯，飯後可以一同教導瑞兒與小伍哥兒，在這裡恐怕會令伍氏不便。」

這便是告訴郁老爺，人家是寡婦，總得顧忌一個人家的名聲。可是這般委婉的說法，聽在郁老爺的耳朵裡，就直覺是溫氏在暗指他與伍氏有染，他自問是行得正，坐得端的，心下就十分不滿，厲聲道：「妳說的這是什麼話！成天想這些有的沒的，有這功夫，如何不去想想如何整治好後宅？這才是妳應盡的本分，至於本老爺要如何教小伍子，本老爺自有打算！滾！立即給我滾回竹院去，我不想看到妳這個妒婦！」

溫氏一怔，隨即便嘴唇哆嗦了起來，顫聲問：「老爺此言何意？妾身何時要阻攔老爺教導小伍哥兒？妾身只是提醒老爺，伍氏霜居之人，名聲最是重要，老爺還是不要來得太勤才好。」

郁老爺將臉孔一板，「砰」的一聲猛地一拍桌子，大喝道：「老爺我每次來都有隨從跟隨，何時單獨與伍氏獨居一室過？妳這般心胸狹窄，無端猜忌，可是大方端莊的當家主母之所為？以往看妳溫柔賢慧，卻原來都是裝的，當上主母之後便顯露本性，善妒狹隘，面目可憎！妳立即給我滾回竹院去，好好反省反省，妳這般所作所為，與當初的婧兒何異！」

這樣的話實在是說得太重了，又是當著伍氏這個外人和林管家、長隨等一眾下人的面，溫氏只覺得頭腦中轟一聲巨響，眼前不禁黑了，身子一晃，身邊的丫頭忙一左一右扶住二夫人。

伍氏原是戚戚婉婉坐在一旁以帕掩面的，這會子忙站起身來，柔弱可憐地道：「請大人再莫責備夫人了，自從妾身客居貴府，夫人便對妾身和小兒諸多照顧，妾身感激不盡，若你們夫妻倆因妾身與小兒爭吵，那妾身真是無地自容了。」

郁老爺聽了這話後，更覺得伍氏心地善良，不由得換上一張笑臉，溫言安慰道：「此事與妳無關，是她無故取鬧，沒有容人之量。」

溫氏甩開兩個丫頭的扶持，哆嗦著問：「妾身還請老爺明示，沒有容人之量此言從何而出？難道妾身與幾位妾室不對盤了嗎？還是無緣無故整治了老爺的哪塊心頭肉。」

待客不周與容人之量的確不是一回事，其實郁老爺自話一出口，便知自己說錯了，伍氏也被羞得小臉通紅，尷尬地垂著頭，怕自己愈解釋愈拎不清，只得咬了唇當啞巴。

郁老爺側目看去，玉顏如畫，兩頰暈紅，心中不由得一蕩，目光瞬間便柔和了。

溫氏將此情此景看在眼中，還有什麼不明白的，那一腔想要為自己申冤的心思，彷彿被戳了一個洞的皮球，立即蔫了下去。她將手一抬，一旁的丫頭忙將其扶住。

「走，我們回竹院，去收拾行囊，我要搬回溫府住幾日。」溫氏頗有幾分心灰意冷地道。

郁老爺聽得這話眉頭便擰得死緊，冷哼了一聲：「放肆，一點不如妳意，妳便吵著要回娘家，妳就是這樣當主母的？」

溫氏冷冷地道：「我就是這樣當主母的！」說罷，扶著丫頭的手，頭也不回地走了。

郁老爺氣得七竅生煙，只覺得如今的婉兒愈來愈不可理喻，隨即將怒火發作到上前來勸解的林管家頭上，指著他的鼻子罵道：「你也給我滾！別以為你通風報信我不知道！」

趕走了隨侍的小廝，郁老爺還兀自坐在椅子上生氣。

伍氏只得端起桌上的酒，為郁老爺斟上一杯，柔聲勸道：「何以解憂，唯有杜康。大人喝上幾杯，明日再去溫府將夫人接回府便是。」

郁老爺冷哼一聲：「只要她敢走，那就永遠別回來！」說著端起桌上的酒杯一飲而盡。

伍氏忙又為他滿上一杯，這麼一來一去的，郁老爺很快便喝高了。伍氏忽地話峰一轉，含笑問道：「大人……老爺……老爺可還記得，您以前幫皇上做過什麼事嗎？」

郁老爺迷迷糊糊抬起頭來，看著眼前之人，一時分不清是溫氏，還是誰，便嘟囔道：「問這個做什麼？」

「就是好奇想問問，老爺的印章刻得很好呀。」

郁老爺得意地一笑，「這……是自然，皇上還誇過……我呢……」

伍氏的眸光閃了閃，笑得越發輕柔，「皇上為何誇您呢？您幫皇上刻了什麼嗎？」

郁老爺得意地將兩手食指和大拇指扣在一起，合成一個大大的圈圈，「這麼大的印章，都刻得一模一樣。」

「這麼大？那是什麼印章？」

郁老爺的眼神忽然凌厲，瞪視著伍氏，嚇了伍氏一跳，身子不由得往後靠了靠。郁老爺卻又隨即迷糊了下來，只嘟囔道：「不能說，死也不能說，說了會死……」

說完這話，郁老爺便咕嚕一聲滑到地下，伍氏忙拉開門，讓小廝們進來，扶郁老爺回正房。

次日一早，十兒便出府為伍氏採購針線，她走著走著，便到了丞相府的小角門，一名丫頭早就等在角門處了，聽到動靜，忙將門拉開。

待十兒進了丞相府，一道黑影從樹蔭處閃出來，幾個縱身沒了蹤影。

下了早朝，明子恆便收到了一張便條，上面寫著：「郁、假章。」

他神色一凜，暗蹙了蹙眉。

而昨晚，郁老爺說的話儘管含糊不清，也儘管聲音很低，但守在門外的一名小廝還是耳尖地聽見，忙不迭地跑去找王氏領賞，王氏迅速將消息傳給郁玫。

明子信面如死灰，喃喃地道：「若是被朝中大臣們知道……」

秦肅正想說話，門外便聽得太監唱名道：「王丞相來了。」

明子信忙將王丞相請了進來，王丞相也不避忌，開門見山地道：「我知道了一個祕密，可以說是王爺的一個機會。」

明子信聽得心中一顫，「什麼機會？」

王丞相胸有成竹般的一笑，「請皇上禪讓的機會。」

明子信與秦肅對望一眼，不由得心中又是警戒又是驚疑，秦肅幾不可見地微微搖了下頭。

明子信立即會意，垂了眼眸，半笑不笑地威嚴道：「小王只盼著父皇身康體健，長命百歲才好，何來逼宮之說？小王念在王丞相為國為民操勞一生的分上，就當此話沒有聽過，以後切莫再提。」

王丞相哪裡是這般好敷衍的？當下便拈著鬍鬚大笑道：「殿下千萬別說你還不知道，你那岳父大人曾幹什麼事情！殿下若是不願與本相相商，本相這便回府歇息，反正這件事傳將出去將會如何，相信殿下你比本相更為焦急。」說著，就真的起了身，腳步不停地往外走。

話說到這個分上，明子信和秦肅便知道王丞相已經全盤知曉了，再隱瞞也沒有意義。而且王丞相敢來直言，就必定留有後招，若是惹得他不快，只怕後果更為嚴重。畢竟這事情就像王丞相所說的那樣，著急的只有他們這幾個皇子，因為父親的皇位來得不正統，若是被臣子們知曉，父皇的龍椅坐不坐得穩都難說，他們這幾人就更沒有繼承大統的資格了。

秦肅忙站起身來，笑容可掬地攔住王丞相的腳步，「丞相何必大動肝火？殿下並非不信任丞相，而是身為人子，做不出傷害父親的事情來。」

王丞相駐了腳步，卻只是半仰著頭看牆上的字畫，並未重新落座，也未發出一言。明子信見此情景，忙繞過書桌，向王丞相揖了半禮，含笑道：「還請丞相就座，咱們慢慢商量。」

王丞相的眸光在明子信含著謙遜笑容的俊臉上回轉一圈，這才回了座。秦肅親自給王丞相斟了一杯新茶，將茶盅雙手奉入王丞相掌中，含笑道：「殿下與我年輕沒經過大事，朝政之上，還請丞相多加指點才是。」

王丞相對他二人的謙遜之姿十分滿意，壓低聲音道：「方才本相已經說了，這是王爺的一個機會，大好的機會！」

明子信儘管聽得十分心動，孝子的姿態還是要做的，當下便顯出十分的遲疑，「可是……成王敗寇，這是古例，如今玥國在父皇的統治之下，國泰民安……」

話未說完就被王丞相打斷，「成王敗寇？若是此事被掀了出來，皇上這龍椅還坐得穩嗎？你們別忘了，這京城裡，姓明的王爺可不少。皇上還有成王、許王這兩個親兄弟，有平王、順王這些堂兄弟，還有祈王、昱王這些皇叔、皇伯們，你還怕沒人想坐那個位子嗎？」

這才是明子信和秦肅最擔心的地方，他們得知了此事，王丞相也得知了，卻不知還有哪些人知道了。

王丞相擺了擺手道：「應當就是咱們這些人了，那個伍娘子是本相安排到郁達身邊去的。她是個妥當人，本相是信得過的，不過，郁達卻是個愈老愈犯混的人。」說到這裡，他頓了頓，似審視似考慮地看著明子信和秦肅。

兩人心頭一震，這話裡的意思，莫非是要將郁大人給……他二人並沒有接話，只是流露出一點點的贊同神色，卻不給王丞相任何言語上的把柄。

王丞相在心裡暗罵一句「兩隻小狐狸」，可這事是他先提出來的，他也是有私心，只得招招手，讓他二人趨到前來，三個腦袋湊在一起，把聲音壓得極低，將自己的計謀慢慢說出來，「首先，自然是不能讓大臣們知道，所以必須先除去郁達，沒了證人，誰來證明那張聖旨的真偽？只不過，不能暗殺，只能想辦法讓他入獄，獄中多的是窮兇極惡之人，若是有了個萬一，也冤不到誰的頭上來，那就等於白死了。」

秦肅蹙眉沉思了一下，斟酌著道：「讓人彈劾他，當了這麼多年的戶部侍郎，家底不可能清清白白的。」

王丞相高深莫測地笑笑，隨即又道：「任職上犯了罪，不是入大理寺就是都察院。」

他略為不滿意地瞥了秦肅一眼，「難道你們都沒有打聽過？大理寺卿方正最近與莊郡王走得十分近，而都察院御史又是郁達的岳父，這兩個人都是無法掌控且難以收買的人，想萬無一失，自然是進刑部大牢最好。」

可是，也得要郁達他願意犯下刑案才行，明子信和秦肅都憂愁地蹙起了眉頭。

王丞相的眸光暗了暗，朝仁王道：「這得讓王妃回趟娘家。」說著，從衣袖裡掏出一個小小的紙包，裡面裝著一點淺灰色粉末，「讓王妃告訴妳岳母，那個伍娘子留不得，把這個交給妳岳母就成了，她知道該怎麼辦，不過，別讓她知道是我的主意。」

明子信聽得眸光一閃，卻立即笑著應下，伸手接過了紙包。

明子恆也正在為此事頭疼，他左算右算，卻怎麼都沒算到，這張龍椅壓根兒就有可能不屬於他們父子，身邊的人立即出主意道：「那就想辦法彈劾郁達，將他謫到偏遠小鎮去當縣令，離了京，這事就難以被人尋出根源來。至於王丞相那邊，倒是不用著急，他就算是想將此事揭露開，也得在找到肯聽他指揮的繼位之人之後，否則就算皇上不配坐龍椅，也輪不到他一個外姓人來坐。」

明子恆聽後，覺得十分有道理，只是要如何貶謫郁達，卻也要費點功夫，畢竟朝中這次也關押了數名官員，若沒有特別重大的罪名，父皇必定不會隨意貶謫一名正二品的戶部侍郎。

那人輕笑道：「可不是還有他家後宅之爭嗎？若是讓他鬧出個強占同鄉霜妻的事兒來，難道還能在京城中混嗎？」

明子恆道：「主意是好，可若他對那寡婦沒那種心思呢？或是那寡婦自願做小跟了他呢？」

那人卻懶洋洋地道：「事在人為。」

此時，郁心蘭正急急地趕往溫府，一大早的，舅母常氏便使人送了封信到侯府，偏巧她到店鋪裡辦事去了，剛剛才回了府，接到信後一看，嚇了一大跳，娘親竟然在昨晚帶著龍哥兒搬回了溫府。

以溫氏那種溫吞軟弱的性子，若不是出了極大的事，怎麼會帶著兒子回娘家？

直覺的，郁心蘭就認定肯定與伍氏有關，可是，就算父親要納那個伍氏為妾，以娘親的性子，也不至於搬回娘家。不管了，不管怎樣，若是父親想做對不起娘親的事，我就要堅決地勸說娘親和離，由我來給娘親養老好了。

打定了主意，到了溫府，郁心蘭不用紫菱扶著，快步直走入二門之中。在內宅的上房裡，溫氏與常氏正兩兩相對而坐，一個邊述說邊抹眼淚，一個邊嘆息邊勸慰。

丫頭們打起了門簾，郁心蘭提裙快步走進去，來不及納萬福，張嘴便問：「娘親，到底是怎麼回事？」

溫氏又哭訴了一番原委，郁心蘭頓時怒火萬丈，「砰」的一拍几案，大聲罵道：「太過分了，居然這樣說娘親您，這個父親我們不要了，娘親與他和離吧，以後就由我來養著您和弟弟們。」

常氏嚇了一大跳，一時傻住了。她是平民百姓出身，已經不像富貴人家的婦人被那麼多禮教束縛了，卻也不敢開口便要人和離的。

原本主子在說話，當奴婢的不能隨意開口，可紫菱在一旁瞧著勢頭不妙，不得不溫言勸道：「奶奶，您先請坐下，好好兒地與二夫人、舅夫人商量。」按著郁心蘭坐下後，又轉向溫氏笑問道：「不知二夫人可有將此事稟明老太太？」

溫氏茫然地搖了搖頭。

紫菱立即輕輕地蹙起眉頭道：「這可不妥當呀，家中長輩尚在，您即便是與老爺爭吵，也應當先稟明了老太太，再回娘家，這樣才合禮數，若不然，就只這一條，旁人就能說二夫人您處事不當，目無尊長。」

溫氏聞言，小臉一白，無措地絞起了帕子，她是個知書識理之人，這會子細想紫菱的話極有道理，頓時便慌了。

郁心蘭道：「沒說便沒說吧，昨晚娘親被氣成那樣，哪裡顧慮得了這麼多？再者說，若是去稟明了老祖宗，老祖宗定然會攔著娘親，不讓娘親回溫府來。若是老太太發了話，娘親還要堅持搬回來，可不就得落個目無尊長的罪名？」說著暗暗瞪了紫菱一眼，別以為我不知道妳打的是什麼主意，妳想讓娘親回府跟老祖宗說明，好讓老祖宗將娘親留下來。

紫菱的嘴角彎了彎，低下頭道：「可是不稟明，亦是失禮……反正人都已經回溫府了，還是使個奴婢回郁府向老太太說明一下才好。」

常氏也覺得這樣有道理，立即便吩咐了溫府的下人去郁府送訊兒。

郁心蘭不大滿意地噘起小嘴，有了老祖宗在裡面摻和，娘親又是個孝順的，最後必然會原諒了父親。也不是說不能原諒，可若是原諒得太快了，父親就不會長記性。

正在思量著，紫菱又溫柔地勸道：「婢子方才聽了二夫人所說的，仔細這麼一琢磨，似乎老爺並沒有將伍夫人納為妾室的意思呀。」

話音才落，郁心蘭就蹙眉道：「還要怎麼明說？都在說娘親沒有容人之量了，那個伍寡婦是父親的什麼人，需要娘親來容下她？對了，妳稱她什麼？伍夫人？她相公不過是個舉人，連一點官職都沒有的，憑什麼稱之為夫人？」

聽了這話，溫氏臉色一變，輕哼了一聲道：「反正她自打住入郁府，府中的下人就是這樣稱呼她的。」

這個稱呼的確是有問題，就連常氏這個剛剛上任的官夫人都知道，只有官員的妻子才有資格稱夫人，一般有錢有身分的人家的女主子，只能稱奶奶，難道郁老爺有意再抬一個平妻？

郁心蘭大概也是想到了這個問題，臉色更差，眉頭都擰成一團了，依著她的脾氣，定然是要勸娘親和離的，只是舅母和紫菱都不贊成她的提議，她一時也不好多話。和離的女人會被人瞧不起，換成是她，她自然是不在意旁人的看法的，可說到底，要和離的人不是她是溫氏，溫氏卻必然會在意。

又聊了一會兒，溫府派出去的下人回了府，向常氏和溫氏、郁心蘭稟報道：「老太太說委屈二姑奶奶了，請二姑奶奶寬心，郁府定然不會允許家中子弟做出有辱門風之事，她一定會讓姑爺上溫府來，親自接二姑奶奶回府。」

常氏聞言，心中鬆了一口氣，人人都道：寧拆十座廟，不毀一樁婚，她怎麼都覺得郁心蘭的主意太不妥了，堅決不能採納，不過，就這麼把小姑子送回去，也定然會讓郁老爺瞧不起溫家，怎麼也得等郁老爺親自上溫府來接人，才能勸著小姑子回去。有了郁老太太這句話，就說明郁老太太是站在小姑子這邊的，那麼小姑子回郁府後，也不怕會吃虧。

郁心蘭也知道事情大概就是這麼著了，看娘親那個樣子，也是一時氣憤才跑回娘家，並不是對父親死了心，她若勸娘親和離，肯定是討不到好的，可是娘親這個軟性子，若不能吃一塹長一智，日後連龍兒弟弟都保不住。於是她忙抓緊機會對娘親進行教育，告訴娘親，男人都是賤的，都是欠收拾的，不要對他們太好了，要重重地打一棒子，再給顆棗；女人憋氣是容易老的，所以有脾氣一定要發作出來，比如昨晚果斷地回娘家，這樣就是正確的。

溫氏驚得半張了唇，真不知道這些理論女兒是從哪裡學來的，她可真沒教過。常氏倒是聽得炯炯有神，待郁心蘭口乾舌燥地停下來，端起茶杯喝水之際，常氏一拍大腿，「我就說蘭丫頭妳這話怎麼聽著這麼耳熟，原來跟榮鎮街坊上的馬大嫂一個調調兒，這話馬大嫂也曾說過的！」

「噗！」郁心蘭一口茶水就這麼噴了出來，馬大嫂是馬屠夫的婆娘，那可是榮鎮有名的潑婦，她在榮鎮只住了三個月，就親眼見著馬大嫂撒過五、六回潑，怎麼、怎麼拿她跟馬大嫂相提並論？

女兒被人這樣相比，溫氏也覺得臉紅，訥訥地解釋道：「其實……蘭兒平素很溫婉的。」

郁心蘭含淚用力點頭，沒錯沒錯，還是娘親最了解我，我是個溫柔賢慧的人，絕不是什麼潑婦。

常氏也發覺這話兒說得有些不對，嘿嘿地乾笑兩聲，揚聲問道：「小姐呢，去請過來，快讓她來陪陪表姊。蘭丫頭，時辰也不早了，中午就在舅母這兒留飯。」

之前是因為溫氏的事情不便讓未出閣的閨女聽到，這才讓溫丹迴避的，這會兒事情基本已經解決了，就等著郁老爺上門來，溫家上下一齊聲討一番便成了，這才將溫丹請過來。

溫丹沒多久便來了，與郁心蘭坐到一旁去聊天。郁心蘭想起溫府後院擴展的事兒，隨口問道：「也有三個月了，園子還沒修好嗎？」

常氏道：「本來只想將圍牆打通，花園子稍稍修葺一下的，可是你舅舅請了個風水先生來看，說是朝向和幾處房舍的方位不好，只得將那幾處房子拆了重新再建，妳是不是自己要用人了？」

郁心蘭忙道：「不是不是，佟孝家的您只管用著，我只是問問。」

正聊著話兒，門外有人問道：「請問是我家大奶奶來了嗎？」

郁心蘭一聽便知是佟孝的聲音，忙道：「紫菱，去問問佟孝，找我有什麼事。」

紫菱出去了一會兒之後，進來道：「佟孝說他有重要的事情要向奶奶稟報。」

常氏聞言，忙吩咐自家的下人將東邊的小廳收拾出來，讓他們去那裡談話。

郁心蘭去了小廳，紫菱等人將屏風架好退了出去，佟孝這才躬身進來，先磕了一個頭，「許久未給大奶奶請安了。」

郁心蘭笑道：「你在溫府辦差，就跟幫我辦差是一樣的，快起來吧，有什麼事便說吧。」

佟孝站起身來，從懷裡摸索出一支赤金鳳頭扁簪，小聲道：「還請奶奶看看這簪子。」

郁心蘭並不怎麼在意這世間的那些個麻煩規矩，當下便點了點頭。佟孝幾步走到屏風旁，將簪子遞給郁心蘭後，又老實地退到屏風後立著，嘴裡解釋道：「這支簪子，是奴才在幫溫府拆最後那處院子時，在一個炕頭縫裡拾到的，很明顯是被人悄悄塞進去的，這支簪子是內造處造的。」

郁心蘭一驚，忙打量手中的簪子，做工很是精細，在簪杆上的確是有內造府的印記，而且簪頭是金鳳，羽毛華麗，紋路細膩，也不是民間能允許製造的款式。赤金較軟，長長的簪杆已經被對折在一起，顯然不會是無意間掉入炕臺的縫隙當中，的確是像佟孝說的，被人塞進去的。

她忙向佟孝問發現這支簪子的細節，佟孝道：「那日奴才正好在場，房屋的幾面牆都已經拆了，只剩下炕了，那短工一錘子下去，奴才就覺得眼前金光一閃，忙過去查看，便撿拾到這支簪子。因見是宮內之物，奴才覺得有必要先稟明大奶奶，所以才壓著沒稟報給溫老爺子，今日聽說大奶奶來了，這才前來稟報。」他是覺得這事兒必定會牽涉到什麼，說不定又是大功一件，自然要先緊著自己的主子來，所以才沒稟報給溫府的人知道。

郁心蘭點了點頭，笑道：「你很機靈，一會兒我讓紫菱賞你個荷包，若是想求我什麼，現在開口，時機正好。」

佟孝聞言大喜，忙跪下磕了兩個頭，喜孜孜地道：「想必大奶奶也知道，我那二兒子今年也有十六了，奴才想向大奶奶求個恩典，請大奶奶將千葉姑娘許給他。奴才那二小子是個憨厚人，人雖不見得有多機靈，可勝在吃苦耐勞，又知冷知熱，若是娶了千葉姑娘，必定一心一意相待，斷不敢欺辱。」

郁心蘭笑了笑道：「得了，我讓你開口，便是打算許給你的。你讓你娘子請個媒人，到侯府來提親吧。」

佟孝聞言，喜不自勝，又重重磕了幾個頭謝恩，才笑容滿面地站起身來。郁心蘭沉吟了一下，又道：「千葉那個丫頭，我一直覺得她像是在給誰辦差，不過也沒見她做過什麼於我不利的事情，我其實還挺喜歡她的針線，日後也想著能用得著她，許給你次子，也是給她一個機會，娶回家後，讓你娘子好生調教著。」

佟孝聞言，神色一凜，立即表態道：「請奶奶放心，奴才一定會讓婆娘好生調教她。」

郁心蘭點了點頭，將簪子收入懷中，讓佟孝下去辦事，又返回了上房。

赫雲連城下了衙回府，聽說妻子去了溫府，便趕到溫府來接人。他不想走熱鬧的街道，專揀了清靜的小巷子，打馬疾馳。

正要轉過一條小巷，進入溫府的後巷之時，十字路口忽地出現一個挑著扁擔的老人家，赫雲連城急忙勒住馬韁。踏雪乖順地停住腳步，可是這麼一匹高頭大馬，還是嚇了老人家一跳，雙膝一軟，眼見著就要坐倒在地，扁擔上挑的兩個桶子也會傾倒出來。

赫雲連城忙從馬背上飛躍而下，一手握住扁擔，一手抓住老人家的肩膀，令其堪堪站穩。可是……扁擔兩邊的麻繩還是晃了幾下，桶子裡裝的東西漾了出來，濺了赫雲連城一褲管。

桶子裡裝的居然是餿水，這味道實在是……赫雲連城不由得屏住呼吸。

那老頭嚇了一大跳，慌得撲通一聲跪到地上，嘴裡哆嗦道：「大老爺饒命！」作勢就往地上磕。赫雲連城攔住老人家道：「不怪你，起來吧。」

趕上來的黃奇忙將老人家扶起來，那老人家沒想到這位俊美得跟神仙似的大老爺這麼好說話，忙指著一個小門討好地道：「小的家就在前面，大老爺不如去小的家換身衣裳吧。」

黃奇也屏住息向主子進言道：「主子這身衣裳不能穿了，不如去這位老人家中小坐，卑職回府取了乾淨衣裳過來。」

赫雲連城沉穩地點了點頭，賀塵立即上前幫老人家挑起擔子，主僕倆跟在老人家身後進了他家。老人家的屋子是個小四合院，天井裡不像富貴人家那樣鋪上青石，而是裸土，種了些蔬菜，這一擔子餿水就是挑來澆菜用的。

赫雲連城略打量了一下家具，便坐在正房的主位上靜候，賀塵護在主子身後，老人家也不敢多說話，奉了茶後便立在一旁。兩炷香後，黃奇便拿了新衣過來，那老人家忙提了一桶水進內室，要幫著服侍赫雲連城更衣。赫雲連城只道：「不必了。」接過老人家遞來的濕巾，隨意在腿上擦了擦，背過身換了衣裳便走。

待他們主僕三人走後，這老人家便從後門出去，拐過一個小巷子，來到溫府隔壁那座宅子的後門處，拿出鑰匙打開門鎖，徑直走了進去。來到大廳，向閔老頭稟報道：「等了幾個月，今日終於讓小的等到赫雲將軍了，方才小的看了將軍的後背，確認背心處有一顆硃砂痣。」

閔老頭聞言立即激動了起來。

再說赫雲連城，來到溫府後，自然也被熱情的舅母留了飯。小夫妻倆正要攜手回府時，郁府那邊又差了一個管事婆子來說道：「伍夫人覺得住在郁府打攪到了老爺和二夫人的清靜，今日已向老太太提出攜子回鄉。」

赫雲連城上早朝的時候，就被岳父大人給叫到了一邊，言辭含糊地請他代為說幾句好話，他原本還想問向誰說、說什麼，可惜早朝的鐘聲響了，沒問得著。剛剛在席間才聽說岳父大人竟說出那樣的荒唐話，這會子又聽到這樣的稟報，當下便道：「應當是岳父大人勸解的。」

郁心蘭沒好氣地暗翻一個白眼，男人總是幫著男人說話，這明明就是老太太幫忙打發了那個伍娘子。赫雲連城原本還想再幫岳父大人說說情，見到小妻子微怒的表情，只得將到嘴邊的話又嚥了下去。

常氏打發了來人幾十大錢，正色道：「請妳回去轉告老太太，走了一個伍夫人，下回也許還會來一個六夫人、七夫人，這只是治標不治本的。」

那婆子不敢多言，唯唯諾諾地應了，告辭回郁府。

郁心蘭不便在溫府久留，再者也想跟赫雲連城說說金簪的事情，便向舅母和娘親告辭，與赫雲連城攜手出了溫府。

侯府的馬車停在溫府的正門外，小夫妻倆剛要上車，隔壁宅子裡的那個閔老頭又熱情地跑出來給他們請安。

這回赫雲連城連話都不相搭，只點了點頭，便扶著妻子上了馬車，然後自動跟進去，砰一聲將車門關上。

看著遠去的馬車，閔老頭心情激動，小主子，您等著，我已經找到一個人了，待我去問清楚當時的情形，就能真相大白了。

禁軍營中有事來尋赫雲連城，他將郁心蘭送回府後，又忙忙地趕回禁軍大營。郁心蘭先看了看寶貝們，小小地歇了下午，便聽得紫菱進來稟報道：「莊郡王妃求見。」

郁心蘭忙道：「快請。」

珠簾一挑，唐寧笑吟吟地走進來，作勢生氣道：「前日請妳來玩耍，妳居然擺架子不來，卻還要送那麼貴重的回禮，讓我如何消受得起？」

郁心蘭笑道：「妳可是堂堂的王妃，如何消受不起？」使了人沏上一壺新茶，又擺上新鮮的果品。

唐寧喝了口茶，才將手中的事物遞給郁心蘭，笑嗔道：「喏，誰讓妳送那麼重的禮，害我忙忙地挑了兩日，才尋到這個玩意兒，送妳當回禮的，可不許推辭。」

郁心蘭笑著接過來，嘴裡應道：「還巴巴地送什麼回禮，過幾日侯府便會宴客，妳到時來玩帶個手信不就成了。」

細看那事物，是一個長長的硬紙筒，打開一端的蓋子，倒出了一幅畫卷。

郁心蘭將畫卷展開來，輕訝道：「是黃山人的真跡！」

這位黃山人，是前朝一位出名的畫師，畫風別具一格，被不少藏家所喜愛，不過他平生極愛作畫，傳世的畫作不少，因此算不得十分珍貴，卻也有珍藏的價值。挑這麼一樣珍且不貴的禮物送過來，可見唐寧是用了心的，郁心蘭輕笑道：「謝謝妳，我就笑納了。」

唐寧仔細地看著郁心蘭的表情道：「這值當什麼，只要妳喜歡就好。」

郁心蘭笑了笑，「我很喜歡。」說著將畫卷重新捲好，放入畫筒之中，交給紫菱收好。

唐寧又道：「送了妳就是妳的，自己留著也好，送人也罷，都由著妳。」

侯爺是個武將，並不怎麼喜歡字畫這類的東西，郁老爺倒是喜歡，以往郁心蘭得了好畫名畫，總會第一時間送給郁老爹，可是這回郁老爹表現不好，她打算等他改正了好色的毛病之後再說。

唐寧要求看小寶寶，一會兒乳娘帶了兩個小傢伙過來，她歡喜得抱在懷裡不鬆手。郁心蘭想著唐寧給吳為的師兄醫治半年了，不由得問她道：「妳的身子好些了嗎？吳大夫怎麼說？」

唐寧臉上露出幾分憂色，輕輕地道：「吳大夫說好多了，只是我這身子要慢慢調養，他說急不來，讓我完全調養好後再懷。」

郁心蘭道：「確是不要急，寧可晚上一年兩年，若是妳的身子弱，寶寶生下後也難得健康。」

唐寧聞言只是輕輕點了點頭，「只能如此。」輕輕一嘆，似乎有幾分認命的模樣。

郁心蘭也不好再勸，懷孕這種事，實在是難以說清，打包票的話她也說不出口，只得轉移了話題，兩人閒聊了一陣子，唐寧便告辭回府了。

明子恆正在上房裡等著唐寧，見到她便笑道：「回來了？」

唐寧笑著應了一聲，一邊更衣，一邊悄悄從鏡子裡查看王爺的臉色。明子恆心不在焉地喝了兩口茶，待唐寧換了身家常服，從屏風後走出來，便笑著招手道：「快來，有妳最愛吃的冰鎮草莓。」

唐寧忙笑著坐下，斯文地吃了幾顆，便放下小叉子道：「吳大夫說我不宜多吃冷食。」

明子恆關切地看著她道：「妳聽大夫的話吧，小心將養身子。」又問了幾句她的情況，將話峰一轉，問道：「畫送過去了？」

唐寧的心中升騰起一股怪異的感覺，勉強笑道：「是啊，心蘭十分喜歡，王爺果然會挑畫，也……正好她喜歡畫。」

明子恆狀似不在意地道：「我是見妳為了回贈她一份禮煩惱成這樣，才幫幫妳的。她其實只這麼喜歡畫，聽連城說，是她父親喜歡，她才幫著收集。這畫，她打算送給郁大人吧？」

原來是赫雲連城說的，唐寧只覺得懸著的心放下一大半，因而沒聽到王爺問的後面一句話。明子恆只得再問一次，她才笑道：「沒聽她說，只見她讓婢女收到庫房中。」

明子恆暗蹙了一下眉，明明聽赫雲連城說，每回得了好畫，她都馬上送去郁府，幫她娘親討郁大人的歡心，怎麼會只是讓婢女收好，他不由得追問道：「妳確定她只是讓婢女收好？」

那種怪異的感覺又漫上了心頭，唐寧仔細觀察著夫君的表情問：「王爺為何在意這個？」

明子恆斂了神情，一派淡然地道：「只是聽連城說她有了畫就會送給郁大人，所以覺得奇怪，難道這幅畫她打算自己欣賞？」

唐寧接不了話，只得笑了笑。明子恆轉了話題，夫妻倆又聊了幾句，他便起身去書房與幕僚商議。郁心蘭居然不將畫送給郁達，那麼塗在畫上的藥粉會不會失效？會不會被旁人接觸到？

❈ ❈ ❈

第二日一早，伍氏便帶著兒子和丫頭十兒，拎著幾個包袱，來到王氏的菊院，向郁府辭行。因著郁老太太年事已高，表明了不再管理府中的事物，目前溫氏不在府中，後院的事自然又落入了王氏的手中。

王氏擺足了架子，才到正廳裡來見伍氏，只淡淡地說了「一路順風」、「路上小心」之類的話後，便端茶送客。

伍氏面上恭謹地施了禮，心中卻暗暗嘲笑，一個不得丈夫寵愛的老女人，真當自己是個什麼東西了。

她出了菊院，心思一轉，眼前閃現了郁老爺那張俊逸非凡，完全看不出年齡的臉來，腳步就這麼自然而然地往上房而去，到了上房院中，楚楚可憐地問走廊上守候的小廝道：「請問郁大人在屋內嗎？妾身是來向大人辭行的。」

那小廝歉意地打了個呵欠，「對不住，大人此時還在上朝，並未回府。」

伍氏不相信，她讓十兒守在二門處，明明見到郁老爺的馬車回了府的。伍氏眼珠兒一轉，忽地擰起眉心，一手按在腰側，滿面痛楚之色。那小廝急了，忙問道：「您是怎麼了？」

十兒急道：「夫人的舊疾犯了，還請小哥兒允我們夫人入內休息一下。」

小廝也沒辦法，正房不讓進，偏廳總也得讓人進去歇息一下吧。

其實郁老爺就在正房之中，他被溫氏衝回娘家的舉動給震驚了，真沒想到平素看著柔柔弱弱的平妻，還真有回娘家的勇氣。原還有著三分怒氣、三分忐忑，昨日被老祖宗狠狠訓了一頓，放話說接不回溫氏就不再讓他來請安之後，郁老爺這會兒心中只剩下了忐忑。知道伍氏今日返鄉，他特意囑咐了下人，不讓告訴伍氏他在府中，免得與伍氏見了面，又被老祖宗責罵。

可這會兒聽到伍氏痛苦的吟聲，郁老爺也急了，這同鄉可是託孤於他的，他就這麼讓人家好好地走了也就罷了，若是有個什麼病痛之類的，還是養好了再走才是。

這麼一想著，他便急急出了門，往偏廳而去。在門口正撞上送了人出來的小廝，忙問道：「伍夫人如何了？」

小廝也很慌，「痛得暈過去了，小的這正打算去請府醫來看一看。」

郁老爺直揮手，「快去快去！」說罷撩了袍子進去，真見著十兒邊哭邊給伍氏揉胸口，忙問：「是什麼樣的舊疾？」說著見到他們主僕三人腳邊還放著幾個大包袱，便道：「還不將行李放回去，夫人這般哪裡能走？待養好病再說吧。」

十兒和小伍少爺忙道了謝，一人拿幾個包袱，往那處小院去了。

等人都走了，郁老爺才發覺這廳裡就只剩下他和伍氏，男女獨處一室，雖是大白天的，傳出去也不美呀。他忙又轉身出去，想到院子尋幾個婢女來服侍，卻找不著人，這才想起是自己之前發脾氣，將下人們都趕走了。

嘆了口氣，郁老爺只得回身候在走廊上，若是聽到伍氏呼喚，再進去不遲。可等了一會兒，卻沒聽到裡面有半點動靜，他又不由得懷疑她是不是還沒醒過來，又悄悄推開一條門隙，往內探看。

這一看不要緊，裡面的伍氏原本坐在八仙椅上小憩的，這會兒卻仰頭倒在椅背上，胸前一片血紅，一支簪子插得沒入胸中，只露出垂珠的入銜口。

這情景當場將郁老爺嚇得手一抖，房門在手勁的帶動下，發出「砰」一聲巨響。

正巧那名小廝帶了府醫過來，以為是伍氏的情景不好，府醫只來得及向郁老爺拱了拱手，便閃身進了屋，跟著便響起「噹啷」一聲，醫箱摔在地上。

郁老爺駭得嘴唇直哆嗦，「快，報官，報給府尹大人！」

林管家這時也得了訊兒，忙帶了人過來扶著老爺去休息，親自拿了老爺的名帖，到京兆尹府中拜見府尹大人。

不多時，京兆尹帶著衙吏和捕快來了，在偏廳裡偵查了一會兒之後，要笑不笑地來到郁老爺跟前，作了個揖道：「此事……恐怕還得請郁大人隨小人回府一趟才行。」

❖ ❖ ❖

郁心蘭習慣處理帳目時不讓人服侍，所以暖閣裡只有她一人，只是夏日的早陽暖暖的讓人昏昏欲睡，她不知不覺就趴在小炕桌上睡著了。正睡得香甜，忽地被一陣怪異的感覺弄醒，覺得有人站在床邊注視著自己，她忙睜開眼睛，果然見到一臉局促的明子期。

明子期支吾道：「妳……醒了？」

郁心蘭邊坐起來攏頭髮，找鏡子看臉上是否有睡痕，邊隨口一問：「嗯，有事嗎？你來多久了？怎麼不叫醒我？」

那邊的明子期頓時漲紅了俊臉，神情羞澀得不行。好在為了避嫌，他已經背過身去，不然被郁心蘭瞧見，必定會笑話他。他……並非刻意闖進來，只是習慣使然，進得暖閣後，發覺她柔靜的睡顏，便想安安靜靜地多看她一會兒，才沒有叫醒她。

郁心蘭只是隨口一問，也沒要他回答的意思，又問道：「你怎麼來了，也不在廳裡等一等？」

換了個話題，明子期長吁了一口氣，神情也恢復了幾分自在，趕忙答道：「是連城哥讓我來接妳到京兆尹府中去一趟，連城哥已經先去了。」

這差事是他向赫雲連城討來的，花了好多口水呢。

郁心蘭不由得奇道：「去那兒做什麼？」

明子期頓了頓，遲疑地道：「妳父親被指謀殺，已經關入京兆尹府的牢中了。」

郁心蘭大吃一驚，「我父親？他謀殺誰？」

「伍章氏。」

郁心蘭怔了一怔，才想到是伍娘子，隨即便搖頭道：「不可能，我父親殺她做什麼？」想納進府裡，好好寵著都來不及呢。

明子期微蹙了下眉道：「具體情形，我也不清楚，只是下了朝便聽到京兆尹使人來通知連城哥，連城哥已經去衙門問情況了。」

到底是自己的父親，若真個殺了人，就算這罪名是被人給安上去的，只要坐實了，對兩個弟弟的影響都極大。郁心蘭只得立即傳了紫菱和蕪兒進來，回內室迅速更了衣，然後乘上馬車直奔京兆尹衙門。

要說京兆尹，還真是個難當的官兒，不過是個六品的小縣令，在京城裡走錯路隨便撞個人，官銜說不定都比他的大，可偏偏京城裡出了什麼事兒，都得由他先來把關，再分送到相應的衙門處理。

今日一早抓了郁達，這不，才將案情報到刑部，衙門裡就來了幾尊大佛，都是郁達的女婿，赫雲將軍還罷了，就連仁王殿下都親自來了，廖大人真是欲哭無淚。

可是面對明子信焦急中微帶怒意的俊臉，廖大人縱使口乾舌燥，也不得不將方才已經解釋過三遍的話，再拿出來解釋一遍：「郁大人府中的小廝和伍氏的兒子、丫頭可以證實，當時伍氏暈厥過去了，郁大人打發走了他們，單獨留下陪伍氏。」

這廖大人極有說書的天分，說到這兒，便停頓了一下，目光在眾人的臉上轉了一圈。

明子信蹙了下眉頭，「便是如此，怎能說明伍氏是郁大人所害？」

廖大人慢條斯理地道：「只因前後不過一炷香的功夫，伍氏便被殺了，身邊又只有郁大人一人，且小廝與府醫在到達正房時，聽到房門一聲巨響，然後便見郁大人慌張驚惶地站在門口，而且伍氏的手腕處有抓握的指痕，令其斃命的銀簪子被男子的大手握得塌陷下去一塊，衣襟也有些散亂，下官是帶著衙門裡最有經驗的捕頭去探查的，自是找到了一些別的證據，只是恕下官無可奉告。」

雖然廖大人說得含糊，可是那略帶顏色的目光，和滿臉「孤男寡女共處一室，你懂的」的表情，已經明確地在說，想必是郁大人見伍氏年輕貌美，一時動了邪念，欲趁四下無人之時，行那不軌之事，卻遭伍氏反抗，甚至拔下髮簪自衛。郁大人怕獸行敗露，與其推搡，一時失手……於是乎，他們抓人是絕對沒有抓錯的。

明子信的眼底閃過一抹詫異，怎麼會是被簪子所殺？他之前只聽說郁老爺犯了人命案，以為是王丞相的計謀得逞，忽地怕京兆尹衙門中的捕頭們太過厲害，三兩下抓住了王氏，牽扯出郁玫來，這才急急地趕到京兆尹衙門中。

可是，伍氏竟是被簪子所殺，那到底是誰幹的？難道還有其他人得知了那個祕密？若果真如此，少不得還要再追查下去，將知情人都滅了口方能甘休。

儘管腦海裡旋轉著各種念頭，眼底劃過一抹驚慌和狠厲，可明子信的表情卻是遲疑又為難的，良久，才長嘆一聲，將目光轉向一直垂眸不語的赫雲連城，商量著道：「既然廖大人這裡有證據，少不得須按律法所示的章法先行審理，這幾日便只能委屈岳父大人在牢中暫住幾日了。縱然我等有意為岳父大人擔保，但是國有國法……」

話音未落，赫雲連城等人還未表態，衙門外又傳來通傳之聲：「莊郡王駕到。」

明子恆由隨身太監和侍衛陪著，大踏步走入衙門大堂之中，只向殷勤迎上來的廖大人和一臉審視地注視著他的明子信點了點頭示意，便急切地來到赫雲連城身邊，關心地問：「連城，我聽說你岳父出了事，到底是什麼事？」

赫雲連城動了動嘴角，做了一個類似微笑的表情，淡淡地道：「廖大人還在查。」

廖大人少不得又將案情敘述一遍，明子恆的眼底閃過一抹沉思，面上卻寬慰道：「我相信郁大人不會行此無良之事。」

明子信一派的目的是要將郁老爺關入大牢之中，因此擔心明子恆不清楚情況，胡亂擔保，而廖大人又頂不住壓力，將郁老爺放回府中，忙一臉正派地嚴肅道：「我也是這樣認為，不過還得請廖大人盡快查明真相，還岳父大人一個清白。」

明子恆如何聽不出他話裡的意思，就是不想讓郁老爺回郁府，好在他也正是這個目的，便順著這話兒道：「確是如此，若是不查明真相，只會讓旁人以為郁大人得以脫罪，靠的是幾位姑爺。」

兩人雖沒事先商量過，可這般一唱一和竟是分外的和諧，瞬間堵住了賀鴻和蔣懷想為岳父求情擔保的話。郁老爺這兩位女婿的分量不足，只得轉眸看向赫雲連城。

赫雲連城卻只是低頭研究衙門大堂裡的地磚，彷彿對四周的一切無知無覺。場面一下子變得尷尬起來，最擅長周旋的廖大人也沒轍了，他不能將這幾位貴人趕走，開始辦公，也不方便請他們坐下，監視自己辦公，只得陪著笑臉，目光飄乎乎地從郁老爺的幾位貴婿臉上劃過。

直到門外傳來通傳聲：「賢王殿下駕到！赫雲少夫人到！」

赫雲連城立即有了反應，轉身往大堂外走，迎上去握住妻子的手，陪她走進來，隨便將情形簡單地介紹了一下。

廖大人立即殷勤地笑著，迎上明子期，不用他問便將案件交代了一遍。

郁心蘭聽完後大蹙眉頭，就憑這麼點證據，再加上無與倫比的想像力，就能給個朝中正二品的官員定罪？

待聽得他們已經決定遵從玥國的律法，不給郁老爺擔保，也不知為何，郁心蘭竟十分同意這種做法，誰讓老爹跟伍娘子不清不楚的？也該在牢裡關上幾日，吃點苦頭，免得他一大把年紀了，心裡還想著花姑娘俏寡婦的。

她只提了一個要求：「我想現在見一見我父親，可以嗎？」

廖大人自是一口應承，當即親自帶了幾位貴客去牢中。

明子信似是怕郁心蘭難過，關切地道：「四妹妹放心，我一定會想法子為岳父大人脫罪的。」

郁心蘭朝他笑了笑，「我不擔心，這麼明顯的事，有什麼可擔心的。若是找不出真凶，卻又將朝中要員無故關押了許久，該擔心的也是府尹大人才是。」

躬身走在前頭的廖大人腳下一個踉蹌，往前躥了兩步才站穩身形，抽著嘴角問道：「不知赫雲少夫人如何這般肯定不是令尊所為？下官雖然官職低微，但也不會為了邀功便隨意安插罪名到令尊的頭上。」

郁心蘭輕笑一聲，卻也不跟他辯，只道：「當時我會來聽審的，希望廖大人能審得明白。」

到了牢中，一行人這才發覺，郁老爺竟是與幾名男犯關押在一起的。

明子信當即蹙眉道：「怎麼不給郁大人單獨一間？」

廖大人解釋道：「如今京中所有牢房都是滿的，實在是沒有單獨的牢房。當然……下官想想辦法，讓這幾人擠到別的牢房中去，應當還是可以的。」

可是，牢房裡的確是太擠了，每個房間都關了十來個人，這些人基本都是安王一案中，涉案官員的家屬或是僕人，因為不知還有多少暗勢力沒有查出來，這些官員和家屬都暫時看押著，並未處理。

明子信和赫雲連城商量了一下，決定請廖大人將郁老爺關押在衙門後院之中。一般官衙的後院就是官員的住所，為了看管犯事的僕人，多少都會有一、兩間封了窗戶的暗房。雖然是委屈了些，可至少比牢房要乾淨整齊，況且郁大人是文官，一家老小都在京城，不存在潛逃的可能性。

廖大人自然沒有意見，立即著人將郁老爺請了出來。郁老爺一直半低著頭，他為人最好首面，這狼狽的樣子被幾個女婿看到，真恨不能鑽到地縫裡去。

幾位女婿安慰了一下岳父，見岳父大人一臉不想說話的樣子，便紛紛告辭了，臨走又各個交代廖大人，要他多多關照郁老爺，廖大人自是一口應承。

明子恆與明子信出了衙門，分開之前互望一眼，眼中有對方都能讀懂的打量和探究，隨即又各自帶人離去。

赫雲連城將馬匹交給賀塵，與郁心蘭一同乘車回侯府，明子期極自覺地鑽進車廂當電燈泡。

郁心蘭正在跟赫雲連城說：「先別告訴老太太和娘親，我一會兒讓人送訊兒去郁府和溫府，就說父親有事被留在京兆尹府上，等過幾日父親平了冤情，自然就沒事了。」

明子期實在是對郁心蘭的表現很好奇，忍不住問道：「妳不怕妳父親的罪名坐實嗎？」

郁心蘭隨意地問道：「你知道傷人的那支簪子是什麼樣的？」

明子期道：「廖大人不是說了嗎？銀簪。」

郁心蘭便笑道：「金銀都十分柔軟，隨意便可變形，如何能戳入胸口？胸口不是還有肋骨嗎？」

明子期搖頭道：「但是一般人家都是用青銅或鑄鐵做底，鎏金銀，這樣的簪子是能殺人的。」

郁心蘭淡淡地道：「伍娘子的簪子是純銀的。」

她那日去找伍娘子時，仔細查看過伍娘子的衣著和首飾，雖然大體看上去是很簡樸，但一些細節的地方顯示出伍娘子以前過的生活還是挺不錯的，並不是普通的小康之家的作派。

明子期便看向赫雲連城道：「那……會是廖大人抓人頂包嗎？你們不管嗎？」

赫雲連城看了郁心蘭一眼，淡淡地道：「靜觀其變。」

郁心蘭明白他的意思，小小的京兆尹哪裡敢得罪正二品的高官？身後一定是有人在指使，雖然廖大人說還有證據，在公審之前不方便拿出來，可是按理來說，沒有正式定罪之前，誰都不會將二品官員看押在牢中才對。

即使他們要對付郁老爺，或者說是郁家，就不如先任由他們胡來，放長線釣大魚。只是要委屈一下郁老爺，不過話說回來，若他不將伍娘子接回府，怕也惹不來這樣的事情，這叫自作孽。

郁心蘭摸著自己光溜溜的下巴，給此事下了定義。

回到府中，郁心蘭見院子裡的小丫頭們都聚在一起不知聊些什麼，她也沒多加指責，只是在進屋換了衣裳之後，讓紫菱將千荷叫進來。

千荷滿臉閃著八卦之光，神祕兮兮地壓低聲音道：「回奶奶話，府裡都在傳三爺魔症了。婢子特意去了靜心園打聽，」說著紅了小臉，聲音更加低了下去，幾乎快要聽不見了，「三爺不知怎的，見到女子就撲上去亂嗅，還、還做出那等下作的樣子……」

郁心蘭聽得蹙起眉頭，看向赫雲連城道：「你說，這種症狀像不像是吃了那種藥？」

赫雲連城也冷凝了俊臉，當即道：「我去看看。」

赫雲連城去了一個多時辰的功夫才回來，臉色難看，蹙著眉頭道：「三弟他的確是中了媚藥。」

赫雲連城去到靜心園的時候，赫雲傑已經發作得神智不清了，只要聞到女子的脂粉氣，就會撲上去亂摸亂啃。可是很怪，赫雲傑腦子裡大約還是有一點清醒，知道自己噁心三奶奶那張臉，就是不去三奶奶的屋子，只在園子裡東摸一下，西摟一個。

他平素就與園子裡的丫頭不清不楚的，丫頭們見三爺年輕英俊，有心思爬床的也挺多，所以任他上下其手，也只是做做樣子拒絕。若不是青天白日的，丫頭們怕落個勾引主子的罪名，只怕赫雲傑早就得逞好幾回了。

是赫雲連城實在看不下去，乾脆拎起赫雲傑的後衣領子，直接將他丟進正房，冷聲對三奶奶道：「服侍妳相公。」

完後他便在正廳端坐，想等赫雲傑辦完了事，好生詢問一番，看是不是又有人打侯府的主意，下陰勾子。那藥效來得猛，去得也快，赫雲傑洩了火，自然就清醒了，見到壓在身下的三奶奶，當即眼前一黑，差點疲軟。

赫雲連城追問赫雲傑今日遇上了誰、吃了什麼、用了什麼，可是赫雲傑回憶來回憶去，就是沒個可疑的。他是大內侍衛，昨晚的夜巡，直到今日清早才出宮回府，一路都是打馬疾馳，並未停下，然後就回房補了個眠，原本是要睡到午後的，結果被渾身的燥熱給弄醒了。

郁心蘭思量著道：「那應當是昨日中的藥……有這樣可以延時這麼久的藥嗎？」

赫雲連城道：「這只能問吳為。」

吳為此時還住在宮中，皇上還沒答應他出宮，赫雲連城想著事關侯府和幾個兄弟的安全，便立即入宮詢問，得到的回覆是，有這種藥，據說最長的，可以服下後三天才發作，讓人找不出根源來。

赫雲連城便立即找來了赫雲傑，讓他將這兩日的行蹤好好回憶一下。因著這大半年來，赫雲傑都十分老實，每天就是宮裡、府裡，兩點一線，倒也容易排除。赫雲傑回憶道：「每日裡的吃食都是府中的，若是在宮中值守，就在宮中用飯，應當是沒問題。接觸的東西，也沒什麼特別的。啊，就是昨日下午，我看了一幅畫。」說著，他古怪地看了郁心蘭一眼。

郁心蘭莫名其妙，「跟我有關嗎？」

赫雲傑略帶指控地道：「就是妳要妳的丫頭收到倉庫裡的畫。除了我自己的兵器和馬匹，我沒接觸過別的東西了，每日衣裳都是府中的洗衣房洗的，用飯也是婢子們先試菜再吃，我又不看書不寫字的，還能有什麼。嫂子，妳那幅畫肯定有問題。」接著又一臉柔和地表明立場，「我自然是不懷疑嫂子的，只是怕妳是被人利用……」

話沒說完，便被赫雲連城打斷，「蘭兒，什麼畫？」

郁心蘭解釋了一番：「是唐寧送給我的回禮，我讓紫菱收著的，問問她吧。」

不一會兒，紫菱被傳了進來，細細稟報：「因兩位小主子洗三、滿月時收了許多賀禮，咱們院子裡的小庫房已經沒得空地兒了，婢子想著，這畫兒得好好保存才行，便使了千荷將畫卷送去府中的大倉庫，那裡有專人伺候字畫的。」又叫了千荷進來詢問。

千荷回話道：「婢子送畫去庫房的路上，遇上了三爺，是三爺自個兒想看看畫，婢子便將畫讓給三爺鑒賞了一會兒。」

赫雲傑不自在地摸了摸鼻子，他怎麼好說，他是見著千荷生得秀美動人，想搭訕幾句，並非是一定要看那幅畫。

赫雲連城立即道：「將畫取來，我拿給吳為看一看。」

赫雲連城進了宮，直奔太醫院，在太醫院後頭的罩房內，尋著了睡懶覺的吳為。他將手中的畫一遞，「幫我看一看上面有什麼？」

吳為半瞇了眼，遞了他和畫一眼，懶洋洋地道：「我才不看，我勸你也小心一點，這上面餵了藥粉的。」

赫雲連城一怔，「你這麼肯定？」

吳為嘿嘿一笑，「也不想想我混哪裡的，你自己對著光看一看卷軸。」

赫雲連城拿著卷軸對著陽光一看，果然有一層極淡的灰塵一樣的粉末。

他冷了俊顏問道：「看得出是什麼粉嗎？」

吳為無奈地嘆了口氣，接過畫卷展開，仔細看了看，篤定地道：「應當是在卷軸和印章、濃墨處加了藥粉，已經被抹去不少了，卷軸上的只是殘餘的。」他用食指抹了一點，放在鼻端一聞，嘿嘿笑道：「沒事，只是讓你享豔福的。」

赫雲連城板著臉將畫收好，對他抱拳拱了拱手道：「多謝。」說完一刻不停地去了莊郡王府。

明子恆正在書房裡看書，抬眸見赫雲連城壓抑著怒火直衝進來，忙揮手讓侍衛退下，含笑問道：「今日怎麼這麼得空？我還以為你要陪弟妹去郁府呢。」

赫雲連城將畫卷往他桌上一扔，冷聲質問：「你送這種東西給蘭兒，是什麼意思？」被發現了？

明子恆的心中一緊，面上卻完全是一片茫然之態，「這是以前的賀大人送我的生辰禮，寧兒要給弟妹送回禮，看中了這幅畫，我便給了……難道這幅畫是贗品嗎？」

❖ ❖ ❖

六、七月間正是梅雨肆虐的季節，下午還是豔陽天，到了晚間，就開始綿綿密密地下起了雨，雨也不大，一絲絲地斜飛而下，靜謐地與昏暗的天色融為一體。

赫雲連城出門已經有大半天了，眼見著晚飯時點已過了，他還沒回府，郁心蘭不由得開始擔憂焦急，帶著乳娘和兩個小寶寶到正廳外的走廊上等待丈夫歸來。

兩個小寶寶都已經給餵得飽飽的，這會子正被乳娘抱在懷裡，卻撲騰著短手短腳，只想自己下地爬行。

郁心蘭一邊看著院門外的小徑，一邊抽空兒逗逗兩個小寶寶。小寶寶似乎感受到了娘親的疼愛，「咿咿呀呀」的回應著娘親。

天色將黑之際，赫雲連城披著一身細雨走進院門，寬肩、雙袖、下襬的衣裳處，雨絲將深青染成了藏色，服貼著他頎長而精勁的身形。

抬起眸，便見到妻兒在對面的長廊處向他微笑，赫雲連城原本緊繃著的俊臉也不由得一鬆，唇角微微勾了起來。他快步走過青石甬道，剛站上臺階，郁心蘭便一把拉著他穿過正廳，繞過抄手遊廊，進到臥房內室。

紫菱等人早在郁心蘭的指揮下備好了溫水和乾淨的衣裳、毛巾，郁心蘭服侍著赫雲連城更衣，小嘴裡不停地說著曜兒和悅兒的趣事。以往的赫雲連城雖然冷峻寡言，但總是意氣風發的，她還沒見過這樣疲憊中透著憂傷的他。

蘭兒是怕我心裡難受吧？這般聰慧的蘭兒，怎麼可能想不到那幅畫有問題是子恆弄的鬼？

赫雲連城微涼的心中漫過一股暖潮，俯下頭，在小妻子喋喋不休的小嘴上重重一吻，輕聲道：「我沒事。」

他伸手握住她的小手，接替了她扣盤扣的動作，三兩下整好衣裝，牽著她的手出了內室，溫言問道：「妳還沒用飯吧？」

郁心蘭乖巧地應道：「嗯，等你，反正下午吃得挺晚的，也不餓。」

看著她乖巧得不能再乖巧的樣子，赫雲連城忍不住彎起了唇角，握著她的小手的手，也用力收緊了一下。兩人在膳廳一同用過飯，又回到暖閣裡歇息。

紫菱帶著丫頭們沏上一壺新茶，布上果品之後，就識趣地退了下去。赫雲連城一手抱一個寶寶，本想當當慈父，可小寶寶們正是想爬想玩的時候，都在他手中掙扎著，一點也不安分，赫雲連城只好將他們放在炕內，讓他們自己去玩。

郁心蘭見他心情似乎好些了，便笑問道：「相公，我的畫呢？」

燭光下的郁心蘭，側著臉，眼角眉梢都堆滿笑意，做出一副認真傾聽的樣子，神情卻又極是俏皮活潑，生生的讓他的心跳如歡鹿。

只是這個問題仍是讓赫雲連城蹙了下眉頭，隨即，神色又緩和下來，摩挲著手裡的茶盅，斟酌了一番道：「子恆說是賀大人送給他的，畫上有藥粉，他並不知情。不過，我不相信。」

這種話只能騙騙不懂行的人，而吳為偏偏是個懂行的，他告訴赫雲連城，這種藥粉很難調配，不但可以延時發作，還會在三天之內失去藥性，讓人追查不到。

因此，什麼以前賀大人送的，都是假話。只不過，這藥粉的用處也就是那種，即使中毒之人沒有與人交合，除了難受點，也沒有別的害處。也正是因為這個原因，他才沒有仔細追究。只是，他在臨走前鄭重地告訴明子恆：「你有你的理想，我衷心祝你如願以償，但不管你想謀劃些什麼，希望你不要將我的家人運用到你的計謀之中，這是我的底線。」

說完之後，他一走了之，他與明子恆十餘年的兄弟情誼，只怕再難繼續……

郁心蘭聞言微皺著眉頭道：「他這般舉止意欲何為？難道只是個惡作劇？或者，是唐寧拿錯了禮品，這本是要送給別人的？」

將畫送給她，她就算中了藥，最多撲倒赫雲連城就是了，還能怎麼樣？郁心蘭覺得最大的可能性是，莊郡王本來想將畫送給別人的，可是被唐寧給拿錯了。

赫雲連城也有些不解地搖了搖頭，「子恆說是唐寧找他要的，應該不會是拿錯了……總覺得哪裡不對勁。」

想不出什麼來，只得先放下這一頭，郁心蘭就與他商量郁老爺的事：「總要先瞞著娘親和老祖宗才好，免得她們傷心，而且這事兒若是旁人授意的，爹爹那裡的安全，我覺得也得看顧一下。」

赫雲連城看著郁心蘭道：「放心，我已經讓賀塵和黃奇輪流去守著了。」

郁心蘭感激地回望一眼，又繼續道：「也不知爹爹到底得罪了什麼人，我總覺得應該尋了伍娘子的兒子問一問。」

赫雲連城的眸光一閃，頗為欣賞地看著她道：「下午我就讓黃奇去了趟郁府，不過伍娘子的丫頭和兒子都被帶到京兆尹衙門去了，說是怕郁府的人威脅他們。我並沒有辦案的許可權，所以不方便去衙門裡問。」

郁心蘭抬了眸看他，追問道：「按規矩是這樣嗎？」

郁心蘭明明不懂律法，卻總能抓到關鍵的疑點。他的妻子如此聰慧，讓他既自豪又欣慰。赫雲連城忍不住坐到她身邊，將她摟在懷裡道：「妳若是個男子，我就向皇上推舉妳。按規矩，的確不該再住在郁府，不過也沒有保護在衙門裡的先例，完全可以將他們安置在官驛裡。」

郁心蘭定定地看著他道：「這便是說，廖大人未免太主動了些。」

這件事從頭至尾就透著古怪，說郁老爺欲行不軌，好吧，就算如此，伍娘子都已經拔下簪子來反抗了，郁老爺大不了就作罷，何必非要殺了伍娘子滅口，難道還怕一個寡婦將此事傳出去嗎？就算郁老爺要名聲，怕伍娘子豁出臉皮，可郁老爺身居高職，又生得一表人才，只要反口說是伍娘子想攀著他，相信世人多半會相信，於郁老爺的名聲並不會有什麼大礙，所以怎麼推斷，郁老爺都犯不著殺人滅口。

赫雲連城將頭輕擱在郁心蘭的頭頂，淡淡地道：「應當是為了將妳父親關押一陣子，所為何事，看晚上有哪些人來找他便知道了。」

郁心蘭輕輕嗯了一聲，心裡卻還在轉著各種念頭，忽地想起一事，拉了拉赫雲連城的衣袖，示意他聽她說話：「我覺得……他們是為了爹爹身上的祕密。」然後將自己覺得郁老爺身上有個祕密，而王丞相一直就想知道的推論說了一遍，「會不會是王丞相布的局？爹爹到底有什麼祕密呢？」

愈想愈覺得這種可能性很大，那位伍娘子出現也太突然些，伍舉子是郁老爺的寧遠同鄉，客死異鄉的確很淒涼，託孤可以理解，但一般也應該是請郁老爺派人送他的妻兒回鄉吧？而且，一般人都只會隻身上京來趕考，拖家帶口的基本是沒有的，除非知道自己肯定能高中，並且留京任職。

郁心蘭和赫雲連城都是一怔，之前只擔心著郁老爺會不會將俏寡婦照顧到自己後宅裡去，卻忘了追究根源了。

赫雲連城蹙眉道：「若妳父親身上真有什麼祕密，那伍娘子就必定是王丞相安排的人。妳再仔細想想，妳父親可能會有什麼祕密？」

郁心蘭搖了搖頭，「我也想過很久，爹爹相貌才能都算是出眾的，卻也不是無人能及，他以前就是個窮書生，除了寫一手好字……啊，對了，爹爹很會刻印章，能刻出兩枚一樣的印章來呢。」

說完這句話，有某種念頭在郁心蘭的腦海中一閃而過，想抓卻又抓不住。

赫雲連城卻瞬間冷下了俊臉，站起身來，按了按她的肩道：「我出去一趟，若此事與王丞相有關，還是稟明一下皇上才好，妳先睡吧。」

郁心蘭懵懵懂懂地點了點頭，目送他騎上踏雪揚鞭遠去，這才回了屋，見時辰已然不早，便寬衣歇息。

而那廂，郁老爺睡在小木板床上極不舒服，夏天蚊蟲子極多，他又細皮嫩肉的，被叮了無數個炮，餵飽了京兆尹衙門後院的蚊子。正半夢半醒之時，忽覺身下一陣震動，他迷糊地睜開眼睛，卻見身旁的床板出現一個大洞，一個黑黝黝的人影直勾勾地盯著他。

郁老爺這一下駭得不輕，還沒來得及喊叫，便被人堵住了嘴，一把揪下了那個黑洞。

被扛著走了不知多久，晚餐的飯菜都被頂了出來，才終於到達了目的地。

那人將郁老爺往地上一扔，朝上位之人拱手道：「主公，屬下將郁達帶來了，無人發覺。」

上位之人輕「嗯」了一聲，「衙門外面可有人守著？」

那人稟道：「有兩批人，屬下已令十七先裝成郁達睡在屋內。」

上位之人道：「做得很好，退下吧。」

郁老爺坐在地上吐了半天酸水，這會子才覺得好過了一點，抬起頭來，看著上位之人笑道：「岳父大人半夜不睡，來尋小婿何事？」

上位之人正是王丞相，他的身邊還坐著仁王明子信。

今日一回王府，明子信便尋了秦肅來商議，明明是打算給伍娘子下藥的，如何會變成了被殺？兩人商議的結果，就是兩個可能，一是王丞相只是為了將他二人拉下水，落個口實，其實早有安排；二是莊郡王或者賢王知道了這個祕密，派人來暗殺伍娘子，目的跟他們的一樣。

商議完後，明子信便去尋了王丞相，王丞相高深莫測地一笑，「不管是誰動的手，只要這個證據掌握在我們手中就行。你們只管放心，京兆尹衙門裡我已經安排好了，今晚就要將郁達的口供問出來，然後，就可以除去他，高枕無憂了。」

而此時，郁老爺正是被人帶到王丞相府第的地牢內問口供。

要說郁老爺也是個明白人，若是自己說出了那個祕密，還依岳父大人的要求按下手印的話，肯定不可能有岳父大人許下的「輝煌前途」。因為仁王也在場，因而王丞相要這份口供幹什麼，郁老爺亦能猜到，無非是逼皇上禪位給明子信。

王丞相是有根基的，當然不怕明子信事後翻臉，可他郁達就不是了，日後就算仁王順利登基了，他肯定是被滅口的，若是明子信沒鬥得過皇上，他也是個被砍頭的對象。

所以，不論王丞相怎樣威逼利誘，甚至讓青衣衛動用私刑，用分筋錯骨手將郁老爺揍得內臟都絞在一起，幾次暈死過去，都死活不鬆口，硬是說沒這回事。

王丞相被郁老爺氣得七竅生煙，騰地一下站起來，快步走過去，手指直點著郁老爺的鼻子道：「你這個忘恩負義的東西，你別忘了，當初是誰抬舉你的，是誰不嫌你家貧如洗，將嫡出的女兒嫁與你！」

郁老爺抬眸看著岳父大人，輕輕扯動流了血的嘴角，笑道：「岳父大人真的是看中了小婿的文采嗎？恐怕不是吧？小婿還記得，小婿在入京趕考的時候，就投了名帖到丞相府，岳父大人只是令管家送了十兩紋銀給小婿。後來小婿中了進士，隨同榜狀元榜眼到丞相府拜山門的時候，岳父大人似乎更中意狀元郎啊！」

他側頭深思了一下，「讓小婿想一想，岳父大人是從何時看中小婿的呢？」然後呵呵笑道：「似乎是小婿送了岳父大人一方印章之後吧？」

「其實小婿那時實在是身無分文，只得商借了一位同鄉大人的一塊籽玉，仿刻了一枚古人的印章送與岳父大人當壽禮。好像沒過多久，岳父大人就開始注意小婿了，多次誇獎小婿，還將婧兒下嫁，真是令小婿感動啊！」

王丞相的眸光頓時變得複雜起來，冷哼道：「本相如此厚待你，可是你卻一直沒為本相賣過力，如今是你報恩的時候了。」

郁老爺沒看王丞相，將目光轉到明子信的臉上，呵呵笑道：「看來殿下是打算逼宮奪位了？不知殿下有沒有聽說一句老話，獵鷹之人反被鷹啄了眼。」

明子信聞言，心頭不由得一震，若是在未成事之前就被父皇知曉的話，後果不堪設想。可是，如今已是箭在弦上，不發也得發了。

自安王謀反之罪坐實之後，朝廷表面上看起來風平浪靜，實際上私下裡爭奪得更加厲害，莊郡王甩掉了一切束縛，開始嶄露頭角。莊郡王也是以仁和出名的，與他如出一轍，不少官員開始歸附於莊郡王，這種情形讓他十分驚慌。又兼此番抓捕了不少官員，一時半會兒沒尋到相應的人選，餘下的人在朝廷裡忙得焦頭爛額，稍稍有些錯處還會被參幾本，可那些被參奏的官員多半都是他的親信。

他不得不懷疑，其實莊郡王早在他與永郡王鬥法的時候，就已經在暗中培植自己的勢力，如今不過才是剛剛開始而已。

才剛剛開始，就讓他有這般的壓力，使得他不得不採納王丞相的建議，鋌而走險。

思及此，明子信的目光又變得堅定起來，淡淡地道：「若是你做下了此事，為何不敢承認？」

他的話音剛落，門外便響起建安帝略低沉且威嚴的聲音：「若他沒有做過此事，為何要承認？」

王丞相和明子信都大吃一驚，皇上如何能無聲無息地進到地牢中來？兩人同時轉頭向地牢口的樓梯處看去。

建安帝背負雙手，在幾名劍龍衛的保護之下，沉穩地走了進來，身後跟著俊美無雙的赫雲連城，和一臉完全不在狀態的賢王明子期、莊郡王明子恆。

明子信與王丞相忙向建安帝行君臣大禮，山呼萬歲。

建安帝冷冷一笑，「你們心裡真的當朕是萬歲嗎？若真是當朕是萬歲，為何要這般急著往朕頭上扣屎盆子？」

明子信自幼即懼怕父皇，這時聽得父皇的質問，又是犯下這等背逆之事，自是駭得身子不住發抖，幾乎控制不住要流下淚來。而王丞相卻是不怕的，這個皇帝是他一手捧出來的，雖然自打當上太子之後便不再聽他的指揮，可他的心底裡並不如何懼怕建安帝。

早有劍龍衛檢查了上位的寬背靠椅，又再擦拭了幾遍，建安帝方在椅子上坐下，半是嘲弄半是失望地看著明子信道：「你可知王丞相為何要選你？」

明子信緊張得不知該如何回答，建安帝也沒打算讓他回答，自顧自地道：「因為他喜歡弄權，他要的是一個傀儡皇帝，而你，若是按他的方法登上了皇位，就留了個重大的把柄在他手中，日後你就成了他手中的傀儡。這就如同，當年目光獨到的王丞相，如何會在先帝的眾多皇子中選中朕一般。因為朕沒有娘家勢力，又一直中規中矩，他覺得好拿捏，這才百般扶持朕，還擔心先帝不願立朕為太子，費心費力地尋到了一個可以刻假玉璽的女婿。」

王丞相哼哼幾聲，「可惜，郁達被英明果斷的皇上給收買了去。」

建安帝眼眸一瞇，目光銳利，天生的王者之氣頓時狂湧而出，將四周之人擊得站立不穩，雙膝發軟，不由自主地便要跪拜下去，「君為臣綱，朕擁有生殺予奪的至高權力，用得著收買一個小小的戶部侍郎？」他將眸光轉向郁老爺，威嚴地道：「郁達，你且說說，朕有無收買你？」

郁老爺被兩名劍龍衛拎到了建安帝跟前，拜伏在地道：「皇上乃是天命之子，君權神授，微臣唯願能為皇上效犬馬之勞，能被吾皇差使，是微臣的榮譽，何來收買一說？」

建安帝聞言頗為滿意地瞇了瞇，將眸光轉向王丞相，神情忽地轉為震怒，「王丞相，你且聽聽，枉你為官四十餘載，竟不如你的女婿明白事理，竟敢妄自尊大，想逼朕退位，此心當誅！來人，將其拿下，削去烏紗！」

話音一落，幾名劍龍衛便衝將過來，將王丞相按著跪倒在地。雖然夜間王丞相並沒有穿官服，但他的頭上是高官才允許用來束髮的紫玉冠，腰間也有象徵丞相身分的螭紋玉佩，劍龍衛們二話不說，將這些象徵身分的飾品全數撕扯了下來。

沒了束髮玉冠，王丞相一頭花白的長髮披散一身，形象狼狽不堪，在劍龍衛們毫不手軟的撕扯中，幾縷長髮緩緩墜地，彷彿他那不久於項上的人頭。

王丞相氣得幾乎發狂，抬頭惡狠狠地盯著建安帝道：「皇上以為這樣將老臣暗中處置就能高枕無憂了嗎？哈哈哈，真是可笑！老臣此舉並非是要謀朝篡位，老臣為官四十餘載，對明室的忠心，蒼天可鑒。因此，老臣勸皇上您還是仔細考慮考慮禪位一事，至少這樣皇位還是落在您的血脈手中，否則的話，不單是您坐不穩這皇位，只怕你的兒孫們都要受株連，一個不留。」

建安帝眸中厲光暴漲，龍顏大怒，「大膽！你居然敢威脅朕？就憑你這麼一點憑空捏造出來的臆想之詞，就妄想對朕指手畫腳？你敢說你此舉沒有私欲？的確，你沒想過謀朝篡位，那是因為你不姓明，你沒這個資格，你若是膽敢自己坐上這龍椅，全天下的百姓都會對你口誅筆伐，各地的駐軍也會替明氏一族來討伐你，所以你才多次想通過扶持一個沒有根基的皇子登上皇位，好滿足你無冕之王的欲望。」

「你以為當年朕能冊立為太子是靠假詔書嗎？朕得到先帝的另眼相看是你的功勞嗎？朕不妨老實告訴你，先帝早有意立朕為太子，因為朕沒有母系靠山，日後也就不會有什麼外戚當政。先帝遲遲不立儲，不過是為了等到朕的羽翼豐滿之時，才表露出來罷了。你若是不相信，就好好回想一下，趙、孫、李這幾大世家是如何沒落的。」

王丞相聽得心頭一震，是啊，當年玥國京城有八大世家，可如今這八大世家只有三家的繼承人還在朝中有官職，另外五家都沒落得連普通富戶都不如了。這些人當初不都是牽涉到皇位相爭之中嗎？難道，真是先帝為了壓制世家的勢力，故意誘使各世家支持不同的皇子，好自相殘殺嗎？

建安帝冷冷地看著王丞相那張老臉上驚疑不定的表情，待他想得差不多了，方漠然地道：「你說你的忠心蒼天可鑒，那就把你的忠心挖出來，先給朕過過目吧！在玥國，朕就是天！」

王丞相大驚，隨之大怒，旋即又大慌。京城裡的這些皇族中，成器的不會聽他管制，不成器的又扶不上牆，只有仁王比較好拿捏，但仁王也只是心有欲望才比較好拿捏而已，若是萬一不願聽他所言，他的確是早有安排，另擇了一位皇室成員，雖不是建安帝的血脈，卻也是明姓子孫，只要將假詔書一事公布於天下，讓文武百官們去質疑皇上，他就能在一旁漁人得利，將建安帝掀下馬來，推舉他所扶持的人登基。

可是，若建安帝現在就將他給殺了，那他後續的一切案情都成了空，還有什麼榮華富貴可言？

「明瀧，你敢！本相好歹也是兩朝元老，你若將本相私下殺害，不怕天下人的唾罵嗎？」王丞相歇斯底里地吼叫，吼得脖子上的青筋都暴了出來，一張老臉漲得通紅。

他的聲音剛落，四周就響起了幾道疾勁的風聲，王丞相私養的青衣衛手執長劍，從各個方向朝建安帝攻來。

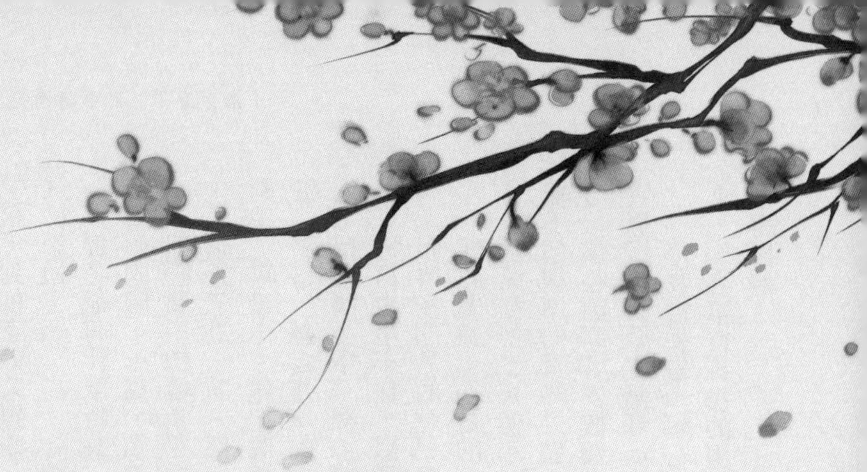

肆之章

餘孽暗湧揣聖意

郁心蘭一夜沉睡，大約是日有所思夜有所夢，竟夢起了近日來的事情，從兩個小寶寶開始牙牙學語，到郁老爺入獄……好夢變噩夢，她猛然驚醒。得益於夢境所示，她竟將之前一直沒想到的關鍵給想通了。

郁老爺有什麼特長，不就是刻印章嗎？還能刻得一模一樣，這一特長若是被有心人利用，逼他仿刻個國印、玉璽一類的，那就不單是父親的性命，就連整個郁府的性命都堪憂了。

郁心蘭不知道多年前的朝政之事，所以她以為是王丞相想逼郁老爺刻一枚假印章，做假詔書。想通了這一節，郁心蘭急得如同熱鍋上的螞蟻，若真是要逼郁老爺刻假章，那麼必定會今晚就動手，可是……她抬眸看了眼窗外的天光，已經微微亮起，几案上的沙漏顯示現在已經是寅時初，換成平日，赫雲連城都已經起身練完劍，準備去上朝了，可他昨夜卻沒有回來。

郁心蘭心中一凜，該不會真的有事發生吧？

她再也坐不住，趿了鞋下床。

服侍在門外的蕪兒聽到房內的動靜，忙輕輕抬高點聲音問道：「奶奶可是起身了？」

郁心蘭道：「是的，進來吧。」

蕪兒忙帶了幾個小丫頭，端著溫水和洗漱用具進來，在郁心蘭的指令下，替她更上一身正裝，梳了個標準的貴婦髮髻。

郁心蘭叫了安嬤嬤進來，吩咐她去車馬處安排馬車，她要到京兆尹衙門去一趟，並讓安嬤嬤去宜靜居給長公主請罪，說她今日不去請安了。

待收拾妥當，郁心蘭在二門處坐上馬車，馬車立即開動，可才不過走到側門，便被人給攔了下來。一名軍官打扮的男子走至車窗邊，拱手道：「還請奶奶見諒，皇上有旨，今日街禁，任何人等不得出府。」

郁心蘭心中一驚，忙問道：「這位大人，街禁是指城中所有居民都不得隨意外出嗎？」

那人回道：「不是，百姓們可以，但朝中官員及家眷必須留在家中，有奉召方可離府。」

只針對官員，那麼必定是發生了與朝政有關的重大事情。郁心蘭只覺得手腳冰涼，腦中空白了那麼一瞬，忙又強行鎮定下來，問道：「請問大人是在哪個衙門任職？」

那人回道：「下官是禁軍校尉，赫雲將軍隨皇上入宮了，暫時不在。」

是禁軍的人就好，郁心蘭放了一點兒心下來，低低地道了聲謝，示意馬車回府。

她回到府中，徑直去了宜靜居。長公主這會子才剛剛起身，剛聽得柯嬤嬤說大奶奶有事要外出，差了安嬤嬤過來請罪今日不來請安，隨即又聽到門外傳報：「大奶奶來請安了。」不由得一下子怔住，失笑道：「這個蘭丫頭在玩什麼花樣？」

郁心蘭在紀嬤嬤的示意下進了內室，見柯嬤嬤正在為長公主梳妝，忙過去服侍，親自在妝奩中選了幾樣釵子、頂簪、側簪，柯嬤嬤一一為長公主戴上，笑讚道：「大奶奶的眼光就是好，這麼一配，殿下都年輕了好幾歲。」

郁心蘭謙虛地笑道：「是母親本就年輕，我與母親站在一塊兒，旁人準以為是姊妹。」

女人哪有不愛美的，長公主當即便笑著虛拍了郁心蘭一下，啐道：「就妳這一張嘴兒會說……用飯了沒？跟我一起吧，一會兒柔兒也會過來。」

不多時，岑柔便過來請安，婆媳三人一同用了飯，又坐到小花廳裡閒聊。長公主婆婆這主母當得輕閒，大小事兒全交給柯嬤嬤和紀嬤嬤兩人去管，她每天只聽一點大事兒，拿拿主意，再不用操心什麼別的，所以才有空閒與兩位兒媳婦閒聊。

今日見郁心蘭一大早的說有事，又跑來請安的，長公主便笑問道：「不是說要出府辦事的嗎？」

郁心蘭這才道：「府外有禁軍軍士把守，說是奉了皇上旨意，今日京城實行街禁，官員與家眷都不得離府。」

長公主大吃一驚，忙讓柯嬤嬤去前院詢問，很快得了訊兒，的確是有禁軍守衛在侯府的各個大門口，周管家正在派人打聽消息，因還未到上朝的時間，原想等確定了再來回稟的。

那回話的下人剛說完，門外傳來了二爺、三爺、四爺的聲音。三人正到了上朝的點兒，可是剛到府門卻被禁軍給攔住了，他們認識守衛的將領，知道應是皇命不假，卻怕是府中出了什麼意外，忙忙地跑來長公主這邊問話兒。

長公主也被蒙在鼓裡，隨即將目光轉向郁心蘭，問道：「怎麼沒見靖兒？」

郁心蘭垂了眸，恭順地答道：「相公昨晚就入宮了。」

三個兄弟立即將目光轉向她，她只得解釋道：「我也不知是何事。」

就算真的是她所想的那般因郁老爺引出來的事兒，也沒必要在郁老爺有任何罪名坐實之前，就公諸於眾。

赫雲策又失望了起來，隨即一想，也是，這般重大的事情，大哥也應當不會告訴大嫂才是。他慢慢地道：「總要派個人去宮中打聽一下才好，若是有什麼重大事情，咱們府中也好準備準備。」

說著滿懷希望地看向長公主，那意思就是希望長公主派個嬤嬤去宮裡打聽，因為只有長公主有這身分，能將人差出去。

長公主沉吟片刻，便吩咐柯嬤嬤拿了她的名帖，遞摺子入宮。

片刻後，柯嬤嬤又折返了回來，「守衛的那位禁軍大人說，只有奉召才能出府。」

居然連長公主的面子都不賣，這下子大家都覺得事態嚴重了。

只不過，除了苦等，也沒有別的法子了。廚房裡有常備的菜色，但比之平日自然是少了許多，長公主讓人將甘氏和幾位奶奶、姨奶奶、哥兒、姐兒都一併請了過來，一家子坐在一起用了一餐簡樸的午飯。

到得快掌燈的時候，新提上來的廚房總管事陳嫂來宜靜居稟道：「殿下，西府那邊說今日中午的飯食太差了，晚上點了幾樣時鮮，可是這又出不了府……」

長公主還沒有表態，就被甘氏搶了先道：「這個程氏真是個攬事精，妳去告訴她，想吃自己去外面買！」

陳嫂垂眸看地，不言不語，長公主瞥了甘氏一眼，這才對陳嫂道：「就告訴她，不能出府，所以只能將就了。她若是不滿意，只管讓她來尋我。」

陳嫂忙應聲退下，甘氏暗暗地捏緊了拳頭，以前一直只是覺得自己是一時受挫，到今日今時她才真正意識到，這個府中真的不再是她掌管了。

正沉默著，門外聽得紀嬤嬤高興的聲音：「哎喲，是曜哥兒、悅姐兒醒了？快讓嬤嬤抱抱！」

長公主聽到孫子孫女醒了，忙笑道：「快抱進來。」紀嬤嬤和柯嬤嬤一人抱了一個進來，長公主隨手接過一個，拍了拍小傢伙肉滾滾的小屁股，「一會兒爹爹就會回來了，咱們祖孫仨兒一同用飯。」

這話小傢伙們可聽不懂，但大人們都知道，長公主是希望這事情能盡早地解決掉。可是希望與實現還是有距離的，誰知道赫雲連城什麼時候才能回來？

一家老小又在一塊兒用了晚飯，程氏沒有親自過來，卻接連派了三次隨身嬤嬤過來吵鬧，都被柯嬤嬤給擋了回去，聽說還差人出府買菜……郁心蘭忽地覺得程氏鬧得挺奇怪的，明明已經安靜一陣子了，怎麼這會兒又開始鬧騰了？

大約是赫雲家那三兄弟也想到了同樣的問題，官場上的男人，政治敏感度一般都高，赫雲策立即揣測道：「莫非是與政局有關？」

赫雲飛蹙了蹙眉，「還能如何有關？安王一家都已經被處死了，即便如今是有亂黨鬧事，也與西府那邊沒有關係了。」

郁心蘭卻想到一個方面，「但至少，這表明她與咱們這邊的關係並不好。若是亂黨鬧事，必定會拿咱們府中開刀，畢竟父親是忠於皇上的。」

甘氏聽罷冷冷一哼，「白吃白喝的時候就沒見他們要撇清關係。」

又議論了許久，眼見著天色全黑了，也沒人說要離開。岑柔的表情一直怪怪的，郁心蘭瞧在眼裡，尋了個時機請她陪自己更衣，待兩人單獨相處時才問道：「妳今日是不是不舒服？」

岑柔微微紅了臉，不大好意思地搖了搖頭，「沒……我只是擔心朝政罷了，我……我這個月沒換洗的。」

郁心蘭一怔，隨即才明白她是說這個月她身上沒有來，立即驚喜地道：「是不是有了？」

岑柔咬了咬唇道：「本來想再過幾日去尋府醫診診脈的，可是如今朝局這般動亂……」

郁心蘭忙拉著她的手安慰道：「不必擔心，皇上可不是一般人，不會這麼容易就倒。妳只管安心養胎，免得想多了，生出個兒子是個皺著眉頭的小老頭。」

岑柔被她逗得噗哧一笑，目光略帶著欽佩地道：「妳真鎮定。」

郁心蘭笑了笑，「我鎮定自是有原因的。外面這些禁軍，看起來是看押著咱們，其實這也是一種保護。而且街道上並沒有傳來動亂的聲音，就說明局勢還在皇上的掌控之中。只不過這類的事不是一會兒能處置得了的，咱們只要靜心等待就好。」

岑柔輕輕地點了點頭，與郁心蘭攜手回了小花廳。

卻不想，赫雲連城已經回府了，正坐在長公主的身邊，向眾人描述今日皇宮之中的凶險。

「……王丞相捏造事實，想煽動官員們彈劾皇上，好在有內閣大臣出面證實那份太子冊立詔書，拆穿了王丞相的陰謀。」說到這兒，他看到郁心蘭走了進來，便朝她勾了勾唇，繼續道：「這一次，是王丞相想用美人計拉攏郁大人作偽證，被郁大人拒絕後又改為嚴刑逼供，好在皇上早已洞悉了王丞相的陰謀，與郁大人將計就計，引王丞相鑽入陷阱，還一舉抓獲了一批對朝廷和皇上有異心的臣子。」

郁心蘭聽得一愣，皇上與郁老爺將計就計？難道之前的種種都是郁老爹為了麻痹王丞相而做出的假象嗎？

長公主聞言亦是欣喜，看向郁心蘭道：「妳爹爹又立功了。」

郁心蘭忙謙虛道：「爹爹他領朝廷的俸祿，這原是他的本分。」

長公主更加欣慰地道：「你們都是忠心的臣子。」

忽地，身邊一個尖細的嗓音道：「咱家自會將赫雲大少夫人的這句話帶回給皇上的。」

郁心蘭嚇了一跳，轉頭一看，原來是黃公公，忙上前行禮，內心裡暗暗自責，居然只注意看連城去了，這麼大個活人坐在赫雲連城的身邊，她竟是半分都沒注意到，幸虧沒說什麼對皇上不敬的話。

黃公公是建安帝特意打發來安撫皇妹的，這會子差已辦完，便告辭回宮了。

赫雲策和赫雲傑立即問赫雲連城道：「大哥，不知這次又有哪些官員被罷免？有沒有兵部的官員？」若是有兵部的官員被免職，他們倆說不定會有升職的機會。

赫雲連城的目光在他二人臉上轉了一圈，淡淡地道：「有幾個軍官，不過官職都比你們低。」

「哦。」這兩人立即像霜打的茄子一般蔫了。

甘氏蹙了蹙眉道：「皇上為何會宣你入宮？」這是她極為不滿的一點，按說赫雲連城只是禁軍首領，應當保衛皇城，而入宮保護皇上，那應當是赫雲傑的職責，可皇上為何不宣傑兒入宮護駕？

赫雲連城只是垂了眸回話道：「這得問皇上。」幾個字將甘氏接下來的不滿的話，悉數堵在了嘴裡。

她以為他願意入宮呢？雖然後來幾位內閣大臣當著動亂的官員的面，證實了先帝冊封太子的詔書是真的，可到底是真是假，又有誰知道？聽了這麼一段陳年往事，會不會被皇上記恨在心，都是個未知數。

眾人又議論了幾句，長公主見兒子一臉疲憊，心疼得不行，忙讓他與郁心蘭回去休息，眾人這才散了。

郁心蘭靠在赫雲連城的身旁，一邊走一邊問當時的情形，倒也有幾分凶險。王丞相在朝中盤踞了四十餘年，的確是根基深厚，皇上才會特意用這一招「請君入甕」，讓他以為成功在望，主動將實力都顯現出來。

赫雲連城淡淡地道：「遠的不說，就光是他私養侍衛這一條，就足以治個謀逆罪了。」也就是說王丞相不會有翻身之日了，而且皇上好不容易抓到這次機會，也絕不會允許他再有翻身之日。

赫雲連城又道：「妳爹爹這次傷得不清，明日妳回府去探望一下吧。我之前已經同母親說好了，明日我下了朝，陪妳過去。」頓了頓又道：「咱們先去溫府接妳娘親吧，妳父親是……依皇上的計行事的。」

郁心蘭「哦」了一聲，心裡卻想，只怕郁老爹也極想來個「將計就計」。

兩人回了靜思園，便早早地熄燈睡了。而另一座府內，卻是燈火一直亮到天明。

明子恆非常擔憂之前那幅畫作之事，「若早知道那是父皇的安排，咱們又何必多此一舉？白白的讓父皇以為我也別有用心。今日我幾次試探連城的語氣，想知道他是否將畫卷之事告訴了父皇，可是他卻似乎聽也沒聽見。當時人多耳雜，我也不方便追問。」

對面的謀士蹙起眉頭道：「他到底是怎麼想的？聽今日皇上的意思，仁王雖然暫時保住了小命，可是日後必定難有作為了。如今朝中只有王爺和賢王二人，賢王早就表明不喜歡朝政，而他又是王爺自幼的伴讀，難道還想生出異心，相助賢王不成？」

明子恆沒有答話，只是眸中的光亮閃爍不停。

次日，郁心蘭和赫雲連城起了個大早，直奔溫府。

路上，赫雲連城詳細向她說了當時的情景，王丞相確實做了萬全的準備，只不過他錯估了郁老爺，以為郁老爺被嚇一嚇，至多是用點刑，就會招供出來，讓他們拿到確實的證據。哪知郁老爺死不吐口，因而王丞相雖然動用了自己多年來的人脈，數十名官員衝入皇宮之中，向皇上要求驗看當年那份詔書，可是說到底，都只是他在挑事兒而已。

因此，幾位內閣大臣說這份詔書是真的之後，王丞相就徹底成了跳樑小丑。當時的他已經被綁了，就算沒被綁又如何，就算由他親自驗看了詔書，說是假的又如何，他一人的話能對抗其他幾位內閣大臣之言嗎？

郁心蘭聽得直搖頭，「這恐怕還是被皇上給慣出來的。」

赫雲連城挑眉問道：「怎麼說？」

郁心蘭很確定地道：「我一直就覺得皇上挺縱容王丞相的，哪朝哪代的皇帝，最怕的就是臣子們手中的權力愈大，野心也愈大。可是，我聽爹爹說，不論是官員的任免還是朝政的處置，皇上都十分依仗王丞相，以前我以為是皇上信任王丞相，現在想來，皇上多半是故意如此。縱得王丞相的膽子愈來愈大，性子愈來愈驕縱，人一旦驕縱了，腦子也就沒那麼好使了。」

最明顯的例子就是王氏，以王丞相家那麼多庶子庶女的情況，王氏肯定不會沒心計，可是在郁府二十年來，她說什麼算什麼，完全不必運用心計，自然就退化了。若是換成十幾、二十年前的王丞相，必定不會這麼輕易地與仁王商定這種逼宮之計，可是他這個丞相當得太逍遙了，以致於他失去了戒心，或許，年紀大了，快到必須乞骸骨的時候了，他不得不放手一搏，也是一個原因。

總之，郁心蘭覺得這一切，時間、地點、人物，皇上都算計得死死的，而且必定不會允許王丞相半途退縮。

思及此，郁心蘭的心中忽地一動，握著赫雲連城的手問：「連城，莊郡王他知不知道我一般收集到了名畫，都是送給我父親的？」

赫雲連城眸光一閃，「知道。妳是懷疑……罷了，已經過去了的事，說這些有什麼用？」

郁心蘭咬了咬牙道：「怎麼會沒用？若真是為了算計我爹爹，就說明他們事先就懷疑我爹爹刻了假玉璽，而且準備殺他滅口，畢竟這事兒對仁王、莊郡王是不利的。他們將主意打到我爹爹的頭上，這口氣怎麼也得出出才行。」

赫雲連城側頭看她，好奇地問道：「妳要怎麼出口氣？」

他沒別的意思，就是純粹好奇，她一個弱女子要如何幫父親出氣，懲治當朝王爺。

郁心蘭現在也沒計畫，揮了揮手道：「反正這事兒我記在心裡，有機會的話，一定要還回去。」

說話間到了溫府，郁心蘭扶著赫雲連城的手下了馬車，下意識地偏了偏頭，卻沒見到隔壁那位閔老頭熱情的身影，不由得有幾分好奇地問道：「怎麼沒見到他人？」

赫雲連城沒好氣地瞥了她一眼，難道妳還想讓他來纏著我不成？

溫府看門的小廝十分機靈地回話道：「姑奶奶是問隔壁府上的那位閔管家嗎？他幾天前就同他娘子出遠門了，說要半個多月才能回京。」

郁心蘭微訝道：「去這麼遠？」她也不過隨口一問，說完就跟著赫雲連城進了溫府。

溫氏還不知京城裡發生了這麼重大的事情，溫老父子昨日就被召入宮中，連夜審問王丞相一黨，至今還未回府。常氏倒是隱約聽丈夫提了幾句，不過她是個大字不識幾個的婦人，並不願聽這種事情，這會子正陪小姑子坐在正廳裡做針線。

龍哥兒一個人滿地跑著，丫頭婆子們小心翼翼地跟在他身後。

郁心蘭一進屋，便朝龍哥伸出手道：「來，讓姊姊抱一抱。」

龍哥朝郁心蘭咧嘴笑了笑，卻轉身朝另一個方向跑了，一歲多的孩子剛剛學會走路，才不願總是被人抱著。

郁心蘭無奈地一笑，向舅母和娘親行了禮，這才說明來意：「連城說，那位伍娘子是王丞相派到父親身邊的，父親接近她也是奉皇上之命……所以，我們來接娘親回郁府，一同探視父親。」

溫氏急得站了起來，針線笸籮掉到地上都不知道，「妳父親的傷重不重？有沒有請府醫診治過……他……他為何不同我說一聲？若早知是這般，我也不同他賭這個氣了。」

娘親果然是立即就原諒了父親啊！

郁心蘭抽了抽嘴角道：「若您不同父親賭氣，王丞相也就不會上當了。」

常氏忙道：「可不正是這個理！妳且放心吧，剛才姑爺不是說了，已經請太醫看過了，太醫不得比你們府上的府醫強得多了？」

溫氏哪裡有心聽這些寬慰的話，忙忙地道了謝，連包袱都來不及收拾，就坐著馬車回到郁府。

郁老爺這會子躺在床上直「哎喲」，郁老太太坐在床邊直抹老淚，王丞相怕被人看出用過刑，讓那些青衣衛小心「伺候」，他的內傷很重，可外傷卻一點也沒有，若不哼唧兩聲，旁人都不知道他有多痛苦。

見得妻子進來，郁老爺哼唧得更大聲了，郁心蘭不由得抽了抽嘴角，難怪老爹同志在女人堆裡能混得風生水起，還真是有兩把刷子的。

眾人都聚在郁老爺床前著意安撫了一陣子，郁心蘭沒見到王氏，便小聲問老祖宗道：「大娘去了哪裡？」

老祖宗蹙了蹙眉道：「我讓她安心待在菊院裡，好好地待著，沒事兒別隨意走動。」

想是怕王氏會連累到郁府吧。雖然她嫁入郁府就是郁家的人，可是真當她的父親有大罪之時，她的血統就會連累到她。

郁心蘭心裡不免有些同情王氏，之前聽赫雲連城說了那麼多，她也能想到，王丞相對這個女兒，不過就是當成一枚棋子而已，至於是下到皇帝的後宮還是高官的後宅，全看他這個操棋手一時的抉擇。可憐王氏幾十年都被蒙在鼓裡，還時時以王家女為榮，教得幾個女兒也是動不動拿王丞相出來說事兒。

❖　❖　❖

自王丞相被下獄，數名高官或下獄或罷免，京城裡人人提到王丞相，就趕緊先表白自己與其無關，所謂的樹倒猢猻散就是這個意思吧。那些以前跟隨王丞相的官員們，見事態不對，立即就轉了風向，開始投向莊郡王的陣營。沒辦法，他們倒是想投靠賢王，可人家根本就不接拋過來的繡球。

這天下了朝，明子期跟著赫雲連城回了侯府，準備在侯府蹭飯吃。

他一邊逗著悅姐兒玩，一邊同郁心蘭說道：「過幾日宮中要辦荷花宴，妳知道嗎？」

郁心蘭搖了搖頭，「這幾天我都窩在府中，哪裡知道這些……怎麼忽然辦起荷花宴？」

明子期輕嘆道：「這段時間抓的官員太多了，吏部都無人可舉薦了，父皇的心情也不佳，母后的意思便是辦個賞花宴，讓新晉的官員們多交流交流，也拿熱鬧沖沖穢氣。再者，敬嬪已經懷胎四個月，胎兒已經坐穩，是時候詔告天下了。」

說到敬嬪，郁心蘭便想起了永郡王，不由得問道：「不知皇上打算怎麼處置他，會不會像放過仁王那樣放過他呢？」

皇上居然輕意地放過仁王，只是罰他禁足三個月，這真是讓朝野上下莫不驚嘆。就連赫雲連城都沒想到，按說意圖逼宮這樣的罪名，就足夠將其遂出皇族，貶為庶民，再流放邊境的。

郁心蘭倒是覺得，皇上就只有這麼幾個兒子了，怕是不想隨意處置，反正不將皇位傳給仁王，他也掀不起什麼風波來。可是皇上對永郡王的態度卻十分古怪，按說永郡王犯下的錯比仁王輕得多了，他只是聽說父皇病危，怕皇位被別的兄弟給搶，才悄悄溜回京來。雖然瀆職，可沒謀反的意圖呀。

明子期嘿嘿一笑，「這話可說不準，我也不敢去問父皇。」

那倒也是。郁心蘭的滿腔八卦熱情被潑了一瓢冷水，不由得興致大減。赫雲連城抱著兒子坐在一旁，見她小臉懨懨的，好笑地捏了捏她的耳垂道：「皇上要如何發落永郡王，與妳何干？」

郁心蘭一本正經地道：「有大大的干係，若我能提前知道，跟那些個三姑六婆閒聊的時候，就能讓她們崇拜我了。」

明子期噗地就笑了，赫雲連城也不由得失笑道：「皇家的事妳也敢拿來吹牛。」

郁心蘭笑道：「聊天而已，什麼吹牛。」又問明子期最後是誰接替了永郡王的送親大使一職。

明子期道：「祈王世子，也是個花花公子，跟江南玩得挺好的。」

三人正說笑著，回事處的一名小廝小跑著進了靜思園，站在院子裡稟報道：「大爺、大奶奶，侯爺回府了。」

郁心蘭和赫雲連城忙整了衣裝迎出去。

定遠侯此番遠征西疆，只用了半個月便大破大食國的強兵，又是一樁大功勞。他懷疑是京中有人傳訊給大食國，才令大食國大膽舉兵進犯，因而帶著親兵返京，先入京覲見皇上，這才回府。

長公主忙令廚房整出兩桌子上好的席面，為侯爺接風洗塵。

赫雲連城站在父親身邊，詳細將這兩個多月來京中的大事一一稟報，長公主則挑了家中瑣事，敘道了一下家常。昨日岑柔讓府醫請了脈，確認是喜脈，府中又要添丁添口，亦是一樁大喜事。

甘氏坐在一旁看著，侯爺雖然就坐在她的身邊，卻一直沒有將目光調至她的身上，也極少問及赫雲策和赫雲傑，這令她感到十分難過兼難堪，那感覺好像是他們母子快要被排擠在外了。

見長公主和赫雲連城都停了話，侯爺端了茶杯飲茶，甘氏忙笑道：「徵兒最近的功課長進很多，師長們都誇他呢。」

侯爺睇向甘氏，笑道：「是嗎？妳讓他在國子監裡安心讀書，踏實做學問，切不可驕傲自滿。」

侯爺一番勉勵的話，聽在甘氏的耳朵裡，卻像是在說，她的兒子就是不成器的，縱使現在有師長誇徵兒，日後徵兒也會因驕傲自滿而止步不前。她的臉色立即就沉了下來，「徵兒他才多大就離開父母，一個人到國子監讀書，這幾個月一直住在國子監內，連侯府都沒回過一次，侯爺您如何覺得他就驕傲自滿了？」

這火氣來得莫名其妙，侯爺不由得一怔，見甘氏一臉要跟他理論到底的模樣，不由得蹙了眉道：「我只是要他謙虛一點，並未說他驕傲自滿。」

甘氏心中的怒火更旺，冷笑道：「有則改之，無則加勉，是嗎？那侯爺為何不叮囑一下靖兒，他這陣子在皇上面前可立了不少功勞，您如何不說一說他，要他也切勿驕傲自滿，拿自家兄弟開刀？」

侯爺聞言更是愣住，看了看甘氏，又看了看赫雲連城，問道：「什麼拿自家兄弟開刀？」

甘氏氣惱地道：「他舉薦傑兒去西疆接掌諶將軍的職位，這不是拿自家兄弟開刀嗎？一樣是四品官，邊疆的都司哪裡有皇上身邊的侍衛強？人家京官外放都至少會升上一級，可他呢，舉薦自家兄弟平調，落在外人眼裡，可不就是傑兒犯了什麼事，被貶去邊疆的嗎？況且邊疆一個不好就會有戰事，這不是將傑兒往火炕裡推嗎？」

侯爺眉頭一皺，將目光轉向赫雲傑，厲聲問：「傑兒，這是你的意思嗎？男人漢大丈夫，竟然怕上前線！」

赫雲傑忙起身回話道：「孩兒非常願意調往西疆，請父親明鑒。」他是真的願意，那裡山高皇帝遠，沒人拘束多自在。

侯爺聽了這話，知曉只是甘氏自己的意思，才和緩了臉色，朝甘氏道：「妳也聽到了？以後這類事妳少管吧。慈母多敗兒，我們赫雲家的男子都是要在戰場上歷練的。」

話說到這個分上，甘氏也知道多說無益，只得恨鐵不成鋼地瞪了赫雲傑一眼，一點也不體諒她的慈母心！離了京，你還怎麼跟老大爭這爵位？

赫雲傑只想著能離了京，離三奶奶遠一點。可被母親瞪得受不了，忙低頭去研究地毯的花色。

柯嬤嬤尋了個時機，將郁心蘭請到一邊，將那支在溫府買回的小院中找到的金簪還給她，小聲道：「老奴請人幫著查了內造府的明細，這簪子是榮琳郡主的。」

因為內造府是太監管理的，赫雲連城不方便查問，郁心蘭便求了柯嬤嬤，她是宮裡出來的人，在宮裡肯定有自己的關係。

聽了柯嬤嬤的話，郁心蘭心中一驚，竟然是榮琳郡主的……對了，錢勁也說過，之前榮琳郡主是跟著諶華的，那回他們也在溫府附近遇到過諶華，看來那處宅子的前主人是諶華。

只是，榮琳郡主將這支簪子塞到炕縫裡幹什麼？想讓人知道這裡曾經住過一位郡主嗎？明明她後來尋著了時機，從錢勁的宅子裡逃跑了。想來她不是個笨人，應該有別的方法傳訊息出去，而不是這種看起來就像是明知她會死一般的做法。

郁心蘭拿著這支扁簪反覆研究，柯嬤嬤不知大奶奶為何要查這支簪子，便將她聽來的訊息都一股腦兒說了：「這支簪子是有內格的。」

郁心蘭大吃一驚，「這麼扁的簪子有內格？」

柯嬤嬤道：「是，查了是有內格的扁簪，說是從接頭處扭開。」

簪杆與金鳳的接頭處的確是最厚的地方，郁心蘭忙去扭接頭那塊兒，卻試了兩次沒成功。這會子晚飯要開始了，她便向柯嬤嬤道了謝，回座用飯。

席間她提早吃完了，仍是不死心地將簪子拿出來，放在桌面下仔細研究。

二姑娘赫雲慧就坐在她身邊，原本她這段時間心情一點也不好，今日好不容易開心了點，覺得郁心蘭不將注意力放在她身上真是不該，便噘嘴問道：「大嫂在幹什麼？」

郁心蘭道：「哦，想將這個簪子打開。」

偏巧赫雲慧有一支差不多的簪子，三兩下找到了機關，用指甲一摳，簪體和簪杆便分開了。郁心蘭眼尖地瞧到簪杆是中空的，裡面有一卷極細的小卷兒……這會子人多，不方便看，她忙將簪子收好，向赫雲慧道了謝，開始關心起二姑娘的終身大事，赫雲慧的心裡終是舒坦了一點。

用過飯，回到了靜思園，郁心蘭忙將簪子拿出來，用細針將小卷兒勾出來，放在燈火下細看。那字應該是用眉筆寫的，卷得太緊，都很模糊了，她看不大清楚，赫雲連城幫她看了遍，艱難地讀道：「二十年前……照舊……換嬰……這個人的名字看不清……說她是奸細。」

赫雲連城又再仔細看了一遍，能認得出來的就是這幾個字了，這字條是一份地契，應當是榮琳郡主的私房錢吧。字寫在地契的背面，很潦草，看得出是在很急的情況下寫的。而且為了能塞進簪杆的空檔裡，卷得極緊，這樣才造成了字跡模糊，大半的內容不知是什麼。

赫雲連城將字條收好，坐到榻邊。

郁心蘭皺眉，想了想，斟酌著道：「榮琳郡主當日不是在宮中遇害的嗎？這話，應當是那天她聽到的吧？就是不知道是換什麼嬰，又是什麼人要換。」

她小心翼翼地瞟了一眼赫雲連城，「如今宮裡有身孕的妃子就只有兩人，敬嬪和淑妃，會不會是她們找人商量，嗯……就是把女孩兒換成男孩兒……當然，秦公公承認是他傷了榮琳郡主，那麼淑妃的嫌疑更大，可是我覺得敬嬪也不能排除，不是提到了二十年前嗎？那時可還沒有淑妃。」

這個時代可不講究什麼男女平等，無論是高官還是平民百姓，無不希望生男孩，生得愈多愈好，宮中的妃子們就更別提了。有了皇子，皇帝駕崩後，還有機會出宮與兒子同住，若是沒有皇子，那就只能老死宮中，或者陪葬。

若是榮琳郡主聽到了這樣的話，被人打傷甚至想滅口，都是有可能的。

安王早有篡位之心，淑妃身邊的那個蔡嬤嬤，事後已經被證實是安王的人。或許是他們在商量讓淑妃懷孕後換個男嬰的事，被榮琳郡主無意中聽到了。榮琳郡主之後並沒死，而且能肯定是安王安排的，說明當時安王就已經有了計畫。

只是有一點解釋不通，當時淑妃並未懷孕，而且女人懷孕這事兒要看機遇，並不是想懷就能懷上的，難道他們這麼早就開始準備了嗎？

赫雲連城想了想道：「或許是未雨綢繆。」

郁心蘭坐到妝台前，卸了釵環，將頭髮梳順，才又坐到榻上道：「若是安王的人與蔡嬤嬤商量，倒是可以不用管了，可若是與敬嬪有關呢？雖說那會兒敬嬪娘娘也未懷孕，但是安王那時是支持永郡王的，也不一定沒這樣的準備呀。」

「嗯。」赫雲連城嗯了一聲，將郁心蘭攬進懷裡，撫摸她順滑的頭髮，淡淡地道：「這事兒是得盯梢一下，卻不能胡亂說出去。凡是涉及到宮中的人或事，就必須特別小心。」

郁心蘭點了點頭道：「這道理我明白，宮中的水深，沒有確切的證據，一不小心就會被淹沒。可是，我仍是覺得，咱們應當想法子將這個訊息透露給皇上知道，至於皇上如何處置是皇上的事，可若是咱們知道了這些卻不稟報給皇上，卻失了為人臣子的本分。」

其實，她倒不是真有這麼忠君，不過是覺得這個皇帝挺厲害的，還是別在他的眼前玩花樣比較好。若萬一真是安王與敬嬪有某種交易，之後又被皇上知曉了，皇上必定會要查的，而她請柯嬤嬤去內造府查榮琳郡主這支扁簪的事，只怕難以瞞過去。

赫雲連城「嗯」了一聲，大手隔著薄薄的衣料，在她豐美的曲線上遊移，有些心不在焉了，「我會給皇上上封密摺，皇家的事咱們就不操心了，不如早些安置？」說完便低頭吻上郁心蘭的唇。

兩唇相依，氣息相偎，未及飲酒，郁心蘭已有些輕微的醉意，身體早酥了半邊，坐也坐不穩。赫雲連城強而有力的臂膀緊緊環抱住她，抬頭見小妻子星眸半闔，唇色豔紅，嫵媚無雙，身子軟綿綿的，主動倚了過來，他立時便有些禁不住了，大手探入衣襟之內，身子也傾壓下去。

郁心蘭全身攤軟，嬌喘連連，卻還記得這美人榻就靠在走廊的窗邊，下人們路過怕是能聽到聲音，便嬌喘著道：「別，別在這兒！」

赫雲連城立即抱起妻子，快步往鋪著湘妃竹軟蓆的床榻而去。

紅燭輕熄，喘息聲聲。夜風夾了曇花的幽香拂進窗內，金絲楠木的雕花大床上，銀紅色紗帳微微擺動，輕撫著垂在床邊的耦色床單，滿室旖旎。

第二日清晨，郁心蘭睡得正香，卻被唇上一陣酥酥癢癢的感覺給弄醒了。睜開眼睛，便見到赫雲連城長翹的濃睫近在眼前。

察覺她醒來了，赫雲連城更是加深了這個吻，唇舌如火，立即勾纏住了她。

她舒服地輕哼，卻有些喘氣不勻，伸手推了推赫雲連城，微喘著問：「今日怎麼不去早朝？」

赫雲連城挑眉一笑，「不是說要稟報給皇上嗎？我想了想，這樣的事還是由妳告訴皇后比較好。快起來，小懶蟲，我陪母親和妳入宮。」說著在她的小屁股上輕拍了一巴掌。

難道是她不願意起來嗎？郁心蘭噘起小嘴，快速起來更衣梳妝，然後與赫雲連城去了宜靜居。

長公主也早已準備妥當，原來赫雲連城一早就先去宮中請假，又過來與母親商定了入宮事宜。

三人一同乘上豪華寬敞的馬車，往皇宮而去。

到了馬車內，赫雲連城才向長公主說起入宮所為何事。

長公主的眉頭立即皺了起來，「此事不妥！你們無憑無據，就連是何人定的計，是旁人諂害還是貴人們自己想換都不清楚，如何能向皇后說得？」

赫雲連城怔了一下，問道：「難道明知有人想混淆皇室血統，咱們也不告訴皇上嗎？」

長公主沉吟了一下，便道：「這事由我來跟皇后說吧，你們把簪子給我，我先透露一點意思，尋個時機再將簪子交給皇兄。」

赫雲連城和郁心蘭都覺得這樣挺好，由長公主出面去說，的確是比他們說要合適，到底人家是親兄妹，而他們這外甥和媳婦卻是隔了一層的。

商議妥當之後，這番進宮就變成了純粹的請安。

皇后笑道：「靖兒可有陣子沒來給本宮請安了，今日怎麼這般殷勤，竟告假過來？」

長公主忙回話道：「這不是晚上府中要為侯爺辦個接風宴，家中少了人手，我才讓靖兒告了假，在府中幫我。我這番入宮，是來請皇兄和皇嫂的，想著他們有日子沒給皇后和太后請安了，便將他們帶了進來。」

皇后笑道：「難得妳有心了，只是，太后那裡就不要打攪了，她老人家這幾日鳳體違和，太醫說要靜養。本宮和皇上就不去侯府了，這片心意本宮代皇上領了。」

長公主忙謙恭了幾句，又對太后的病情表示關心：「不需要人侍疾嗎？」

「有劉貴妃和德妃在，皇上令她們好生伺候太后。」

郁心蘭心中一動，皇上似乎是有意將這二人之間的水給端平啊，誰也不偏頗。

之前對仁王的過錯，只是高高舉起，輕輕放下，並沒對外公布，除了王丞相的幾個心腹，和當時在場的幾位皇上的親信，朝中誰也不知道仁王曾參與了逼宮之事。

這樣的處置，雖然郁心蘭沒有親眼見到劉貴妃和德妃的反應，但只要想一想，便能猜到，劉貴妃肯定欣喜若狂，而德妃必定覺得皇上偏心，更看重仁王一些。

只不過，在朝堂裡，因為永郡王失勢後的兩個多月裡，仁王與王丞相走得極近，官員們都是看在眼中的，現在王丞相倒臺了，勢必會影響到仁王，這些精成妖孽的官員們自然是偏向莊郡王一些。

而皇上就以這種方式來告訴大臣們，朕對幾個兒子都是一樣的。

後宮之中的恩澤，向來就是朝廷的風向球。

在郁心蘭的胡思亂想間，皇后和長公主已經聊起了三日後的荷花宴。這段時間朝中提拔了不少官員，有些是京官，有些是地方官，多半都不熟悉，皇后想用這種聚會來讓官員和家眷都聯絡一下感情。

長公主應和道：「還是皇嫂想得細緻。」

後來不知怎麼聊到了兩位大慶國來的才人身上，這兩人如今風頭正勁，與之前入宮的兩位才人江梅和玉媚，爭寵爭得厲害，不過也就是急巴巴地派人打探皇上的行蹤，然後守候在必經的路上假裝偶遇而已。

長公主不由得感嘆道：「還是皇嫂能幹，將後宮治理得井井有條。不像咱們民間，聽說有的商戶之家的小妾為了爭寵，都敢用買回來的小男嬰替換掉自己生的女嬰呢。唉，像這樣的事，宮中只怕是聽都沒聽說過的。」

皇后眸中異光一閃而逝，訝異地挑了眉，「真有這樣的事？」

長公主笑道：「我也只是聽說。」

郁心蘭兩隻眼珠子骨碌碌地轉，看了看皇后，又看了看長公主，心中疑惑，難道這樣就算是告訴皇后了嗎？

又聊了會子家常，長公主便帶著兒子媳婦告退了。

❖ ❖ ❖

定遠侯下朝後，到兵部交了虎符，便回府休息。

甘氏聽說侯爺回府了，往早準備好的冰鎮酸梅湯裡加了幾塊冰，讓人端上，到書房去見侯爺。

「這大暑天的，侯爺先喝碗酸梅湯消消汗吧。」

侯爺微微一笑，接過甘氏捧上的碗，輕啜了一口，笑道：「還是妳知我的喜好。」侯爺並不喜歡喝太冰的酸梅湯，加幾塊冰就十分重要了。

甘氏垂眸含羞一笑，「幾十年的夫妻，若是連這個都不知道，我哪還有臉面以身作則，教導媳婦們如何伺候好兒子。」

侯爺含笑睇了她一眼，幾口飲盡了酸梅湯，果然覺得全身清涼，便拉著甘氏的手在八交椅上坐下，「既然妳說起了媳婦們，我便同妳說一件事兒。方大人今日下朝找了我，想給方姨娘抬個身分。我也尋思了，到底是一朝為官的，方姨娘又是他家的嫡女，若是為妾，這臉面上的確是不大好看。妳看妳能不能找個時機，先與老二家的說道說道？」

甘氏心中有氣，你抬平妻抬上癮嗎？連兒子的小妾都要抬上來當平妻！她臉上卻是十分為難的神色，「你也不是不知道老二家的那個脾氣，她怎麼會願意？況且方正不過是個四品官員，他女兒許給策兒當妾也是早就定下的，這事兒有什麼沒臉的呢？」

在甘氏看來，若是日後赫雲策或是赫雲傑繼承了侯爵之位，那身分就不知比這些官員高了多少，嫡女又如何，照樣是當妾的料。

侯爺搖了搖頭道：「話不是這樣說。如今方大人十分得聖上眷寵，而李大人卻是與王丞相走得極近的，雖然這回沒查出他什麼事情來，但是已經失了聖上的心，待任滿只怕就難以續任了。」

「我這樣做也是為了策兒好，況且方姨娘抬為平妻，並不是要老二家的讓位……當然，按律法上來說，也得她和李大人都同意才行。所以我才讓妳先與老二家的說道說道，妳可以將這其中的厲害說與她聽，最後同意不同意，便讓她自己來拿主意吧，我也不想管太多。」

「不過，老三那房裡的事，妳卻是要管一管的。我聽說他現在只宿在幾個妾室屋內，這像什麼話？下個月他就要赴任了，到了地方上更是沒人能管束他，若是鬧出寵妾滅妻的醜聞來，他的仕途也就到頭了。」

前面那一則，甘氏倒還能忍下，可說到三奶奶這事兒，她卻是忍不了的，當下便語氣不善地道：「老三家的出了那樣的醜事，咱們老三能容她一個名分便是好的了，難道還要天天去看她那張醜臉不成？」

話一說出口，甘氏便知要糟了，三奶奶那張醜臉，可不就是她與母親所賜的嗎？

果然，侯爺和顏悅色的俊臉立即冷了下來，「我說過此事不要再提。妳若真想提，我倒是要問一問妳，她那張臉是怎麼回事，還不是妳們害的！若是她沒毀容，傑兒想和離就和離，可是妳們害得她無法面對世人，難道養她一世不是應當的？」

又是這樣挨了頓罵，甘氏氣苦不已，乾脆衝回娘家，去向母親尋主意。

到得甘府，卻被甘老夫人身邊的大丫頭霽月給攔在院子裡，急忙忙地拉著甘氏到一旁，小聲道：「姑奶奶回府吧，家中來了客人。」

甘氏不由得蹙眉道：「什麼客人這般神祕？」

霽月輕聲道：「是位姓諶的將軍，婢子方才在一旁聽了會子，似乎犯了什麼事，是回京待罪的，皇上還沒說要如何發落，他現在住在官驛之中，只怕是到府中來活動的。老太太讓婢子特意來告訴姑奶奶，別去見他，免得被纏上。」

甘氏一聽這話，忙轉身往外走，走到一半又頓住，想著她是特意來找母親問主意的，可不能就這樣回去了。於是，藉著庭中大樹的遮掩，向霽月招了招手道：「我在廂房裡躲著，一會兒諶將軍走了，妳再來請我。」

霽月點頭應下，親自捧了幾碟果品和一碗冰鎮菊花茶送到廂房裡，才又折回正廳服侍。

六月中旬，正是最熱的時節，甘氏坐在廂房裡，只覺得時間特別難捱，紅纓在甘氏身後幫著打扇，齊嬤嬤陪著說說話兒。其實甘氏不過等了一炷香的功夫，霽月便過來請她了。

向母親說明來意後，甘氏便目光灼灼地看著母親，完全當她是自己的主心骨。

甘老夫人見她這副樣子便煩，不由得怒罵道：「妳怎麼到了這時候還拎不清？侯爺是那種畏懼權貴的人嗎？他要扶方姨娘上來，必定是因為老二家的犯了什麼事，很可能會牽連到赫雲家，所以才做個樣子給皇上看！」

「況且又不是要妳一定要說服老二家的，妳就是順著侯爺的意思，將這話兒轉達一下，有什麼不可？老二家的要鬧，只管找侯爺鬧去，她李家人不同意，不簽文書，這平妻也抬不上來，成與不成都與妳無干，妳怎麼連這點子輕重都分辨不出來？」又說到三奶奶，「不就是那麼點事，侯爺已經發話了，不讓老三家的休妻，妳就管一管老三，日後待他成了大事，再作計較也不遲，何必非急在這一時半刻的，惹侯爺不悅！」

甘氏幾次張了張嘴，卻沒說出什麼反駁的話來，待母親將話都說完了，她才吞吞吐吐地道：「我是覺得，若是立策兒為世子，那方姨娘便是為妾也沒什麼傷臉面的，可侯爺要抬她為平妻，就難說有立策兒為世子的打算了。」

「傑兒那也是，三媳婦的娘家是獲罪被罷了官的，這樣的夫人怎麼可以當侯府的主母？以前倒也罷了，還有個策兒，可是上回策兒換軍糧給永郡王後，侯爺便一直覺得他不堪大用，那麼這爵位自然是傑兒繼承的希望要大些了，我怎麼能不為傑兒考慮考慮？」

甘老夫人聽著便惱了，「說了只是暫且如此，現在世子是誰還沒定，哄著侯爺開心不是比什麼都重要？妳自己回去好好想想吧！今日不是要給侯爺辦接風宴，妳怎麼不在府中幫忙操持家務，難道真打算將中饋之權交給長公主不成？」

甘氏被罵得無話可說，只得低頭告辭，騎著高頭大馬從側門出了甘府。

時近晌午，太陽極烈，甘氏騎馬一路走著小巷，小巷子裡有高牆大樹，多少比街道上要涼爽一點。正走在途中，前方忽地衝出一人一馬攔在路中，瞥見前方丫頭們乘的馬車上定遠侯府的標記，便揚聲笑道：「請問是甘氏嗎？在下姓諶，想請夫人借一步說話。」

甘氏正跟在馬車之後，聽了這話，想著來人應當沒瞧見她，忙悄悄地調轉馬頭，想從後面溜走。哪知空中一陣衣袂聲響，眼前忽然多出個中年男子，身材挺拔，面目英俊，頗有氣勢。

那人朝甘氏一笑，「可否借一步說話？」

甘氏認得此人，因為哥哥以前為他們引薦過，記得他姓譙，叫什麼卻不清楚了，現在想來，應當就是譙華的父親。可是，他不是被押解回京的嗎？怎麼還這般自由？

譙將軍彷彿看透了甘氏心中所想，爽朗地咧嘴一笑，「在下能得自由，是因為在下立了一點小小的功勞，皇上也查明了在下並未參與安王一案之中，所以允了在下留京候命，卻不用坐牢了。」

甘氏對此沒有絲毫興趣，只皺著眉頭道：「有話快說。」

譙將軍四下看了看，笑問：「夫人確定不用屏退左右？」

那話語裡威脅的意味明顯，甘氏終於後知後覺地想起來自己為什麼不願見到他了，於是揮了揮手，將丫頭小廝們打發得遠一點，隨譙將軍進了一條死胡同之中祕談，沒談上幾句，便折回了原處，繼續打道回府。

❖ ❖ ❖

郁心蘭在這廂幫忙長公主婆婆，管理著席面的擺設和座次。赫雲連城則與幾位兄弟在前書房陪著父親聊天。

侯爺的興致頗佳，與兒子們談笑風生，正聊得興起之時，書門外傳來親衛的稟報聲：「侯爺，五少爺回來了。」

侯爺只說了個「進來」，赫雲徵便一蹦一跳地躥了進來，侯爺笑罵道：「急猴一樣，沒個定性！」語氣並不認真，倒是十分寵溺。

赫雲徵自然是聽得出來，笑嘻嘻地湊上去抱住父親的胳臂道：「兒子想父親了。」

他在侯爺的活動之下進了國子監，國子監管理得極嚴，每半年才能回府一次，今日還是請了假的。侯爺倒不是想讓兒子考什麼狀元榜眼，不過是希望趁他年紀小時多讀點書，學問好一點，實際上仍是打算待他年滿十四，便安排他進軍隊中歷練。

甘氏回了府，打聽得侯爺還在書房，便前來求見，不曾想幾個兒子全在書房內，她要提的事兒就不好開口了，卻又不想走，便在一旁坐下，聽他們父子聊天。

一會兒之後，一名親衛拿著一封函件進來，呈給了定遠侯。侯爺看完後，沉聲道：「皇上褫奪了永郡王的封號和封地，改封為子爵，賜姓『陳』。」

赫雲幾兄弟都是一驚，賜姓陳，便是被逐出了皇族，而且子爵是不能世襲的，也就是說，陳子爵的兒子──王姝剛剛才產下一子，是沒有爵位的，只能靠皇上賜的那點子封地過活了。

侯爺緩緩地道：「皇上還是仁慈的。」至少沒有將永郡王貶為庶民，流放邊疆，還是給了他這一世的富貴。

甘氏贊成道：「的確如此。這次涉及安王案的官員，也只有安王的幾個心腹被處死了，像忠義伯這樣的心腹，他的世子江南還沒事呢，雖然沒有了爵位，卻還給了個官職。」

甘氏不知江南曾上過密摺給皇上，這才覺得自己要提的事有了些底，於是試探著道：「聽說謹華的父親也沒有涉案，不知是不是？」

侯爺有些奇怪地看了她一眼，問道：「他的確是沒涉案，這一回還立了功，妳問這個做什麼？」

甘氏忙道：「他與我兄長是同年，雖說這回沒投獄，卻也被罷了官，留京察看。今日還求到了我母親那兒，想活動個官職，我去看望母親時正好遇上了他。」

侯爺微蹙起眉頭道：「雖說他立了功，可諶華是安王的心腹，諶將軍想活動官職只怕是不易。反正他家在邊關這麼多年，也應當有些積蓄，做個富貴閒人如何不好？」

是沒什麼不好，可是他非要我幫著弄個官職，否則就拿我兄長的事出來說，我無論如何也得幫上他才成。

赫雲策明顯不在意諶華的父親會如何，他只關心他自己，便問父親道：「皇上既然處置了自個兒的皇子，應當要開始處置安王一案中的官員了吧？兒子聽說，兵部也有許多官員牽涉在其中，父親又要忙碌一陣子了。」

這話的意思是，您可得記得提攜自己的兒子啊，兵部有什麼缺，或許我可以頂上。

侯爺如何不明白他的意思，只瞥了他一眼，淡淡地道：「每位官員年年都有績考，能否升遷便由績考的結果定下來了的，頂缺的官員由吏部提名便是了，皇上今日還說，我這番出征功勞不小，也極是辛苦，讓我好生在家中休養一陣子。」

甘氏和二爺、三爺聽得一驚，朝廷正在用人之際，怎麼還讓侯爺在家休養？難道是要開始剝奪兵權了嗎？

甘氏立時便急了，「侯爺可是得罪了什麼人？還是得罪了皇上？」

侯爺微蹙了蹙眉，「這是皇上的一片體恤之情，何來得罪一說？妳不懂不要亂說話。」

赫雲策與赫雲傑也道：「是啊，母親您亂說話，會連累到父親的。」

甘氏被這兩個兒子氣得不輕，後來見實在是沒有她插話的地方，便拂袖而去。在後宅裡轉了一圈，卻沒她能伸得進手的地方，廚房裡有柯嬤嬤管著，席面那兒有郁心蘭，後面大廳的茶水、果品這類，有紀嬤嬤和岑柔。她實在無趣，回到宜安居，又覺得熱，索性到小池塘中的涼亭裡納涼。

程氏立即尾隨著她進了涼亭，要笑不笑地道：「二弟妹好呀，怎麼一個人在這兒納涼，也不叫妳兩個媳婦兒跟著服侍？」

甘氏不屑地瞥了程氏一眼，「我要幹什麼用得著跟妳解釋嗎？」

「喲，不會是剛跟什麼外男聊完了話，在仔細回味吧？」

程氏今日在外面見著甘氏與一個男人一同騎了馬，從一條小巷子裡出來，她後來去那條巷子看了，是個死胡同，當即便認為這甘氏與那個男人有首尾，想來套套甘氏的話，好得點子好處。

如今，程氏的兩個兒子兒媳婦都被關在牢中，大老爺也被免了職，閒置在家，開始後悔當初沒與侯府分家了，不然多少有些地產，不用看旁人的臉色，如今再開這個口，自然得有點憑仗才好。

甘氏一聽這話便火了，她可不是個秀氣的，當即便將程氏推了一個踉蹌，吼道：「妳嘴巴放乾淨點，別讓我斷了妳西府的吃食！」

程氏色厲內荏地回敬一句：「如今也不是妳當家了，妳倒是斷給我！」不過到底還是怯了她的脾氣，邊罵邊走了。

程氏愈走愈不開心，愈走愈火大，一個郁心蘭害得她兒子被抓入獄，一個甘氏不將她放在眼裡，動輒威脅，她怎麼就這麼憋屈？想這府中，她的身分可是僅次於長公主的，當年願意下嫁大老爺，也是看中了大老爺能繼承侯爵之位，哪知現如今竟落得這般的下場。

正在程氏怨恨煩惱之時，花牆的另一邊傳來兩個女人低低的談話聲：「我真怕甘氏會連累到侯府。」

另一人問道：「怎麼這樣說？」

之前那人壓低了聲音道：「她以前不忿長公主嫁為平妻，所以不希望皇上被立為太子，可沒少幫過安王的忙……甘將軍亦是。」

聽話的那人極為驚訝地「啊」了一聲，「這話當真？」

「自然是真的！我是她身邊的陪嫁丫頭，還騙妳做什麼？皇上登基之後，她倒是收斂了，可是這種事怕被人給牽扯出來呀！」

那兩人的聲音愈來愈小，程氏的眼睛卻愈來愈亮，她覺得自己有了提出分家的本錢了。

❈ ❈ ❈

侯府的宴會如常的進行，因為岑柔懷了身孕，三奶奶又不方便出來見客，因而只有郁心蘭和二奶奶陪著長公主、甘氏應酬那些個貴婦和小姐們。

赫雲彤尋了個時機將郁心蘭拉到一旁問：「二姑娘怎麼沒見人？」

郁心蘭輕嘆一聲，「二姑娘心情不好，不想見客。」

原本侯爺看上的幾個年輕才俊都紛紛落馬，錢勁雖然戴罪立功，免了死罪，卻也被貶為八品軍校，又得從軍隊的底層開始熬起。侯爺倒沒嫌棄他的意思，可他卻拒絕了侯爺的好意，說是自己已經有心上人了，不願耽誤二姑娘。

赫雲慧眼見著就要十八了，連個低嫁的親事都定不下來，這打擊不可謂不小。

赫雲彤聽得直嘆氣，「早知道如此，我當初就不當攔著她嫁與莊郡王的。怎麼說，莊郡王也是熟人，知根知底的，絕不會虧待了二姑娘去。」

郁心蘭極不贊成這句話，只是不知赫雲彤怎的會突然提起這事兒，「難道唐寧又來找妳說道了嗎？」

赫雲彤搖了搖頭，「沒提，只是說她治了這麼久，卻沒什麼起色，怕是難有身孕這類的。」無緣無故說這個，怕是別有用心。

郁心蘭蹙了蹙眉，難道莊郡王仍是不死心，非要同定遠侯府結親嗎？因為只是接風酒，所以侯府並沒有安排宴會後的活動，賓客們用過晚宴，閒聊了一陣子，便陸續告辭了。

侯府這邊才剛剛安靜下來，一道玄黑的身影便飛入御書房內，單膝點地，向建安帝稟報了侯府的動向，「幾位王爺和諸位大臣用過飯便告辭了，只有賢王多留了片刻，去後宅看了看赫雲將軍的一雙兒女。」

建安帝聞言，只是點了點頭，「下去吧。」

那人立即便消失了。

黃公公在一旁笑道：「侯爺還是與以往一般，不願拉幫結派。」

建安帝闔上眼睛，略有些疲憊地道：「他這個人，朕倒是信得過，可是甘氏與謀勇如何會認識？他們聊了些什麼？」

這樣的話，黃公公是不敢回答的，也無法回答，只能在心中默默地道：如今朝廷裡的局勢太不明朗，侯爺堅定地當孤臣，本是皇上十分欣賞的，甘氏．您可別拖侯爺的後腿呀！

此時又有一名劍龍衛飛身躍入御書房中，向著皇上稟道：「閔管家已經將人帶回來了。」

建安帝的眼睛一亮，忙道：「快，帶去暗室。」說著起了身，直往寢宮內的暗室而去。

❖ ❖ ❖

六月二十日，皇后賜荷花宴於御花園。因是交際型的宴會，不必穿正裝，一眾的世婦、命婦、貴女們，打扮或富麗或優雅，在御花園裡分花拂柳地穿行。

長公主與皇后諸妃坐在清涼的大殿裡閒聊，甘氏板著臉坐在太液池的欄杆邊，她的皮膚不白，自然是不怕曬太陽的，郁心蘭則在離她十來步遠的柳蔭下直嘆氣。

前兩天，程氏拿甘氏曾相助過安王一事，吵著要與侯府分家。侯爺震怒異常，尋了甘氏過來問話，甘氏一開始是不承認的，後來程氏就供出了證人，以前甘氏的陪嫁丫頭，現在給了侯爺當小妾的繁蔭。

繁蔭可沒甘氏這般硬氣，被侯爺一喝，便什麼都說了。

原本幫著安王不想讓皇上登基，倒不算是大錯，可是後來當侯爺知道當年遇襲一事，是甘將軍為安王策劃的之後，便真的是驚呆了。

甘氏無處抵賴，只得認了。程氏也沒想到會問出這樣的結果來，甘將軍若是罪名成立了，那麼連坐的必定有定遠侯府，分家了也沒用，她終於是老實了。

侯爺當即禁了甘氏的足，可是這樣的宮宴卻是不能不讓甘氏出席，長公主便派了郁心蘭盯梢她，不讓她與任何人接觸。

❖ ❖ ❖

明子恆入宮後，尋了個時機，悄悄來到母妃的宮中，向母妃打聽：「前日晚有個姓閔的帶了個婆子入宮，母妃，您知道那是什麼人嗎？」

德妃一愣，「我不知道有這事兒啊，宮中增加個婆子不算什麼吧？」

明子恆將眉頭擰得很緊，「這個姓閔的，我查過了，是以前雪側妃的陪房，特別喜歡尋連城說話，江南都撞上過兩、三回，我怕這個婆子是與雪側妃有關的。母妃，關於雪側妃，您知道多少？」

偏殿裡仍是有幾個太監總管和女官在服侍著，這些人跟了德妃幾十年，都是德妃的親信了，德妃原覺得沒什麼不能說的，正要開口，明子恆卻端起茶杯輕啜了一口，眸光在四周轉了一圈。

德妃立即會意，揮手讓這幾人都退了出去。

明子恆仍是覺得不保險，跟母妃一起進了內殿，才悄聲問道：「雪側妃與長公主長得相似嗎？孩兒剛剛才打聽到，二十幾年前父皇還鬧過一段醜聞，到底是怎麼回事，還請母妃多告訴兒子一點。」

德妃不由得蹙眉問道：「你做什麼打聽這事？此事，你父皇下過禁口令的。」

「母妃只管告訴孩兒，孩兒當然有事要打聽。」

德妃想了想，才緩緩地道：「是像。不過，聽皇上的乳娘說，清容長公主和雪側妃都生得十分像皇上的生母，聽說這位玉才人十分溫柔，先帝甚寵過一段時間，不過，懷孕之後為了爭寵，便去諂害先帝旁的妃子，所以皇上還未生下來便失了寵。」

明子恆對後宮裡的骯髒事也有耳聞，這位玉才人出身貧賤，沒有娘家襯著，怎麼會有膽子諂害別的妃子？只怕是個沒什麼心計的女子，被人給暗害了。

德妃又繼續道：「皇上幼年時與玉才人相依為命，我是想，皇上應當只是覺得雪側妃親切罷了。那時皇上漸漸得了先帝的青睞，旁人無可汙衊的，便拿雪側妃來說事兒，直道皇上對長公主有妄念，才會去民間尋得那般相似的女子為妾。」

明子恆邊點頭邊沉思。

皇上如何偏寵雪側妃，德妃倒是記得十分清楚，「那時只要皇上回了王府，雪側妃就必定陪在皇上身邊。但凡皇上要離京公幹了，就會將雪側妃送到別苑去，不讓人有機會加一指在其身上。」

對於雪側妃身邊的老人還在的事兒，德妃倒是不奇怪，「她的乳娘兩口子早就出府養老去了，又沒跟在她身邊服侍。若是當時在場也不會被打殺的，她父母早亡，就是這兩個忠僕將她拉扯大的。」

明子恆沉吟道：「這麼說，皇上也應當是很信任這個閔老頭的。那麼前日晚間帶回宮的這個婆子就是皇上要找的人，卻不知是為了何事。」

德妃搖了搖頭，「皇上的心意哪裡猜得到？不過你說這個閔老頭總是去找赫雲少將軍……對了，赫雲連城與雪側妃生的延平公主是同一天出生的。」

明子恆的心頭猛地一震，兩手立即抓住母妃的手腕，神情顯得十分急切，「當真？為何會是同一天出生？當時的情形如何？」

德妃亦是個聰明的，瞬間明白兒子為何會如此緊張了，不由得沮喪地道：「我不知道。那時皇上與定遠侯一同出征，便將雪側妃安排到別苑去了……究竟去了哪裡，聽說皇后也不知道，是長公主安排的。待皇上回京的時候，延平公主都已經滿月了，雪側妃也早歿了。我還是在延平公主週歲之時才知道的，因為府裡還準備了赫雲連城的週歲禮。」

明子恆只覺得胸中有千言萬語如驚濤駭浪，愣愣地轉著心思，卻是說不出一句話來。

德妃按了按兒子的肩膀，寬慰他道：「世上也不是沒有巧合之事，你且不必多想，你父皇這陣子總是誇讚你，這便是好事！」

明子恆卻保持著冷靜，搖了搖頭道：「母妃怎的不想想，父皇為何不處置十二弟？只怕是不想讓我一人獨大。」

德妃神情一滯，隨即又寬慰地笑笑，「無妨的，恐怕還是因你舅舅的事兒在牽怒於我們母子，你平日裡少與你舅舅家來往便是了。」

德妃也曾榮寵若干年，其兄便漸漸有些驕狂起來，四處放印子錢，瘋狂斂財，後來鬧出一樁逼死人命的案子。雖然其兄立即用銀錢堵住了苦主的嘴，可到底還是被皇上知曉了，便覺得是安國公教導不力，也對外戚驕橫極為不滿。

這件事對德妃的打擊頗大，皇上有很長一段時間見都不願見她，因而她在後宮之中行為更加謹慎，也一直拿來教導皇兒。

明子恆忙道：「我沒去過安國公府，平時宴客時也盡量不請他們，只在年關節日或是舅舅、舅母生辰時送些禮過去。」

德妃點了點頭，扶著自己袖邊的花紋又道：「我覺得，皇上並不希望日後的太子有個權勢滔天的岳丈。」

明子恆眸光一閃，「母妃的意思是……」

「你想娶赫雲二姑娘為平妻一事，還是作罷吧。」

明子恆只「嗯」了一聲，並未明確應承。他覺得外戚是把雙刃劍，一方便可以助長他的勢力，讓父皇不能小覷了他；一方面也的確是他登基的障礙——若父皇有這種考慮的話，他要權衡利弊才能做出決定。

但他仍是懷疑閔老頭帶入宮中的人與赫雲連城有關，便請母妃立即派人去查一查。

德妃應下後，明子恆便辭了母妃出來，往御花園而去。

此時的御花園裡姹紫嫣紅，衣裳華麗的貴婦淑女們，拖著長長的紗裙逶迤而行，言笑間眉眼盈盈，笑靨如花。

郁心蘭苦命地守在柳樹下，可憐這裡連張小凳都沒有，座位都擺在芳華水榭內，她又不想坐到甘氏的身邊去曬太陽。正糾結得萬般心酸之時，忽聽得唐寧的聲音在她身後輕喚道：「心蘭，妳怎麼站在這裡？」

郁心蘭連忙回頭，正是幾位夫人陪同著唐寧緩緩行經此處，瞧這情形是要到小山上的涼亭裡去。

郁心蘭向唐寧施了一禮，輕笑道：「陪著大娘呢，我怕曬，便站在樹蔭下。」

目光在幾位夫人的臉上轉了一圈，都是生面孔，想來是新晉官員的夫人，唐寧特意結識的。這幾人不知郁心蘭的身分，只是見莊郡王妃對她這般親切，忙向她施禮。郁心蘭便也還了禮。唐寧為她們介紹了一番，邀請郁心蘭道：「隨我們去涼亭坐坐吧。」

郁心蘭正待推辭，甘氏卻揮手道：「妳去吧，不必陪我了。」

唐寧便笑挽著郁心蘭的手臂道：「甘氏允了，咱們走吧。」

家醜不可外揚，甘氏發了話，郁心蘭再推辭就難免露餡兒，只好尋了一名宮女，去請柯嬤嬤過來陪著甘氏，朝唐寧解釋道：「大娘這幾日身子不爽利，馬虎不得。」

唐寧忙上前去打了個招呼，問候了幾句，待柯嬤嬤過來，郁心蘭才隨著眾人一同去了小涼亭。

唐寧不算是特別會聊天的人，不過她性子柔靜，沒什麼王妃的架子，幾位新晉官員的夫人有意巴結，這話題也就源源不絕。聊到開心處，郁心蘭說了一則在以前網路上看來的古代笑話，是關於懼內的，逗得唐寧和幾位夫人前仰後合，她自己也繃不住，笑得花枝亂顫。

明子恆過來時，正見著這麼一副和樂融融的畫面。

郁心蘭背對小徑而坐，聽得身後的腳步聲近，帶著笑意回眸一瞥。

如何形容這一笑，靨笑春桃兮，雲堆翠髻；唇綻櫻顆兮，榴齒含香。佳人蛾眉淡掃，膚如凝脂，望之玉骨生涼，自清涼無汗一般。淡妝最是考驗人的五官，許多平時看著美豔的女子，上了淡妝便會失色不少，但淡妝卻反倒能顯出她通靈飄逸的氣質來，況且一身淡耦色遍地撒花雲羅直褙，下著淺金色月華裙，層層迭迭，更襯得她眉目如畫，飄渺如仙。

郁心蘭見是莊郡王，忙起身行禮，絹帕輕甩，纖腰楚楚，如回風舞雪。

明子恆眼眸微眯，頓住了腳步，他一直就覺得女人的嫵媚有兩種，一種是淑妃這樣的，媚在外表、行動之處；一種便是郁心蘭這樣的，容顏端麗，嫵媚卻藏於骨髓之間，隨時隨地由內而外地散發，讓人心醉神迷，卻又不顯輕浮。

只頓了一頓，他便又緩步走入涼亭，唐寧迎上幾步，與他並肩而立，向他介紹了幾位夫人。明子恆顯然對王妃結識的這幾位夫人十分滿意，與眾人招呼了幾句，因是宴時未到，他雖然可以留在後宮之中，卻也不便與女眷過於親密，便帶著小太監回前宮。

臨走前，明子恆向郁心蘭笑道：「妳與連城好一陣子沒來王府玩耍了，可是惱了我們什麼，我與連城是自幼的情誼，斷不想生分了。」

郁心蘭淺笑著答道：「並非是想與王爺生分，實在是連城最近十分忙碌，侯爺不在府中，他身為長子，需要料理侯府的事務。這陣子禁軍大營的公事也多，至得閒時，必然會去貴府拜訪。」

明子恆也不便多說什麼，便笑道：「寧兒生辰之時，萬望過府一聚。」

郁心蘭笑應道：「我與王妃相交甚篤，便是不邀請我，我也要來貴府叨擾的。」

明子恆的目光在郁心蘭的小臉上停了一下，含笑點了點頭，便揚長而去。

唐寧只覺得心裡有些怪怪的，目送著夫君走遠，才回眸朝郁心蘭笑道：「他與連城一同患難，很是在意與你們的情誼。」

這話也不知是解釋給郁心蘭聽，還是安慰給自己聽。

郁心蘭只是笑了笑，又揀起了之前的話題。

建安帝還在御書房處理奏摺，黃公公瞧了眼案几上的漏刻，小聲提醒道：「皇上，時辰到了。」

建安帝只是輕輕地「嗯」了一聲，「讓他們先聊聊，待朕去了，便拘束了。」

黃公公忙陪著笑道：「是老奴愚鈍，本就是為了讓大人們多多親近才辦的宴會，卻還催著皇上入席，還是皇上英明。」

建安帝笑嗔道：「這算是什麼英明？」隨即想起這宴會也是為敬嬪而設的，便問道：「敬嬪的病好些了嗎？」

自打永郡王被逐出皇族之後，敬嬪娘娘就病了，建安帝卻不去探望，只差了何總管去慰問，賜了些補品和精美的瓷器、珠寶。這意思便是很明白了，縱使敬嬪病得這個孩子也沒了，他也不會改變決定。

黃公公這樣的人精哪裡會不懂，當下便斟酌著道：「太醫說已經無礙了，敬嬪娘娘今日會出席宴會。」

建安帝點了點頭，「這樣才對。」

隨即又想起了前日審問那名婆子的事，眸光忽地變柔了，含笑著問：「靖兒呢？」

黃公公忙道：「應當在太和殿與大臣們在一起吧。」

「宣他……與賢王到御書房來。」

郁心蘭在涼亭裡坐得一陣子，想著長公主身邊不能沒有柯嬤嬤伺候，便向唐寧告辭，回到小池塘邊。甘氏與柯嬤嬤早就不知去了哪裡，郁心蘭詢問了幾位宮女，得知她們往小香山而去。

小香山是一座用土堆出的人工小山丘，供這些無法出宮的妃子們玩耍之用。郁心蘭走了一段路後，便覺得身上有些黏膩了，於是到一間屋子裡清涼清涼。

這種交際型的宴會，一般都會玩上一整天，正是盛夏，坐著不動都能出一身薄汗，最麻煩的是，入宮不能帶自己的婢女，因而諸貴婦與淑女們都不敢化濃妝。但縱使化的是淡妝，這麼熱的天兒裡也會花妝，所以宮中備了幾間屋子，給諸位夫人和小姐整妝用。

屋內早配好了服侍的宮女，見得郁心蘭進來，忙福了福道：「奴婢玉玲服侍夫人。」

玉玲打了一盆新水，清涼而不冰，絞了帕子服侍郁心蘭淨了面，又幫著打了打扇子，郁心蘭頓時便覺得舒爽了。

從隨身的腰包裡掏出幾枚金瓜子賞了玉玲，郁心蘭問清去小秋山蘭香齋的路，正要抬步出門，目光無意之中往後窗一掃，見到一名宮女端著托盤從後窗路過。郁心蘭只覺得這名宮女看起來十分眼熟，卻又一時想不起來，便招了招手，將玉玲帶至窗邊，指著那名宮女的背影問：「你可識得她？」

玉玲細看了兩眼，因是背影，宮女的裝束都是一樣的，自然是認不出來，正要搖頭，那宮女轉了個彎往岔道而去，面張小臉便露了出來。玉玲忙道：「啊，那是漱玉閣的明珠姊姊。」

明珠、明珠……郁心蘭仔細在心中咀嚼這個名字，忽地一下，記憶的閘門大開，這個明珠，不就是兩年前在仁王十八歲的生辰宴上，汙衊我最後一個見李清芳的那個宮女嗎？當時不是說了要打四十板子的嗎？四十板子下去，一般的人不死也得殘吧，她倒是還好端端的，可見當時就有人放了水。

郁心蘭心思一轉，便朝玉玲笑了笑道：「不知漱玉閣是宴閣還是？」

玉玲忙道：「漱玉閣是敬嬪娘娘的居處，明珠姊姊原來是回雁宮的，後來因會按摩，劉貴妃娘娘便送與了太后。前陣子敬嬪娘娘有孕，總覺得雙腿漲痛，太后便轉賜給了敬嬪娘娘。」

懷了孕的人似乎不能隨意按摩的吧？

這明珠當初與翠娥兩人指認郁心蘭最後見到溺死的李小姐，事後想來，必定是受了劉貴妃的指使，打她果莊的主意。所以當時她也沒有再追問下去了，只是記得赫雲連城說過，那天仁王府出了件大事，李清芳的死似乎與那件事有關，卻被遮掩了過去。

這明珠是劉貴妃的人，現在卻轉著彎兒送到了敬嬪的身邊，只怕不是什麼好事。

郁心蘭邊走邊想，卻也沒打算去管閒事。

到得蘭香齋，甘氏與柯嬤嬤果然在這兒納涼，同來的還有二奶奶。只是甘氏的臉繃得有如門板，二奶奶的臉色也極不好看。

發生了什麼事？郁心蘭挑了挑眉，用眼神相詢柯嬤嬤。

柯嬤嬤向郁心蘭福了福，道：「大奶奶既然來了，老奴便去服侍殿下。」

郁心蘭「嗯」了一聲，「我送送嬤嬤。」

出了大門，柯嬤嬤才壓低了嗓音道：「甘夫人跟二奶奶說要抬方姨娘為平妻。」

原來如此，郁心蘭彎唇一笑，便不急著進去了，免得二奶奶將一腔子怨氣發作到她的頭上。

蘭香齋建在一片竹林裡，郁心蘭回頭看了看大門處唯一的通路，確定自己可以看到甘氏是否離開，便往竹林裡去。

日頭雖然很大，但在竹林裡卻是涼風習習，郁心蘭覺得心曠神怡，便愈走愈深，只不過，仍是記得時常回頭看一眼通道，免得甘氏獨自去了哪裡，她沒法子交代。

不知不覺走到了竹林邊緣，旁邊是一叢花牆，一個多人高，另一邊便是別的景致了。

這小香山全是人工的，但玥國皇宮建宮兩百來年了，也有些參天的古樹，寬大的枝椏從花牆那邊橫亙過來，與竹葉交雜在一起。

郁心蘭仰頭看了幾眼花牆上的各色鮮花，正要回轉身，便聽得一陣腳步聲走近，有人靠在花牆的那一邊，壓得極低聲地道：「問清楚了，那個姓閔的老頭帶過來的婆子姓夏，是個穩婆的妹妹，那個夏穩婆原來給一位大戶人家的夫人接生過，之後就無端斃命了。」

說話的人聲音尖細，是個太監，然後一名女子的聲音道：「好，這是娘娘賞你的。」

那名太監笑呵呵地接了賞銀走了，宮女卻沒走，仍是在原處轉悠。

郁心蘭在聽到閔老頭幾個字時，就頓住了身形，側耳細聽。

直覺的，她就覺得太監口中的閔老頭，就是溫府隔壁的那個閔老頭，原來這個老頭竟然能進出皇宮，難怪總查不清他家主人的身分，官府的記載十分潦草，只有一個名字和籍貫，語焉不詳，這樣看來弄不好就是皇上呢。

郁心蘭摸著自己光溜溜的小下巴，猥瑣地想著，不會是皇上用來金屋藏嬌的宅子吧？

這個宮女又在等誰呢？

等了片刻，一個男人溫潤的聲音出現在花牆那邊：「問到了？」

宮女的聲音有些抖，帶著明顯的激動和羞澀，將方才聽到的話說了一遍。

男人道：「好，我知道了，妳下去吧。」

郁心蘭咬了咬唇，竟然是莊郡王。他的聲音很好聽，她不會認錯。她是不是管多了閒事？是不是應當裝作沒聽到？

正想著，眼前一花，明子恆竟飛身躍過了花牆，攔在郁心蘭的去路，眼中的殺機一閃而逝。

「我以為是誰在偷聽，原來是弟妹。」明子恆換上了一張溫和的笑臉，如春風化雨般的溫柔，含笑注視著郁心蘭，「弟妹怎麼會到這裡來？」

這裡離御花園很遠，一旁就是宮牆，站在山頂的涼亭是可以看到宮外的街道的，算是十分偏僻了。他特意將接頭地點選在這兒，卻沒想到會遇上郁心蘭，不知是巧合還是必然？

明子恆的眸光幽深，深得看不出情緒來，顯得格外的難以琢磨。

若不是自己敏銳的目光捕捉到了那飛逝的殺機，以他現在這般溫和的表情，郁心蘭大概會以為自己有神經病，竟覺得他想殺了她。

腦海中轉著念頭，郁心蘭的小臉上卻笑得十分柔軟，盈盈福了一禮，輕笑道：「我是陪大娘過來散心的，大娘有話要與二弟妹談，我便四處走走，剛走到這兒，想摘那枝花。」

郁心蘭揚起小臉，玉指纖纖指著那枝橫斜過來的樹枝上盛開的梧桐花。

明子恆順著她的手指仰頭去看，「原來想要這枝花？」他縱身一躍便飛上了半空，摘下那枝雪白的梧桐花贈與佳人。

郁心蘭笑著接過，拿在心中把玩，「多謝王爺。啊，王爺何時來的，我怎的不知？」

他方才與宮女的說話聲音極小，她是不是真的沒聽到？

明子恆的眸光閃了閃，溫和含笑道：「剛來，見到這邊有人影，就過來看看。」

郁心蘭轉過身，正好瞧見了二奶奶氣沖沖地從竹林邊的通道上走過，她忙揚聲道：「二弟妹，等等我！」

雖然竹林不算小，但郁心蘭的聲音揚得極高，二奶奶也不好假裝沒聽見，只得停下腳步，側頭一看，眸中立即閃現了八卦之光。

這兩個人怎麼會在竹林裡幽會？

郁心蘭提了裙快步走過去，明子恆縱使再有什麼打算也已經錯失良機了，只得含笑跟上。

瞥一眼二奶奶的神情，郁心蘭就知道她在轉著齷齪的念頭，不過總比跟莊郡王單獨相處的要好，雖然後來他的確是很溫和，但是那一瞬間的殺氣，那種令她汗毛倒立的驚恐感，讓她十分不安。

出了竹林，郁心蘭便道：「大娘呢？」

二奶奶極不情願地道：「還在屋裡歇著。」

「時辰不早了，應當要擺膳了，我去請大娘跟我們一同走。」

郁心蘭說著進屋去請甘氏，幾句話勸得她動了身，四人一同回了御花園。

明子恆走到一半便向三位夫人告辭，先去與幾位兄弟會合。二奶奶的目光則在郁心蘭的身上轉來轉去，打定主意要找個機會將她看到的說與長公主聽。她娘家如今不比從前，她總覺得她在府中的地位也大大地下降了，好在還有個地位比她更低的三奶奶，若能將郁心蘭也拖下水，那就真是美事一樁了，至少咱們妯娌幾個都別想過得舒坦。

宴席擺在芳華水榭，皇上與妃子們、幾位王爺都坐在水榭正中央的大堂內，而男女賓則分列兩旁，有走廊相通，但是中間隔著半湖池水和一片荷田。

席間人多，女賓這邊粉光脂豔，花枝招展，男賓那邊高談闊論，言笑晏晏，池中清荷散發著陣陣清香，一派君臣和樂的光景。

待得皇后宣布了敬嬪的喜訊，所有臣子與女眷皆拜伏恭賀吾皇。建安帝顯得心情極佳，便有那歌功頌德、吹牛拍馬之輩獻詩，將建安帝誇成千古一帝，萬世明君。

拍馬的詩文雖然聽得舒心，卻少有佳作，建安帝便建議來個擊鼓傳花，熱鬧熱鬧。

郁心蘭不由得想到了上回秋山圍獵時的情景，抬了抬眸，正看見赫雲連城向她望了過來。郁心蘭不由得回了他一笑，示意他放心。赫雲連城朝她舉了舉杯，才又轉頭跟身邊的賢王和莊郡王說話。

郁心蘭正要收回目光，明子期和明子恆都朝她舉了舉杯，郁心蘭也只得回敬一下。二奶奶就坐在郁心蘭的身邊，看到這情景便重重地笑一聲：「大嫂真是人緣好呀！」

這樣的話郁心蘭接都懶得接，直接無視掉。

二奶奶恨得直咬牙，等哪天我將妳和莊郡王的姦情抓個正著，我看妳還張狂什麼！

這一回沒人作假，郁心蘭就好運地一朵花都沒遇上，宴席一直吃了近兩個時辰才結束，之後還有摺子戲和夜間煙花。夫人小姐們玩了一天，都露出了一點倦容。皇后十分體貼地道：「願意看戲的就去看戲，不願意的，可以在附近的宮殿之中歇息一下，自有宮女內侍給你們安排。」

諸臣忙謝了恩，各自散去。建安帝表示自己想歇息一下，叫了赫雲連城跟著，其他的大臣包括自己的兒子，一個也沒傳喚，便有一些大臣圍在一起竊竊私語：「赫雲少將軍真是深得君心啊。」

明子恆看著遠去的龍輦旁那道修長挺拔的身影，眸色極為暗沉。

明子期走到他身邊拍了拍他的肩道：「九哥，想什麼呀？」

明子恆回神一笑，試探著道：「我覺得父皇待連城真好。」

明子期不以為然地道：「本來就是甥舅啊，血親自然是親切些。」

明子恆笑了笑，「也是。」又問子期道：「你去不去與大臣們聊聊？」

明子期沒什麼興趣地撇了撇嘴，「不去，我去看看母后。」

明子期便與明子恆分了手，沿著迴廊往鳳棲宮而去，走至一半，忽見郁心蘭與赫雲彤迎面而來，他忙迎上去，笑道：「兩位嫂嫂這是做什麼去。」

赫雲彤「噗」一聲便笑了，「真難得聽到你叫我一聲嫂子。」

明子期便改了方向，三人一同往御花園旁的雲蘿閣走。雲蘿閣裡安排了夫人小姐們休息的房間，明子期不方便進去，只送到門口，目送了赫雲彤和郁心蘭進去，這才離開。

到了雲蘿閣一問，才知道宮中為王妃、世子妃們另外安排了休息處，赫雲彤便離開了。郁心蘭今日的精神較好，只小睡了片刻，讓宮女幫著將釵簪扶正，便打算去找唐寧和赫雲彤說話。

王妃和世子妃們安排在騰雲閣，建在小香山麓，分為諸多小院。郁心蘭問明白平王世子明駿也在這兒歇息，莊郡王並不在，便打算去找唐寧。唐寧的房間在山坡處，背山而建。

郁心蘭進得門去，輕輕喚了一聲：「唐寧？」

沒有人回答，郁心蘭便又往內走了幾步，身後的大門忽地關上了。

郁心蘭大感不妙，立即回身拉門，哪裡還拉得動？

她忙四下尋找窗戶，古時的上房都是套間，外間的窗戶合得極嚴，加之外面關門的人在，肯定是出不去的，只有內間的後窗可以試試。郁心蘭靜下心來，立即就聽到裡間傳來不同尋常的聲響，粗而重的喘氣聲，明顯是個男人，而且是中了媚藥的男人。

進內間找窗戶，肯定會撞上這個男人，可是不進內間，根本就出不去，而且一會兒若是有人來了，只要看到她與一個男人在一間屋內，不管有沒有做什麼，都是一樣的罪名，淫亂。

郁心蘭只猶豫了一下，仍是決定進去，若是跑得快一點，或者那個男人還有一絲理智，也許兩人都能逃脫。

她毫不猶豫將裙襬掖進腰帶，以防手腳不俐落，還在原地蹬了蹬腿。

「妳……在幹什麼？」

明子恆的聲音忽然傳來，把郁心蘭嚇了一跳，抬眸去看，只見他雙頰通紅，彷彿喝醉了一般，但眼神還是銳利的，明顯還有一絲神智。

郁心蘭警戒地後退半步，盯著他問：「你怎麼會在這兒？」

明明宮女說莊郡王不在的……啊，是謊話！

「我？自然是來看寧兒的。」

明子恆原本與幾位大臣在談話，後來聽宮女來傳訊，說道王妃唐寧不大舒服。明子恆忙與幾位大臣作別，前來探望，那宮女明明是說寧兒在此屋內歇息，可是進得屋來卻沒見人，不過唐寧今日帶的帕子卻在床榻上，那名宮女說，可能王妃是更衣去了，她去尋一尋。

明子恆當時也沒在意，便打發了那名宮女去尋，自己覺得有些乏了，躺在床上閉目養神。

剛才聽到房門一響，一陣腳步聲響，卻無人進屋，明子恆以為是唐寧不舒服，走不動，剛想一躍而起，卻發覺自己的身體十分不對勁，氣息也變得紊亂了。

這樣的情景意味著什麼，他很清楚，不過想著外面就是自己的妃子，也沒什麼關係，大不了被父皇和母妃說道一頓，卻是不礙的。只是他沒想到，入眼的竟是郁心蘭。

這一刻，他與郁心蘭都深切地知曉，中計了！

這個計謀定得十分巧妙，兩人都完全沒有察覺。

明子恆將頭扭到一旁，沉了沉氣息，「我們得趕快離開，至少離開一個。」

還算有理智，郁心蘭鬆了一口氣，明子恆卻古怪地看著她的下半截。郁心蘭一低頭，這才發覺自己這打扮十分不雅，忙將裙子放下來。

可是對於明子恆來說已然遲了，好似什麼東西被點燃了，渾身上下的血四處奔湧，熱氣騰騰，一向被自己壓制著的地方，也蠢蠢欲動。

這些年，他克己極嚴，就是時而與朝中官員應酬，上青樓喝花酒，也只限於喝酒而已，從不留宿，更沒有像其他人那般以擁有一、兩個紅顏知己為傲。府中的小妾，與同齡人相比，還沒有一般官宦子弟的多。

剛剛看見的景色，在藥效的催動下無限地擴大。身體雖在叫喊，但理智尚存。他努力平心靜氣，沒有效果，便乾脆咬住舌尖，用疼痛來使自己清醒些，指了指內間，「走後窗。」

後窗邊著一片小山坡，出去後可以有幾條路離開，只有這樣，才不會被人抓到是兩人一起的。

郁心蘭知道不能耽誤，忙跟著他進了內間，可一看後窗，不由得苦笑，是一個不大的，高高在上的氣窗。

明子恆重重咬了一口舌尖，「我送妳上去。妳從前門走，我走山坡。」

說完，也不再避諱，抱起郁心蘭的腰往上送。

手裡的女子，如香軟的糖散發出一股致命的香味，似在對他說：「來吃我吧！」

明子恆心跳如鼓，氣息越發不穩，幾次想提息飛躍上去，卻是不能，只得一面用力咬舌，一面用力將郁心蘭舉上去。

郁心蘭兩手攀了半晌，卻仍是撈不到窗沿，不由得急道：「你不是會輕功嗎？」

她的聲音甜糯柔軟，一聽這聲音，明子恆只覺連耳朵也蠢蠢欲動，堅硬了起來。

「我……內息提不起來。」

明子恆喘著回答完，乾脆將她放下，一蹲身，抱起她的雙腿往上送。可是這麼一來，郁心蘭就很難保持平衡，身子晃個不停。這般一扭一擺，明子恆的俊臉更添暗紅，全身的血都奔向了一個地方，幾乎要把郁心蘭拉回來，逞一時之快而後已。

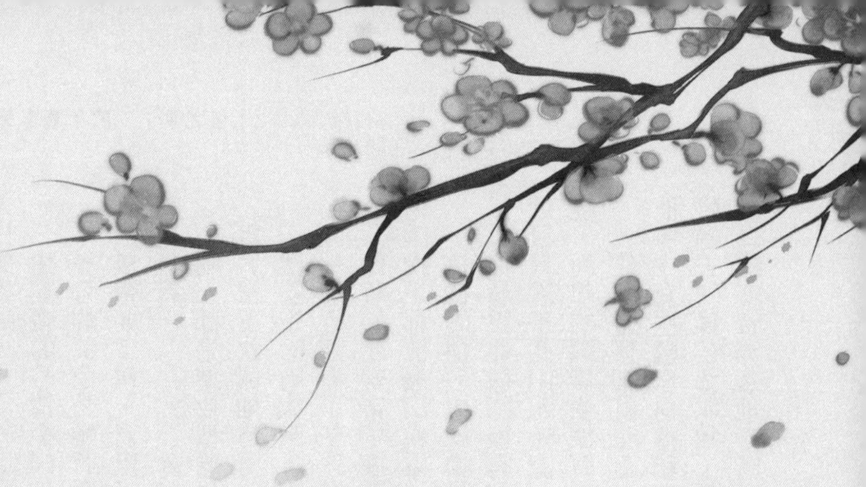

伍之章

陳年舊事費猜疑

已是下晌，太陽收了晌午時的狂躁，變得溫柔起來，雖然比不得夜間的清涼，但至少不再灼得人皮膚疼痛。

建安帝的心情極好，一撩袍襬坐在棋坪邊，和悅地笑道：「靖兒，來，陪朕下一局。」

一旁的黃公公極有眼色地打開棋盒，將黑子放在建安帝的手邊。

皇帝要下棋，當臣子的自然只能相陪，赫雲連城恭敬地應了一聲，告了罪，在棋坪對面坐下，執白後行。

兩人都是進攻型的棋手，不像防守型的那樣喜歡慢慢布局，一局棋很快結束了，赫雲連城輸了三目，當下欽佩地道：「皇上棋力強勁，微臣甘拜下風。」

建安帝哈哈大笑，因為他知道赫雲連城並沒有隱藏實力，的確是棋力不如自己。

「最近都看了些什麼書。」建安帝沒有起身的意思，還招手示意赫雲連城坐著，同他聊聊。

此時的建安帝早換下了朝服，只穿著常服，頭髮簡單地束著，一派居家氣象，笑容格外親切，舉手投足都散發出親近、寵信的信號。

這樣的情形，就像是尋常百姓之家的舅父與外甥在聊天。

但赫雲連城卻沒有露出驚喜萬方或是驕矜得意之態，仍是沉穩中含著恭敬，「回皇舅的話，我近日只看了些山水遊記。」他微垂了眸，視線落在皇帝的下頷處，不與皇帝正視，嘴角勾起一絲弧度，面部的線條便沒有平日裡那般冷峻。

建安帝仔細打量著赫雲連城。赫雲連城從小到大一帆風順，文韜武略俱是十分出眾，但也使得他多少有些驕傲自得和鋒芒畢露，如今經歷了風浪挫折，並沒有一蹶不振，反而越發沉穩和敏銳，將過去的鋒芒都收斂了起來，不再是出鞘的利劍，卻更加令敵手望而生畏。

建安帝滿意地暗暗點頭，將黃公公奉上來的新茶往赫雲連城的跟前推了推，「這是大食國新貢來的春茶，你陪朕一起嚐嚐。」

赫雲連城忙欠身謝恩，復又坐下，品了一口，讚道：「的確是好茶，濃香四溢，與我國的春茶大不相同，微臣謝皇舅賞賜。」

建安帝笑道：「有段日子沒與你下棋，你棋力大增，棋風如行事之風，可見你越發進益了，當賞。」說話的口氣，完全是一個長輩面對寄予厚望的晚輩的親切和欣慰，「何況這回能征服大食國，定遠侯的功勞可不小啊！」

說著，讓黃公公準備了一盒這種春茶賜與赫雲連城，讓他帶回去給郁心蘭嘗嘗。

赫雲連城謝了恩，又陪著建安帝聊了幾句閒天，建安帝這才讓他離開。

今日的皇上對他極為親切，看著他的目光亦是飽含溫情，赫雲連城邊走邊思索，不知這樣的改變從何而來，這樣的恩寵比他小時受到的都要濃烈得多，讓他有些莫名的驚惶與疑慮。

帝王的恩寵是任何一個人都想要的，可是總得有原因，否則便會讓人覺得無福消受，不知哪一天又突然從雲端跌落地面，比以往更加難以生存。

他腦中轉著念頭，卻仍注意著四面八方，察覺到有人靠近，抬眸一掃，卻是明子期那張純淨又無聊的笑臉。

明子期剛好從鳳棲宮出來，老遠見到赫雲連城，便跑了過來，好奇地問：「父皇找你何事？」

「只是聊天下棋。」赫雲連城說到這兒，頓了一頓，忽地想起皇上今日說的「這回能征服大食國，定遠侯的功勞可不小」。

面對面地與他說話，為何不說「你父親的功勞可不小」？

赫雲連城蹙起了眉頭，明子期有些不明所以地挑了挑眉，卻也沒放在心上，以為他想到了什麼不開心的事，忙笑呵呵地跟赫雲連城聊閒天。

穿過九龍壁，便是御花園了，一名宮女手捧玉盤迎面而來，見到二人忙屈膝行禮，「奴婢給賢王殿下請安，給赫雲少將軍請安。殿下與將軍是要去雲蘿閣嗎？赫雲少夫人已經去騰雲閣了。」

明子期拋出一顆小銀錁子給這名宮女，笑道：「妳倒是挺機靈的嘛，這個賞妳。」

赫雲連城也正是要去尋妻子，便與明子期一同往騰雲閣而去。

到了騰雲閣，大門口正守候著一名宮女，問及她赫雲少夫人是否來過，那宮女一副吞吞吐吐，不敢直言的樣子。

正巧唐寧歇息好了，走了出來，見到他二人便笑問道：「你們可知道子恆在哪裡？」

明子期笑道：「不知道，我去母后那兒坐了坐，九哥應當在御花園。」

那名宮女竟撲通一聲跪下了，小肩膀抖得彷彿要掉下來。

三人都莫名其妙地望著她，明子期不解地問：「妳這是幹什麼，有什麼事就說。」

那名宮女吞吞吐吐地道：「莊……郡王……來了，來……尋王妃，赫雲少夫人……也……來尋王妃了。」

原本就是兩個人都要來找唐寧，可是配合上這名宮女的表情和語氣，就顯得十分曖昧了。

赫雲連城的俊眸一瞇，神情冰冷，唐寧立即轉身進了騰雲閣。

明子期冷聲道：「說！他們去了哪裡？」

那名宮女指了方向，赫雲連城冷聲道：「站在這兒不許動！」說完便足尖一點，飛縱出去。

而小屋內，明子恆心裡正在掙扎。

不行！不行！

明子恆內心煎熬著，拚命提醒自己不可胡來，可大手卻不由自主地停了往上送的動作，指腹隔著雲羅紗柔軟的料子，輕輕揉起郁心蘭的腿腹。

郁心蘭正奮力保持平衡，同時伸長兩臂去攀高高的窗沿，可是這個高度離窗沿還有大約半尺，她便低聲道：「還要高一點。」

忽然覺得腿部的觸覺不對勁，有點癢癢的，一低頭，卻見明子恆不再仰頭看著氣窗的方向，而是低著頭不知想幹什麼。

不會是藥效發作了吧？郁心蘭這會兒可不敢隨意招惹莊郡王，忙一手扶住牆壁，一手拔下髮間的一支簪子，腰一彎，狠狠將簪子戳進莊郡王的肩膀裡。

赤金的髮簪不會很硬，但是郁心蘭為了自己的安全，絲毫沒有「憐香惜玉」之心，力道用得可不小。

「啊，妳幹什麼！」明子恆自己也意識到了情形失控，正微張了嘴，要再用力咬下舌，卻猛地被這支簪子給扎得大叫了出來。

郁心蘭一面死命扶著牆，努力保持身體平衡，一面臉不紅氣不喘地道：「我是在幫你。」

明子恆側頭看著自己肩膀上的那朵紅梅形的血跡，不由得苦笑，「多謝！」

郁心蘭很謙虛，「不客氣！」

雖然是痛了一點，但是真的管用，明子恆一瞬間清明了不少，忙用力將郁心蘭舉上去。這一回，郁心蘭很順利地搭到了窗沿的邊，明子恆又托住她的兩隻小腳用力一頂，郁心蘭終於將半邊身子扒到了窗口上。

正在此時，門外傳來了一串腳步聲，估計至少有五、六個人，想是定計的人覺得時辰已經差不多了，兩人應當已經滾到一堆去了，特意要來捉姦在床的。

明子恆心中立時急了，若是被人抓到，他的名聲也就毀了，但只要出去了一個，就沒問題了，於是他忙低聲催促道：「快點！」

郁心蘭自然也知道這其中的厲害，她也不是個秀氣的，毫不客氣地道：「把那張椅子搬過來，你站上面。」

明子恆不明白她的打算，卻還是照著做了，剛站到椅子上，郁心蘭便一腳踩在莊郡王的肩膀上借力一躍，將腹部搭在窗沿上，雙手用力一撐，便翻身坐了上去，身子已然出了房間，再將雙腳一收，慢慢團了出去。

氣窗雖小，但女子體形也小，加上她時常鍛鍊，很快就擠出了窗口，團身坐在窗沿上，只是要跳下去卻成了問題，這窗口離地面還是挺高的。

「蘭兒！」一聲極輕的呼喚，差點令郁心蘭興奮地尖叫。將頭探出去左右一瞧，卻不見人影，想是赫雲連城也在找她，她忙小聲地道：「連城，我在這裡。」

赫雲連城聽到這一點聲響，立即辨明方位，飛躍過來，遠遠地便見到小妻子團身坐在一處氣窗口，忙展開壁虎功，沿牆爬上去，抱著妻子躍下來。

郁心蘭來不及說明前因後果，指了指山坡，赫雲連城立即會意，抱著她三、兩步躍上山坡，翻過後面的圍牆，出了騰雲閣。

「幸虧你來了，否則我自己從上面跳下來，肯定會扭到腳。」郁心蘭說完前後情形之後，便感嘆道。

赫雲連城的俊臉繃得死緊，眸中的寒光幾乎能瞬間凍住翻滾的開水，郁心蘭小心翼翼地拉了拉他的衣袖，問道：「你覺得會是誰幹的？」

能在皇宮裡支配宮女太監的人可不多，皇上、皇后之下，就是幾位妃主了，其他的小修儀之類的，連個皇子都沒有，實在沒有必要陷害她和莊郡王。

赫雲連城收斂了怒氣，低頭淡淡地道：「莊郡王會查清楚的。」

與朋友的妻子有染，這樣的醜聞傳出去，對莊郡王的名聲也是極大的打擊，必定是政敵幹的，其實郁心蘭一想就想到了劉貴妃的頭上，卻不知莊郡王能不能拿到證據來證明。

赫雲連城淡淡地搖了搖頭道：「即便有證據，也不會拿出的。」

說話間已經到了瀛臺閣，瀛臺閣對面搭起了戲臺，正在唱摺子戲，赫雲連城與郁心蘭分了手，各自回了男女眷之間。過得大約一刻鐘左右，唐寧也趕了回來，坐在她的身邊，小聲地道：「多謝！」

郁心蘭小聲回道：「謝我做什麼？應當是我說謝謝才是。」

話說到這裡便成了，兩人相視一笑，聊起了別的話題。

臨近半夜裡，看過了煙花，皇后才宣布宴會圓滿結束。官員女眷們跪謝了皇恩，各自乘車回府。宮裡一直很安靜，沒有鬧出任何動靜。

❖ ❖ ❖

二奶奶在馬車裡緊緊地握住手帕，一雙眼睛直盯著郁心蘭看，只見郁心蘭只是端坐在那裡，神色平靜不知道在想什麼，似是察覺到有人在看她，郁心蘭抬起頭來。二奶奶立即心虛地挪開目光，裝作若無其事般的，看向一旁用青紗和竹簾遮擋的窗子。

二奶奶這樣的表現太不尋常，郁心蘭眉心微蹙，想到自己之前的推測，隨即便笑問道：「二弟妹去哪裡歇息了？怎麼我後來去找二弟妹，竟沒見著人？」

二奶奶一怔，忙解釋道：「我……是有些內急，去了趟茅廁，然後……然後又遇上了我娘家嫂子，所以，所以就跟我嫂子去聽戲了。」

郁心蘭挑了挑眉問：「哦？沒去騰雲閣？」

二奶奶慌忙道：「沒有沒有，我去騰雲閣做什麼？」

郁心蘭輕笑，「可是李大奶奶去了騰雲閣呀。」

二奶奶頓時心慌了，她這個人的毛病就是什麼事都喜歡先摘清自己，急忙道：「那是她之後去的，我一直在聽戲，可是什麼事都不知道。」

這般的慌張，還敢說她心裡沒有鬼？

郁心蘭的小臉忽然一板，「我勸妳還是老實跟父母親交代清楚的好，那名宮女已經招認了，妳以為妳能躲到什麼時候去？」

二奶奶一聽便急得差點想哭，「我……我真沒幹什麼，就是……就是跟嫂子一起，尋了個藉口，哄得一位新晉的夫人去找莊郡王妃說話兒。」

郁心蘭淡淡地道：「何必在我面前開脫？我是個婦道人家，能將妳怎樣，妳自己好生掂量掂量，妳得罪的到底是什麼人，會不會對二爺的前程有影響。」

二奶奶這下子可是真的急了，拉著郁心蘭的手哭泣道：「真不是我的主意，我也只是被我娘家嫂子拖下水的，她拉了我去後，才告訴我說有好戲看。」然後將自己所知的，一五一十地告訴了郁心蘭。

二奶奶知道得並不多，但後來也琢磨出了一點味兒，不過是見倒楣的是郁心蘭，心裡頭還高興著，可是沒想到郁心蘭毫髮未損，反倒知曉了她也參與其中，這個罪名可就大了，便忙供出了幾個聯絡她們的宮女的名字，想求個將功折罪。

郁心蘭哪裡這麼容易就放過她，只是道：「待我稟明了父親和母親，看父親要如何處置妳吧。」

二奶奶的臉頓時白了。

其實郁心蘭是跟連城走山道的時候，遠遠看到一個人鬼鬼祟祟地站在轉角處，直往騰雲閣內張望，赫雲連城的目力極佳，只是看個背影，卻說，很熟，像是李大奶奶。

那個時候出現在騰雲閣外，又這般鬼鬼祟祟的，必定是參與了謟害她這件事的。李大奶奶是二奶奶的娘家嫂子，之前為了果莊的事來找過幾回郁心蘭，郁心蘭對她有些印象，知道她與二奶奶的關係極佳，又是個奸滑的人，必定會拉著二奶奶下水，這才有心一試。二奶奶果然壓不住場，一急就露了餡兒。

回到府中，郁心蘭便拉著赫雲連城一同去了宜靜居，先向長公主致歉道：「這麼晚還打攪母親真是不該，可是，媳婦今日受了委屈，還得請母親幫媳婦討要回來。」

雖然這事兒不宜張揚，郁心蘭也知道，這個世上女人的名聲受不得一點打擊，但是，至少要讓婆婆知道自己受了委屈，總好過日後有人造謠生事的好。況且以長公主的身分，在宮裡也是說得上話的，不能明著處置，也要暗中整治一下那起子小人。

長公主聽完後，頓時便怒了，「竟有這樣的事？」她深吸一口氣，緩了緩情緒，柔聲安慰道：「蘭兒，妳只管放心，這事兒我自會稟明皇后娘娘，讓她為妳作主。」

若是皇后能出面，那就的確能處置了奸人，又不露出風聲來。

郁心蘭與赫雲連城對望一眼，忙向長公主拜謝。

第二日一早，長公主便按品級大裝，遞了請安摺子入宮。

皇后聽明白來意，沉吟了一會兒道：「若是有具體的姓名，自然是容易查出來的。」

❖ ❖ ❖

漱玉閣內，明珠跪在地上瑟瑟發抖，敬嬪用完了一碗粥，拿帕子抹了抹嘴角，才緩緩地道：「還不承認？」

明珠撲到地上哭泣，「娘娘，奴婢真的不知道啊！」

敬嬪身邊的漆嬤嬤指著地上的幾樣事物，惡狠狠地道：「妳還裝？這些個東西分開用自是無妨，可是妳卻輪著給敬嬪娘娘用，不就是想害娘娘滑胎嗎？說！妳到底是受了誰的指使？」

敬嬪輕輕一笑，「妳不願承認這事兒，我也沒法子，可是另一件事卻是有人證的。玉玲，妳來跟她對質。」

玉玲從屏風後轉出來，向敬嬪跪下道：「回娘娘話，奴婢親眼見到明珠姊姊出現在騰雲閣後院，還將一些藥粉撒在一間房間的床榻上，那些藥粉是用一個藍色小瓷瓶裝著的，若是能找到瓶子，裡面應當還有殘餘的藥粉。」

敬嬪待她說完，便朝明珠笑道：「如何？不論妳承認不承認，只要我告訴莊郡王和赫雲少將軍，妳猜妳那個在禁軍中任職的情郎還有沒有前程？」

明珠一聽，俏臉蒼白。

明珠跟了劉貴妃多年，倒也是個經得事的，隨即便鎮定了下來，可敬嬪卻不給她反駁的機會，緊接著慢悠悠地道：「妳的情郎姓賀，本是宮門處的侍衛，去年末才升調至禁軍營。妳二人多次在御花園相會，宮女與侍衛私會，這可是死罪，想必妳也不會承認，不過妳親手送他的荷包和青玉福祿玉佩，卻是再明顯不過的證據。」

那塊玉佩是太后賞給明珠的，因情郎家境普通，這般升遷之後，明珠特意贈與他撐場面。宮中之物賞賜下去都會有紀錄，只要這玉佩是從他身上搜出來的，再一查賞賜紀錄，就能發現她們的私情。

原本以為這樣的私事，不會有人知道……明珠這會子終於知道怕了，渾身都哆嗦了起來，第一次發現，她的主子劉貴妃娘娘，實在是太過小看了這位平素默默無聞的敬嬪娘娘。

見明珠怕了，一旁的漆嬤嬤趁熱打鐵道：「這又是何必呢？妳只要供出妳幕後的主子，娘娘便會給妳一個恩典，將妳放出宮去，與妳的情郎雙宿雙飛。妳也有二十了吧？應當替自己考慮考慮了。」

明珠的確是在考慮了，她不想自己，也得想她的情郎啊！

敬嬪的眸中劃過一抹嘲諷，小賤蹄子，方才拿她的老子和老子娘說事兒，她都沒有一絲動容，可一說到情郎就開始動搖了。

敬嬪輕輕揮了揮絹帕道：「且帶她去一旁靜思，待想清楚了，再來回話。」

漆嬤嬤立即與玉玲二人將明珠推出內間，讓她跪在外間的空地上，這才又折返回內間，悄聲向敬嬪道喜：「娘娘，這一回一定能將劉貴妃娘娘給扳倒。」

敬嬪搖了搖頭，「只怕沒這麼容易，一個宮女所說的話，皇上未必會全信，畢竟明珠調至漱玉閣也有一個多月了，劉貴妃若是說她被我收買了，又有何用？」

漆嬤嬤忙獻計道：「昨日的事情，可就沒那麼容易抹過去了吧？劉貴妃娘娘倒是用的好計，想一箭雙雕啊。既毀了莊郡王的名聲，又離間了莊郡王與赫雲少將軍。這樣的事，只要說給皇上聽，皇上定能分辨，即使她劉貴妃舌上生了蓮花，也休想狡辯過去。」

敬嬪嗔了漆嬤嬤一眼道：「若是莊郡王與赫雲少夫人不承認呢？咱們不是白白做了惡人？」

漆嬤嬤咋舌道：「還不願承認嗎？」

可隨即一想，這是很有可能的啊。若真個當堂對質，少不得會說到兩人孤男寡女共處一室，便是真的沒做什麼，這赫雲少夫人的名聲也毀了，而莊郡王是個男子，到底好些，可是連中了旁人的計謀都不知道，皇上必定會覺得他蠢笨，所以莊郡王也多半不會承認。

溗嬤嬤想到這兒便覺得可恨，「那劉貴妃平素看著這般精明，手下的人卻一點兒也不得力，居然讓赫雲少夫人給逃脫了。」

敬嬪的眸光閃了閃，她也恨，這明明是同時除去莊郡王與仁王的最好機會，先讓劉貴妃得了逞，毀了莊郡王，然後她再來揭露這場陰謀，廢了仁王，到了最後，皇上身邊的皇子就僅餘下了賢王。若賢王真的如他平素表現出來的那般不愛朝政，她的皇兒就極有可能重返皇族。

溗嬤嬤與敬嬪想到了一塊兒，少不得在一旁抹淚，「可憐爵爺因為沒有權勢顯赫的外祖家，只是一點子小錯便落得這般地步。」

談及這件事兒，敬嬪便覺得心中堵悶得難受。明明她的皇兒只犯了點子小錯，皇上卻大發雷霆，將皇兒逐出了皇族，可是仁王上回意圖謀反，皇上竟只是罰他禁足三個月。

偏心也不能偏成這樣啊！

她的皇兒，明明比仁王更加敬愛皇上，更加崇拜皇上，可是皇上卻從來就不在意他……不！確切地說，是從來就不在意他們母子。

敬嬪忍不住用力咬住自己的下唇，眼中也泛起了點點淚光。

這麼一會兒的功夫，明珠已經想通了，進來跪下道：「婢子都願意跟從娘娘，請問娘娘真的能給婢子恩典，放婢子出宮嗎？」

敬嬪笑道：「我自是能允了妳。不過，此事也急不得，待我腹中胎兒安穩落地，我才能給妳這個恩典。」

若她說立即就能放明珠出宮，明珠倒還不相信了，這樣的說詞立即便贏得了明珠的信任，將劉貴妃怎麼指使她，讓她令敬嬪滑胎之事一五一十說了，又提起了昨天的事，「婢子還知道是誰將莊郡王妃引開，故意讓莊郡王與赫雲少夫人撞在一起的。」

其實許多事敬嬪早就知曉了，自她有喜後，就一直防著這幾個人，她們的一舉一動多半逃不出她的眼睛，不過明珠能明確地說出辦事之人，於她來說只有利處。雖然昨日劉貴妃的計謀沒有成功，卻也落了把柄在她手中，日後多了個威脅的籌碼。

想到這裡就覺得開心，敬嬪小巧秀美的臉上露出幾分笑容，「劉貴妃倒是會打算，想離間他們兄弟倆的感情。」

明珠遲疑了一下，她偷聽到一件事，劉貴妃顯然十分緊張此事，但她聽得模糊，並不是太清楚，而且她也不知道有什麼作用，怕說出來敬嬪娘娘覺得她在敷衍推責，糾結了一刻，想著自己已向敬嬪娘娘投誠，還是不要有所隱瞞的好，於是便輕聲道：「似乎不單單是為了離間他們兄弟的感情，劉貴妃娘娘似乎十分忌憚赫雲少將軍。」

敬嬪一聽，來了興趣，忙問：「怎麼說？」

明珠將自己偷聽到的隻字片語總結了一下，盡量條理分明地道：「前幾日宮中祕密押進來了一個婆子，關在太安宮的地牢裡，皇上連夜審問。」說到這兒她頓了頓，果然見敬嬪秀氣的眉毛瞬間挑高了。

一個婆子被祕密地帶入宮中，還是關在皇上寢宮的地牢裡，而且皇上還連夜審問，這些訊息都透露出一個極為誘人的信號，這件事情對皇上來說，非常重要，若是能夠掌握在手中，要麼可以更親近皇上一步，要麼能掌握到連皇上都不得不低頭的籌碼。

當然，這宮中就沒有什麼完全不為人知的祕密。在皇上寢宮中服侍的太監宮女，早不知被宮中的妃子們收買過多少遍了，大的事情他們不敢透露，但是暗示一點兒的膽子，還是有的。

見娘娘將熱切的目光投向自己，明珠垂眸一笑，繼續道：「劉貴妃娘娘知曉後，多方打聽，終於聽說，皇上之後曾與黃公公討論，那婆子是個穩婆的妹妹，那個穩婆似乎是二十幾年前替人接生後，就無緣無故死了，還聽說，皇上提到了『有陰謀』、『男還是女』這樣的話兒。」

明珠的話音未落，敬嬪就騰地站了起來，臉色白得就像一張紙，一絲兒血色都沒有，將漆嬤嬤和明珠都給嚇了一跳。

漆嬤嬤忙小心翼翼地道：「娘娘，您可要仔細身子啊！」

敬嬪卻似沒聽到漆嬤嬤的話，忽地緊緊抓住漆嬤嬤的手，死死地盯著明珠問道：「劉貴妃聽到此事後，是怎麼說的？」

明珠被敬嬪臉上的暴戾之色給駭到了，忙回話道：「就是說恐怕喚赫雲少將軍去，是問這件事兒，還說什麼長公主殿下肯定已經同皇上商量過了云云。」

敬嬪怔怔地待了片刻，深吸一口氣，令自己平靜下來，緩緩地道：「很好，妳且下去吧。若是劉貴妃差人來問妳……」

明珠忙道：「奴婢什麼都不會說的。」

敬嬪點了點頭，揮手讓她退下，這才扶著漆嬤嬤的手，躺到美人榻上，重重地闔上眼睛。

漆嬤嬤在一旁服侍著打扇，一邊悄悄地轉動手臂，肉疼得很，只怕已經有大塊的青紫了，真沒想到娘娘的力氣這麼大，到底是什麼事，讓娘娘這般緊張？

漆嬤嬤並不是敬嬪的乳母，敬嬪的乳母早在入宮沒多久就因病故去了，漆嬤嬤是後來提拔上來的，因而雖然她對敬嬪忠心耿耿，可是敬嬪卻不會將什麼話都告訴她。

另一邊，鳳棲宮中，皇后提了那幾名宮女審問完之後，沉默了片刻，對長公主道：「此事，我想法子告訴皇上，用別的方式來處置吧。」

這樣做，也是為了給郁心蘭留顏面，長公主自然同意，捏著帕子道：「好好兒的，將主意打到我家蘭丫頭的頭上，真是沒見過這般心腸歹毒的人。皇嫂也得當心著一點，若是旁的皇子都被她給除去了，只怕下一個就是……哼，只怕皇上一天不立儲，她們就要一天鬧下去。」

皇后搖了搖頭，「立了太子，亦是一樣。」

不用說，宮裡出身的人都懂，長公主陪著皇后幽幽一嘆，她的目的達到了，便告辭回府。

郁心蘭正在府中等消息，待聽得婆婆的叮囑後，沒有什麼不贊成的，當即表示道：「媳婦省得，自不會向貴妃娘娘惡言相向。」反正會有她的惡果子吃，「這陣子媳婦就留在府中不外出，正好四弟妹有了身子，這幾天還不大舒服，媳婦可以多陪陪她。」

長公主笑道：「妳們妯娌這般親近，我也就放心了。」又說起二奶奶，「昨日那般晚了，今日待妳父親回府後，我再向他提。這般謟害自家人，必須請出家法來好好治一治。」

天兒熱，長公主便沒多留媳婦，郁心蘭告辭出來，見時辰尚早，赫雲連城不會這麼早回府，便轉道去了靜法園。岑柔害喜害得厲害，這陣子不單沒有去宜靜居請安，幾乎是連動都不想動，見到郁心蘭進來，忙欠了欠身，想要行禮。

郁心蘭快步走到榻前，壓著她的肩道：「妳安心歇著，咱們妯娌行這些虛禮做什麼？」又細細問了她的飲食起居，沒過一會兒，就覺得背上香汗淋漓，扭頭一看，窗戶居然都是關著的，再看岑柔，小臉都憋得通紅通紅的，不由得暗嘆一聲，以過來人的身分向她建議道：「還是要稍稍走動走動，總是躺著，對身體並無益處。窗戶也別關這麼死，要讓空氣流通，才不會這麼氣悶。」

岑柔眨著眼睛問：「空氣是什麼？」

郁心蘭無奈地解釋道：「就是咱們呼吸的氣。總之，妳得適當地走動，不要關窗，大熱天的，也不怕悶壞了，這若是到了冬天可還得了。」

正說著話兒，門外丫頭高聲道：「二姑娘和三奶奶來看四奶奶了。」

岑柔笑道：「快請進！」

赫雲慧和三奶奶一同走了進來，進門亦是將眉頭一皺，「這屋裡怎麼這麼熱？」

岑柔咬著唇，不好意思地道：「我聽人說，懷了身子容易生病，若是生了病，吃的藥又會傷著胎兒，所以就……薔薇，去將窗戶打開。」

三奶奶仍是覆著面紗，搖了搖頭道：「咱們府裡多的是生育過的媳婦子，哪個大熱天是這樣捂著的？妳聽誰說的，這人可真是該死。」

岑柔自己都覺得羞愧了起來，「我是聽繁蔭姑娘說的。她說大娘懷二爺的時候，就是這樣才……」她的聲音愈來愈小，她也是太心急了，想生個男孩兒出來，聽到繁蔭的話，便想也不想地照做。

郁心蘭忍不住微微蹙起了眉，這個繁蔭還真是多事，沒事跟岑柔說這些憑什麼，她自己又沒生育，哪來的經驗？

而三奶奶則想起了自己那回遇到繁蔭，也是她暗示自己二奶奶喜歡喝露珠茶……三奶奶輕哼了一聲道：「她跟著母親，可沒少做虧心事。如今被看押在家廟裡，妳怎麼還拿她的話當真？她這人素來話多，什麼事兒都說，卻沒幾句是真的。」

被人這麼一說，岑柔自己都覺得自己傻了，更是不好意思。郁心蘭意味深長地瞥了三奶奶一眼，為岑柔開解道：「罷了罷了，柔兒也是沒經驗，才會相信的，以後啊，還是多聽大夫的話，別信那些個偏方、祕方的。」

眾人又聊了一陣子，見岑柔有些倦了，便一同告辭。

三奶奶原本到了岔路口，三奶奶與赫雲慧都要往東轉，三奶奶卻道：「二姑娘，我想去大嫂那裡坐坐，妳去不去？」

赫雲慧這幾個月心情極差，懶懶的不想見人，便搖頭道：「不了，我回自己院子去。」說罷帶著丫頭先行一步。

三奶奶看著她的背影道：「二姑娘的婚事真是愁白了頭，卻不知她心裡到底是怎麼想的。」

那一房的事情，郁心蘭她們總是知道得晚些，便問道：「怎麼了？有人來提親嗎？」

「是啊，是這回新提拔上來的一位武將，現在的軍功還不高，不過聽說還是有前途的。是甘府那邊幫著說和的，父親還沒表態，母親倒是帶著二姑娘悄悄去相看一面，二姑娘嫌人家個子矮了。」

郁心蘭撇了撇嘴，原來是甘府那邊保的媒，這婚事只怕不好，父親應當也會仔細斟酌才是。

三奶奶說完這些，便將話題引到自己身上，「也不知吳神醫何時到咱們府中小住，三爺他就快要上任了。」

郁心蘭輕輕一笑，安慰她道：「妳放心，上回入宮，連城已經同他說過了，他答應為妳治，不過會很痛苦。聽他說，是先用一種毒汁將妳的皮膚毀去，再用藥粉讓皮膚慢慢長起來，有幾個月不能見光，亦不能清洗頭髮……就是不知妳願意不願意。」

三奶奶急忙表態道：「我願意！」三爺已經多次說過，上任不帶著她去，只帶錦繡和顏繡二人去，這怎麼行？

郁心蘭只是看著她點了點頭，彷彿隨意地道：「聽三弟妹的意思，繁蔭姑娘也曾在妳面前說過什麼話？」

三奶奶面色一僵，不大自然地笑道：「她說的話可多了。」

郁心蘭見她不願直說，便沒再問。待赫雲連城回府後，便向他提了這事兒，「這個繁蔭只怕沒安什麼好心，四弟妹也不是個沒見識的，卻能被她說動，這樣捂著，只怕孩子都會保不住。」長時期待在空氣不流通的環境裡，就算孩子生下來了，怕也會腦部缺氧，身體弱不禁風，甚至腦子有問題都有可能。郁心蘭想起自己懷孕時，這個繁蔭來得也很勤，一副很有經驗的口吻與她說話，想指點她生男祕訣，不過她一點也不接口，才讓繁蔭沒處說吧？

赫雲連城想了想道：「的確是有些古怪，我去與父親談一談，她……到底是父親的人，看父親的意思吧。」

事關赫雲家的子嗣，侯爺還是十分上心的，立即帶著老大兩口子去了家廟。侯爺示意他們倆等在家廟外，自己抬步進了大門，隨即將大門關上。

裡面斷斷續續傳出說話聲，侯爺直指繁蔭想謀害四爺的孩子，責罵繁蔭是個惡毒的女人。他是個出色的將軍，最懂如何抓住對方的弱點，一舉擊破。不過一炷香的時間，繁蔭就守不住陣地，變得驚惶而又激動起來，到最後，侯爺的疑心驟起，想到之前一直沒能解開的一個疑團，便冷冷地問道：「是妳幫西府的人在府中找人手，給老大和老三下藥的是吧？」

郁心蘭詫異地看了赫雲連城一眼，父親怎麼會這樣想？隨後一細想，可不就是有疑點嗎？

蓉奶奶雖然承認是自己幹的，可是她一個後宅的貴婦人，如何去買通前院的小廝？雖說前院的小廝偶爾也會陪主子進後宅來，可是那就必須得是這邊府中的人才能撞見，而不是偶爾才過來一次的蓉奶奶能辦得到的。

赫雲連城同她想到了一處，凝神細聽裡面的動靜。

繁蔭渾身一顫，受甘氏之命幫著安王，這只是她的命運，倒不算是大錯，可是謀害子嗣卻是大罪了，她自然不會承認。

侯爺最擅用心理戰術，不過一炷香的功夫，就將繁蔭逼問得無法自圓其說，心裡愈來愈慌，看著侯爺彷彿早已知曉一切的篤定神情，她的神經忽地一下崩潰了，拔高了嗓音吼道：「是！我是想讓四爺沒有孩子，那又如何？我希望整個侯府的男人都生不出孩子來！我也不怕老實說了，老二媳婦生的那個兒子，就是我幫蓉奶奶將生了痘子的孩子的衣服給哥兒換上，讓他染痘子死的！」說完哈哈大笑，幾近瘋狂。

聽了這話，侯爺大怒，指責將她罵道：「妳這個毒婦，安的什麼心！」

繁蔭老半天才止了笑，換上一副幽怨的神情，「說我惡毒，難道夫人她逼我喝下絕育藥就不惡毒了嗎？您明知夫人做了這些事，卻只是責怪了幾句，對我一點補償都沒有，難道您就不惡毒了嗎？」

「您知道嗎？那回陪你出征，我懷上了您的孩子，可是夫人卻逼著我喝了墜胎的藥。我是個癡的，當時只想著要忠心，夫人還沒有兒子，心中定然是不願先有庶子的，待夫人生下哥兒之後，才能輪著我，所以我毫不猶豫地將藥喝了。可是，到後來我才知道，那藥裡還摻著絕育的藥，我這輩子都不可能有孩子了。那憑什麼你們能有孩子！」

看著繁蔭激動得充血的雙目，侯爺忽然覺得說不出指責的話來，頹然地放下手，搖了搖頭道：「妳若是想要孩子，可以去旁支裡抱養一個，妳卻從來不說……但妳還是想偏了，燕輕她們也沒有孩子，為何不像妳這般偏激？」

他想了想，似乎這是甘氏一手調教出來的丫頭，只怕也染了些她霸道的脾性，又跟著一嘆，「這裡安靜，適合妳修心養性。」

這意思，便是要她老死在此了。說罷，侯爺轉身出了家廟，赫雲連城和郁心蘭趕忙跟上。

仇恨了這麼多年，暗暗做虧心事過了這麼多年，忽然全部說了出來，繁蔭的心中一片空白，說不出是絕望還是驚慌，抑或解脫，呆愣了半晌，看著他們三人愈走愈遠的背影，她忽地又狂笑起來，扯著嗓子大喊道：「你以為甘將軍的事，夫人真的不知情嗎？我都能知道的事，她會不知道？她還讓人跟蹤長公主，將雪側妃的住處透露給了安王，還收買了長公主身邊的宮女，去害長公主肚子裡的孩子，只是最後害的是雪側妃的孩子，就是雪側妃死的那一天。」

侯爺的腳步頓了頓，慢慢地回了身，手臂一揚，一道精光飛速沒入繁蔭的體內。繁蔭忽地安靜下來了，輕輕一笑，彷彿早知這樣說侯爺會動殺機一樣，慢慢地倒下，再也沒了聲息。

郁心蘭亦被這個消息給驚呆了，難道長公主早產是因為甘氏派人去暗殺或者什麼？可當她看見一道鮮血從繁蔭的咽喉處噴湧而出，當即駭得尖叫一聲，身子不由自主地一縮。赫雲連城忙將她摟入懷中，大手輕輕在她腰背間撫摸，撫平她輕微的顫抖，無聲地安慰著。

「繁蔭暴疾而亡，找處墳山，將她埋了吧。」

侯爺低沉的聲音裡透著一絲疲憊，隱藏在暗處的親衛立即閃現，飛速進了家廟，將繁蔭的屍體拖了出來，又極快地消失。

侯爺背負雙手，扭頭看了郁心蘭一眼，赫雲連城急忙保證：「蘭兒不會亂說話！」

侯爺只是點了點頭，便快步離去。

第一次看著別人在自己眼前殺人，郁心蘭到底有些扛不住，驚得魂不附體。

赫雲連城憐惜地抱緊她，飛身躍回靜思園，將下人們都打發了出去，親暱地抱著她坐到竹榻上，溫柔的聲音在她耳邊道：「沒事的，有我在，妳不用怕。」

「我……」郁心蘭一開口，才發現自己的嗓子乾得發疼。

赫雲連城立即起身去桌邊，倒了一杯涼茶給她，又取了兩個引枕墊在她腰後，讓她靠在枕上，自己則握著她的手，一刻也不鬆開。

郁心蘭喝完了茶，心緒慢慢平復下來，抬眸瞧見赫雲連城眼中的關心和擔憂，不由得心中一暖，柔柔地笑道：「我沒事了。」其實還是有些驚怕，「她說的話傳出去，只怕整個侯府都會遭殃，我只會當作沒聽見。」

以皇上對雪側妃的寵愛，只怕會將雪側妃的死歸結到甘氏的頭上，到那時會牽連到的人就不止甘氏一人了，所以繁蔭必須死。

赫雲連城替她將髮絲順到耳後，輕聲道：「不用想了，父親會去宮中請罪的。」

郁心蘭大吃一驚，「去宮中請罪？那、那、那……」她以為侯爺殺了繁蔭，就是不想走漏風聲，被皇上知曉。若是去請罪，雖然屬自首，卻難以預料皇上會如何處置侯爺了，「你得趕緊去勸勸父親。」

赫雲連城搖了搖頭，「遲了。方才父親告訴我，他查到譖將軍以前也為安王效力過。」

「那日大娘忽地提起譖華的父親，說與甘將軍是同年，之後因得知甘將軍策劃了秋山的行刺，父親便開始追查譖家的事，才發現譖家原本是支持安王的。只不過譖將軍十分圓滑，皇上被立為太子之後，便主動請調至邊關，遠離了京城的是非。」

「但是，他兒子卻又被安王拉攏了，而且他入京之後活動頻繁，想來是覺得自己已經將功折罪了，還是捨不得榮華富貴，想繼續留任。如今朝中的情形，表面上十分平靜，可下面卻是暗潮湧動，官員們的動向，皇上都會盯著。就衝著譖將軍的這份不甘，皇上早晚會追查出來的。屆時，大娘和甘將軍的事都會瞞不住，不若早一點自己去向皇上請罪。」

郁心蘭點了點頭，原來如此，可心裡面還是很擔心侯爺。憑著長公主的關係，赫雲連城和赫雲飛倒不會有什麼事兒，可是侯爺卻難說了。

再說定遠侯，與赫雲連城夫妻分開後，先去了書房，手寫了一封函件，便徑直去了宜安居。

甘氏如今在府中形同軟禁，左右不得自由，忽聽侯爺來了，忙竄到妝鏡前，伸手將釵簪扶正，含笑迎了出去。

侯爺將手一揮，丫頭們立即退出了正房，這才盯著甘氏問：「我且問妳，妳以前所做的事，都告訴我了嗎？」

甘氏心中一驚，面上卻極力保持鎮定，「自然都告訴侯爺了……侯爺，我知道我做錯了，可是那時皇上還未被冊立為太子，縱使我甘家輔佐安王，亦算不得錯啊。當然，這裡面是因為我的私心，可是您也要體諒體諒我呀，我們自幼定下的親事，卻忽然來了一個出身如此高貴，隨時可能會將我擠走的平妻，要我如何能安心？」

侯爺定定地看著她，看了許久，才淡淡地溫言道：「這個，我能諒解。若是不能，妳以為妳還能留在侯府嗎？」

難得侯爺如此溫和地與她說話，甘氏頓時激動了起來，小步兒地湊近一點，見侯爺沒什麼厭惡的樣子，忙將頭枕在侯爺的肩上，柔聲道：「我就知道侯爺是個英明的人，必定會原諒我的。我……侯爺，我真的知錯了，以後我都會改的，您別再生我的氣了，好嗎？」

侯爺緩緩地道：「我們之間不同旁的夫妻，自小相識相戀，我自是願意給妳機會。可是，妳也得向我坦白，妳還有沒有隱瞞我的事？」

甘氏心中一慌，勉強笑了笑，揀了兩件無關緊要的事兒說了。侯爺沒攔著她說，只是淡淡地看著她，眼神從充滿期待，慢慢變得冷漠疏離。

甘氏的心愈來愈慌，不由得抓緊侯爺的衣襟道：「侯爺，您若是從哪裡聽了小人的閒言碎語，就直接告訴給我聽，我來分辯便是。」

有幾件事，繁蔭是知道的，也參與了，所以她料定繁蔭不敢說出來，說出來就是死，沒人會這麼傻。

侯爺慢慢地道：「不是閒言碎語，是繁蔭親口說的，妳派人跟蹤清容，想害她小產，是嗎？」

甘氏臉色一白，強辯道：「繁蔭那個丫頭素來不老實……」

「不老實你還讓她開臉，給我做妾？」

「那、那是……」甘氏急得不知怎麼說才好，見侯爺的神色冷漠得如同路人，這下子真是怕了，帶著哭聲道：「我……我的確是有那個打算，可是她不是好好的沒事嗎？」

「好好兒的沒事。」侯爺輕輕地重複一遍，心頭的怒火忽地竄起萬丈高，揮手將甘氏推到地上，厲聲道：「妳應該知道最後害了誰吧？妳也應該知道，皇上知道後，妳那幾個兒子會如何吧？我這就要去入宮請罪，願不願意隨我去救救妳自己生的兒子，由著妳自己。因為我已經給了妳機會，是妳自己不知珍惜。從現在起，妳與我不再有任何干係。」

說完，從袖袋裡拿出剛剛寫好的函件，甩到她眼前，頭也不回地走了。

只留下甘氏呆呆地坐在地上，拿著那封蓋了侯爺私章的休書，怔得說不出話來。她想了想，覺得這休書應當不是真的，又再細看了一遍，只覺得心中氣血翻騰，兩眼一翻，暈死過去。

此時，建安帝正在與皇后說話。皇后告知了皇上昨日宴會時出的事情，建安帝氣惱地捶著御案道：「這些個不省心的，成天就知道算計些有的沒的，有這些心思，為何不用在國事上？」

皇后忙輕撫著皇上的背道：「您龍體違和，還是不要上火的好。」想到長公主的暗示，便輕柔地道：「敬嬪和淑妃的孩子還有幾個月才能出生，現在也不知能否診出是男是女，臣妾聽清容說，民間的妾室喜歡用男嬰換女嬰呢。」

建安帝神色一動，「這話是清容說的？」

「是啊，那天帶著靖兒和蘭兒入宮請安時說的。」

建安帝傳來黃公公，「立即去定遠侯府，宣長公主、定遠侯、赫雲靖和夫人入宮。」黃公公得了令下去，迅速差人去辦。傳旨的公公到了定遠侯府，卻聽說侯爺自己入宮了，只得請了長公主和赫雲連城、郁心蘭入宮。

一家四口又在御書房中相聚，侯爺不由得心中驚懼，皇上為何要宣我們入宮？

建安帝的眸光在他們幾人的臉上逐一掃過，最後將目光定在定遠侯身上，「聽說愛卿請旨入宮，所為何事啊？」

「臣罪該萬死。」侯爺忙下跪在地，將甘氏的所做所為一一道來，「臣管束不嚴，才釀得大禍，還請皇上看在臣一門為國盡忠盡力的分上，只處置臣一人。」

「只處置你一人？」建安帝好半天才回過神來，原來當年雪兒早產，卻有這樣的別情。

侯爺忙道：「是，甘氏已經被臣休回娘家，與侯府再無干係了。」

這話亦是說，甘氏不再是赫雲家的人，要處置她家滿門都可以，但請放過赫雲一家。

建安帝的心思卻不在處置誰上，他瞇著眼睛思忖道：「朕當年那般詳查，竟然還有不知之事，看來，當年的事絕不是巧合，而是有人刻意為之。否則，單憑甘氏一時興起的謀害，如何能做到如此滴水不漏？」

「臣罪該萬死，臣願以死謝罪！」

侯爺將頭重重地磕在地上，撞得太安宮的金磚地面砰砰直響，額頭很快便一片青紫，往外滲著血絲了。

今日入宮請罪，侯爺早將生死與榮華富貴置之度外，只求能保得幾個兒子的一世平安，因此這般下狠命地磕頭。

見丈夫如此這般，長公主心疼得幾乎滴血，提裙來到殿中央，在侯爺的身邊跪下，向建安帝磕頭道：「求皇兄念在赫雲一家忠心耿耿的分上，放侯爺一條生路。那甘氏素來會兩面三刀陽奉陰違，這些事侯爺都不知情啊！皇兄，您素來寬和仁慈，求您饒了侯爺一命吧。若是侯爺這般去了，臣妹……」

原本長公主是想說「臣妹也會跟著去」，希望皇兄念在一母所生的分上，憐惜她的性命，也同時放過侯爺，可話到嘴邊，長公主忽地想起皇兄最討厭旁人威脅，忙忙地又改為：「臣妹……此生亦只能青燈伴古佛，鬱鬱無歡了。」

建安帝心頭的無名業火騰地便竄了起來，「不知情便能掩飾罪過了嗎？他身為一家之主，妻子有膽犯下如此滔天之罪，難道不是他縱容的結果？他縱得一家子上下不將妳放在眼裡，不將皇室的尊嚴放在眼中，妳還要替他求情？」

侯爺為著什麼這般縱容甘氏，建安帝用腳趾頭想也能知道，無非是清容嫁為平妻，出身高貴，有自己護著，侯爺覺得甘氏受了委屈，如此才會這般百般維護，對甘氏的所作所為睜一隻眼，閉一隻眼。

往小了說，這是侯爺偏愛嫡妻，屬於家事，往大了說，卻也可以說是他狂妄自大，蔑視皇族。只說甘氏害雪妃早產一事，究其原因，是因甘氏想害長公主早產，可是，那時的自己雖沒被冊立為太子，卻也得了先帝的青睞，甘氏怎麼敢有這樣的膽子謀害皇室的公主，親王的妹妹？還不就是定遠侯平日裡的一言一行都給了甘氏暗示，她是可以獨占寵愛，壓在清容的頭上作威作福的。

侯爺這樣寵著甘氏的時候，可有將皇室的尊嚴放在眼中？可有將朕放在眼中？

建安帝愈想愈怒，重重地哼了一聲，「清容，妳起來，與妳無關，立即給朕站起來！」

這話便是說，要嚴加懲處侯爺了，長公主如何肯起來，便是黃公公上前來攙扶，也一掌推開，哽聲道：「皇上，侯爺是臣妹的夫君，亦是臣妹頭頂那一方天，侯爺的罪便是臣妹的罪，臣妹豈能棄侯爺於不顧？」

長公主到底是嬌生慣養的，又上了年紀，連磕了幾個頭後，頭眼便暈眩了起來，身子不由自主地晃了晃。一旁的侯爺又是感動又是心疼，忙伸手扶住她，柔聲道：「清容，妳聽皇上的話，快快起來，這是我犯下的錯，就由我一人來承擔。」

侯爺此言出自真心，一來是真的心疼長公主，二來也是怕她如此維護自己，會激怒皇上，到那時，不單是他和策兒、傑兒、徵兒要入罪，只怕連著靖兒、飛兒都保不住了。

長公主瞥了一眼高高在上的帝王兄長，只見他面沉如水，晦暗不明，心中一涼，頓時悲從中來，不由得伏在侯爺的肩上哭道：「雖說侯爺在我心中無法與皇兄相提並論，但侯爺您亦是清容的天呀！若是頭頂這一方天塌了，我一人如何能獨活啊！」

侯爺心中感動，情不自禁地握住了長公主的手，卻訥訥地無法言語。

到底是這句「侯爺在我心中無法與皇兄相提並論」起了些作用，建安帝的臉色微微放晴。

皇后一直在一旁細心觀察，見皇帝的神色有所鬆動，忙把握時機，溫柔地開口求情道：「那甘將軍膽敢策劃刺王殺駕，可見甘家人都是包藏禍心的，必定會有心掩藏。侯爺平日裡忙於軍務，不理後宅之事，又如何能覺察得到甘氏的惡行呢？以侯爺的忠誠，今日得知，不就立即入宮請罪來了嗎？若是早早得知，又豈會容忍甘氏行惡？」

隨即又轉向長公主道：「此事清容的責任倒是更大一些。侯爺公務繁忙，妳卻是在內宅之中日日與甘氏相處的，卻也沒能察覺她的奸詐……唉，也只怪妳這和順良善的性子，以為人人都如妳一般，是個謙良寬厚的，才會令甘氏有了可乘之機。」

皇后先將罪名推到長公主的身上，接著又以長公主性子和順良善為由，卸了責任，這般一褒一貶，就將罪名都落到了甘氏的頭上。

建安帝如何不知皇后的打算，他心裡明鏡似的。不過，他雖多疑，卻不昏庸，加上以往對定遠侯的信任，也並不是真的想要將侯爺按罪處死，但涉及到雪妃，他又不想隨意便放過甘氏，和縱容甘氏的定遠侯。

因此，建安帝只是輕哼了一聲，神色沒有之前那麼嚴厲，卻沒順著皇后搭好的梯子下來。

這種時刻，赫雲連城和郁心蘭自然是不能作壁上觀的，早便跟著父母親跪下，向建安帝不斷磕頭，只是插不上嘴說話。

唯有靠長公主和皇后的求情，看能否幫侯爺度過這一難關。

郁心蘭心中擔憂侯爺，更擔憂侯府的命運，卻想遍了法子，也無計可施。

她不是古人，不習慣長時間跪著，雖然她磕頭的節奏比長公主都慢了許多，這會子卻也覺得頭暈眼花了。當她再一次直起身子的時候，眼前一黑，身子無知覺地往旁一倒，竟暈了過去。

有赫雲連城在一旁，自然不會讓郁心蘭摔倒在地，可也將殿內的人都嚇了一跳。

是真的還是裝的，竟這般柔弱？建安帝不悅地蹙起了龍眉。

皇后忙吩咐黃公公：「快去傳太醫……將吳太醫一同傳過來。」又向赫雲連城道：「靖兒，你快扶蘭丫頭到榻上躺一躺。」

赫雲連城略一猶豫，他身為人子，父母親都還在這兒跪著，他卻站了起來，極是不妥，便想請黃公公帶人將妻子安置到榻上。

建安帝沉聲道：「你起來，扶你妻子去那邊躺一躺。」

皇上發了話，赫雲連城才謝了恩，又向父母親告了罪，抱起郁心蘭走到一臨窗的榻邊。郁心蘭仍是閉著眼睛，小臉蒼白蒼白的，唇色也很淡，沒有血氣。赫雲連城不由得焦急了起來，蘭兒素來是健健康康的，咳嗽都少有，怎麼忽地這般柔弱了？會不會是中了毒？

這麼一想，心中更是焦急，赫雲連城便走到黃公公跟前，懇求道：「煩請公公去殿外看看，太醫何時能到？」

赫雲連城俊美的五官因擔憂而緊繃著，寒星般的眸中全是焦急，瞧得黃公公都跟著心疼擔憂了，況且他還這般恭謹有禮，自是一疊聲地道：「好的，請少將軍稍待，咱家這就去看看。」

黃公公快步走了出去，吩咐一個小太監跑去催人。不多時，吳為和兩位太醫便被宣入殿內，輪流給郁心蘭診了脈。

第一位太醫請了脈後，微微一笑，卻只笑不說，退到一旁，示意另兩人診脈。第二位太醫也是有樣學樣，診完脈往旁邊一讓。赫雲連城和吳為的心都提了起來，以為郁心蘭是中了什麼毒，或者是難以治癒的怪疾。赫雲連城看向吳為的目光便帶上了許多的懇求。

吳為沉穩地點了點頭，若是中了毒，他倒是有了大半把握，就怕是什麼古怪的疾病，治療起來就麻煩。他沉穩地將手指搭在郁心蘭的手腕上，聽了片刻，不敢置信地挑了挑眉，抬眸見到赫雲連城急切的神色，當下噗哧一笑，戲謔地笑道：「恭喜你呀，又要做父親了！」

赫雲連城愣了半晌，才恍過神來，蘭兒原來是懷孕了！

他當即欣喜若狂，忙一把抓住吳為的手臂，壓低聲音問道：「那個……她……」本來想問，剛才蘭兒那般跪在地上磕頭會不會動了胎氣，卻又發覺皇上和皇后將目光投了過來，這樣的話卻是問不出口了。

進了偏殿，便見定遠侯和長公主跪在當中，吳為哪會不知這其中有事，當下拍了拍赫雲連城的手道：「放心吧，暫時沒事，不過，切忌再勞累，要靜臥休養，否則……」拖長了尾間，讓聽眾自行想像。

其實郁心蘭的脈象很好，強而有力，這與她平日時常鍛鍊有很大關係，但吳為為了幫幫郁心蘭，便隨口胡扯幾句。他看到的情形，另外兩位太醫自然也看到了，既然吳為這般說，他們也不會反駁。他們久處宮中，知道圓滑的重要性，眼下的事情也不知是怎樣的情形，表面上看是侯府有難了，但皇上既然能讓赫雲少夫人躺在竹榻上，想來還是有一定恩寵的，與人方便，便是與自己方便嘛。

聽了幾位太醫眾口一詞，皇上微微揚了揚眉，卻沒說話，本當恭喜一下的，可是，他剛才故意讓郁心蘭在偏殿臨窗的榻上就診，為的就是告訴定遠侯，朕不打算輕易放過你，所以不會給你體面。哪知這個外甥媳婦卻有了喜，這下子，卻有些騎虎難下了。

讓赫雲靖小夫妻倆自行回府，他們一定不依，可讓他們留下，蘭丫頭的肚子卻是不能再折騰，這萬一若是出了事，靖兒必定會痛苦不堪。

皇后神色喜悅，笑道：「本宮恭喜清容了。」心裡卻道：這個郁心蘭倒真是個有福氣的，偏偏在這時候診出有喜來，可不是給侯府解了難了嗎？

侯爺和長公主無法親自到郁心蘭的身邊問寒問暖，但兩人的眸光卻表露出了喜悅。

施了針後，郁心蘭也悠悠轉醒了，睜開眼睛便見赫雲連城一臉驚喜地坐在榻邊，握著她的小手。郁心蘭有些恍然，不解地看著連城，赫雲連城小小聲地道：「蘭兒，妳有身子了。」

我懷孕了？

郁心蘭愣了一愣，隨即便被無盡的喜悅給淹沒了，目光被赫雲連城的視線黏住，兩人忘情地對望著，再也不想分開。郁心蘭漂亮的小臉上，緩緩綻放出一朵絢麗的笑顏，這笑容發自內心，分外動人，看得赫雲連城心旌搖動，就連建安帝都不禁眸中帶了笑意。

皇后再次把握機會，小聲兒地道：「方才太醫也說了，蘭丫頭的身子禁不得折騰，皇上您看？」

這小小的聲音也吸引了郁心蘭注意，眸光一掃，才回想起之前的狀況，她不是還得跪著的嗎？郁心蘭忙起身下地，許是起身的動作太快了，眼前又是一花，身子搖了搖，赫雲連城忙伸手扶住她的小腰，也顧不得會不會失儀，懇切地望向皇上道：「還請皇上准許臣妻先在此休息一會兒。」

診治完了，太醫們自然是要退出去的，偏殿裡又餘下了之前的幾人。

建安帝對定遠侯一肚子火，卻很是為赫雲連城和郁心蘭著想，吩咐黃公公道：「朕也不差這麼幾個人跪著，你將他二人和長公主帶下去到偏殿安置休息，朕要單獨與定遠侯談談。」

說了這樣的話，長公主和赫雲連城夫妻只得謝了恩，隨黃公公到偏殿之中小坐。黃公公還體貼地著人抬來了一張竹榻，鋪上了錦墊，好讓郁心蘭躺著舒服，又安排了兩名宮女為其打扇。

郁心蘭本不欲躺，可是黃公公卻說：「皇上也是緊著赫雲少夫人的身子，才先讓殿下和少夫人、少將軍過來歇息的，少夫人萬莫辜負了皇上的一番美意。」

這話便是在暗示郁心蘭，皇上很看中她肚子裡的這個孩子。

雖然建安帝並未這樣說，甚至連神情都如之前一般的嚴肅，但黃公公是自小就跟著皇上的老人了，對皇上的脾性十分熟悉，他敢這樣暗示，也就是肯定的，而且還是在暗中相助。

郁心蘭立即會意，趕忙躺上去裝病，又從腰包裡拿出一塊玉佩，碧色如水通體透亮，塞入黃公公的手中道：「多謝公公。」

黃公公只是瞧了一眼，便笑著道了謝，將玉佩收入懷中。

郁心蘭夫婦和長公主都長長地鬆了口氣，若想知道皇上的態度如何，有時從他身邊大總管的態度上就能窺探一二。若是事情沒有一點轉圜的餘地，黃公公是不可能收下這塊玉佩的，因為那會惹來皇上的震怒。這也是黃公公換種法子告訴他們，侯爺至少不會有性命之憂。

而此時，甘氏母女帶著甘將軍的獨子在宮門外候旨，她們已經遞了請罪的摺子，還沒有人來傳旨宣他們入宮。

要說甘氏還真是個不省事的，侯爺走後，她一人悲憤得暈了過去，大丫頭紅箭和紅纓聽到動靜，悄悄挑了門簾一看，嚇了一跳，忙將她抬上竹榻，又是掐人中，又是揉胸口的，好不容易將她弄醒了，她卻只管著大哭大鬧，還是紅纓有眼力勁兒，瞧見了那紙休書，忙差人去告訴甘老夫人。

甘老夫人自是急得不行，她一家子可都要靠侯爺提攜呢，聽了訊兒，也顧不得自己年老體弱，讓人抬著一個竹製滑杆就到了侯府。待聽明白女兒的哭訴後，甘老夫人一張老臉駭得慘白，伸手就是一個耳光，「妳還在這兒哭，還不快去攔著侯爺……」

待聽說侯爺早入了宮，她當機立斷道：「快，更衣，咱們立即入宮請罪！」也不知侯爺會說到哪一步，「咱們做好最壞的打算，套好詞兒，事已至此，只能全推到妳哥哥的頭上，就說他的打算，咱們一家人是一點也不知曉的。也是這一回謊將軍上了京，拿此事來威脅咱們，咱們才知道的。」頓了頓又叮囑道：「若是皇上沒問，妳可就別多說了，連謊將軍也別說出來，切記！」

甘老夫人又使人回府去叫了孫子過來，一家人齊集在宮外，等候皇上的召見。

甘氏被母親點醒後才恍過神來，茲事體大啊！她的三個兒子，弄不好都得給雪側妃陪葬了。想到這兒，就特別恨那名宮女，「一點眼力勁兒都沒有，我讓她想法子推長公主一下，她倒好，不敢推長公主，卻推了雪側妃的一個貼身丫頭，想讓那個丫頭倒在長公主身上，哪知那丫頭竟會撲倒了雪側妃。」

此時一家人還坐在自家的馬車裡，離宮門也遠，左右無人，有些話可以直說。甘老夫人不由得蹙起眉頭問道：「妳怎麼會知道？不是說長公主當時便將那個宮女和丫頭給杖斃了嗎？」

甘氏道：「我是後來向長公主身邊的人打聽，自己推斷出來的。」

甘老夫人頓時皺起了眉頭，心中升起一絲疑慮，「那時的皇上還只是一個王爺，能擁有的侍衛數量有限，又出征在外，即使不出征，也不可能將侍衛留在別苑裡保護一個寵妾，這傳將出去，可是會被言官的唾沫星子給淹死的。」

「所以，在別苑之中，他頂多請些鏢師或者江湖中人來保護外院，以當時皇上對雪側妃的寵愛，為了雪側妃的安全，安排在雪側妃身邊的必定是會點子拳腳功夫的丫頭。妳說那個丫頭是雪側妃的貼身丫頭，卻被一個宮女一推就倒，還撞倒了雪側妃，這是根本就不可能的事。就算是沒有功夫的丫頭，只要有顆忠心，也能硬生生在半空扭下腰，擦到或許可能，但絕不會直接撞到主子。」

聽了母親這般一說，甘氏也覺得有些古怪了起來，「難道是……」

甘老夫人接著道：「只怕是那個丫頭早就被人給收買了，平時不好下手，便借了那名宮女的勢，謀害雪側妃。」說到這兒就是恨，拿指尖直戳女兒的腦門子，「妳呀，成天為他人作嫁！」

甘氏哭訴道：「有什麼辦法？長公主身邊那麼多宮裡出來的陪嫁嬤嬤，自打她懷孕後，侯爺又出征了，她就搬去了公主府，飲食起居，哪一樣是我能插得進手的？她平日裡大門不出二門不邁，若不趁那天出門的時機下手，我哪裡還會有機會？」

一提這個，甘老夫人心中的疑惑更甚，「聽妳一說，長公主似乎安排好雪側妃的事後，便沒去探望過她，似乎是怕有人知曉了雪側妃的住處，給她帶來麻煩。按說那時長公主也已經有八個月的身孕了，就更加不會出府去看望雪側妃才是。」

若長公主去探望，就應該是雪側妃出了什麼事。

太和宮的偏殿裡，長公主也正跟兒子和兒媳談論此事：「……一切事務都是柯嬤嬤在安排，每月三次，讓柯嬤嬤以購買針線這類的由頭出府，她也是個謹慎的，她有一個姊妹，從宮中放出來後嫁了一個商戶，開了家雜貨鋪。她從來都是到這家鋪子裡買東西，然後去後院如廁，取石桌下壓著的字條。字條是那處院子裡的一個媳婦子放進去的，兩人從來不碰面，就連她那個姊妹都不知道，旁人更不可能會知曉。」

郁心蘭想了想道：「的確是難以知曉，但也不是完全沒可能，若是旁人有耐心等候，總會慢慢發現的。」

柯嬤嬤這般固定在一處出入，雖然是採購，但有心人總是會懷疑上，就算那個媳婦子面生，若是安排了人定時在那兒守候，時間長了，總是會發現的。

長公主又繼續道：「我原本是不去見雪側妃的，就是怕有人會跟蹤我。可是那天得了訊兒，雪側妃不大舒服了，我想著怕是要生了，只差了不到二十天，有經驗的穩婆都說，頭一胎早產的可能性很大，我這才去了那處院子。哪知就……唉，這事，皇兄徹查過，也沒什麼疑點。」

事情的前前後後，長公主事後都向建安帝反覆闡述過多次。雪側妃之前的確是有些小染風寒，她又在那處院中悶了大半年，一個熟人都沒見過，身邊的丫頭都只會附和著說話，不可能有什麼感情上的交流，因而見長公主來了，雪側妃興致極高，提議去院子裡走一走。

那處院子面積不大，花園更是小得可憐，所謂的到花園裡走走，就是到離房屋不過幾十步的涼亭裡坐坐，長公主自然是允了。可是沒料到，打算起身回屋的時候，幾個丫頭和宮女爭著上前來攙扶雪側妃和長公主，竟相互絆了一絆，撞倒了雪側妃。

郁心蘭不由得蹙眉道：「難道雪側妃身邊的人這般沒默契，竟然蜂擁而上？」

長公主搖頭道：「那倒不是，只是亭子小，兩個丫頭想上前一左一右扶著，就擠了。」頓了頓又道：「事後，我將當時倒地的那名丫頭和宮女都杖斃了。之前柯嬤嬤去問了話，應當不是故意的。故意了，她們只有死路一條，她們心裡都清楚的。」

郁心蘭卻暗道：可是這個世上還有一種人，叫做死士，並不是只有男人有膽量做死士的。她甚至想，皇上當時沒能查出什麼來，是不是也是在這方面遺漏了？這時代男尊女卑，男人天生便有一種觀念，女人是比他們弱小的，要依附於他們才能生存的群體，說難聽點，女人就是白癡的代名詞。

因為女子不能學習政治、軍事上的知識，所以那些所謂的才女們，卻也不過就是會彈彈琴，詠幾首風花雪月的詩罷了。在男人的眼裡，女人的一點聰明才智無非就是用在爭寵上，斷不會有什麼膽量和魄力辦什麼大事。百年才出幾位女中豪傑，男人也多半是感嘆真乃天縱奇才，卻從不認為自己身邊的女人有這種能力。

就像赫雲連城，一開始，她若是對時政有點什麼看法，都常常會用驚奇的目光看著她，這說明在他的心中，她就不應該會懂這些。現在雖然已經習慣了，可也只是覺得她聰慧而已，卻不認為別的女人也會這些。

但郁心蘭可不這麼認為，這時代的女性或許因為所學有限，目光有限，但並不表示她們沒有縝密的分析能力和敏銳的洞察力。像柯嬤嬤所用的傳訊方式，可能皇上也覺得是萬無一失了，但有心人總會從長公主的身邊人下手調查。懷孕期漫漫十個月的時間，難道會找不出一點蛛絲馬跡？

郁心蘭循序漸進地表達了自己的觀點，見長公主若有所思，便問道：「懷孕若干月，雪側妃難道只病過那一回嗎？平日裡的訊息是怎麼說了，是否那一次說得格外嚴重一些？」

長公主抬眸看向郁心蘭，「妳為何這樣問？」

郁心蘭忙回道：「媳婦的設想是這樣的，可能那個媳婦子也是個機靈的，所以對方雖然發現了一點蛛絲馬跡，卻又不能完全肯定雪側妃是否居住在那裡，所以才想將母親引去，好確定一下。」

「有道理！」長公主還未回話，側門處便傳來了建安帝沉穩中帶著些激動的聲音：「朕的確是疏忽了。」

建安帝又回想起了當時的情形，那時得知雪側妃身亡後，他立即遣人著手調查，可是他遠在邊疆，得到的訊息都是屬下提供的。他從那些訊息中分析，得出的結論是下人服侍不周，或許是有了這種結論，所以回到京城後，他雖也傳那些人問了話，卻沒再往深處想，便暗中發落了那些人。

現在聽了郁心蘭的觀點之後，發現這其中的確是有些不合理之處。

只是，當時的人都已經打殺了，抓來的那個夏婆子只是其中一個穩婆的妹妹，曾買通了看角門的守衛，進院子去看望過她姊姊，聽她姊姊說了些話。她姊姊當時還不是很出名，所以在接生的時候只是打下手，當時雪側妃產後大出血，幾個穩婆都忙著搶救雪側妃，只夏穩婆一人在一旁的碧紗廚裡看著孩子，那時又已經是三更半夜，難免會打一下盹兒。

可惜，夏婆子語焉不詳，夏婆子只知她姊姊反覆說：「一會兒是男嬰，一會兒是女嬰。」卻又說不出，到底一開始是男嬰，還是一開始是女嬰。

只不過，當時的穩婆都異口同聲說是女嬰，但也不排除這些人怕擔責任，才商量好了這樣說，後面為了保命，更要這樣說，畢竟他回京的時候，已經事隔一個多月了。

但是問題是，那處院子並不寬敞，好一些的廂房都安排給了穩婆，皇妹當時也發作了，總不能去下人住的屋子裡生產，便與雪側妃兩人，一個在內間，一個在外間，兩人的孩子都是差不多時辰一起生下來的，皇妹的略早一點，事後為了搶救雪側妃，孩子都是放在一起，讓夏穩婆和另一個婆子照料。

而且，前陣子他還藉故詢問了皇妹，皇妹當時痛得欲生欲死，帶去的嬤嬤也在盡力照顧她，都沒人注意到雪側妃生下的是男是女，事後聽穩婆們說是女嬰。

若雪側妃一開始生的是男嬰的話……建安帝的眸光在赫雲連城的俊臉上打了個轉兒，若不是閔老頭提起，他也不會往那上面想，可是現在愈看靖兒就愈像雪側妃，尤其是側面，柔化一下冷硬的輪廓，分明就是雪側妃的樣子。

會不會是……有人用一個女嬰換走了朕的皇兒，只是時間倉促，抱錯了皇妹的孩子？畢竟兩個剛剛生下來的小嬰兒放在一起，便是他們的親生父親也不一定能認得清楚，那人也不可能知道，哪個婆子照顧的是雪側妃生的，哪個是皇妹生的。

若真個如此，那麼連城就應當是……

當年的真相，要怎樣才能查得出來？

建安帝的心情變得十分急切，蹙眉深思了片刻，眸光於跪伏在地的三人頭頂掃過，忽地開口問道：「你們跟朕來。」

眾人隨建安帝出了太和宮，到了御書房，外面有大內侍衛把守，說什麼都不怕會洩漏出去。

建安帝問道：「蘭丫頭，妳說說看，若是有疑點，應當如何查？」

郁心蘭心中一滯，我怎麼知道啊？

可她也知道，若是能替皇上解開心中的這個結，就有希望幫上公爹的忙。她急忙在心中轉了轉念頭，遲疑地道：「若……若當時的確是人為，那麼必定是……」這話兒還真是不好說。

長公主聞言，明白了媳婦的意思，若是平日她也不會說這些話，可是今天為了自己的丈夫，少不得要得罪一下旁人了，便接著道：「那麼必定是皇兄的妃子所為。」

也只有他的妃子，才會擔心雪側妃生個兒子出來，更加受寵，影響到她們的地位。

建安帝並未動怒，只淡淡地道：「有什麼法子，直說無妨，朕不會怪你們。」

有了皇上的保證，郁心蘭的膽子便大了一些，反問道：「不知皇上懷疑的是何事？」

她直覺皇上不是單單想找出雪側妃早產的真相，左右不過是那麼些人，當時在場的丫頭婆子，縱使有人被收買了，也早被打殺了，又過了這麼多年，皇上縱然是想得知真相，卻不見得會這般急切，一定還有別的原因。

聽了郁心蘭的問題，建安帝的眼眸頓時瞇了起來，上上下下細細打量她一通，先讚了她一句道：「妳的確是聰慧。」然後避重就輕地道：「我懷疑旁人還玩了其他花樣。前些天，找到一個當年接觸過穩婆的婆子，她說當時鬧了鬼。」

郁心蘭一怔，鬧鬼？她腦子裡忽地想到榮琳郡主留下的那張字條，忙看向赫雲連城道：「那張字條，你帶了嗎？」

建安帝坐在御案後，蹙眉問道：「靖兒，你們還瞞了朕什麼事？」

赫雲連城趕忙解釋道：「不敢隱瞞皇上，是榮琳曾留下過一張字條，應當是她被害當日在宮中聽到的訊息。只是字跡實在是太模糊了，所以臣沒查清之前，不敢呈報皇上。」

這話倒也說得過去，一般有什麼事情，臣子們總得先調查清楚了，才向皇上彙報，總不能稟報一件事情，皇上問及，一問三不知，何況還是涉及到內宮的，更加要謹慎了。

建安帝便不置可否地道：「呈上來。」

赫雲連城拿出字條交給黃公公，建安帝接過，展開細看。這時代的眉筆是柳條炭化後製成的，寫出的字跡呈粉狀，多捲了幾次後更加模糊，可是有幾個字還是能依稀辨認出來。

建安帝的心怦怦地跳了起來，啪一聲將字紙拍在御案上，「後宮之中果然有奸人！」隨即又看向郁心蘭道：「蘭丫頭，朕還等著妳的計謀呢！」

二十年前，又是換嬰，郁心蘭自然就聯想到了雪側妃的身上，若皇上急切想知道是這麼件事，倒是好辦了。她的小臉上立即呈現出一絲光彩，語氣裡卻都是恭謹和崇拜：「皇上深謀遠慮，上回用打草驚蛇之計抓住了安王，臣婦聽聞後，只有崇拜的分，哪還敢在皇上面前班門弄斧？」

雖說沒有獻計，卻暗示皇上仍是可以用打草驚蛇之計，又將功勞全數送給了皇上。

建安帝何等睿智，不過是一時之間關心則亂罷了。現下一聽便明白了她的意思，當下便笑道：

「是個小人精，朕猜妳的孩兒日後定然是個智計多端之人。」

郁心蘭趕緊大拍馬屁，「臣婦代腹中孩兒謝皇上吉言。」

建安帝擺手笑了笑，「妳回去好生休養吧。」又看向長公主，「朕還要留定遠侯幾日，待與甘府對質清楚了，再行發落。」

長公主無法，只得謝恩，帶著兒子媳婦出宮回府。

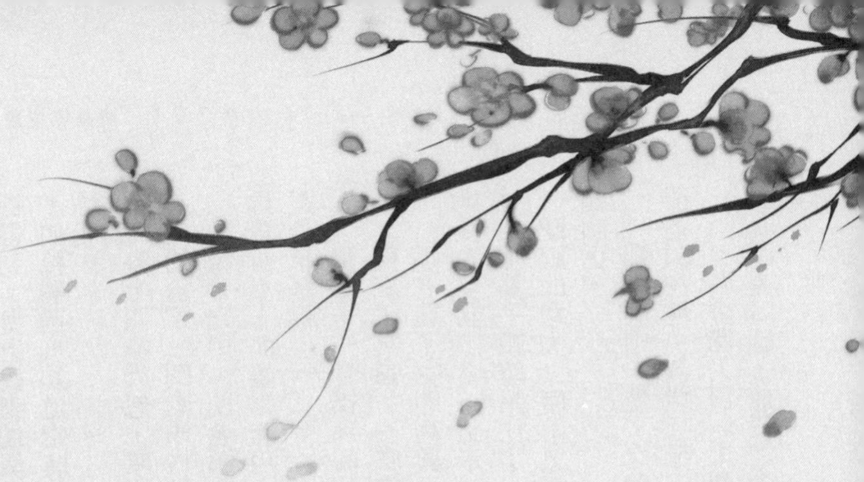

陸之章　滴血認親難自已

不久之後，宮裡就開始有了一些細小的風聲，傳得十分隱祕，但是有心之人費盡心機仍是能打探得到：皇上找到幾個當年雪側妃身邊之人的親戚，她們曾買通過看門的守衛，與雪側妃的丫頭婆子們接觸過，知道當時的一些情況，這些人陸續被暗暗抓入宮中，皇上由此知道了雪側妃是被人謀害的。

皇上龍顏大怒，暗中下令徹查，已將此事交給劍龍衛去辦。又過了幾日，劍龍衛們得到了一些有用的線索，閔老頭找到了個重要證人，今晚帶入宮來。

夜幕之中，閔老頭和閔婆子帶著一個老婆子往太安宮而去。閔婆子不斷安慰那名婆子：「只要妳告訴皇上的線索有用，出宮之前就能得一大筆的銀子賞賜，後半生的日子不必愁了，兒孫們都能跟著享享福。」

那婆子一身樸素的妝扮，聽到銀子，當即笑嘻嘻地問：「可不是哄我？」

閔婆子笑道：「哄妳做什麼？」

那老婆子立即高興了，手舞足蹈地道：「那事兒我知道啊，那個推人的丫頭是我娘家的侄女，她愛說夢話……」話未說完，一道寒光撲面而來。

那婆子頓時呆住了，可寒光到了眼前，她卻忽地一側身，堪堪避過，讓來人明顯一愣，就這麼一眨眼的功夫，原本黑得連星光都沒有的宮徑上，忽然多出了數十幾火把，數十名劍龍衛將來人團團圍住。

那人心中一驚，立即從懷中掏出一物，往地上一拋，一道濃煙驟然湧出，可是待濃散去，那人卻萎頓在地，氣喘吁吁。

吳為分開人群，來到她面前笑道：「早知妳有後著，自然是要準備些軟骨散的。」

說完這話，他便往旁邊一讓，建安帝緩緩地走到那人面前，冷冷地道：「揭下她的面紗。」

純黑的面紗揭下來，露出了敬嬪那張小巧秀麗的臉龐。建安帝大吃一驚，素來冷沉的眸子裡，升起一股濃濃的不敢相信之色，方才來人的身手可是與他的劍龍衛不相上下的，哪裡知道會是這個懷著幾個月身孕的妃子？

「怎麼會是妳？」這個在他印象裡，老實本分得幾乎沒有一點存在感的妃子。

敬嬪咬了咬唇，若不是乳娘病逝，身邊已經沒有可用之人，她何須親自出馬？事到如今，還有什麼好狡辯的？必定是皇上定下的計謀，可恨她怕事情敗露，還是上當了。

建安帝深吸一口氣，冷冷地道：「來人，將其押去御書房。」

偌大的御書房裡，還跪著幾個人，定遠侯、諶將軍、甘老夫人母女和甘將軍的兒子。

這些人都或多或少參與其事，也沒什麼可要避忌的。

建安帝立即開始審問敬嬪：「說，妳為何要謀害雪兒？」

敬嬪咬了咬唇，狠下心道：「因為她得寵，我嫉妒！」

建安帝自是不信的，她嫉妒？她一個小小縣令的女兒，是旁人供奉給他的，要說嫉妒，多的是人嫉妒，她一人嫉妒得完嗎？可是之後無論怎樣審問，敬嬪都是這句話，建安帝又顧忌著她腹中的胎兒，不敢用刑，眼見著天亮了，還得讓她去休息，直把建安帝氣得七竅生煙。

皇后好心地勸道：「不若皇上先處置了甘家的事吧。」

因為之前甘老夫人已經承認，當年甘將軍確實擁護著安王，並參與策劃秋山行刺，論說這是誅九族的大罪。若是平時，建安帝是不會牽連過多的，可今日心情不好，當即宣旨道：「傳朕旨意，甘府滿門抄斬，誅連三族。諶府滿門抄斬。」

三族便包括了甘老夫人的娘家和甘將軍妻子的娘家。

甘老夫人一聽這話，駭得當即暈死在地，甘氏哭喊著撲上去。諶將軍也驚呆了，他其實只在皇上未登基前協助過安王，後來他就遠遠地躲開了。

為求減輕罪過，諶將軍忙向皇上招供道：「皇上，方才的這位娘娘，臣曾在安王的府中見過，那時她還是未開臉的小丫頭，她必定也是安王的手下，求皇上放過諶府吧。」

到這時候了，還敢跟他談條件，建安帝怒道：「拖出去！」隨即又吩咐將敬嬪帶來。

敬嬪再次被帶入御書房，只一見皇上的臉色，便知大事不妙。

建安帝這一回也不再跟她囉嗦了，開門見山地道：「妳是自己招呢？還是要朕將陳子岳抓入宮中來用刑？」

敬嬪大驚，「皇上，岳兒是您的親生骨肉啊！」

建安帝重重地哼了一聲，「他與安王勾結，何曾想過朕是他的父皇？妳也休想抵賴，榮琳臨死前，可是將她聽到的話都寫了下來的。說，妳將雪側妃的孩子換到哪兒去了！」

敬嬪心頭一震，聽皇上提到榮琳郡主的名字，便知自己是怎麼也瞞不下去了。她也是被皇上之前的話亂了心神，怕皇上真的去抓她的兒子。其實榮琳郡主是見到了敬嬪的，若真的寫了下來，她早就得落網了，何必等到現在？

敬嬪苦笑了一聲，緩緩地道：「不錯，我是安王安排到皇上身邊的，他要我用他的兒子，換下雪側妃所生的孩子，可是我……沒有替他辦到。因為我怕那孩兒哭鬧，餵了些安神的藥，又緊緊束在胸前，到別苑的時候，那孩子已經死了。」

敬嬪說完這話，便陷入了回憶之中，那時她才不過十四、五歲，到底沒經過大風波，一時不知如何是好，可是一想，怎麼也不能讓雪側妃的孩子好好地活著，便用那個死嬰換下了活嬰。

只是那時的她沒有生育經驗，不會打小孩子的包裹，包得亂七八糟的，人離開之後，都走到半道上了，還是覺得不妥，想回去看看情況，哪知低頭一看，懷中的孩子竟然已經氣絕了。現在想來，也應當是怕孩子哭鬧，用手捂嘴捂得太嚴的緣故。

既然都是死嬰，就不如用雪側妃自己的。她想來想去，決定再回去換一次，又覺得不妥，若是被夫君知道了，只會更加憐惜雪側妃而已，於是便去早看中的地方偷了個女嬰過來。她會做這樣的準備，是因為那時的她已經暗暗傾心於皇上，早想著不讓雪側妃生兒子出來，只是她年紀小，又是自幼當殺手培養的，心腸冷硬，自己沒有察覺到對皇上的愛意而已，對雪側妃的恨意和嫉妒，她只歸於對安王的忠誠。

她的武功很高，在小院子裡來去自如，而且早先來之時，便吹了些迷煙，房子裡外的人都打著小瞌睡，沒人知道她曾來過。

到了那裡，她才發現她竟然忘了將雪側妃的兒子隨手丟掉，又這麼帶入了房中，身上背著兩個小傢伙，辦事就不方便，她只得將他們都放在小桌上，剛將小女嬰放下，才將小孩子的包片打開，兩個婆子竟不知怎麼醒了。她一急，便隨手抓了兩個小嬰兒跑了。她也是個心狠手辣的，當下也不管小孩子是死是活，掐斷了他們的脖子，掠出城門，往山溝裡一丟，便揚長而去。

當然，這樣的話，她絕不能說出來，這樣必須會連累到她的岳兒。

可是她不說，並不代表建安帝不會問，幾番逼問無果之後，建安帝立即將陳子岳抓進宮來，一言不發就讓劍龍衛用刑。

敬嬪驚得大叫：「皇上，他是您嫡親的兒子呀，您怎麼這樣狠心！」

建安帝冷哼一聲，「他是朕的兒子，難道雪側妃生的就不是朕的兒子了嗎？」從敬嬪的話裡，他已經猜出雪側妃生的必定是個男孩，那麼最後怎麼會變成女孩，中間肯定有故事。

門外很快傳來了陳子岳的痛呼聲，敬嬪是個當母親的，哪裡能忍受兒子因自己而受苦，當下也不再隱瞞，將事情的經過細細說了一遍，只不說是自己掐死了小孩子，只說當時就是死嬰。

建安帝一聽便激動了，記得皇妹曾說過，因是早產，靖兒生下來後，差點沒了呼吸，還是請了太醫專門醫治，才慢慢治好。會不會是……當時敬嬪慌亂之下，留下了雪側妃所生的孩子，帶走了皇妹的兒子，只是因著皇妹自己帶去了有經驗的嬤嬤，知道生的是個兒子，所以便理所當然地將兒子當成自己的，女兒當成雪側妃生的？

建安帝愈想愈覺得這種可能性大，於是立即傳旨，宣長公主及赫雲連城、郁心蘭、柯嬤嬤等人覲見。

等待著的每一彈指都是極其難熬的，建安帝背負雙手，在龍案後走過來走過去。忽地想到，應當要向敬嬪確認一下，忙問道：「妳後來帶走的兩個小嬰兒，可是一個活的一個死的？」

敬嬪以為皇上想套她的話，她絕不能說出嬰兒是她掐死的，否則皇上還不知會如何處置岳兒，她當即用力搖頭，「不是，都是死的。」

建安帝懷疑地看著她，因為她眸中閃過了一絲驚慌，眼神躲閃了一下。

「朕再問妳最後一次，可是一個活的一個死的？」

若是一個活的一個死的，不必證明，就能肯定靖兒是他和雪側妃的孩子。

敬嬪仍是用力搖頭，「不是！」

其實敬嬪雖然從小便苦學武功，可卻從未殺過人，因為她生得漂亮，老早便定下要被當成棋子送去某位皇子的身邊。若是殺過人，眼神中就會有殺氣，旁的皇子又不是傻子，如何會寵信她？因此，當時她很慌，那兩名婆子醒得太突然，為了不讓人察覺換嬰之事，又不能殺人滅口，她生恐被她們發覺，只能趕緊逃之夭夭，那兩個嬰兒是怎樣的，她自己也不太清楚，反正是沒有哭鬧，她出了門便掐斷了他們的脖子，活的也是死的了。

正在此時，黃公公進來通傳道：「皇上，長公主和赫雲少將軍、少夫人已經在門外候旨了。」

建安帝忙道：「快傳。」

黃公公來到門邊，打開雕花大門，請了長公主及赫雲連城、郁心蘭進來。待幾人行過大禮後，建安帝給他們賜了座，便迫不及待地問道：「皇妹，我記得靖兒生下來之後，妳曾說他幾乎沒有呼吸，是被柯嬤嬤給救回來的？」

長公主不知素來持重的皇兄怎麼會激動成這樣，整個人傾著身子跟她說話，眼中也全是既期待又緊張的光芒。她怔了怔，才回道：「是啊。」

「柯嬤嬤來了吧，快宣！」

聽到傳喚，柯嬤嬤恭謹地走了進來，跪下回話道：「回皇上，大爺的確是幾乎沒了呼吸，奴婢用了鄉下的土方子，將大爺倒提起來，用毛巾輕輕抽打他的……臀部，大爺便哭了出來。」

郁心蘭聞言微微偏了偏頭，瞥了赫雲連城一眼，害得他俊臉一紅。

建安帝殷切的目光立即看了過來，神情已經變為急不可待了，緊張得雙手按在御案上，左右看了看，不知接下來要如何是好……哦，對了，得確認靖兒的血緣，嗯，還得跟皇妹分說一下，免得她以為朕無緣無故地要搶她的兒子。

他立即站起來吩咐道：「去，傳太醫來，朕有話問。」

黃公公領了命退下，建安帝將柯嬤嬤也打發了出去，這才指著敬嬪，將事情的因果解說了一番，「因此，朕懷疑，靖兒是雪兒的孩子，妳看，他與雪兒生得如此相像。」

長公主當即便激動地站了起來，「怎麼可能！我的靖兒是柯嬤嬤親手打的包片，用的是一方錦藍色繡並蒂蓮的珊瑚絨毯，結頭也是柯嬤嬤習慣的手法，斷不可能弄錯！」頓了頓，又柔聲道：「皇兄，臣妹知道您痛失愛子，心中必然是……」

建安帝立即擺手道：「並非如此。這個孩子，朕已經失去多年了，並非一時傷心才想岔了。若是沒有緣故，朕又如何會這般肯定？」

長公主第一次用不滿的目光看向皇兄，想搶她親手帶大的兒子？

這兄妹倆立即為了赫雲連城的歸屬問題，發生了口角。

赫雲連城根本就呆住了，脊背挺得筆直，神情呆滯。郁心蘭亦是半晌才回過勁來，直覺的，她就不希望連城是皇上的兒子，忙開解道：「皇上，請聽臣婦一言。」

建安帝熱切地看著她，心道：待確認了靖兒的血緣，妳得稱朕為父皇了，嘴裡卻道：「妳說。」

「皇上，僅憑這一點推斷，是不可能證明夫君是雪側妃的血脈的。朝中的大臣，還有皇室宗親們，也不會承認。」

建安帝笑道：「皇家的血脈不能混淆，但也絕不允許流落在外。朕自然要待有確切的證據之時，才會召告天下。」

「您請太醫過來，是打算滴血認親嗎？」

「沒錯。」建安帝也不否認。

正說著，太醫醫正帶著三名醫術最為高明的太醫進來了，建安帝只是問他們：「你們可有能確認父子血緣的方法？」

便有人提出滴血認親，可立即又有人反對，言道聽說這種方法確認出來的血緣並不準確。

郁心蘭立即表示：「臣婦也聽到過這樣的說法，滴血認親，只要是有親緣關係的，就常有血滴相融的情形。」

皇上，您和長公主是兄妹，和連城是甥舅，本來就是親戚，還要認什麼親啊？

建安帝將吳為也宣入御書房，吳為的說詞與郁心蘭一樣，這種方法並不可靠。

建安帝仍是不死心，令幾名太醫退出去之後，還是決定試一試，吩咐黃公公準備好金碗，盛上乾淨的清水，便拿出小匕首，在自己的指上輕輕一劃，滴了一滴血在碗中，然後將碗一推，示意赫雲連城照做。

敬嬪終於會過意來，不待赫雲連城有所反應，便大叫道：「那兩個孩子都是死的，事後，我還被安王狠狠地處罰過。」

絕不能，絕不能讓皇帝以為自己找到了雪側妃的孩子！

只是因為她的孩兒在多年前就與安王暗中接洽，皇上就這般厭惡，連逼供她也要將岳兒宣入宮中來行刑，哪裡有半分父子之情？若不是血緣在這兒，只怕當初安王落網之時，皇上就會將岳兒處死。這若是讓皇上認回了雪側妃的孩子，那皇上的眼中就更加不會有岳兒的存在了，自己又已經承認是安王的屬下，只怕日後岳兒只要再犯一點小錯，皇上就會將他賜死。

所以，絕不能承認！況且，事實上，她也的確是弄不清楚是不是抱錯了長公主的孩子，不讓皇上混淆皇室血脈，也是幫著皇上。

敬嬪拿定了主意，以更加確定的語氣，又重複了一遍：「我只是為了萬無一失，才掐斷了他們的脖子。」

郁心蘭聞言，忍不住蹙起了眉，厭惡又痛恨地看了敬嬪一眼，真沒想到這個看起來秀秀氣氣的女子，竟是這般的心狠手辣，對兩個剛剛落地的孩子，也能下得去手。若不是她去換嬰，又怎會生出今日之事？

這廂，建安帝已經等不及了，哪裡還會聽敬嬪的，直接揮手讓劍龍衛堵住了她的嘴，便熱切地等著赫雲連城滴血。赫雲連城沒有辦法，只得劃破指尖，滴了一滴血進去，很快，兩滴血便融在一起。

長公主和郁心蘭都湊到御案前觀看。

見此情景，建安帝激動不已，長公主俏臉一白，郁心蘭卻道：「應當請侯爺和母親也來驗一次，這樣才作準。若是雪側妃所生，夫君就跟長公主沒有關係了，跟侯爺更沒關係。」

建安帝也覺得有道理，皇室的血脈要求得特別嚴苛，絕不允許有半分的不確定。於是，他令人將定遠侯帶了過來，聽明白原委，侯爺一怔，隨即痛快地滴了血。赫雲連城又貢獻一滴，兩滴血仍是迅速地融在一起。

郁心蘭呼地吐出一口氣，心定了下來，真是幸運，皇上和定遠侯、連城三人的血型是一樣的。

建安帝的臉色卻極差，怎能兩人的血都融？至少也要排斥一個人的才對。

郁心蘭又看向皇上，小心翼翼地問：「母親還用與夫君確認一下嗎？」

建安帝悶悶地道：「不必了。」

不論長公主的血是否與赫雲連城的相融，都改變不了他和定遠侯的血都與赫雲連城的相融的這一事實，一個人總不會有兩個父親。

他面帶倦色地重重閉上眼睛，黃公公忙躬身小聲道：「皇上，您一夜未睡，還是先歇息一下吧，眼瞧著，又快到上朝的時刻了。」

建安帝淡淡地嗯了一聲，扶著黃公公的手起身，眸光在定遠侯、長公主、赫雲連城和郁心蘭的臉上轉了一圈，沉聲道：「你們先住在宮中，黃總管，你去安排住處。」

黃公公便立即給他們安排了一處小院，只不過，侯爺並不與他們住在一起。待黃公公走後，長公主立即將柯嬤嬤喚了進來，問道：「靖兒出生那晚的情形，妳還記得多少？尤其是關於靖兒的，比如胎記啊什麼的，妳還記得些什麼？仔細想想。」

柯嬤嬤認真仔細地想了想，才道：「那時奴婢的年紀亦不大，大爺生下來後，是穩婆幫著清洗的，奴婢和紀嬤嬤、宮女們，都忙著給殿下清洗更衣……不過，大爺是奴婢包裹的，眼睛很大很亮，別的……沒注意。」

雖然柯嬤嬤一直候在御書房外，不知裡面到底發生了什麼事，可是皇上和長公主先後問她關於那晚的問題，她心中也隱約可以猜出，應當是大爺的身世有了疑問。但是二十幾年前的事情，她哪裡能記得這般清楚？

「大爺生下來的時候，不像一般的小孩子那樣皺巴巴的，皮膚很光滑，剛洗完澡的時候，還睜著大眼睛四下張望了一會兒，才沉沉地睡去。」柯嬤嬤繼續回憶道：「那雙眼睛真的好亮，奴婢絕不會認錯的。」

長公主聞言，眼睛立即亮了，拊掌道：「可不是麼，這般明顯的事兒，哪裡會錯？」她的兒子，她抱在懷裡就滿心幸福感，怎可能會錯認？

郁心蘭一大早地被喚醒，方才神經又高度地緊繃著，這會子便覺得有些乏了。赫雲連城注意到她的眼睛不由自主地眨了幾下，忙向母親道：「母親，我先扶蘭兒進去休息一下。」

長公主趕忙道：「快去快去，可憐見的，有了身子的人最是渴睏。」

得了婆婆的准許，郁心蘭便任由赫雲連城扶著，到內間的床上躺下，於是一上午便在她的昏睡中度過了，連皇后曾來看望過她都完全不知。

❈ ❈ ❈

處理完了朝政，建安帝仍是想著認親一事，坐在御書房內，邊批奏摺，邊思索著。看著皇上眼中的紅血絲，黃公公不知如何勸解才好，只得讓人沏上一壺參茶，給皇上提提神。

不多時，門外傳來通稟聲：「皇后娘娘求見。」

建安帝立即道：「宣。」

皇后穿著一身明黃色的常服，端莊地緩步走了進來，身後的小宮女手捧著一個托盤，托盤上一只青花五福臨門紋的瓷盅，裡面是安神養氣的補湯。

「皇上累了一晚，應當先歇一歇，再批閱奏摺，您的龍體若是有恙，可是全玥國的損失。」皇后走到御案後，一邊輕輕為皇上捶肩，一邊溫柔地勸說：「這份養氣血的湯，可是臣妾親手熬的，皇上要不要嚐一嚐？」

建安帝微微一笑，「也好。」

見皇上應允，皇后忙親自盛了一碗出來，雙手捧給皇上，用眼神示意黃公公帶人退下。黃公公極有眼色地帶人退出御書房，還殷勤地將門關上。

皇后瞅準了時機，輕柔地道：「方才臣妾擅自去審問了敬嬪，臣妾可以確定，敬嬪也不知她最後帶走的是誰的孩子。皇上，您雖然當了多次父親，可是日理萬機，沒仔細看過剛出生的嬰兒，那小臉兒呀，就是那麼皺眉巴巴的一團，便是親生母親，也不一定能一眼就分辨出來是否是自己的孩子，何況當時敬嬪還只是個未及笄的小姑娘。」

見皇上的眼睛看向自己，皇后溫柔地一笑，繼續道：「所以，皇上如何能這般肯定，靖兒是雪妹妹的孩子？」

建安帝沉靜地開口道：「因為靖兒背後正心處有一顆硃砂痣，而雪兒也有。若是沒有換嬰這一齣，或者敬嬪換嬰換得乾脆俐落，朕也不會作此想。」

皇后的眼神動了動，隨即淡淡一笑，「嗯，母子倆的硃砂痣生在一處，的確是常見的。」待皇上的眸中燃起希望，她又繼續道：「可是完全陌生的人，背心處生一顆硃砂痣的恐怕也不少。這樣的證據只怕……會讓皇室淪為笑柄。」

建安帝眼中的希望又破滅了，轉而陷入沉思之中。

皇后要說的話說完，便不再逼著皇上，但是建安帝卻明白皇后的意思，他沒有證據。

雖然他覺得赫雲靖極有可能是自己和雪兒的孩子，這種感覺，其實是很早之前就有著微妙的存在。記得第一眼看到靖兒的時候，雖然那時他還沉浸在失去雪兒的悲痛之中，可是仍是一眼便十分喜歡了，現在想來，應當是血濃於水的親情所致。滿朝文武都知道，他以前有多麼寵愛靖兒，雖說是他的外甥，可是他卻當成兒子一般疼著。即使是七年前的事發生之時，他萬般震怒，卻也沒想過要取靖兒的性命。

相比之下，同樣是皇妹所生的飛兒，他雖喜愛，卻也沒有到這種程度。

只是沒有證據，或者說沒有明確的如山般的鐵證，是無法令百官和皇室宗親信服的。

建安帝重重地閉了閉眼，略帶著疲憊地道：「朕的確是累了，就依皇后之言，先歇息一下吧。」

這便是告訴皇后，他已經有了決定，依了皇后的意思。

皇后聞言微微一笑，忙扶著皇上起身，一同回寢宮歇息。

而住在皇宮中的長公主等人，也被允許回府了。

郁心蘭有些焦急地抓著赫雲連城的手問：「這算是什麼意思？皇上到底是怎麼打算的？」

赫雲連城搖了搖頭，他也很迷茫，自小的認知，就是他是定遠侯的嫡長子，長公主的嫡親兒子，可是皇上卻突然跳出來說，他是他的兒子，這只會讓他感到可笑。但是，以他對皇上的認知，皇上又絕不會是這般魯莽的人，這又讓他分外的疑惑和焦躁。只是在蘭兒的面前，他不想表露出來，他只需看一眼便知道蘭兒很不願意他是皇子，所以他也會盡量往她所願的方向去努力。

幸好，滴血的結果不壞。

第二日，建安帝便下了一道令人震驚的旨意，稱赫雲靖剷除安王一黨，為朝廷立下大功，特封為誠郡王。

外姓封王不是沒有過，封親王的都有，可是這個時機就讓人覺得分外有深意。若是在抓捕到安王的當時就冊封，不奇怪，或者在安王一案完全理清的時候冊封，也不奇怪，怪就怪在這個時候，不早不晚。

那一天晚上在御書房中發生的事，雖然在場的只有劍龍衛和忠心耿耿的黃公公，旁人是無法知曉，但是服侍在遠處的太監和侍衛們，卻是親眼見著了敬嬪、陳子岳、定遠侯一家子進進出出。

這些話，自然會有人打聽，就會慢慢傳出去，只要運用一點想像力，就是完全不知情的人，也能猜出個兩三分來，何況是一早就有這種猜測的莊郡王？

❖　❖　❖

「郡王妃娘娘，這麼悠閒？」

門簾一挑，赫雲彤戲謔的聲音響起，人也跟著進了屋。

此時，郁心蘭正歪在臨窗的榻上，拿著小蒲扇輕輕為兩個熟睡的小寶寶打扇。她剛剛診出有孕，心裡頭又是甜蜜又是無奈，甜蜜的是又要當母親了，無奈的是兩個寶寶都還沒滿週歲，這也趕得太密了點，而且剛剛懷孕，怕閃了腰，不能抱寶寶，就只能多為寶寶做些其他的事情，彌補一下心中的缺憾了。

聽到赫雲彤的調侃，郁心蘭笑嗔了一眼，輕聲道：「我這王妃可沒妳的大，少拿我開心。」

赫雲彤也忙壓低了聲音道：「我如今不過是個世子妃，見到郡王妃娘娘可是要請安的。」

赫雲彤說著，還真的福了福，不等郁心蘭拆台，自己就笑歪在榻上。

半個月前，赫雲連城被冊封為誠郡王，詔書上自然也有郁心蘭的名字，她被冊封為郡王妃，享御七品俸祿。

御賜的王府還要裝修，家具什物、內外院的小廝、丫頭、婆子都得添置，尤其是人手上，還得請柯嬤嬤等人好生調教一番。

郁心蘭與赫雲連城商量之後，直接將佟孝提拔成了誠郡王府的外院總管，這些瑣事都交給佟孝去辦。長公主又從公主府裡拔了一批人手去相助，但事務繁多，還有得一陣子忙碌才能搬過去，小夫妻倆目前還住在靜思園內。

如此一來，倒是省了許多麻煩事。侯爵比郡王小得多了，再加上侯爺現如今還賦閒在家，皇上一直沒說要怎麼發落他，自然不可能承辦赫雲連城的賀宴。

而長公主雖然心中為兒子高興，卻也要顧忌丈夫的顏面，更是擔心郁心蘭剛剛懷上身子，不方便招呼賓客，也就沉默不語，公主府那邊也沒得動靜。

這情形讓一干想溜鬚拍馬之輩苦無送禮之門，只得四下另尋門道，首當其衝的，自然就是素與赫雲連城交好的莊郡王和賢王了。

最後是明子期和明子恆等幾個好友，被這些官員給纏得煩了，兩人約上仁王，湊個份子在樓外樓給赫雲連城辦了一場賀宴。熱鬧自然是熱鬧的，不過沒打擾到侯府這邊，也沒打擾到郁心蘭。

赫雲彤這麼一鬧，可把兩個小寶寶給吵醒了，他們不悅地皺起小眉頭，小嘴巴一扁一扁的。

「不哭不哭，悅姐兒乖乖的喔！」赫雲彤忙抱起悅姐兒，在她粉嫩嫩肉嘟嘟的小臉上吧唧吧唧連親了幾口，又伸手掐了掐她圓滾滾的小屁屁，只覺得入手的小肉肉柔軟粉嫩，忍不住又捏了幾把，惹得悅姐兒「嗚嗚」地抗議，用力蹬踏著小短腿。

赫雲彤哈哈大笑，又用力在悅姐兒的小臉蛋上親了幾口，拿了只碧玉雙蝶紋的小玉佩給繫在悅姐兒的衣襟上，「這是姑姑給悅兒賠罪的。」

悅姐兒如今正是練眼力的時候，對亮晶晶有顏色的東西特別喜歡，當下看得目不轉睛，連小曜兒也滾了過來，伸手便要去抓。

赫雲彤趕緊攔著道：「哎呀，這可不行，曜兒想要，姑姑再給你便是。」說著，還真的從懷裡拿出一塊羊脂玉的貔貅佩，塞入小曜兒的小手中。

這對玉佩雖然不大，但水頭極佳，郁心蘭見這禮物太貴重，便忙著推辭，「給小孩子這麼貴重的事物幹什麼。」

話沒說完，便被赫雲彤給攔住了，「這是我給侄兒侄女的禮物，妳只管收下，這麼急頭白臉的幹什麼，妳怕我是來下聘的？」

之前，赫雲彤便提過想結兒女親家的事兒，正好她也是生的一雙兒女，分別大上六歲和三歲。女兒大，是不大好配的，但是她的兒子卻可以娶悅姐兒。這世上都流行親上加親，可郁心蘭卻是知道近親結婚的危害，當時便尋了個別的話題給岔開去。

以赫雲彤的聰慧，哪裡會不明白她的意思，那之後便沒再提起，今日又說起這話兒，卻是有試探的意思在內了。

現在朝中對赫雲連城為何會忽然封王，有著無數個版本的猜測，雖然許多都摸到了些門，卻又不盡然。這事兒長公主極不願意提，皇上和皇后也諱莫如深，赫雲連城和郁心蘭自然也不會往外說，可人都是有好奇心的，赫雲彤明著問不到，就變著法子試探。

郁心蘭只淡淡一笑，沒接著赫雲彤的話兒，只柔聲道：「那我就代悅兒和曜兒謝謝姑姑了。」

只不過是兩塊玉佩而已，這回赫雲連城冊封為郡王，皇上賞賜了許多珍寶，日後赫雲彤的一雙兒女做生辰，再重重地回禮便是了。

赫雲彤見她不接話，也不大好意思再提，便抱起了小悅兒逗著玩。小曜兒不甘寂寞，也爬到姑姑的膝上，赫雲彤便又騰了一隻手去抱小曜兒。

郁心蘭有了身孕，卻是不方便再抱孩子，只能在一旁乾瞧著，心裡別提多羨慕。

姑嫂倆正說著話兒，紫菱挑了門簾進來，通傳道：「二奶奶和三奶奶來看奶奶了。」

郁心蘭便笑道：「快請進。」

紫菱將門簾打高，二奶奶和三奶奶一前一後走了進來，見到赫雲彤在這兒，也不見怪，相互施了禮，便在榻邊的椅子上坐下。

等了一會兒，兩個弟妹都只喝著冰鎮果汁，只將話題圍著兩個小寶寶繞。郁心蘭心知這兩人是無事不登三寶殿，便含笑著問三奶奶道：「三爺後日就要出發了吧？不知有什麼要幫忙的嗎？」

三奶奶忙放下茶碗笑道：「沒了，行囊早就收拾好了，有錦繡她們跟著去服侍，隨行的管事也安排好了。」

說這話的時候，三奶奶有一點黯然，吳為倒是抽空回了一趟侯府，也見了三奶奶，對治好她的臉有七成的把握，只不過說，現在天兒太熱，皮膚潰敗了容易感染，還是待深秋，天兒冷下來再說。

因此，三奶奶沒法子隨三爺赴任，只能眼睜睜地看著三爺興高采烈地帶著兩個小妾先行。

不過，郁心蘭這麼將話題往旁邊一帶，二奶奶和三奶奶倒是好說話了，開口前看了赫雲彤一眼，像是要尋求她的幫忙一般。二奶奶先說道：「大哥現如今是郡王了，少不得要提攜一下自家的兄弟才好。」

三奶奶也笑道：「是啊，自家兄弟總是比旁人要親近些，在朝堂裡也能相互照應。」

郁心蘭微微一笑，「這是自然，能幫忙的，連城自然會幫忙，不過二弟三弟也要努力才好，這次三爺放外任，正是大展鴻圖的好時機呀！」

三奶奶勉強笑了笑，見郁心蘭似乎沒意識到，跟著便輕嘆一聲：「可是官員的出身、家中境況，對仕途的影響是很大的。」

二奶奶也忙附和：「是啊是啊！」

郁心蘭垂下長長的眼睫，明白她倆的意思了，這是希望赫雲連城到皇上面前替甘氏求情。甘府已經被判誅三族，家產已經被抄了，雖然事先定遠侯就將甘氏給休了回去，但是二爺、三爺和五爺是甘氏所生，這多少會影響到皇上對他們的印象，除非是能減輕甘氏的罪名。

論理說，當年甘氏想讓父兄支持安王，也算不得什麼過錯，畢竟長公主的出身已經十分高貴了，若日後其兄再登基稱帝，甘氏的確是沒了立足之地。她有這種小心思是很正常的，只是甘將軍之後又幫著安王策劃刺殺新皇，這就分明是滅族之罪了，想幫甘氏開脫，的確是很難。

五爺年紀小，於這些事情還比較懵懂，但二爺和三爺卻精明著，深知母親家族犯下此等大罪，對他倆的影響有多大。原本是想請父親說情的，可是定遠侯卻拒絕了。雖然皇上給了侯爺幾分體面，讓侯爺自己上摺，道因長年征戰，身體欠佳，要請假休息一段時間，但是有點眼力勁兒的人都能看出來，侯爺這是被皇上冷落了。

兩兄弟急得不行，又聽到了朝中的一些風言風語，這便想請大哥出馬，向皇上說情。他們不知道直接去找大哥會不會被拒絕，所以才遣了自家娘子來試探試探大嫂的口風。

二奶奶和三奶奶都殷勤地看著郁心蘭，郁心蘭垂了眸，不好回答。曜哥兒忽地一皺眉，「哇哇」地哭了起來，郁心蘭忙喚道：「紫菱，快來看看是不是尿了？」

紫菱忙帶著兩位乳娘進來，揭開尿片一看，果然是尿了。眾人便忙做一堆，給曜哥兒擦洗、換尿片。這麼一打岔，郁心蘭尋得了時機，給蕪兒使了個眼色，伸手扶了扶額。

蕪兒會意，便走近前來，小聲兒地道：「大奶奶，您是不是不舒服？」

郁心蘭忙捂住胸口，皺眉點頭。

赫雲彤便問道：「怎麼了？」

蕪兒極不好意思地道：「這一回，奶奶害喜害得厲害，總是覺得不舒服。」

赫雲彤立即站了起來道：「那蘭兒妳好好休息，我們就不打擾了。」

她這樣說了，二奶奶和三奶奶也不好意思再留，只得柔聲安慰了幾句，隨著赫雲彤走了。

郁心蘭這才鬆了口氣，並非他們不願意幫忙，而是這事情實在是有難度。

之前赫雲連城就提過，甘將軍行謀逆之事時，甘氏應當算是赫雲家的人，按說不當受牽連，可是當初侯爺瞞下了甘將軍失蹤一會兒的事實，導致事情拖到如今才曝光，算起來，侯爺也有責任。但是，若是當時就查出了甘將軍是叛黨之一，甘氏的日子亦不會好過，皇上必定會逼著侯爺休妻，那麼小五連出生的機會都沒有，二爺和三爺的仕途一樣也會受影響，總之就是一筆糊塗賬。

胡亂想了一會兒，郁心蘭便將事情丟開，回頭等赫雲連城回府，先管了自家的府第再說。

打開佟孝送來的施工圖，裡面是工部的能工巧匠為誠郡王府設計的布局方案。其實御賜的府第中，大部分的房舍都已經建好，只有花園裡的景致還可以改動。郁心蘭想將池塘拓成葫蘆形，小的那一頭地底全部鋪上青山的大圓石，建成一處游泳池，在腰形的曲灣處加蓋一座水上小屋，不是一般的水榭式樣，而是現代人常建的那種水上別墅，可以從屋內直接下池中游泳的。

她拿起用眉筆製的「鉛筆」，在草圖上寫寫畫畫，將自己的想法修改在上面。

正忙碌著，外面又傳來丫頭的通傳聲：「程夫人來了。」

郁心蘭訝異地一揚眉，忙放下手中的筆，將圖紙收好，迎了出去。

「伯母今日怎麼得閒過來？」

程氏笑了笑，做足長輩的親切狀，「快快坐下，妳如今可是金貴人兒了，小心動了胎氣。」問了幾句是否害喜這類的話後，便轉到了正題：「我是個命苦的，大兒子跟錯了主子，可這也不過是眼光不好罷了，二兒子啊，又動錯了一點小念頭，可是說到底，也沒出多大的事兒，如今卻還關在大理寺的天牢中，真是……」說著拿著帕子擦眼淚，一邊偷看郁心蘭的表情。

郁心蘭真是對程氏的厚顏無恥無語了，赫雲榮的確只是跟錯了主子，可是他曾經想害自己是事實吧？赫雲璉給連城和三爺下藥，想令他們一生無子嗣，這只是「動錯了一點小念頭」？

雖然最後的確是沒造成多大的傷害，可是這個世上還有個罪名叫「未遂」吧？

程氏見郁心蘭不接話碴，心裡就來了氣，怎麼說都是一家人，都是姓赫雲的吧？自個兒當上了郡王妃，就開始端架子了，明明老大老二的事只要他倆口子鬆鬆口就能抹過去的，偏偏要拿捏著這麼一點子錯處，不肯放過。

程氏的臉皮厚度充足，當下便忍了忍，直接將話題給挑開，要求郁心蘭說服赫雲連城去向皇上求情，放過她家榮兒和璉兒，理由是「靖兒現在正得聖寵，這點小事不在話下」。

「聽聽，這叫什麼話？因為赫雲連城得聖寵，就要給她兒子求情？」

郁心蘭卻不是這麼好說話的，當下便直接拒絕了，連委婉都懶得委婉了。

程氏氣得騰地站了起來，指著郁心蘭的鼻子大罵：「真是心胸狹窄的小人，你們不過就是得了聖上的眼，封了個郡王的爵位嗎？我看你們沒有兄弟幫扶著，日後怎麼個牆倒眾人推！」

郁心蘭一點也不動氣，淡淡地道：「伯母還是回府去，先好好想著教導幾個嫡孫庶孫吧，沒了兒子依仗，日後總得有孫子給你們送終吧？」

「妳、妳、妳……」程氏「妳」了半天，沒「妳」出個道道來，這才發現自己吵架不一定能吵得贏這個侄媳婦，只得一摔門簾走了。

郁心蘭自然不會將程氏放在心上，這廂還是打開圖紙，仔細描繪自己的家園。

待得赫雲連城下朝回府，郁心蘭便將二奶奶三奶奶來求情的事兒說了，赫雲連城蹙了蹙眉道：「其實父親和母親也有這個意思，早幾日便說過，方才還尋了我去談。」

到底是四十餘年的感情了，侯爺為保赫雲一家，只能休妻，卻也不想看著甘氏被斬頭。至於長公主，多半是有些內疚吧，畢竟當年她算是第三者插足的，若沒有她，甘家也不會生出這許多事來。

「只是這事兒還真是難辦。」赫雲連城看了妻子一眼，「我今日跟子期透了點風，子期說他也沒辦法。」

郁心蘭皺了皺眉頭道：「可是，甘夫人的罪名若是不能減輕，的確是會連累到二弟他們。二弟和三弟都已經有了職務，只要不出錯兒，頂多是不能升職，可是五弟才這麼小，日後連前途都沒有了。」

其實擔心，也就是擔心五弟赫雲徵。

赫雲連城道：「子期說，縱使輕判，也是流放。」

「流放總好過滿門抄斬，人至少是活著的，而且遇到大赦，還有機會除去罪名。」郁心蘭想了想又道：「若是你有辦法，就盡量幫一幫吧。不管甘夫人以前怎麼看我們不順眼，我們也沒受什麼實質性的傷害，反正流放了，就永遠無法回京，就當是給腹中的寶寶積德了。對了，母親若也有這個意思，為何不去找皇后商量商量？」

赫雲連城點了點頭，「我自會去與母親說。」然後便詢問她今日是否有害喜？

這一回郁心蘭懷孕，的確與上回不同，害喜得厲害，吃什麼都吐，但是為了寶寶，還得逼自己吃，弄得嗓子都嘔血了。太醫們連番請脈，藥方開了好幾劑，卻沒什麼管用的。

郁心蘭只是笑道：「沒事的，再過一個來月就好了。」

過了幾天，赫雲連城興沖沖地回來道：「皇上改了甘府的處罰，將甘家流放北疆，雖是苦寒了一點，卻總算是留得一條性命。」

這事兒長公主和赫雲連城是上心了的，雙管齊下之後，總算是有了個好結局，長公主不用再內疚，郁心蘭也不必再被二奶奶和三奶奶疲勞轟炸了。

只不過，這消息傳到程氏的耳朵裡，卻是萬般不滿，憑什麼甘家犯那麼大的錯，還能減輕罪責，她兩個兒子一點子小錯，赫雲連城和郁心蘭卻不願幫忙？

甘家改判的消息一傳出來，滿朝皆驚，眾官看向赫雲連城的目光都變得意味深長了起來，皆認為皇上寵愛赫雲連城寵得有些過了，這其中必定有著不為人知的原因。

明子恆與謀士在書房中商議政務，唐寧拿了一大疊請帖過來，過幾日就是她的生辰，明子恆說要大慶祝一番，她這會子正打算請問夫君，賓客名冊是否還有遺漏。

明子恆仔細地翻著香粉描金的請帖，謀士在一旁看著，忍不住蹙了蹙眉，「官員們請這麼多，只怕皇上又會認為王爺想結黨營私。」

明子恆一怔，隨即笑道：「的確，還是你敏慧，否則又會讓父皇懷疑我了。」於是轉向唐寧道：「這樣吧，帖子重新做過，妳只須給各府的夫人們下帖，至於男賓這邊，我們再商量一下，我自會讓人製請柬的。哦，連城的帖子還是一併發出去。」

唐寧應了一聲，退下了，走至門邊，又回頭輕聲問那名謀士：「她的心情好些了嗎？」

那人輕輕點頭，「好些了。」

唐寧便笑道：「那記得帶她來玩。」

那人亦笑道：「放心，妳的生辰，她會來的。」頓了頓才接著道：「她素來堅強。」

唐寧輕柔一笑，「的確。」說罷便走了出去。

之前提到赫雲連城，明子恆便少不得要嘆息一聲：「也不知他的身世到底是如何的，那日的情形連子期都不知道。」隨即又是輕嘲地道：「誠郡王、誠郡王，父皇莫不是想封連城為承郡王？繼承的承。」

那名謀士咀嚼著赫雲連城的封號，半晌淡淡地一笑，「王爺多想了。莫說如今皇上並未確認他的身世，就算是皇上確認了，這樣半路認回的皇子也得要宗人寺和皇族族長確認，他才能記入皇族玉牒，並非是皇上一人能說了算的。」

明子恆點了點頭道：「我的確是關心則亂了，其實就算他能確認為皇子，也不可能立嗣，朝臣們便不可能同意。」

那人深思道：「雖說他不可能立嗣，但以皇上對雪妃娘娘和他的寵愛，只怕他能對立嗣產生重大的影響。」他抬眸看向明子恆，「自那回之後，他再沒同你主動說過話了嗎？」

明子恆臉色陰鬱地點了點頭，「我找他說話，他還是會應，但沒主動與我說過話了。若早知王丞相會有所行動，當初就不該多此一舉，倒弄得連城與我離了心。」

那人便道：「這次的宴會正好可以試一試他的態度，若他真不願助你了，就不能讓他成為旁人的助力。」

明子恆眼睛一眯，淡淡地點了點頭。

❖ ❖ ❖

甘家被押解出京的那日，定遠侯帶著幾個兒子騎馬來到北郊的山上，目送押解的隊伍慢慢遠離京城。甘府目前唯一的男人甘銘，還是被判了囚刑，被押在囚車之中，而且甘家滿門被打入賤籍，男子永世不得入仕；甘老夫人和甘氏等婦孺，則用一根長長的繩索串成了一串，在官兵的吆喝下踉蹌著往前行。

似乎是感應到了侯爺的目光，甘氏忽地扭頭往山坡上看去，遠遠的，只見到幾個小小的人影在向這邊張望。熱淚，瞬間盈眶。

她的丈夫、她的兒子們來看她了。只是，縱使來看她，卻也不敢光明正大地來，只敢這樣遠遠地張望。若是當初她能不要那般不甘心，會不會命運大不相同？

甘氏無法回答這個問題，只能怔怔地看著遠處那抹挺拔的身影。

「快走，看什麼看！」一名衙役在她背後推了一掌，甘氏踉蹌著往前栽了幾步，才勉強站穩身形，憤怒地回頭瞪了那名衙役一眼，卻是不得不聽從他的話，快步趕上前方的隊伍。

待隊伍消失在地平線上，定遠侯才帶著幾個兒子回城。行到城門處，巧遇平王府的馬車，平王世子明駿忙扶著赫雲彤走下車來，向著侯爺行禮道：「父親（岳父）安好。」

赫雲彤的眼眶和鼻頭都是紅通通的，想是剛剛也去送行了。侯爺淡淡地點了點頭，難掩傷感地道：「難為妳有心了。」

赫雲彤趕忙搖頭，「女兒送送母親是應當的。」說著淚水又盈滿了眼眶。

明駿忙好言相勸。侯爺高高地坐在馬背上，垂眸看著傷心飲泣的長女，也不禁滿面傷感，轉眸瞧了一眼面色尷尬的明駿，不由得長長一嘆道：「罷了……妳快些回府吧。」

嫁出去的女兒是潑出去的水，赫雲彤已經是皇家的人了，要孝順，也應當以公婆為先，尤其甘府犯的又是謀逆之罪，她還如此在意甘氏，是不合宜的。

赫雲彤如何不明白這個道理，這陣子在人前強顏歡笑，尤其在公婆面前要小心謹慎，實在是壓抑得久了，今日才一齊爆發了出來。

這會子已經強自平息了心中的情緒，向著赫雲連城綻出一抹笑，「多謝靖弟了，還望靖弟代我向二娘道謝。」

赫雲連城微嘆道：「應當的，大姊別傷心了。」他不擅言辭，也只說得出這樣的安慰話了。

赫雲飛前些日子已經離京赴任地去了，沒有來相送。赫雲連城和赫雲飛到底不是甘氏所出，只是面色沉寂，赫雲策微微紅了眼眶，唯有赫雲徵，年紀不大，可以痛快地哭出來，見到大姊更是替母親傷心，已哭得上氣不接下氣。

侯爺回眸看了赫雲徵一眼，澀澀地開口道：「好了，不要再哭了，皇上免了甘府的死罪，已經是天大的恩典了，你還這般哭哭啼啼，傳了出去，對你娘親沒有好處。」

他又張了張嘴，還想說幾句什麼，有千言萬語噎在胸肺之間，卻是一個字也吐不出來。

其實，當初賜婚的聖旨傳下之後，他就註定會有一位高貴的公主妻子了，即使長公主刁蠻任性醜如夜叉，這也是他無法擺脫的命運，他早就該認清這一點，並且處理好兩位妻子之間的矛盾。

可是當年的他卻是年輕氣盛的，被強行塞了一個平妻，覺得自己委屈了，也覺得甘氏委屈了，所以才會那般縱著甘氏，縱得甘氏忘乎所以，縱得連自己都忘了這個世上是誰擁有至高無上的權力，才釀出了今日的苦果。

明駿左右看了看，現在已經天光大亮，城門處的百姓漸漸多了起來，他身為皇族，卻去給犯罪的岳母送行，傳出去是會被言官彈劾的。侯爺瞧在眼裡，便淡淡地道：「回去吧。」

眾人在此別過，各自回府。

「侯爺，您回來了。」

聽到長公主溫柔如水的聲音，侯爺幽幽地收回思緒，仰頭看向侯府門前臺階上笑靨如花的妻子，不由得也微微笑了。長公主殿下忙走下臺階，扶了侯爺的一隻胳臂，輕言道：「我讓人做了冰鎮酸梅湯，侯爺快喝點解解暑氣。」

「嗯。」定遠侯輕輕應了一聲。

來到正堂坐下，幾個兒子也跟著進來，早有丫頭端著托盤，給少爺們奉上了清涼的冰鎮酸梅湯，侯爺的那份是長公主親手捧上的。侯爺輕輕啜了一口，表情一怔，這溫度，冰得剛剛好，正是他所喜愛的冰度，原來，清容也一直在關注著他的一切喜好嗎？

回眸再看長公主清麗的笑顏，恍若在夢中一般。

隔天便是莊郡王妃唐寧的生辰，郁心蘭身子不爽利，便沒有去，赫雲連城也留在府中照顧妻兒，只差人送了賀儀。

唐寧這回不是整生，但言明為了妹妹唐玲，也大辦一場。應邀而來的高官夫人和親眷，無不希望攀上燕王家的這門親事。如今朝中僅有三位成年皇子，最近莊郡王又總是得皇上的誇讚，眼瞧著有後來居上的架勢，朝中官員的心思也就活泛了。

只可惜目前朝中局勢不明，莊郡王沒請男賓，只請了自家的幾位兄弟，賢王和仁王、平王世子明駿以及江南，官員們便將結交的重任交給了自己的夫人。

前院正廳內，明子期左右張望了一會兒，聽說赫雲連城和郁心蘭都不會來，便沒了興致，跟明子恆說道：「九哥差人陪我去後院吧，我跟嫂子道個喜便走，表嫂一般不會不來參加嫂子的壽宴，這恐怕是生了病，我得去探望探望。」

明子恆便笑道：「難為你這般關心你表嫂，我若是攔著豈不是不通人情？」說罷便站起身，向幾位客人告了罪，親自陪著明子期去後院，路上卻笑道：「我怎麼不知道你跟弟妹的關係這般好了。」

換成平時，明子期必定是不在意的，他可從來不把那些俗禮放在眼中，可是事關郁心蘭的名譽，他卻是十分在意的，忙正色道：「我與連城哥感情甚篤，自然與表嫂親近一些，這並未有什麼不妥之處。」

明子恆不由得失笑，「我何時說你們不妥了，你這可是心虛啊。」目光卻暗暗地打量十四弟的臉色，揣測著他的真誠心意，難道十四弟也……

隨即又極自然地想起了那日將郁心蘭抱在懷中之時，那香香軟軟的感覺，他還能清晰地記得她身段窈窕，腰肢比柳枝還要柔軟……而且，還會生兒子。恍惚間，又似乎聞到了她柔軟身上溢出的幽香，一時感覺喉嚨頭乾乾的，心口猶如鼓點疾拍般的難受。

明子期聽了九哥的話，原是一怔，俊臉隨之泛起點點粉紅，只在明子恆走神的這一瞬間，又恢復了鎮定，啪一聲展開摺扇，瀟灑地搖了搖，「有無心虛，我也沒向旁人解釋的必要。」

這般一說，之前明子恆心中的猜測卻又不大肯定了，便只笑了笑，沒再接話。

到了後院的荷花池邊，水榭中唐寧正與幾位貴婦說話，兩人讓太監先去通傳了一聲，也沒避諱，便直接走了進去。

唐寧聽完明子期的話，便笑道：「這是應該的，若不是今日府中有客人，我也想去看看心蘭的。十四弟去後，記得幫我帶句問候。」

明子期笑道：「九嫂放心，小弟一定帶到。」

他說完便由太監帶路，先行離去了。

明子恆卻留在水榭，含笑坐在妻子身邊，向女客們溫言道：「多謝妳們來參加寧兒的生辰宴。」

眾夫人們皆笑道：「能得郡王妃的邀請，是我們的榮幸，無論如何都要來的。」

唐寧斯文地笑，「也要妳們賞臉。」

赫雲彤受不了地大聲道：「怎麼說起這些了，我大弟妹可是因為身子不適才不來的，難道就是不賞臉了嗎？真是的，聊些別的吧。」

明子恆也笑道：「是啊，靖弟妹最近勞心勞力，又懷了身子，自然會有些不適。」說著握了握唐寧的手道：「明日妳也去看看她吧。」

唐寧笑著應下，卻垂下眼眸，掩飾心中無故泛上來的酸楚和不安。

既然提到了郁心蘭，眾夫人便來了興致，話題便立即圍著郁心蘭和赫雲連城轉。郁心蘭如今可是貴婦圈中的風雲人物，從一個小小的四品恭人一躍成為御七品的郡王妃，加上自封為郡王妃後，郁心蘭就神祕地沒再露過面，讓每個人心裡都跟被貓爪子給撓過似的，癢癢的難受。

「聽說誠郡王妃又懷上了？莫不又是一對龍鳳胎吧，那可就是太幸運了。」

「是啊，誠郡王妃可真是個有福氣的。」

「說起來，皇上真是厚待定遠侯府啊，赫雲榮是安王一黨的，赫雲璉似乎還給自家兄弟下過毒，據說甘氏一家也是安王的附庸，可是侯爺一家卻是沒事，赫雲將軍還被封為郡王。」

「就是啊，甘家犯的事兒可不小，卻只從輕發落了，聽說赫雲大老爺一家卻是不大好呢。」

赫雲彤見話題似乎愈聊愈偏，又聊上了自己母親的家庭，忙出言阻止道：「我大伯父家可沒什麼不大好的，前幾日我小侄女還做了生辰呢。」

說完這話，卻也沒話再說了，如今赫雲榮的罪行已經定下了，是謀逆罪兼謀殺罪，赫雲璉的案子還沒時間審，因為沒涉及到安王一黨，所以押後再說。這麼一來，赫雲大老爺即使什麼都不知道，也難逃教養之責。

西府那邊必定是衰敗了，只能等新皇登基之後，看孫輩們有沒有辦法振興。

便有人想起，赫雲家可是平王世子妃的娘家，剛才所說的甘氏是她的母親，她自然是不高興的，忙打圓場道：「一樣米養百樣人，人與人是不一樣的，赫雲大老爺一家和甘氏一家雖然不怎樣，可是您父親和長弟卻是為朝廷立下大功的。」

這些夫人們哪個不是人精，一聽這話，便意識到自己剛才聊得太過忘形，無意中得罪了平王世子妃，忙附和著道：「可不是嗎？說起來甘氏只是被連累了，害人的是甘將軍啊。」

一時又讚起侯爺和赫雲連城。

可是這類的話題赫雲彤都不喜歡聽，便尋了個藉口走到遠處的曲橋上，倚著欄杆而坐。

沒了當事人，眾夫人就聊得更歡了，熱火朝天之際，便又有人八卦地打聽：「聽說當時赫雲榮設計要害誠郡王妃，卻不知她是如何得知自家堂伯堂嫂的陰謀的。」

一直含笑聽著眾夫人說長道短的明子恆，忽地笑道：「這事兒我倒是知道。」

此言一出，便成功地吸引了眾多八卦夫人們的注意，一個個目光灼灼地看向他。

明子恆繼續道：「這事兒要從很久之前說起，誠郡王妃極為聰慧，因一件瑣事懷疑上了赫雲榮。赫雲榮想收買她身邊的大丫頭，她便將計就計，將這個丫頭送到了赫雲榮身邊，因而事先得知了先機，不但沒上當，反而引得赫雲榮夫婦暴露無遺。」

唐寧還是頭一回聽說此事，不由得感嘆道：「心蘭真是聰慧啊，換作是我，還不一定能不能事先洞悉。」

明子恆贊同地點點頭，若是換成妳，妳只怕被人給推下水了，還被蒙在鼓裡。

眾夫人也跟著感嘆一番，自然也有人心中暗道：換作是我，也應當能一眼窺出陰謀，聰慧的人並不只有誠郡王妃一個。

明子恆含笑道：「不單是聰慧，難得她還深明大義。」

郁玫一直靜靜地聽著，一言不發地輕笑，垂了眸，目光微閃。這般定計捉拿自家的堂叔子堂大伯，聰慧是聰慧，大義是大義，但對於女人來說，總歸是太過強悍歹毒了一點，明子恆卻拿在這樣的大庭廣眾之下娓娓道來，卻不知是真的欣賞郁心蘭的所作所為，還是別有深意？

若是後者，那倒是我家王爺的機會了，最好他能與赫雲連城反目，讓我家王爺坐收漁人之利。

程氏出身名門，這些夫人中自然有程氏的姊妹，聽了這番故事，便多舌地去學給程氏聽。

程氏原本就因赫雲連城和郁心蘭不願幫自己兒子說情而暗恨在心，聽了這些話後，更是恨得咬碎銀牙，「好好好，原來這一切都是郁心蘭這個死丫頭設計的，她還好意思不給榮兒、璉兒求情！」

愈想愈是不甘，又去尋了赫雲連城和郁心蘭，拿了甘家說事兒。

赫雲連城向大伯母解釋道：「這是不一樣的。甘家犯事的是甘將軍，而且甘將軍當時就被流箭射死了，甘府的人自然容易放過一些。況且，這並非我一人之功，朝中幾位大臣也向皇上上了摺，希望不要殺戮太重。」

這也的確是建安帝放過甘府的原因，如今甘府就剩些婦孺和一個不成氣候的男人，若全都斬殺了，史冊上記下一筆，總歸是不妥。況且自他上位以來，朝中出過多次謀亂之事，當朝之人自然是知道，這是先帝對外戚當權沒有有效地遏止手段，又遲遲不立儲而造成的，可是寫入史冊之時，卻只會就事寫事，不會將這些原因加入。

後人閱讀史冊之時，會如何看他？他在位十餘年，謀亂之事層出不窮，又動輒誅殺一族，會不會認為他是一個暴君？會不會覺得他的帝位來得不正統？

正是這種疑慮，加上赫雲連城和長公主、幾位新晉大臣的勸說，才使得建安帝改變了主意。

可程氏卻覺得這是赫雲連城的推脫之詞，恨恨地出了靜思園，心中暗道：「若我兒子要問斬，我要你一家子給我兒子陪葬！」

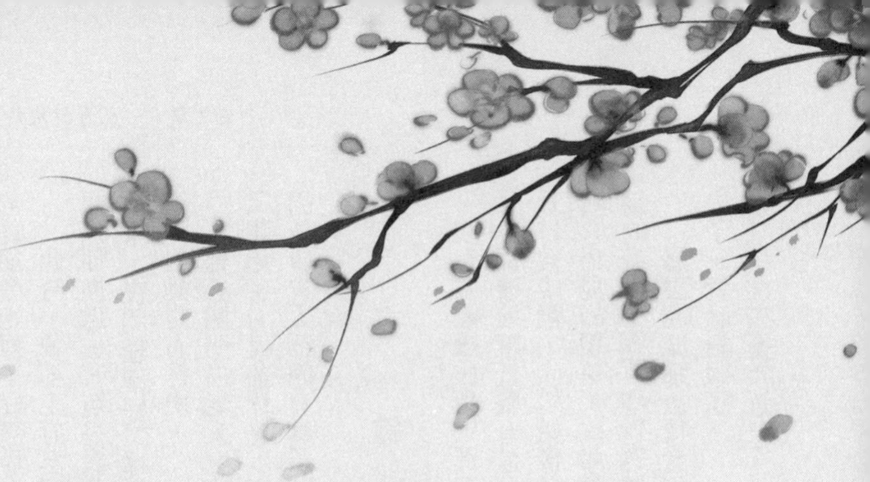

柒之章

孤身犯險釣仇敵

時光一晃而過，轉眼便入了秋，郁心蘭過了頭三個月，害喜的狀況消了許多，不過這三個月的苦夏卻令她瘦了好幾斤，人都快成竹竿了，偏巧又長了一點個子，真個叫看起來風一吹就倒。

此時，誠郡王府已經修葺一新，所有的下人、侍衛也都已經各歸其位。原本按郁心蘭的意思是想這便搬過去，可是長公主捨不得長孫和長孫女，搬家之後，總會有些不適應，怕兩個小寶寶適應不來，夜間睡不好，便要求她們住到寶寶滿週歲，那時郁心蘭的身子也有四、五個月了，比較穩定，對她也有好處。

郁心蘭明白老人家不願意與兒孫分開，於是欣然同意。這時已是九月底，一年一度的秋山圍獵又開始了。侯爺休息了兩個多月，終於被皇帝欽點陪同狩獵，赫雲連城和赫雲飛自然也要去，但是兩位少夫人卻因有身子，都留在了京中。

❈　❈　❈

有個嬤嬤快步走進正房，程氏正坐在炕桌邊等著她，忙問道：「打聽到了嗎？」

那嬤嬤壓低聲音道：「都打聽清楚了，巧兒住在東郊的邵家村，前兒個由大奶奶說了門親事，五日後成親，大奶奶後日會去添箱。」

巧兒的親事，說起來亦是她自己有緣分，夫君姓沈，是個禁軍中的低階軍官，平民出身，沒有顯赫的身世，靠軍功慢慢升上來的。赫雲連城奉夫人之命為紫菱物色夫婿，原是屬意將紫菱說給他。赫雲連城那日特意將沈校衛叫到樓外樓附近，紫菱悄悄見了一眼後並不滿意。偏巧那日巧兒也去了，竟瞧對眼了。

這沈校衛年近三十，長相周正，元配病故了，留下兩個女兒，大的十歲了，小的才六歲。他原是要為兩個孩子討房繼母，免得女孩兒家的無人教養，日後說不到好人家。巧兒知道自己的情況，也願意去當這個繼母，便在赫雲連城和郁心蘭的安排下，與沈校衛的母親見了一面。

沈母是個貧戶出身，見到巧兒這樣貌美又守禮的女子，一眼就中意了。合了八字，說是天作之合，有幫夫命，還兒女成群，沈母哪裡有什麼不願意的。之後又悄悄安排兩個當事人見了面，雖說巧兒頂著個寡婦的頭銜，但到底沒有生養過，又正是花朵一般的年紀，臉蛋漂亮、身段苗條，那沈校衛只瞧了一眼，整個人就暈了，這門親事自然就成了。

一個再嫁，一個續弦，親事便沒那麼多的講究，六禮只用了不到一個月便走完了。原本巧兒只是請了紫菱、錦兒、蕪兒、千荷等幾個丫頭，不敢邀請郁心蘭，不過還是送了謝媒禮——她親手為兩個小寶寶繡的小衣服、小鞋子。

郁心蘭瞧著很喜歡，感念她為自己出過力，也是因為在府中憋了近三個月，實在是太想出府走動走動了，所以便讓紫菱去與巧兒說，添箱的那一天，她一定會去。

紫菱幫著準備了一套純銀鎏金鑲綠松石的頭面和一套小童嬉戲圖案的瓷器，拿來給大奶奶過目。郁心蘭一個個地拿在手中細細看過了，輕笑道：「小童嬉戲的圖案寓意多子多孫，巧兒必定會喜歡。」

紫菱陪著笑道：「可不是，那位沈校衛有了兩個女兒，定是想要兒子的，我看巧兒細腰屁股圓，必定是會生兒子的。」

郁心蘭差點笑抽了，「什麼時候妳也會看這個了，那妳照照鏡子，妳自己會生兒子還是女兒？」

紫菱頓時便紅了臉，啐了一口道：「人家說正經的，奶奶倒是打趣起婢子來了，好沒意思！」

郁心蘭咯咯直笑，「我覺得好有意思！」

正巧兩個乳娘抱著曜哥兒和悅姐兒進來，兩個小傢伙快週歲了，已經會說些簡單的詞語，當下也跟著娘親咯咯地笑，「娘娘」、「美人」地叫。

叫美人的是曜哥兒，他就只叫過郁心蘭兩次娘娘，然後就不知跟誰學的，管郁心蘭叫「美人」，死活不肯改口，而且因為剛剛學說話，吐詞不清，經常念得像「媒人」，被明子期笑話過好多回。

「美、美人。」才將曜哥兒放在美人榻上，他就一溜煙地爬到郁心蘭的膝上，眨巴著烏溜溜的大眼睛，看著郁心蘭笑，口水都流到下巴上了。

郁心蘭失笑，伸手取過一塊柔軟的絹帕，給小傢伙擦了擦嘴。說來真怪，小悅兒一點口水都不流，可是曜哥兒的下巴就沒乾過，常常是晶亮晶亮的一條，垂在下巴邊，滴啊滴的，就是不掉地下。而且他又喜歡見到美女就叫「美人」，張開兩隻小短手臂就往美人身上撲，跟個小色鬼似的。

赫雲連城每每被兒子囧得直抽嘴角，總道：「這麼色，都不知道像誰！」然後哀怨地掃一眼郁心蘭，那意思就是，我這麼正經，別的女人從來不多看一眼，兒子會這樣，是不是跟妳學的？

曜哥兒還想往娘親身上爬，紫菱忙上前一步，攔著他輕笑，「曜哥兒可不能再爬了，會傷著娘親肚子裡的小弟弟。」

曜哥兒聽不懂什麼小弟弟，只覺得紫菱不讓他靠近美人娘親，就生氣地嘟起小嘴，不過看在紫菱姨姨也是個美人的分上，他沒有哭鬧。悅姐兒從來不往娘親的膝上爬，她都是直接爬到娘親身邊，娘親將手一摟，就能把她摟在懷裡，然後再好奇地看著哥哥奮力攀爬。

曜哥兒抱緊了娘親的褲管，小屁股一拱一拱的，小身子不斷往上努力著，郁心蘭覺得有些癢，不由得咯咯地笑了起來。這小色鬼立即停了爬行，仰著頭大流口水，「美、美人。」

「下來！」房間裡忽地響起了赫雲連城低柔卻清冷的聲音，他一個箭步衝到榻邊，抓起曜哥兒的後脖領子，將他提了起來，轉了個圈兒面對自己，蹙眉冷聲道：「說過多少次了，不許在娘親身上爬，會傷著弟弟。」

滿屋子的人都是一怔，郁心蘭忙迎上前道：「不是去秋山了嗎？怎麼回來了？」

赫雲連城解釋道：「皇后娘娘在路上染了疾，我送皇后回京，下午便要再去。」說著手一轉，將不斷撲騰的兒子抱在懷裡，在兒子白嫩飽滿的臉上親了一口，結果不小心親到了口水，蹙眉趕緊接過郁心蘭手中的帕子，給自己和兒子擦乾淨。

此舉成功地安撫了曜哥兒受傷的心靈，終於回抱住赫雲連城，咯咯地笑道：「爹爹！」

悅姐兒不甘被冷落，奶聲奶氣地道：「爹爹！」

赫雲連城騰出另一隻手抱起女兒，香了香，讚道：「悅姐兒真乖。」又蹙眉叮囑郁心蘭道：「妳也應當注意一點，別讓曜哥兒爬來爬去的，像悅姐兒這樣坐在妳身邊就行了。」

郁心蘭吐了吐舌，撒嬌道：「知道了。」

用過午飯，赫雲連城再度出發了，郁心蘭便去看望岑柔。

岑柔的身子比她大兩個多月，如今已經是大腹便便了。妯娌倆聊了會子閒話，交換了一下各自的懷孕感受，郁心蘭便打算告辭，岑柔小聲地道：「大嫂有時間去看看二姑娘吧，她這陣子心情不好，我又不方便總是走動。」

岑柔是這個時代的人，總是覺得肚子大了，不能常走動，怕滑胎啊什麼的，郁心蘭拿自己當例子勸說都沒用。岑柔以前與赫雲慧的關係不錯，知道因為這次秋獵，皇后宣詔的貴女中沒有赫雲慧，赫雲慧正在大發脾氣，這會子便開口來求郁心蘭，畢竟郁心蘭才三個月，還沒顯懷呢。

郁心蘭想著，如今侯府是長公主婆婆當家，幫二姑娘也是幫婆婆大人。甘氏的女兒與長公主不親，可也是侯爺的女兒，旁的人都看著呢，看長公主會怎麼對待二姑娘，長公主若不想被人說閒話，幫二姑娘尋的親事還必須是極好的，不能差一點兒。

若二姑娘是個美人兒，倒不是問題，問題是，她不算美人，脾氣還暴躁，這樣的女孩兒，若是想嫁入名門望族，真是不容易。

❖　❖　❖

這會子，程氏正在赫雲慧的院子裡，以伯母的身分安慰赫雲慧。

本來能去秋山狩獵是一種身分的體現，被皇后宣詔的貴女在貴族圈中地位也超然一些，以前次次都有赫雲慧，這一回卻沒了她，叫她如何不惱？

「妳也看開一點，妳母親如今已是落罪，妳若是再這樣脾氣急躁，可就真的嫁不出去了。」程氏說話素來直接，也不知道是來安慰人的，還是來打擊人的，接著又問：「年底妳就十八了吧，長公主沒幫妳挑門親事嗎？她可是皇上的親妹子，若是妳看中誰，她幫妳去求道聖旨，不就什麼都成了？難道這點子小事她也不願幫妳？怎麼說，妳也是她的女兒呀，我聽說，芳丫頭的婚事都定下了。」後面這句，就是名副其實的挑撥了。

赫雲慧立馬就蔫了，她再驕縱，也知道皇權的利害，更知道自己如今的身價大不如從前……貌似從前她就高不成低不就？

赫雲慧的心裡總算是有了點自知之明了。

程氏喝了口茶，偷眼瞧著赫雲慧的表情，覺得時機適當了，放下手中茶杯，拿帕子假作擦嘴角，壓低聲音三八兮兮地道：「芳丫頭定下來的那人挺不錯的，姓邵，是新晉的一名武官，祖籍在滋陽，家中在當地也是百年世家，有的是家底，在京中卻沒根基，還得靠著侯府。那人在朝中與妳大哥關係不錯，是妳大哥給牽的線，這樣好的親事憑什麼不說給妳，而說給一個庶出的？就說不按嫡庶，也得按長幼吧？」

赫雲慧聽得眼睛一亮，隨即又蹙了眉。她選婿的標準是比照著大姊夫明駿來的，年輕、英俊、皇族、有前途；後來一降再降，現如今只要聽到是個男的、不老、活的、有點子官職，就會心動。

見二姑娘小臉上的神色晦暗不明，程氏心中大爽，忙又加油添醋了一番，「還不就是因為妳大嫂看妳母親不順眼！妳不知道吧，妳母親給她下過藥，想讓她不孕的，要不然妳父親都放過妳娘了，她幹什麼還不依不饒地去查甘家的陳年舊事？她這人就是心眼小，其實那藥她又沒喝，憑什麼這樣恨妳母親啊？」

赫雲慧用力咬了咬嘴唇，程氏嘿嘿笑了兩聲，「只要妳幫個小忙，大伯母我就能包妳解氣。」

正說著，門外通傳道：「大奶奶來了。」

程氏嚇了一跳，忙做了個手勢，示意赫雲慧別說自己在這兒，帶著自己的丫頭躲到內室去了。

赫雲慧是個藏不住話的人，聽郁心蘭似乎十分關心自己似的，便冷笑道：「大嫂何必惺惺作態？若真個關心我，那位邵將軍為何從來不在我面前提起？」

郁心蘭一怔，心道：這是誰給二姑娘上的眼藥？面上卻是笑道：「那邵將軍是自己看中了芳姑娘，求到連城頭上的。」

赫雲慧自是不信，心中道：明明是妳對我有成見。她重重哼了一聲道：「若大嫂真個關心我，就陪我去興隆庵求個姻緣籤吧，正好聽說妳後日會出府給人添妝。」

郁心蘭眸光一閃，輕笑道：「這有何不可？」

說妥當後，郁心蘭便告辭了，出了二姑娘的院子，她便停下腳步，吩咐千荷道：「去打聽清楚，這兩日都有誰進出過二姑娘的院子，說了些什麼，愈詳細愈好。」然後又吩咐紫菱和安嬤嬤，

「去查一下，這兩日誰找過咱們院子裡的人，都打聽些什麼。」

正好聽說！真是可笑，聽誰說的？她去郊外給巧兒添妝的事是昨日才決定的，連長公主婆婆都沒稟報，刻意壓著，怕婆婆不允。不過她這兩日讓紫菱幫著準備巧兒的添妝禮，巧兒又特意來給她磕過頭，院子裡的人肯定是知道的，誰說了出去，不論有意無意都得罰一下。

眾人得了令，立即分頭行動，很快就查出來了。

安嬤嬤道：「今日一早，馬婆子去取飯食時，廚房的六嬸子找她問過，後來，六嬸子又去見了西府的那嬤嬤。」

千荷道：「婢子打聽清楚了，今日程夫人去二姑娘那兒坐了好久，奶奶您去時，還在屋裡呢，卻沒見到人。」

紫菱蹙了蹙眉，「這麼說是程夫人在打聽奶奶您的行蹤，又使著二姑娘誆您去興隆庵，卻不知打的是什麼主意。」

「只怕不是好事，或許想用我來威脅大爺。」郁心蘭立即就想到，程氏幾次要赫雲連城去給赫雲榮和赫雲璉說情的事。

赫雲連城當著程氏的面沒說，卻與郁心蘭說了：「榮哥想害妳，璉哥想害我，我沒有這樣的心胸去原諒，況且他們二人幫著安王幹了不少事，說情也不可能從輕發落。」

可是程氏卻總是輕易就淡化自己兒子給他人造成的傷害，只覺得旁人都對不住他們母子。

郁心蘭搖了搖頭，「叫賀塵和黃奇進來。」

既然已經知道了大概，就防著吧，除此之外，她還想看一看二姑娘到底是被程氏誆著幫忙的呢，還是自己主動去幫的。

添箱那日，郁心蘭和紫菱、蕪兒等幾個丫頭，一早兒地起來打扮整齊，趕在吉時前到了巧兒家，送上了添妝禮。
巧兒也沒幾個閨蜜，家中的親戚也不多，院子裡並不熱鬧，便想多留大奶奶她們一陣子，可是郁心蘭早已與赫雲慧約好了時間去庵裡求籤，坐了一會兒便要走，巧兒只得送了出來。
赫雲慧早就等在興隆庵外了，今日不是初一、十五，興隆庵也不出名，庵裡比較冷清，只有她們兩個香客。赫雲慧跪在蒲團上，朝著觀音像念念有詞，然後抽了一支籤，要找住持解籤。
赫雲慧朝郁心蘭道：「大嫂有了身子，就不勞動妳陪我去後院，讓小尼幫妳準備禪房休息吧。」
郁心蘭輕笑道：「甚好。」
應下來後，自有小尼引路，將郁心蘭安排到一間禪房內休息，紫菱等丫頭便守在一旁。不多時，郁心蘭只覺得眼前一黑，便什麼都不知道了。
再醒過來時，她已經躺在一處簡陋的木板床上，門外傳入赫雲慧與程氏的爭吵聲。
「為何要將大嫂綁到這裡來？不是說拿曜哥兒跟她說，她便會答應的嗎？」
赫雲慧的聲音有些激動，因為她已然發覺，程氏的行事與跟她說的完全不同。
郁心蘭的眼光一寒，怎麼會牽扯到曜哥兒的？
她按下心中的慌亂，側耳細聽。
程氏敷衍地道：「這樣她才會好好地與我說話，二姑娘且回府吧，待我來跟她說就成了。」
赫雲慧攔在大門前，盯著程氏問道：「大伯母要跟大嫂說什麼？我的婚事嗎？」
程氏已經有些急了，嘴裡搪塞道：「這是自然，妳先回府去。」
「不，我要聽！」
「妳一個姑娘家的，打聽自己的親事，像什麼樣子？來人，把二姑娘請開。」

門外一陣推搡聲，赫雲慧被人捂住嘴，只發出憤怒的「嗚嗚」聲，被人給拖遠了。

房門一開，程氏快步走了進來，立在床前，低頭看著郁心蘭。

郁心蘭假裝剛醒，微微動了動，蹙起秀氣的眉毛。

「醒了？」程氏一身寶藍葵花紋的直褙居高臨下，低頭審視著郁心蘭：「妳還挺健壯的嘛，這麼重的手法，妳還能這麼快醒來，可喜可賀啊！」

郁心蘭沉默，在府中她對程氏就不熱絡，如今人在程氏的手中，她就更加不待見這位大伯母了，無恥到了這個程度，凡人都不可高攀，還是沉默的好。

程氏也不計較，得意洋洋地道：「我已經給妳相公送信去了，若是不幫我的榮兒、璉兒求情，他日回京，他就只能見到你們母子二人的屍骨了。」

郁心蘭的眼睛頓時瞪向程氏，「什麼意思？」

程氏捂嘴嬌笑，「呵呵，沒什麼意思，我告訴二姑娘，若是將妳兒子帶到一個地方，就能跟妳談條件，把邵將軍轉與她。妳也知道啦，她恨不得明天就出嫁，當然是願意的啦。哦，忘了說了，是借用妳四弟妹的名義，去妳院子抱了小哥兒。另外，妳那個賤婢巧兒，我也給官府去了信兒，就說妳是在她那兒失蹤的，這會子，她應當已經蹲在大牢裡了吧。」

程氏愈說愈暢快，之前因著巧兒是自己兒子去討來的，她只是懷疑巧兒給郁心蘭通風報信，現在得了確切的消息，還不把巧兒給恨死了，正想趁著這段時間京中無人，將巧兒給除了去。現任京兆尹是郁心蘭的娘舅，若是聽說郁心蘭在巧兒那裡失蹤了，還不得把巧兒給抽成破布？

程氏愈想愈覺得自己計謀過人，得意忘形地笑了起來。

郁心蘭眼睛一瞇，冷冷地道：「妳最好保證沒傷到我兒子，否則我讓妳生不如死。」

她以為程氏只是想對付她，卻沒想到這個女人居然連個不滿週歲的孩子都不放過。好在她一早便安排了李杍在院子裡隱蔽，相信曜哥兒不會有什麼危險。

可是，一想到程氏將主意打到曜哥兒的頭上，郁心蘭的心氣兒就不平，直恨不得將程氏那張討人嫌的嘴臉給撕碎。

程氏見郁心蘭到了如此境地，居然還敢威脅自己，當下便氣得倒仰，老半天才靜下氣來，思忖道：如今一切都掌握在我的手中，我還怕她幹什麼？

於是，便自言自語般地道：「我可是花了大把銀子，請了幾位江湖中的好漢來幫忙的。若說要安撫好這些江湖中人，最好的法子就是給他們送上女人消消火，正巧這個女人生得漂亮，又是身分高貴之人，想來就格外痛快，妳說對不對？」

程氏的眼睛如同毒蛇般凝視著郁心蘭，「妳說，我把妳送去給那幾個江湖好漢，如何？」

郁心蘭閉了閉眼，表示不屑一顧。

程氏已經高興得笑了起來，湊近了郁心蘭，「等到妳成了破鞋，我倒要看看妳家那個裝情聖的赫雲連城郡王殿下還會不會要妳。我聽說，他愛妳愛得連旁的女人都不願多看一眼，也不知道是真是假。」

「死赫雲靖成天裝個冷靜威嚴的樣子給誰看？呵呵，妳說，要是讓他親眼看到妳被幾個男人玩弄的場面，看到妳在旁的男人身下喘息，他會不會發瘋？會不會發狂？到了那時，他就應該沒法保持冷靜了吧？」

郁心蘭冷冷地道：「可惜了，連城他不在京城。」

程氏故作惋惜地搖了搖頭，「那他看不到了。」轉瞬又道：「那讓賢王瞧見也是一樣的。他們不是情同手足嗎？賢王如今可在京城中陪著皇后吶。」

郁心蘭身子發抖，她不敢想像那樣的情景下自己會如何，閉緊了眼眸，不讓自己洩漏出脆弱來，「誰能想得到，說出這番話的人居然是位鄉主，堂堂的國公府千金。妳不覺得羞恥嗎？不覺得自己愧對父親和母親數十年的照拂嗎？」

程氏冷哼一聲，「照拂？若不是侯爺搶了我家老爺的爵位，我的榮兒何苦去幫著安王？若不是妳設計諂害，我的榮兒如何會露出破綻？若不是你們鼠腳雞腸，我的璉兒又怎麼會入獄？這些我都沒計較了，只讓你們去向皇上求個情，舉手之勞的事，你們都不願，如今可就別怪我辣手無情了。」

郁心蘭冷笑，「聽妳這麼說來，妳想出此等下作的計謀，就是為了將榮哥和璉哥救出牢房？」

程氏反駁道：「錯了，我的榮兒要出獄，璉兒要官復原職，這些赫雲連城都做得到，只要他還將妳放在心上，只要他還不想戴綠帽。」

郁心蘭知道多說無益了，索性直接問道：「二姑娘知道妳的計謀嗎？」

程氏不屑地道：「那個蠢人，我不過是小小地利用她一下，她還真以為我會幫她嫁出去？她嫁不嫁出去關我什麼事？她老子娘可沒少給我氣受。」

程氏又低頭看向郁心蘭，「妳寫封信給赫雲連城，告訴他妳和曜哥兒在我手中，若是想見到你們母子，就設法幫榮兒和璉兒脫罪。」

郁心蘭懶得跟她說話，索性閉上眼睛。

程氏氣得直咬牙，重哼道：「我自己寫也是一樣，妳少端王妃的架子。」隨即，她又十分想要見到郁心蘭折辱崩潰的模樣，居高臨下的俯視道：「不如，我這就讓人帶妳下去，先領略一下江湖好漢的『熱情』？呵呵……對了，妳家曜哥兒的皮膚真好呀，若是做成人皮燈籠，啊──」

她突然哀嚎起來，郁心蘭陡然暴起，銀光一閃，手中小巧的匕首狠狠地扎入程氏的眼中，血花飛濺。

郁心蘭另一隻手也不停，抓著被褥直接悶在她的身上頭上，將她撲倒在地，單膝壓在她的心口，手上的匕首再一次狠狠扎了下去。

她的不安、她的憤怒，都通過這簡單又直接的突襲而發洩出來。

被被褥悶著，程氏無法呼救慘叫，心口壓迫的體重又讓她喘不上氣來。

郁心蘭手起刀落，毫不猶豫地將匕首扎入程氏露在被褥外的手腕上，再斜斜一挑，手筋應聲而斷，程氏直痛得兩腳亂蹬。

方才憑著本能報復，尋求發洩，等到這會子血腥味湧入鼻腔，惹得她又再度反胃，郁心蘭才恍然醒悟般怔怔地停了下來，立即站起來退開兩步，乾嘔了兩聲，輕聲喚道：「來人。」

賀塵和黃奇的身影立即閃現，兩人都有些害怕地看著自家奶奶，真沒想到這個女人狠起來這樣毒、這樣辣。其實他們一直守在這裡，郁心蘭完全可以叫他們進來對付程氏，可是她卻自己動起手來。

其實，若程氏不拿曜哥兒說事，郁心蘭還不會這般憤怒，哪個當母親的人聽到別人說要將自己的孩子剝了皮去做人皮燈籠，還能鎮定自若？雖然不確定程氏一定會這樣做，可是她那一下子真的是心慌了亂了，沒直接殺死程氏，已經算是手下留情了。

這也是程氏自己找死，怨不得她。

還是賀塵知機，忙稟報道：「曜哥兒沒事，李杼已經來了訊兒。」

郁心蘭點了點頭，指著地上那床血糊糊的高高隆起的被褥道：「將她押回府。」

回到侯府，剛進二門，郁心蘭便見到李杼和乳娘任氏、康氏，抱著曜哥兒和悅姐兒在二門左近的穿堂裡等著她。兩個無憂無慮的小傢伙，見到娘親立即歡喜地拚命將小身子傾過來，小嘴裡口齒不清地喊著「娘娘」、「美人」。

郁心蘭的眼眶頓時熱了，忙快步走上前，先將寶寶們從頭到腳檢查一遍，確認小胳臂小腿都是全的，這眼淚才生生地憋了回去。

小傢伙久等不到母親溫暖的懷抱，都委屈地扁起了小嘴，眨巴著黑漆漆的大眼睛，用哀怨的眼神看著郁心蘭，她忙緊緊地抱了抱一雙兒女，一人臉上香了一小口，以示安慰。

想著帶寶貝們去告狀實在是不便，郁心蘭便向李杼和乳娘道：「你們先帶哥兒姐兒回靜思園，我先去向母親請安，一會兒回來。」

此時長公主正在屋內焦急著，不斷派人去打聽大奶奶回府沒有。

上午時，有靜法園的婆子去靜思園，請乳娘帶小少爺去玩一玩。因這世間有小兒滾床的習俗，認為孕婦睡被男孩兒尿過的床會生男孩，之前岑柔就多次請哥兒去玩過，因此，當時安嬤嬤也沒起疑，安排乳娘和一個二等丫頭帶了曜哥兒過去。

到了半路，婆子便想抱曜哥兒。

曜哥兒生得極俊，又肉乎乎的，不知多招人疼，府中一干下人幾乎都抱過他，乳娘便將哥兒交給婆子抱。婆子抱了曜哥兒之後，慢慢將乳娘和丫頭都支開了些，抱起曜哥兒就跑，半道上送給一個面生的婆子。這個面生的婆子竟是會點功夫的，轉眼就抱著曜哥兒沒了影。這時，一直悄悄跟在後面的李杼出場了，三兩下將那名面生婆子給抓住。

府中鬧了那麼一齣搶寶寶的風波，審問了那名面生的婆子之後，又將那嬤嬤給抓了起來，很快，長公主就知曉這是程氏安排的，當時便驚得摔破了一個最心愛的五福臨門圖案的青瓷杯，慌得立即將留守的親衛和侍衛都給派出去尋人。

可是久久沒聽到消息，加上晌午時分，京兆尹又親自上門來詢問郁心蘭是否在府中，長公主這心裡就跟吊了十五隻水桶似的，七上八下。

待聽得門外通傳：「大奶奶來了。」長公主忙道：「快請！」

紀嬤嬤忙去打起門簾，郁心蘭進到暖閣，待要行禮，長公主便一把將其拉到自己身邊，上上下下仔細打量了一番，這才輕呼一口氣道：「我的兒啊，還好妳平安無事，否則我如何向靖兒交代？妳且說說，到底是怎麼回事？」

郁心蘭便開始述說自己今日的遭遇，剛說到被擄，長公主不由得大怒道：「她好大的膽子，竟敢謀算長嫂！」說的是二姑娘。

長公主一聲令下，賀塵和黃奇便去將程氏和赫雲慧提了進來。賀塵兩人都是刀口過活的人，療傷算是基本技能，此時已經幫程氏止血包紮了，成了個獨眼龍，不過最外面用的是上等的寶藍色綢布。

饒是這樣，程氏那慘狀還是嚇了長公主一跳，都忘了自己是要質問二姑娘的了，茫然地看著郁心蘭問道：「這……是怎麼回事？」

郁心蘭木然地抬起頭來，淡淡地回答：「她要送我去給江湖中人，毀我名節，令連城蒙羞，我就傷了她。」其實，郁心蘭當時憤怒不已，也就是隨手一揮，正巧程氏低了頭，這才刺瞎了她的眼睛。

竟然要將郁心蘭丟給江湖漢子！

長公主立即不同情程氏了，惱怒道：「虧妳還是皇兄御封的鄉主，竟做出此等惡行！」

程氏哪裡是個老實的，當下便咒罵了起來，什麼汙言穢語都往外招呼，長公主聽得變色，立即揮手讓人將她押下，這才質問二姑娘。赫雲慧此時聽了程氏的所作所為，羞愧無比，低了頭承認自己的錯誤，言道自己是被程氏給誆了。

長公主的臉色這才和緩了一些，讓人將二姑娘先帶下去，婆媳倆坐下來商量著要如何善後，是告到官府，還是自行處置。

程氏倒是罪名確鑿，但二姑娘那裡卻不好辦，她有點子私心，但主要也是被騙了，讓她過堂傷了侯府的臉面，不處置一下又怕她記不住教訓，尤其是處置二姑娘的事兒涉及到長公主這個嫡母的名聲，若是罰得重了，外面的傳聞肯定不好聽。

見到長公主婆婆欲言又止的樣子，郁心蘭體貼地主動讓步，「正所謂家醜不可外揚，母親也不必這般憂心，暫時將大伯母和二姑娘先關在家廟看押起來，可待父親回府之後，再行商議。」

這樣說的意思，就是將大事化小，小事化無了。

郁心蘭想得清楚，這樣的事情傳出去，外人會如何猜測？難保不會有人惡意攻擊她和赫雲連城逼得長輩行兇，當晚輩的自然也有不是。赫雲連城若是能兩袖清風逍遙江湖，這些虛名不要也罷，偏偏他是躲不開的，必須在朝為官，那麼擁有好的名聲就是重中之重了。況且程氏並未成功，還被她給廢了一隻手一隻眼，她再大的怨氣也出了。

至於二姑娘，小姑娘恨嫁，一時想偏了也是常理，事後她也曾阻攔程氏，給個教訓就好。郁心蘭知道自己這般主動讓步，長公主私下裡的處置並不會輕，不過就是不鬧得外人知曉罷了。

這個媳婦真是寬厚又懂事！長公主心下一寬，忙輕拍著郁心蘭的手道：「妳放心，我跟妳父親一定會給妳和曜哥兒一個交代。」

郁心蘭笑著向長公主道了謝，施禮告退了。

回到靜思園，先用過午飯，陪著兩個寶寶玩了好一會兒遊戲，待寶寶們覺得乏了，這才躺在美人榻上歇午。

朦朧中似乎聽到外間有人輕聲說話，郁心蘭原是想問一句，只是今日太累，便又沉沉睡去，待精神飽滿地自個兒醒來，睜眼便見紫菱伺候在榻邊，正小心翼翼地觀察自己。

紫菱見她醒了，忙小心聲道：「奶奶起身嗎？仁王妃來了大半個時辰了。」

郁心蘭一怔，忙扶著紫菱的手起身，「怎麼不叫醒我？」

紫菱喚了丫頭們進來服侍郁心蘭梳洗，自己輕聲解釋道：「是王妃娘娘不讓奴婢叫醒奶奶的。」

這是在示好，還是變相施恩？

郁心蘭的表情一斂，沉吟不語，不怪她小心眼，實在是郁玫跟她沒有這麼好的交情。

紫菱又繼續輕聲道：「仁王妃總是想問今日之事。」

郁心蘭的眸光一閃，推開千雪將要插釵的手，親自從妝奩裡挑了幾樣首飾，讓千雪給她戴上。打扮齊整了，紫菱和一眾丫頭都不由得屏住了呼吸，嘖嘖地讚道：「奶奶定是天仙下凡的。」

郁心蘭噗哧一笑，「好了，少貧嘴。」心裡還是對自己的這身打扮十分滿意的。

出得臥房，郁玫正坐在正廳的上位上，輕啜著新出的千島玉葉茶，聽得左側環佩叮噹，便轉眸看去。

只見郁心蘭一身藕荷色金絲暗紋琵琶衿的窄袖上裳，配一條六幅紫綃翠竹紋裙，臂挽同色系的翠色紗帛，嫋嫋婷婷地緩緩行來。行動處裙衫微擺，間或露出一點深藕色的奢華到極致的繡花鞋尖。鞋尖上兩顆龍眼大的東珠，瞬間光芒萬丈，又瞬間消失於裙裳之中。

她眉目如畫，肌膚勝雪，一頭烏黑的秀髮挽了一個飛燕髻，一支金鑲珠石蝴蝶簪斜插髮間，一支鑲紅珊瑚的方壺集瑞鬢花裝飾耳鬢，腦後髮髻用一整塊翡翠雕成的綠雪含芳的環釵固定住，髮頂插上一支金框鑲多寶梳篦，耳上佩戴青曦幻幽珠耳墜。

郁玫心頭微微一滯，湧上一股說不清道不明的低沉情緒。

郁心蘭自冊封為郡王妃之後，便一直閉門謝客，成了貴婦圈中充滿神祕感的風雲人物，只要參加聚會，就能聽到旁人議論她，話裡話外都是豔羨。

郁玫心中不忿，一個野種出身的女人，居然能爬到與她幾乎平級的位置，雖然今日來此，主要是為了另一樁事，但不論是為母親還是為自己，她今日出門之前都特意妝扮了一番，的確是存了將郁心蘭比下去的心思，意在告訴郁心蘭，她是比郡王妃品級更高的親王妃。

可是現下一看，對比郁心蘭周身美麗華貴而又含蓄內斂的服飾，她這一身玫瑰紅蹙金雙層廣綾長尾襦裙，頭頂籠罩的銀鎦金點翠鑲碧璽多寶羊脂玉花卉冠，就顯得張狂而俗豔了。

「三姊姊今日如何得閒過府？紫菱竟不來喚醒我，我已經斥責了她，怠慢了姊姊是我的錯。」不等郁玫氣悶完，郁心蘭笑吟吟地屈膝福了一福，開口致歉，目光早將郁玫的神情收於眼底。

郁玫是特意上門來的客人，哪能真讓她一個孕婦福下去，忙欠身虛扶了一把，輕笑道：「自家姊妹不必居禮。我這不是剛聽說妳有了身子，便巴巴地來送上賀儀，若是晚了，我家王爺定會怪我禮數不周，怠慢了親戚。」

這最後一句，便有些暗暗的指責意味了。這世間的女子懷孕，通常是在四個月胎兒坐穩之後才四處報喜，不過之前都會通知自家的親戚。郁心蘭懷孕之初，定遠侯府便給郁府、溫府送了喜報，但沒送去仁王府，親疏立現。

只不過，正式的喜報，送去仁王府也有三日了，郁玫偏趕在今日來賀喜，還真是……

郁心蘭垂眸低柔地一笑，「讓三姊姊掛念了。」

旁的一句話都不說，郁玫自不好再在這個話題上繞，只得笑著讓一旁的紅蕊奉上特意挑選的禮物。禮盒很大，千荷雙手捧著接過來，紫菱當著兩位主子的打開盒蓋，盒子裡盛著一只甜白釉暗三多紋梅瓶，白釉如脂，小口外捲，溜肩、豐潤圓身，造型雅典，在底足內沿有青料篆書的「內府」字樣，顯然是宮中賞賜之物。

「白如凝脂，素猶積雪」，這是世人對甜白瓷的評價，上品的甜白釉瓷器從來只供皇宮，皇上再賞賜給有功的官員。梅瓶上所暗繪的佛手柑、桃子、石榴統稱三多紋，寓意多福多壽多子，吉祥喜慶。

這樣一件造型優美、瓷質上乘、寓意祥瑞的梅瓶，若是上品青瓷的，至少也值個千來兩銀子，甜白瓷亦然，可是上品的甜白瓷是有價無市的。

紫菱等幾個丫頭也皆是有見識的，當下便笑彎了眼睛，覺得郁玫其人也可親了起來。

好大的手筆！郁心蘭的眸光閃了一閃，笑吟吟地轉眸道：「三姊姊的心意妹妹領了，但是妹妹怎敢讓姊姊破費，這禮太貴重了，妹妹不敢收，姊姊還是留著自用，也好早生貴子。」

郁玫自是先打聽清楚了，赫雲連城冊封為郡王後，宮中賞下的物件中並沒有甜白釉瓷器，因為上品的甜白釉極難燒製，便是宮中也不多，她今日特意拿了這只甜白瓷的梅瓶當賀禮，當然有炫耀的意思在裡面。可惜郁心蘭並未露出半點豔羨、懊惱之色，還暗示她更需要這個梅瓶，因為瓶上的多子之吉喻。

不就是生了對龍鳳胎嗎？居然敢暗諷我沒兒子！

郁玫被噎得捏緊了手中的銷金絲桃紅絹帕，暗自運了幾輪氣，才勉強笑了出來，「我府中多的是，年頭太后才又賜了一整套物件下來，這個贈與妹妹，只是取個好兆頭，哪管什麼貴重不貴重。」

這麼漂亮的梅瓶，郁心蘭本就不是認真要推辭，聞言便笑道：「那就多謝了。」說罷示意紫菱，「去折幾枝菊花來插瓶，就擺在正廳裡。」

這麼貴重的瓷瓶，她居然不好生妥當收在庫房內，就直接擺放在人來人往的正廳裡，也不知是想炫耀給旁人看，還是根本就不在意。

郁玫又被噎了一下，描畫精美的眉毛不由自主地跳了幾跳，方端出關切的神色道：「聽說妹妹今日失蹤了？到底怎麼回事？若是哪個膽大妄為的賤人敢傷了妹妹，三姊我第一個不饒她。」

饒不饒的我可不知道，但我知道，這事兒的真相若是被妳知曉了，只怕不到一日就會傳得滿城風雨。

郁心蘭自是不會承認，輕訝道：「我何曾失蹤，三姊姊是聽誰亂嚼舌根？」

郁玫挑了眉，繼續追問：「真的嗎？不是都到京兆尹衙門去報案了嗎？並非有人嚼舌，而是我府上給一個管事除了籍，今日上午去衙門裡報備之時，正巧聽到的。」

郁心蘭作恍然狀，「原來如此，其實是今日我陪二姑娘去廟裡進香，一時貪玩多玩了會子，府裡以為我們不見了，鬧了個小笑話。」

紫菱在一旁插口道：「婢子說句逾越的話，奶奶，這回可是您的不是。您如今懷著孩子，怎能還像平素那般進山遊玩，連侍衛都不告之一聲？正好三姑奶奶在這裡，也幫著勸勸我們奶奶吧。」

郁玫只能隨著這話笑道：「是啊，妹妹，妳可不能不顧自己的身子。」她沒聽到自己想聽的消息，不由得微微失望，猶豫著尋個時機挑一挑話題。

正在此時，門外響起一陣輕快的腳步聲，由遠及近，蕪兒一路小跑著進來，俏麗的臉上滿是興奮的紅暈，站在門外喘順了氣息，方端莊地邁入正廳，納個萬福稟道：「稟大奶奶、仁王妃，方才莊郡王府著人送了喜報過來，說是莊郡王妃有喜了。」

郁心蘭和郁玫皆是一驚，同時問道：「當真？」

蕪兒輕笑道：「自是真的，喜報在這裡，殿下特意讓婢子帶來給奶奶看的。」說著呈上喜報。

郁心蘭忙接過來，展開一閱，真的是唐寧的喜報，雖說才一個多月，不過莊郡王成親五年沒有嫡子，王府的管家自是忍不住搶先報喜。

郁心蘭替唐寧高興道：「真是老天有眼，莊郡王妃這回算是心想事成了！」

郁玫卻是心中酸澀，為何她就不能心想事成？好在那個祁柳也沒有喜，不然，她的地位可就搖搖欲墜了。

郁心蘭那廂已經一疊聲地吩咐紫菱和安嬤嬤帶人去庫房挑賀儀了，看出郁心蘭是真心替唐寧高興，郁玫不由得慢慢翹起唇角，「妹妹打算何時去莊郡王府，叫上我一起吧。」

郁心蘭淡笑道：「好。」

郁玫感嘆道：「唐寧終於如願以償了，上回她生辰之時，莊郡王的庶子來請安，言語間十分依賴他的生母，她還為了此事不開心呢。」

見郁心蘭似乎感興趣，郁玫淡淡一笑，繼續道：「好在莊郡王是個拎得清的，當眾責罵了那名妾室。啊，說起來，莊郡王那天還讚了妳呢。」她將莊郡王的話原話複述一遍，拉著郁心蘭的手輕拍道：「妳放心，雖說千夏也是妳的丫頭，可是我一點也沒懷疑過她是妳故意安插在我身邊的。」

郁心蘭只是淡笑，「多謝三姊信任。」再沒多的話。

她這樣的態度，關於千夏的那點子懷疑，郁玫不知是該消下去，還是該繼續擴大。只不過，郁心蘭心中對莊郡王的懷疑應當不止一星半點了吧？

思及此，郁玫的心情暫時變好了，又聊了幾句家常，便起身告辭。

送走了郁玫，郁心蘭的小臉頓時板了起來，莊郡王是什麼意思？當著那麼多人的面提起這樣的事，不怕這話傳到程氏的耳朵裡會對巧兒和她造成什麼影響嗎？

她細細將事情的前後想了一遍，一個念頭在心中形成，莫非莊郡王是故意這般說的？難道他有意引起侯府的內部矛盾？

只是，這樣的猜測不知要如何才能證實，赫雲連城會不會相信。

轉眼月上中天，郁心蘭哄了兩個小調皮睡下，自己泡了個澡，也歇下了。

睡意正濃時，忽覺自己被人緊緊地抱在懷裡，她忙睜眼抬頭看去，就著走廊上透進來的昏黃燈火，赫雲連城那張俊美的臉映入她的眼簾。

將郁心蘭柔軟的身子抱在懷中，這麼溫暖這麼香甜，赫雲連城懸在嗓子眼的心，終於緩緩地、一點一點地落下心房。

感受到了赫雲連城心底的驚惶和害怕，郁心蘭忍不住伸出手臂回抱住他，緊緊地靠在他懷裡。兩個人就這樣默默無語地擁抱著，誰也不開口說話。

「膽子愈來愈大了啊！」

片刻後，赫雲連城慢慢恢復了冷靜，可是一想到賀塵之前向他稟報的前後經過，心中就有一團怒火猛烈地燃燒了起來，說話的語氣卻越發冰冷了。

憑著對赫雲連城的了解，郁心蘭知道他這是生氣了，非常生氣。但似乎不像是在生二姑娘和大伯母的氣，怎麼好像是衝著她來的？

她有點子摸不著頭腦，卻知道憤怒中的男人是不能惹的，忙伏低做小，柔柔地輕聲道：「連城你累了吧？快躺下歇一歇。」

見郁心蘭還沒意識到自己的錯誤，赫雲連城心底裡的火焰再也掩藏不住，一把將她推開一點。郁心蘭都沒回過神來，就被赫雲連城一把按在他的膝頭上，「啪啪」兩聲，她可憐的小屁股立即就火燒火燎了起來。

「嗚……你居然打我！」其實並不是那麼疼，可是總覺得人格受辱，郁心蘭氣得兩腿亂踢。

「別亂動，小心孩子。」赫雲連城被她給唬住，忙將她提起來牢牢地抱在懷裡，不讓她亂踢亂踹，又是心疼又是惱火，「妳就這麼不在意肚子裡的孩子？非要親身犯險？」

郁心蘭立馬安靜了，原來是生氣這個呀。

她在心裡嘿嘿地笑了幾聲，明媚的小臉上卻是滿滿的委屈，伸出玉手摸著赫雲連城的衣襟道：

「我是想著，大伯母一個婦道人家哪裡敢真的行凶呢。再者說，我早就讓賀塵和黃奇兩個帶著你留的侍衛暗中跟著了，他們是你一手訓練出來的，不但武功高強，還膽大心細，我肯定不會有事兒的。」

這馬屁拍得恰到好處，赫雲連城冰封的俊臉終於有了一絲鬆動。郁心蘭再接再厲，努力做出誠懇的樣子，保證道：「下一回，我怎麼都不會這樣了，若是知道會有事情發生，我就窩在府中不出門。」說著又拿小臉往他的俊臉上蹭，嬌滴滴柔膩膩地道：「連城，別生氣了好不好？我現在不是好好兒的嗎？」

赫雲連城哼了一聲，想再拿話教訓她幾句，郁心蘭小嘴一扁，眼裡汪起一泡淚，用手摸索著屁股道：「好疼啊！」

赫雲連城心中一緊，忙伸手幫著她揉，嘴裡道著歉：「是我剛才手重了，還疼嗎？」原本還想說：「以後都不會再加一指在妳身上的。」可話到嘴邊又嚥了下去。自己這個小妻子最會順杆爬，好奇心重，膽子又大，他還是給自己留點餘地比較好。

郁心蘭則在心中暗道好險，若是讓赫雲連城知道她一早兒就知道程氏買通了江湖中人，指不定會怎麼生氣呢。

其實她並不是不顧自己肚子裡的孩子，只是想著，程氏的為人雖然刻薄了一點、貪婪了一點，嘴巴討厭了一點，可到底沒真做過什麼傷天害理的事情，通常都是在一旁煽陰風點鬼火，可見是個膽子不大的人，按說應該是不敢真的綁架她的。可是這回程氏卻敢做出這樣的舉動，必定幕後有人幫著策劃才是。

因此，她才會想著以身犯險，想知道幕後之人是誰。哪知道當時沒查出來，事後郁玫卻來給她指了一個方向。

吞吞吐吐地將自己的猜測告訴邊城後，郁心蘭小心翼翼地道：「若不是莊郡王將這事兒當著那麼多人的面透了底，程氏也不至於這麼恨我們吧？再者說，她和那嬤嬤都是婦道人家，只怕連到哪裡去請江湖中人都不知道，聽賀塵他們說，那幾個都是挺厲害的硬樁子。」

邊說邊看著赫雲連城的臉色。

賀塵和黃奇都覺得女人是弱小的，只是揀了些輕鬆的事情向她稟報，但肯定是會將實情報與赫雲連城知曉的。

赫雲連城的俊臉彷彿結了一層冰霜，見小妻子仰頭看著自己，才不由自主地緩和了神色道：「等我和父親狩獵回來之後再來審問吧，妳好生在府中養胎便是。」

赫雲連城一邊說著話兒，一邊也沒忘了幫妻子按揉臀部。

所謂小別勝新婚，更何況掌下的臀瓣細滑而有彈性，不多時，赫雲連城的氣息就粗重了起來。郁心蘭已是酥軟下去，臉頰暈紅，只是心知自己這才三個多月的身子，不能如了他的願，因而低喃道：「你可別再動，再動可就得自己解決了。」

「妳幫我。」

昏暗中，赫雲連城的眼中彷彿盛滿了星光，郁心蘭羞得趕緊一縮身子，滾到床內躺下，拿被子捂住頭臉道：「快安置吧。」

赫雲連城不甘心這般被冷落，寬衣躺下後，拉了妻子溫溫軟軟的手按到自己的灼熱處，發出銷魂的吟聲，喃喃道：「先幫我，再歇息吧！」

「啐！」郁心蘭抽不回手，不由啐了赫雲連城一口，又好氣又好笑，「這三更半夜的，你明早不用起來去秋山了嗎？」

赫雲連城十分認真地道：「我已經飛鴿傳書給皇上，告了幾天假，明日晚些再啟程便是。其實，滿了三個月，我小心一點，應當沒事的。」說著去舔咬郁心蘭的耳垂，大手也不老實地上下移動。郁心蘭纏不過他，只得紅著臉如了他的願。

第二日清晨，赫雲連城神清氣爽地起身，先去審問了程氏和那嬤嬤，之後喚來賀塵和黃奇二人，交代他們調查一些事宜，又去練武場練了一趟劍術，回到屋內淨了身，拿本書坐在榻上看了許久，直至日上三竿了，郁心蘭才懶洋洋地起來。

「醒來了？」赫雲連城聽到動靜，挑起床簾，立在床邊，含笑俯視著郁心蘭。

被他目光裡的深意臊紅了臉，郁心蘭嬌瞪他一眼，又瞥了一眼假裝什麼也沒看見的丫頭們，惱得伸手去掐赫雲連城的腰肉，嗔道：「快讓開啦，水要涼了！」

她自以為表情兇悍，其實在赫雲連城的眼裡不過是羞答答地裝腔作勢罷了，比之她平素的淡然優雅，更添了幾分清新可愛。

赫雲連城只當沒有聽見，依舊含笑注視著郁心蘭，直盯得她粉嫩的小臉暈起一層薄薄的淡紅才退開兩步，讓丫頭們服侍她梳洗更衣。

待郁心蘭忙好了，用過早飯，赫雲連城這才坐到她身邊，輕聲道：「妳昨晚說的事兒，我心中有數，不過暫時還是不要提了，不必告訴母親。」

如今正是立儲的關鍵時期，一點小事都有可能打破朝中的局勢，可是皇上的心思又難揣測。皇上挑選繼承人的標準，自然是以誰能將玥國帶入輝煌為主，絕不會因一點小瑕疵就廢棄誰，所以誰也不知道皇上最後會立誰為儲君。為了日後的安全著想，還是暫且忍耐，況且，僅憑莊郡王的幾句「讚美之詞」，也不可能去向他興師問罪。

郁心蘭自是明白這個道理，也知道赫雲連城必定會用其他的方式與莊郡王「溝通」，於是乖巧地應承道：「明白，我不會告訴母親的。」

赫雲連城又道：「還要記得送份謝禮給錢府，這次還多虧了錢勁。」

錢勁如今被貶為一名看守城門的軍士，從普通的士兵開始重新慢慢積累軍功往上升。沒將錢勁劃為安王一黨，已經是看在錢家為朝廷所做的貢獻的面子上了。昨日他正好在城門值守，遇上賀塵和黃奇追捕那幾名江湖中人，他便拔刀相助。

這事兒，賀塵他們並未與郁心蘭說起，郁心蘭還是頭一回聽到，忙道：「好的，一會兒我就讓紫菱備份厚禮，讓賀塵陪她送去錢府。」

赫雲連城點了點頭，「甚好。」

陪了妻兒大半日，賀塵和黃奇帶回了在外面搜查的消息。之前程氏和那嬤嬤便招供，她們有心讓赫雲連城和郁心蘭吃點苦頭，卻不知要如何才能給這小夫妻吃苦頭，正巧那日那嬤嬤出府替程氏買上好的彩色絲線，無意之中聽到一個人付錢給江湖中人，感謝那江湖人幫他「辦了事」，那嬤嬤立即上了心，先尋著了那江湖人的住處，再回府與程氏商量。

赫雲連城自是不信，哪裡會有這麼巧的事？找江湖中人辦事，多半是見不得光的事，還會在一條小巷子裡交易？又讓一個婆子給聽到？

可惜今日賀塵和黃奇帶回的消息，卻是說的確是有那麼回事，之前找那江湖人做買賣的人是個商人，一番逼問下，他已經承認買通江湖中人去對付生意對手。

看來是暫時查不出什麼了。已經預料到這個結果，赫雲連城的表情倒沒什麼變化，瞧了眼漏刻，已是近晌午，便讓人早些傳飯，他急著趕路。

曜哥兒和悅姐兒睡到這會子才起床，乳娘抱著他倆到正屋裡，見到父親也在，兩個傢伙立即興奮往直撲，「爹爹！」

赫雲連城展眉一笑，一手抱了一個，帶到院子裡賞秋菊。

用過午飯，終是不得不走了。他前日才送皇后回京，走在半路，接到了程氏差人送來的恐嚇信，當即便調轉馬頭回了京，雖說他飛鴿傳書至秋山那邊告假，可是到底是不遵皇命，怕被有心人拿著做文章。

郁心蘭親自送出大門，看著赫雲連城和幾名侍衛的身影遠得沒了影兒，這才回靜思園，與紫菱好生挑了些寓意多子多福的賀儀，準備親自上門恭賀唐寧。至於錢勁那邊，郁心蘭也準備了一份厚禮，讓賀塵陪著紫菱一同送去，代她表示感謝。

❖ ❖ ❖

秋山獵場上，此時的秋獵已近尾聲，建安帝今日獵了一頭豹子，興致極高，便有人提議，不如學草原上的民族辦個篝火晚會，男女老少圍坐一起，邊唱邊跳，熱鬧熱鬧。

此提議得到了建安帝的讚許，晚上便在行宮花園的廣場上升起了三堆篝火，難得有機會男女混坐在一起，光明正大地打量旁人的如花美眷，每個官員都笑得臉紅撲撲的，更有那膽大的和著樂聲在篝火旁跳起舞來。

待建安帝也來了興致，下場跳了一圈後，篝火晚會的氣氛衝到了最高點。

明子恆手執夜光杯，輕晃著杯中殷紅的葡萄酒，坐在矮几邊，看著場中玩得忘乎所以的父皇，嘴角噙著一抹笑，眼角的餘光卻頻頻往宮門的方向看去。

到現在還沒出現，今日應當不可能來了。明日是圍獵的最後一日，只要赫雲連城明日不出現在獵場上，一切就都好辦了。

明子恆滿意地一口飲盡杯中酒，瀟灑地站起身來，正想到場中與父皇和大臣們同樂之時，一道修長挺拔的身影，從宮門方向的黑暗中一步一步迅速走來。

連城！明子恆的心口一滯，他竟然真的趕來了。

自前日夜晚接到京城內的飛鴿傳書，明子恆就在暗暗擔心赫雲連城會及時趕到。他原本的計畫是，讓程氏抓住郁心蘭，以赫雲連城對郁心蘭的感情，赫雲連城必定會半途折返回京尋找郁心蘭，從而拖住赫雲連城，讓他不能在秋獵結束前返回秋山。

有皇命在身而擅離職守，可是重罪，永郡王就是最好的例子。

雖然以皇上對赫雲連城的寵愛，是不可能會降罪於他，但是朝中好事的言官們必定會有微詞，彈劾的奏摺定會如雪片一般飛舞，縱使父皇再偏袒，也不能不顧忌朝臣們的看法。最後，赫雲連城只能卸了禁軍上品大將軍的職位，當個閒散王爺，或是被皇上另派閒職。

他並非要將赫雲連城置於死地，他只是要赫雲連城的那個位置，禁軍上品大將軍的位置，連接替的人選他都已經挑選好，只要赫雲連城下來了，他就有辦法不動聲色地將那人頂上去。

可是，程氏那邊竟沒得手，以致於赫雲連城及時趕回來了。

正胡亂想著，赫雲連城已經快步走到場中，向著皇上的方向單膝下跪，「微臣覆命來遲，請吾皇恕罪。」

建安帝跳得滿頭大汗，正要回座休息，聽到赫雲連城的聲音，忙轉過身，笑咪咪地看向他道：「無妨，你快快入席吧，看大傢伙玩得多開心。」

隨侍的太監立即將赫雲連城的席位擺好，緊鄰皇上龍椅的左手第二席。

赫雲連城謝了恩，端正地坐下，向回了席的建安帝敬了一杯。

有些自詡正直的大臣看不過眼，揮手停了場邊的奏樂，大踏步走到皇上跟前，躬身稟道：「皇上，請恕臣冒昧，臣想請問誠郡王爺，為何您的親衛昨日上午已經返回秋山獵場，而您卻晚了兩天一夜呢？」

明子恆的眼睛一亮，其他大臣都垂下眸光，可是耳朵卻直往主座的位置伸過去。

赫雲連城忙站起身來，正要回話，建安帝沉聲威嚴地道：「是我准了靖兒回京後可以回府去探望一下郡王妃，晚幾日再回來。」

皇上如此說了，那幾位大臣便無法再繼續質問，只得訕訕地回了座。

建安帝一拍掌，「樂師為何停下？朕准了嗎？」

場邊的樂師們嚇了一跳，忙又手捧樂器，吹拉彈唱。

自有那會來事兒的大臣再度入場跳起舞來，氣氛又活躍了起來。赫雲連城向皇上敬了幾杯酒後，便執了一壺一杯，瀟灑自若地來到明子恆的座前，自斟上一杯美酒，朝他問道：「飛鴿傳書收到了嗎？」

難道他知道了？明子恆一愣，手在袖籠中緊握成拳，面上卻作茫然地問道：「什麼飛鴿傳書？」

赫雲連城定定地看著他，將他的表情收於眼底，淡淡地道：「就是王妃有喜的訊息，離京的時候，你不是還不知道嗎？」

原來是說這個，明子恆鬆了一口氣，由衷地微笑道：「收到了。」

他終於要有嫡子了，心中自然是十分開心的。

赫雲連城將酒杯在明子恆的杯子上一碰，彎起唇角道：「恭喜你要做父親了。」

明子恆舉杯回敬，「同喜同喜。對了，這次回京，弟妹可好？」

赫雲連城深深地看了他一眼，看得明子恆幾乎掛不住臉上的笑容，這才慢悠悠地道：「她很好，母子平安。若是他們母子有任何不妥，我會將膽敢傷害他們的人碎屍萬段。」

他說這話的時候，語氣是輕柔的，聲音是輕柔的，表情是隨意的，可就是這種淡淡的神情，輕飄飄的話語，更顯現出一種「我必當如此」的果斷來，越發讓明子恆覺得脊背生寒。

明子恆的臉色一變，隨即勉強笑了笑，不知該如何接話。赫雲連城卻彷彿只是隨意說說一般，一口飲盡杯中酒，說道：「覺得我粗魯無禮了？待唐寧生下孩子之後，你也會有這樣的感受。」他將眸光轉向京城的方向，翹起唇角，綻出一抹發自內心的絕世笑容，「我的妻兒，重於我的生命。」

明子恆強自擠出笑容，「是的，不必等唐寧生下孩子，我也是當父親的人，如何會不知。」

赫雲連城便沒再多說，提了酒壺和酒杯往旁的席位敬酒去了。

他一定是知道了，還膽敢來威脅我，心中何曾將我當作當朝王爺，未來儲君！

看著赫雲連城如玉樹一般的背影，明子恆抿緊了雙唇，連城，是你不願幫我，又占著那麼重要的位置，不能怪我無情。

他倆說話的時候，建安帝和場中的幾個王爺、大臣都注意到了，雖然兩人都是言笑晏晏，可是周身圍繞的氣氛總讓人覺得詭異，便不免多看了幾眼。只是到最後，也沒見什麼特別。

這樣君臣同樂的篝火晚會，的確是很能讓人放開心胸縱情聲樂，直至月上中天，建安帝和大多數的大臣都已經醉醺醺的了，卻還沒有半點要散宴的意思。

明子恆尋了個不惹人注意的時機，悄悄離開廣場，轉過曲徑，到一處假山之後。那裡，早有一人在等著他，明子恆迫不及待地問道：「查到了嗎？」

「查到了，是郁心蘭早就發覺了程氏的計謀，所以……」

所以郁心蘭根本就沒被程氏控制住，自然也就談不上拖住赫雲連城了。

明子恆不知該如何反應才好，一面不由自主地讚歎，她真是太聰慧了，若是寧兒有她一半的聰慧，必定能討好太后和皇后，拉攏朝中大臣的夫人，成為自己的一大助力；一面又恨恨地握緊拳頭，為什麼這個女人總是能化險為夷？什麼事情她都能一眼看出來，心眼未免太多了，哪裡有女人的樣子！

那人問道：「現在怎麼辦？」

良久，明子恆長吐出一口氣，「罷了，時也，命也，只是時機未到，且先這樣吧。」說罷，頭也不回地淹沒於夜色之中。

那人搖了搖頭，輕嘆一聲，沿著另一條小路回會場。

半道上，迎面遇上赫雲彤，她站在月桂樹下，光影交錯地投在她的粉面上，神情凝重，「你剛才是在跟莊郡王說話嗎？」

那人一怔，隨即笑道：「是啊，剛巧遇上……」

「不是吧？我看你早就等在那裡了，你們說的話，我也都聽到了。」赫雲彤重重地閉了閉眼，忍了幾忍，卻終是沒忍住，憤怒地低吼道：「你居然幫著他害我大弟和弟妹，我弟妹還懷著身子呢！明駿，若是我弟妹腹中胎兒有任何不妥，我唯你是問！」

對面的那人，正是平王世子明駿，他素來對嬌妻禮讓三分，當下便訕訕地笑道：「沒事沒事，他們挺好的。」

赫雲彤已經聽到了，卻是恨他瞞哄自己這麼久，忍不住咬牙切齒地問：「你什麼時候跟明子恆這麼近乎的？你不是說不參與到立儲之中嗎？為何你就不能學一學父王他老人家……」

話未說完，就被明駿給打斷了，「我正是在學父王他老人家。父王急流勇退，也是在輔佐皇上登基之後。小彤，妳不知道，父王與皇上已經是堂兄弟了，我與子恆、子期他們的關係就更遠，我們的孩子與後世的新君就是遠上加遠了。出了五服，誰還會記得有他們這些個兄弟？」

「如今皇上看重我，是因著父王的臉面，若哪一天皇上駕崩了，子期和子恆他們登基，哪裡還會記得父王的功勞？就算他們還記得，等到了我們的兒子這一輩呢？若是沒了皇上的寵信，咱們平王府就會敗落下去。京城裡多的是度日如年的王爺、吃穿用度不如平常人的官員，我可不想這樣。」

他說著說著，見赫雲彤陷入了沉思，便上前一步，握住妻子的手道：「妳相信我，待子恆登基之後，我也會學父王那樣急流勇退，絕不會貪戀權勢。小彤，我這也是為了妳，為了孩子，為了我們的將來啊。」

赫雲彤垂眸道：「可是，若不是子恆登基呢？你要如何自處？你就不怕這樣會給平王府、給我和孩子帶來災難嗎？更何況，你要輔佐子恆，為什麼要傷害我的弟弟、弟妹？」

她說著抬起頭來，直視著明駿的眼睛道：「我倒是覺得，你是在外任上一人獨大，喜歡上這種眾人追捧、呼風喚雨的感覺，貪戀起了權勢，才會想著輔佐子恆。依我看，即使將來真是子恆登基，你也必定捨不得辭官歸隱。」

明駿有些惱火地蹙起眉頭，「妳怎能這樣想我？在妳的心裡，我就是這樣貪戀權勢之人？男主外女主內，這件事情妳就不必多言了，只是妳要記住，不能隨意告訴旁人。否則，對我便極為不利。」見赫雲彤的表情憤怒了，忙又緩和下語氣，柔聲道：「總之，我答應妳，不會再針對連城，其實我們也沒想將他怎樣。」

赫雲彤冷笑，「你們只是想害他丟官而已！」

赫雲彤是定遠侯的長女，雖然侯爺重男輕女，但是對自己的第一個孩子，又是與甘氏年少情濃之時生下的孩子，自是非常疼愛的。自幼便將赫雲彤帶在身邊親自教導，所以赫雲彤並不像時下的女性只學了些女誡、詩經之類，而是與男人一樣有著政治敏感度。雖然只聽了事情的一部分，卻能敏銳地察覺出背後的原因來。

明駿的表情立即變得有些悻悻然，赫雲彤冷冷地看著他，許久不見他說什麼，便帶著失望轉身離去。

❖ ❖ ❖

秋獵結束後，大隊人馬行進了七、八天，終於返回京城。長公主帶著郁心蘭、二奶奶、岑柔等，在二門處張望。定遠侯與赫雲連城等人下了馬，女眷們忙迎了上去，將男人們接回府中休息。

侯爺接過郁心蘭懷中的曜哥兒，先親了幾口，放在手中掂了掂，笑道：「好小子，又重了！」

曜哥兒高興得直抖小身子，「爺爺！爺爺！」

聽到嫡長孫叫他，侯爺更是笑眯了一雙鳳目。

赫雲連城則接過女兒，用力親了親，一手攬著妻子目前尚纖細的腰肢，往裡走去。

進到正廳坐下，長公主便笑問道：「這回秋獵，侯爺收穫可豐？皇兄呢？」

侯爺一邊拿出一隻犀牛角給曜哥兒玩，一邊回道：「還不錯，獵了一頭犀牛。」

大半個月未見，一雙雙一對對的自是有話要說，不過喝了杯茶，侯爺便令眾人散去。待人都走盡了，侯爺才看著長公主道：「一會兒我要去軍營，將庶務整理一下。」

長公主不解地問：「整理庶務不急於一時吧？」

侯爺淡淡地道：「明日皇上指派的副元帥便會到了，我總得先行準備著。」

長公主心中一滯，副元帥？不到打仗的時候，哪裡會要這麼多的軍官，這分明就是在分侯爺的兵權。

她正想著是不是要入宮請安，問一問皇兄的意思，侯爺卻不甚在意地擺了擺手道：「遲早會有這麼一天，我早有心理準備。」

赫雲家幫著始皇帝打下玥國的大好江山，到了這一代，已經是有二百餘年了，一直握著玥國大半的兵權，皇上早便有心收回一部分兵權，不過是時間早晚的問題，而赫雲家出的這一系列事情正好給了皇帝一個藉口。

侯爺拉著長公主的手，笑道：「其實這樣也好，我沒了那麼多公事，便能早些下衙回府，多陪陪妳，含飴弄孫，亦是人生一大樂事。」

長公主見侯爺是真的想得開，便陪笑道：「正好，明年岑兒就能生個大胖小子出來，便是靖兒和蘭兒分府別居了，咱們老倆口也不會寂寞。」

侯爺溫柔一笑，「清容哪裡老了。」

長公主不由得羞澀地垂下頭。夫妻倆說著體己話兒，暫且不提。

赫雲連城與郁心蘭回到靜思園中，郁心蘭便讓人將早準備好的柚子水、暖身的甜薑湯拿出來，赫雲連城用柚子水淨了手，去了穢氣，喝了一碗甜薑湯。

他做這番事情的時候，郁心蘭也將這幾日府中的事物都彙報完了，「唐寧那兒和江南那兒，我都送了厚禮，還給江南的兒子江天另打了一副金手圈，他居然打蛇上棒，想當成訂親禮呢。」

赫雲連城側頭去看，見妻子雖然是嫌棄的語氣，不過神態並不認真，知道她並未生江南的氣，便只勾唇一笑。郁心蘭又說了幾件事，末了嘟起小嘴怨道：「唐羽不知怎麼的，竟對我有莫大的敵意似的。」

那天去莊郡王府給唐寧賀喜，因是初孕，所以唐寧只接待了幾名親戚和閨蜜，原本應當和樂一團的，可那唐羽卻總是在郁心蘭不注意的時候，用那種飽含敵意的目光看著她。郁心蘭好意問了一次，她卻又不承認。郁心蘭看在唐寧的面子上，不跟這個恨嫁的小女孩計較，可是這樣沒頭沒腦地瞪著她，是人都會有三分火氣。

赫雲連城立即就聯想到了明子恆跟他說過的話：「十四弟很關心弟妹呢。」他心中頓時不舒服了起來，卻不願告訴蘭兒，只是問道：「子期送妳的那把匕首呢？」

郁心蘭不明所以地從懷裡掏出那把匕首，赫雲連城立即接過來，從自己懷裡掏出一片精巧的磨片，坐到炕桌旁精心打磨起來。

郁心蘭好奇地問：「你要做什麼？」

赫雲連城並未回答，不過郁心蘭很快就明白了，是要將匕首上的那個字磨掉。

這磨片是赫雲連城前幾日才向皇上討來的，的確十分好用。一炷香後，就將那個字給擦去了，赫雲連城這才鄭重地將匕首還給郁心蘭。

郁心蘭不由得又是好氣又是好笑，挑明了問：「你覺得唐羽討厭我，是因為子期的緣故？」

赫雲連城淡淡地看了妻子一眼，不滿地心道：問得這麼直接，要我怎麼回答？

他轉了身，同時抱起一雙兒女，跑到院子裡玩去了。

吃醋了！郁心蘭兀自在屋內咯咯笑了半晌，才挑了門簾走出來，站在迴廊上，衝著赫雲連城的後背道：「小心眼！醋罈子！」

赫雲連城的腳步一個踉蹌，無奈地回頭，「妳就是個沒心肝的。」

郁心蘭得意地一笑，小跑幾步追上這父子仨，從赫雲連城的手中抱過女兒，嬌嗔了他一眼，附耳道：「我的確是沒心肝，我的心肝都到一個叫赫雲連城的傢伙身上去了。」

赫雲連城的俊臉頓時泛起了暗紅，神色也忸怩了起來，瞥了郁心蘭一眼後，都幾乎不敢看她，嘴裡卻嘟囔道：「也不知是真是假……」

郁心蘭白了他一眼，「不知道就算了。」

赫雲連城氣結，妳就不能再說一遍？

不過一抬眸，就看到妻子似笑非笑的促狹目光，那如花的美頰邊兩個小巧的笑渦，如玉白皙的小臉上泛著健康的粉紅，誘人直想撲上去咬上一口，他的心又不受控制地狂跳了幾下，嘴裡卻故意地道：「妳都沒說過妳喜歡我。」

郁心蘭被他瞧得臉越發的熱，輕啐一口道：「我哪能沒說過？不喜歡你，我怎會給你生完一個又一個！」說著輕掐了他一把，對他的遲鈍表示不滿。

赫雲連城頓時被一股驚喜給捲入雲端，只知咧著嘴傻笑，一手抱著兒子，一手攬著蘭兒，親親熱熱地往屋裡去。

兩個小傢伙剛學會走路，並不願人多抱，這會子看到短炕便掙扎起來，赫雲連城和郁心蘭便放了他們自己去玩，只在一旁照看著。

赫雲連城這才道：「唐羽大概是婚期未定，才這般有怨氣，妳也莫放在心上。對了，先去備一份大禮給子期送去，他快成親了。」

郁心蘭睜大妙目問道：「他終於同意成親了。」

「不同意也不成，妳也知道，皇后娘娘這回病得很重，皇上有意讓他娶妃沖喜，欽天監已經挑好了吉日，在回京的路上就定下來了。」

郁心蘭無可無不可地點了點頭，得知皇后身體違和，長公主便帶了她和岑柔進宮探視過。皇后已經年過半百，這時代的貴族女子又鮮少運動，身子差得很，便有些頂不住。雖然只是風寒，但也得小心看顧，否則還真有可能……

沖喜之說，郁心蘭倒是不信的，不過唐羽已經指給了賢王，若是賢王總是不願成親，唐羽的青春也就耗在這兒了，退婚再嫁是根本不可能的事，尋著這個藉口讓兩人早些將婚事給辦了，也是一樁喜事。

她想了想道：「我這兒有一對粉青釉三聯葫蘆瓶，繪的是八吉祥的圖案，拿來送他最好。」

賢王娶側妃，侯府定是會備上賀禮，她和赫雲連城只是因與明子期的關係好，才單獨送一份，只要是好事成雙的雙數，並不拘有多貴重，況且這一對粉青的葫蘆瓶，器型分三瓣，構思極其巧妙，所繪的圖案也十分喜慶，拿來送禮亦是極體面的。

赫雲連城卻搖頭道：「哪能用妳的嫁妝，尋個時候咱們去外面買。」

郁心蘭嗔道：「我的還不就是你的，你若是心裡過意不去，只管拿銀兩來，從我手中買好了，這一時之間又到哪裡去找合適的賀禮？」

赫雲連城見妻子有了薄怒，不敢再反駁，便依了她。

正說著話兒，門外傳道：「賢王爺來了。」

兩人忙迎出去，先關心了一下皇后的病情，明子期如實回答：「好是好些了，但是精氣神兒還是不足。」他頓了頓，略帶絲艱澀地道：「定在下月初六迎親，連城哥到時來幫我。」

赫雲連城自是一口應允：「沒問題，不過你表嫂就不方便去相助了。」

明子期一怔，他知道郁心蘭有雙身子，從未想過要她幫什麼忙，連城哥怎麼突然說出這麼句話？他抬眸看去，只見赫雲連城目光淡淡的，彷彿是隨意注視著自己，可是眼裡的訊息卻不容置疑。

他知道了！明子期心中一滯，抿了抿唇，手指無意識地摳著茶杯上的青釉荷花紋，嘴裡笑道：「哪能麻煩嫂子呢！況且我一個男子成親，要的也是幫忙迎親的人，本也沒打算找嫂子的！」

赫雲連城淡淡地道：「那就好，以後便是有事，你也只管來找我。」這話的另一層意思便是，有事沒事都不要來找蘭兒。

明子期如何聽不出來，只在心中苦澀一笑，誰讓他沒事兒喜歡上自己的表嫂呢，誰讓他喜歡得這麼晚，沒搶在賜婚之前發覺表嫂的可愛呢？現如今有這個心思，沒被連城哥胖揍一頓，已經是很客氣的了。

他遂揚起笑臉道：「我不會跟你客氣。」本想閒聊幾句掩飾尷尬，卻實在是坐不住，幾乎是狼狽地起身告辭。

「子期且慢。」郁心蘭含笑挽留，「既然你叫我一聲表嫂，我便托大說道你幾句。」

明子期神色一斂，恭敬地坐下。

郁心蘭便認真地道：「你曾說唐羽跟一般的千金沒什麼不同，無趣得緊。可是，你可曾想過，這世間對女子的要求本就嚴苛，她出身名門，一顰一笑皆有規矩，自然不可能標新立異。若你能自主你的婚事，隨你如何挑三揀四都行，可是你不能。唐羽既已指為你的側妃，你便是她的夫君，這一生一世要依靠的人了。」

「女人這一生，只能依附丈夫而生存，你若是不喜歡她，日後還能娶正妃、側妃、庶妃，總會娶到你滿意之人。而她，卻是別無選擇。現下，她還是以沖喜的身分嫁給你，你也應當知道，沖喜新娘有多為難吧？所以我想請求你，對唐羽好一點，就衝她為你母后沖喜，你也應當對她好一點。」

最後這一句，已經接近指責了。

沖喜新娘的身分十分尷尬，若是被沖喜的對象轉好了，這新娘便是福星，若是萬一……這新娘就會被視為掃把星，被旁人的唾沫星子給淹死。明明早就應當成親的，偏偏讓明子期拖到了這種時候，嚴格來說，是他對不起唐羽。

明子期再不將世俗放在眼裡，卻也是明白事理之人，又被心上人以那種飽含指責的目光看著，頓時羞愧不已，略點了點頭道：「我會補償她的。」

當著郁心蘭的面說自己會善待其他女子，明子期只覺得滿嘴都是苦味，再也待不下去，幾乎是逃一般的告辭而出。

赫雲連城含笑著看向妻子，「我還以為妳討厭唐羽呢。」

郁心蘭笑道：「她不喜歡我，我自然也談不上喜歡她。不過同為女人，能幫的我自然會幫一下。」說著嘆了口氣，「這兩個人逃不開成為夫妻的命運，就應該盡量去接受對方，而不是像子期這樣一味迴避，那會拖成怨偶的。」

她隨即又星星眼地看著連城道：「很榮幸我嫁與你。」

赫雲連城又是羞澀又是幸福，只覺得耳根發燙，蚊子哼哼似的道：「我也很榮幸能娶到妳。」說著將眸光一轉，不好意思再看她。

郁心蘭不懷好意思地嘿嘿直笑，「真的嗎？可是我記得好像有人新婚之夜都不願與我同房。」

這個問題，還真是要說明清楚才好。赫雲連城忙轉過頭，看見郁心蘭故作不在意，其實十分著緊的小臉，不覺心中一蕩，忙乾咳一聲，努力解釋：「怎麼會？其實那時我練功正練到關鍵時刻，是不能圓房的，否則會功虧一簣……嗯，妳明白了嗎？」

郁心蘭在心裡笑得更加奸詐，小臉上卻流露出委屈的神色，「明白了，你那時根本不喜歡我，自然覺得練功最是要緊。」

赫雲連城急了，搜腸刮肚地尋詞道：「蘭兒，妳怎會這樣認為？咳咳，其實，我第一次見到妳，就已經喜歡妳了，只是……嗯，那個，若是不能在那時衝關，就得再練上四、五年，並非我……咳。」

他有點解釋不下去了，郁心蘭睜大眼睛，剪水雙眸中分明寫著：你說謊！

第一次見面的時候，是在白雲山上，他將她從那個陷阱裡救出來，然後轉身就走了，要不是她假裝扭了腳，他根本就不會回一下頭，喜歡什麼呀！

「連城，你還記得第一次見我是在什麼地方嗎？」哼哼，如果你忘記了，或者記錯了，看我怎麼糗你。郁心蘭促狹心想，很想看赫雲連城被糗時的表情。

「上巳節時，在白雲山的後山裡。」赫雲連城答得很快，漂亮的劍眉一挑，眸中露出一抹得意之色，看吧，我沒忘記。

「難為你還記得。」郁心蘭有些幽怨地說道：「那個時候，你根本看都沒看我一眼，直接就走掉了，我想向你道謝，為了追你還扭了腳。」

「怎、怎麼會？」赫雲連城馬上反駁，不過心中卻有些發虛，貌似的確是這樣？心虛地掃了郁心蘭一眼，赫雲連城努力挽回形象，「其實我是……是……妳很漂亮，我、我不好意思跟妳說話。」

哎喲喂，還說起甜言蜜語來了！

郁心蘭捂住小嘴悶笑，此時赫雲連城才知道自己被她給捉弄了，當下恨得牙癢癢的，一個躍起將她撲倒在榻上，正要大肆「懲罰」一下，身後忽然響起奶聲奶氣地呼喚：「爹爹」、「娘娘」、「美人」。

赫雲連城尷尬得立即一躍而起，看著他鐵青的俊臉，郁心蘭笑得直打跌。兩個小傢伙猶不知自己壞了爹爹的好事，也跟著一起咯咯直笑。

赫雲連城恨恨地盯了妻子一眼，才將兩個小傢伙給抱上炕來。郁心蘭坐起來，靠在他的手臂上，那柔軟的身子帶著一股甜香撲鼻而來，赫雲連城心裡頭的那一點小小不自在，立即就煙消雲散了。

第二日一早，侯爺便將赫雲連城夫婦倆叫去了前院書房，原來是長公主將程氏綁架郁心蘭的事兒告之侯爺了。侯爺不想將家醜外揚，便不方便處置大嫂，只逼著大嫂寫下一份供詞，並按了手印，鄭重道：若日後她再有任何傷害他兒孫的行徑，他必定將她送入官府。

侯爺尋思再三，還是早些分家，讓大哥他們一家單過去，至於二姑娘，他已經相中了一名外地的軍官，這回不打算再問二姑娘的意思，直接等開春就將其嫁過去，這才將小倆口叫來商量，畢竟苦主是郁心蘭，他總得給長媳一個交代。

郁心蘭大度地表示：「一切依父親的意思辦便是。」

侯爺讚許地看著她道：「若都能像妳這般省心，這個家也不至於……」

赫雲連城見父親又傷感起來，忙勸慰道：「二弟和三弟經此一事，吃一塹，長一智，穩重了許多，也算是因禍得福。」

侯爺淡淡地點了點頭，「希望他們能吸取教訓，不要再妄想些不該想的東西了。」

❖ ❖ ❖

日子過得很快，秋獵之後，天氣急遽轉涼，郁心蘭幾乎整天就是待在府中，成天陪著長公主聊聊天，散步也只去府中的後花園。

十月底的時候，宮中的敬嬪生下了一個小公主，皇上聽說後只是道：「過繼到錦妃名下吧。」這便是不要敬嬪當小公主的母妃，敬嬪心底裡唯一的一點奢望化成了泡沫，不待鴆酒賜下，便自己尋了一根橫樑自盡了。

郁心蘭聽說後，不由得感嘆道：「哎，都是當母親的人啊！敬嬪對別人的孩子雖然兇殘，可是對自己的孩子卻是十分慈祥的！」

一旁的蕪兒和紫菱不由得問道：「奶奶為何這般說？」

郁心蘭慢條斯理地分析道：「自己結果了自己，便是希望皇上能看在她沒有添麻煩的分上，善待陳子岳。」

雖然敬嬪將赫雲連城的身世弄得一團糟，可是，處在她的位置上，也是沒辦法的事吧？人已去了，郁心蘭對她的怨念也就沒這麼深了。

說到生孩子，郁心蘭又道：「好像下個月淑妃娘娘和錦兒也要生了吧？」

居然把這兩個人放在一塊兒說，蕪兒和紫菱都不知該怎麼接話才好。倒是千荷活潑，笑嘻嘻地答道：「可不是，希望錦兒姊姊能生個大胖小子。」

郁心蘭笑著點點頭，「最好一舉生對龍鳳胎，省事。」心裡卻在猜，淑妃的孩子是男還是女呢？生下來後，淑妃會不會與敬嬪的命運相同？

過得幾日，賢王的婚期在即，到了給唐羽添妝的時候，郁心蘭與唐羽沒什麼交情，便請了赫雲彤幫著帶添箱禮過去。

赫雲彤一大早地便到靜思園來找郁心蘭，盯著郁心蘭的眼睛問：「弟妹，妳是不是對唐寧夫婦有什麼意見？為何不願去燕王府？」

郁心蘭不解地道：「我只是跟唐羽不熟，送添箱禮也是看在唐寧的面子上，這才請大姊幫我帶去，怎麼了？」郁心蘭直覺赫雲彤這樣問是有原因的，便也狐疑地回望她。

赫雲彤一愣，隨即目光閃躲地道：「我……沒事，我就是問問。妳的東西呢，我幫妳帶去。」

有問題！郁心蘭打量了赫雲彤幾眼，先使了紫菱去拿禮盒，又含笑套了套話，可是赫雲彤也機靈得很，一點風聲都不透。兩人逗著寶寶們玩了一陣子，待紫菱拿來了禮盒，赫雲彤便立即告辭了。

出了靜思園，赫雲彤想了想，又折向二姑娘的院子。赫雲慧正百無聊賴地坐在窗邊，見到大姊來了也不起身相迎，只是有氣無力地道：「大姊來了。」
赫雲彤不由得皺眉問道：「妳這是怎麼了？不是已經給妳定了親事嗎，怎麼還不準備嫁衣？」
赫雲慧頓時委屈得眼淚滿眶，「便是我做錯了事，父親也不該這樣將我遠嫁。若是日後被人欺負了，誰來幫我撐腰。」
赫雲彤恨聲道：「這會子知道娘家人重要了？那妳還敢對妳大嫂那樣！」又追問她聽信了誰的話，得到的答案是程氏後，赫雲彤才鬆了一口氣，厲聲道：「記得自己是姓赫雲的，少幹些沒品的事！快去向妳大嫂道個歉，妳大嫂是寬厚人，不會跟妳計較的！」
待赫雲慧訥訥地應了，赫雲彤才起身離去，心中思忖道：原來家中還不知道幕後是莊郡王策劃的，要不要挑明呢？
真不怨她猶豫，說出莊郡王來，只怕後面也會牽扯出明駿，她雖然對明駿失望，可到底是這麼多年的夫妻了，總不能看著家人鄙視他。

❖ ❖ ❖

燕王府中分外熱鬧，來來往往的各府閨秀們刻意在人前展示自己精心挑選的賀儀。赫雲彤來了後，先送上自己的禮品，再將郁心蘭準備的禮奉上，「這是我弟妹的，她有了身子，不方便前來，便託我帶個人情。」
唐羽含笑謝了，令丫頭好生收著。
郁玫在一旁好奇地問赫雲彤道：「蘭兒已經有四個來月了，正是最穩的時候，她又不是頭胎，怎麼會不方便來？連莊郡王妃都來了呢。若是她託請我，我必定是要說道說道她的，雖然唐二小姐只是側妃，可以後就是一家人了，怎麼能不來湊個熱鬧？」

這廳裡坐滿了人，都在說話，郁玫的聲音也不大，可是她與赫雲彤附耳低語，便十分引人注目，旁人沒聽得太清，可是身後服侍的丫頭們卻是聽得一清二楚的。

待客人們散了，唐玲還陪著二姊唐羽挑大婚時的首飾，便有小丫頭將郁玫的話學給唐羽聽。因著郁珍搶走了自己的心上人，唐玲最是討厭郁家人，當下便怒道：「便是側妃，也是要進皇族玉牒的，她郁心蘭是個什麼東西，居然敢看不起二姊妳！」

唐羽淡淡地道：「好了，別氣了，怎麼說她也是郡王妃，看不起當側妃的，亦是常事。」

一旁的奶娘給二小姐鼓氣道：「那可不一定是側妃，賢王殿下到如今都沒立正妃的，若是小姐運氣好，能一舉得男的話，指不定就能扶正了。」

唐玲也附和道：「正是！」

唐羽對著桌子上的鏡子慢慢露出笑容來，父王早便說了，這皇位多半是賢王的，少半是莊郡王的，總之，能當上皇后和皇妃的，必定是她們唐家的姊妹。到時候，她郁心蘭算個什麼東西，要怎麼踩便可以怎麼踩！

轉眼便到了明子期的婚期，郁心蘭只在喜宴之前趕到，用過席面就先告罪回府了，倒是赫雲連城幫了一整天的忙，還替明子期擋了酒。

也不知是人逢喜事精神爽，還是沖喜真的有效果，自那日之後，皇后的鳳體便慢慢好了起來。只不過，太后的病情卻沒好轉，入了隆冬後還愈來愈重了。

這日，郁心蘭陪著長公主婆婆入宮探望過，但太后精神不佳，不願見旁人，只宣了長公主進內殿。郁心蘭便在宮女們的安排下，在泰安宮的偏殿裡坐等。她向服侍的女官問及太后的病情，女官說了一番，又道太后還曾在迷糊中喚起了榮琳的名字。

郁心蘭聽得一嘆，太后還真是疼愛榮琳郡主，聽說安王的母妃是太后的親妹妹，難怪這般著緊，太后這一病，只怕也與安王一家被斬有莫大的關係。

正尋思著，一名首領太監帶著幾個小太監神色焦急，步履匆匆地趕到泰安宮，在正殿外停下，使了泰安宮的一位小太監進去通傳。

郁心蘭好奇地從側門望去，輕聲問道：「不知是否宮中又發生了什麼事？」因為皇后也在泰安宮中，這名首領太監看起來是來尋皇后的。

不多會兒，一名女官便打聽到了：「是雲宮的淑妃娘娘生了一個死胎，胎衣都是綠色的，淑妃娘娘不信，非說是旁人讒害她……聽說已經瘋了。」

郁心蘭驚訝地道：「瘋了？」

那名女官道：「是啊，其實之前就已經有些徵兆了，總說自己是如何得寵，皇上一定會來看望她什麼的。」

郁心蘭沉默了，之前她就聽長公主婆婆說，皇上並不想讓淑妃懷孕，每次臨幸都是先熏過避子香的，是淑妃身邊的蔡嬤嬤不知給淑妃吃了什麼藥，才讓淑妃懷上。事後，為了謀害皇上，還在淑妃的宮殿裡熏帶有毒藥的香料。

郁心蘭早便猜測過，淑妃肚子裡的孩子只怕是不好的，果然便是個死胎。可是淑妃卻瘋了……若是那種香料讓淑妃也中了毒，不應當早就會出事嗎？怎麼會延遲到孩子生下來之後？莫非，是有人想先看看孩子會怎樣，再決定如何處置淑妃？

郁心蘭被這個猜測駭得打了個寒顫，果然最是無情帝王家呀。

又坐了一刻鐘，長公主從內殿裡出來，帶著郁心蘭回了府。

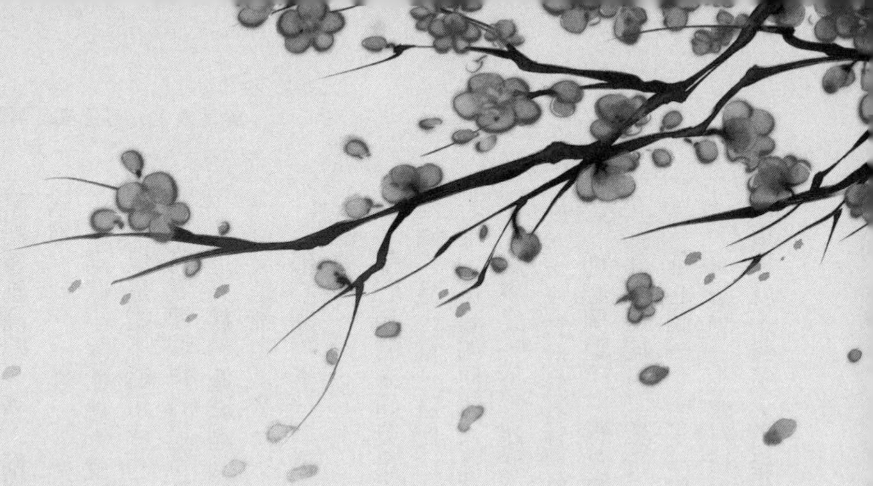

終之章　回首來時笑朝夕

天兒漸漸冷了，郁心蘭多半就窩在暖閣裡不動，連聽到錦兒生了個大胖小子的消息，也只是在屋裡替她高興，著人備了許多補品並一堆小孩子的金鎖、銀鈴之類的玩意兒送過去，自己卻是懶怠著動。

兩個小傢伙每天就鬧著要在地上走，都不願讓人牽著。現在也開始牙牙學語了，會說不少詞彙，只是還不能組成句子。

赫雲連城每日盡量加快處理軍中事務，提早回府陪著妻兒。

這天赫雲連城剛回屋，隔著門簾便聽到郁心蘭在吩咐丫頭們準備這個準備那個，便笑問道：「這又是誰生了？」

郁心蘭啐了一口道：「怎麼我備禮就是有人要生了嗎？是心和弟弟訂下親事了，我著人送份禮去給他。」

郁心和的未婚妻是太常寺寺丞的嫡女，雖然太常寺寺丞只是正六品的官員，不過郁心和自己只是個八品小官，這比沾父蔭娶個大官家的庶女卻是要強得多了，至少在岳父面前抬得起頭來。今日一早，郁心瑞便使人送了信給郁心蘭，告訴她心和哥哥對這門親事很滿意。

這事兒，赫雲連城一早下朝的時候已經聽岳父大人說了，便點了點頭道：「不錯的親事。」隨即又道：「妳打算什麼時候送去？」

郁心蘭道：「自然是今天就送去給心和。」

赫雲連城看了紫菱一眼，意有所指地道：「外面下雪了，路不好走，估計幾日之內不會停。」

郁心蘭「啊」了一聲，「馬車會滑吧？那等幾……」

原想說「等幾日再送也可以」，話未說完就被赫雲連城打斷道：「馬車是會滑，不過，如果是好車夫就不會了。若是妳想今日就將賀禮送過去，我讓賀塵送紫菱過去。」說完又看了紫菱一眼。

紫菱秀美的小臉立即染上了紅暈。

郁心蘭這時才注意到，心中一動，琢磨了一會兒，不由得奸詐地笑了出來，「讓賀塵送紫菱去，就不會滑了嗎？紫菱可是我的左膀右臂，可摔傷不得。」

赫雲連城鄭重地保證：「不會。保證將妳的紫菱安全帶回來，否則我拿賀塵是問。」

雖然明知很可能是圈套，紫菱卻仍是忍不住道：「既是下雪路滑，我若是摔倒了，也不關賀侍衛的事啊。」

郁心蘭沒接話，饒有興味地看著紫菱，直看得紫菱臉上的紅暈愈來愈多。赫雲連城到底比郁心蘭宅心仁厚，適時誇讚道：「還沒過門便知道為自家男人說話，是個賢慧的。」

郁心蘭笑了，紫菱羞得跺腳，急得脖子紅了，「大爺為何拿婢子尋開心，這般胡說八道……」

赫雲連城忍著笑道：「我並非是胡說八道，賀塵今日已經向我提親了，我也應允了。」

屋裡的一眾丫頭們「哇」地便叫開了，頓時將紫菱團團圍住，一疊聲地恭喜。

紫菱羞得不行，將手中的事物往桌上一擱，轉身掀了簾子便衝將出去。

賀塵正好守在迴廊下，見到紫菱出來，不由眼睛一亮，幾乎要放出光來。紫菱見到他這副模樣，又是甜蜜又是羞惱，怪他自作主張，事先不與她商量，害她在大爺和大奶奶面前失了分寸，因而狠狠地瞪了他一眼，轉身去了後罩房自己的房間。

那裡賀塵是不方便跟進去的，只急得抓耳撓腮，恨不得去問一問大爺，您幫屬下問了紫菱姑娘的意思沒啊？

那屋裡，郁心蘭正在問赫雲連城：「這是什麼時候的事呀？」

赫雲連城笑道：「賀塵自己跟我說，就是上回妳讓他陪紫菱去錢府送謝禮，錢老將軍原是不想收下的，被紫菱一番巧舌給說服了。他便想著，自己笨嘴拙舌的，得娶個伶牙俐齒的妻子，才好生個聰明兒子出來。所以今日才來求了我，託我來問一問紫菱的意思。」

郁心蘭一哂，「就為了這個？他若不是真心愛慕紫菱，我可不會答應。」說著噘起小嘴，埋怨道：「你方才做什麼說你已經允了，這讓我怎麼好拒絕？」

赫雲連城笑道：「我也是看紫菱為賀塵說話，心裡應當也是喜歡賀塵的，才說是允了。」

「屬下是真心喜歡紫菱姑娘的。」賀塵蹭到了暖閣外，原想將主子喚出來詢問，正好聽到這句，忙大聲表白自己。說完了才發現暖閣外的堂屋裡還站著一排小丫頭，現下正一個個憋著笑，用古怪的眼神看著自己。賀塵頓時就窘了，手腳都不知要怎麼放才好。

「進來吧。」

聽到奶奶在屋內喚他，賀塵忙畢恭畢敬地進去，站在屏風後回話。

郁心蘭仔細問過賀塵的意思，確認他的確不是一時衝動之後，這才笑道：「紫菱是沒賣身的，我作不得她的主，你得自己去問她的意思。這樣吧，我讓蕪兒帶你去後罩房，成不成要看你自己了。」

賀塵這下子急了，他這陣子沒少在紫菱面前獻殷勤，可紫菱對他總是淡淡的，他哪知道要怎麼說服紫菱啊，紫菱剛才還瞪他呢。

蕪兒已經打起了門簾，賀塵卻撲通一聲跪了下去，「求奶奶幫忙周旋一二。」

郁心蘭偏頭看了眼屏風後的身影，赫雲連城見不得自己的愛將這般，忙打圓場道：「蘭兒，妳就幫個忙唄。」

郁心蘭輕哼了一聲，心道：當娶媳婦是這麼容易的事嗎？嘴裡卻說道：「我真沒法子幫忙，紫菱看著柔順，其實主意最是堅定。不過嘛，我倒是可以給你指條路，你就像現在這樣，見到她就下跪，她若不答應就不起來。」

賀塵覺得這個主意不錯，立即向郁心蘭磕了個頭，大踏步地隨著蕪兒走了。

赫雲連城沒好氣地看著小妻子，「這叫什麼主意？男兒膝下有黃金，隨隨便便跪了，以後如何振夫綱？」

郁心蘭將小下巴一抬，重重地哼了一聲，「怎麼？你還想如何在我面前振夫綱？」

聽出這語氣裡已經有了幾分薄怒，赫雲連城頓時慌了，趕忙道：「不會不會，我覺得我們這樣就挺好！」

郁心蘭有心想開個玩笑，讓他向自己下跪，可是轉念一想，這是不可能的事，還是不提也罷。

赫雲連城見妻子的神色和緩了，忙又關心道：「禮物先讓丫頭們幫妳挑著，妳別累著了。」

郁心蘭笑道：「我不過動動嘴皮子，哪裡會累？現在府中最累的是母親，可惜我幫不上忙。」

最近府中忙著的，便是將赫雲策房裡的方姨娘抬為平妻的宴會。

二奶奶上回因與人一起陷害郁心蘭，被重重處罰了一次之後，老實了許多，可是侯爺仍沒打算放過她。因為她在外面與娘家大嫂李大奶奶合夥放印子錢的事，被侯爺知曉並調查清楚了，侯爺當場便表態，這種吃人血汗的生意，以往不知鬧出過多少人命，若是傳了出去，必定會影響到侯府的聲譽。

依著侯爺的意思，是要將二奶奶休了去的。不過，二爺對妻子還是有些感情，加上二奶奶又幸運地有了身孕，休妻的事兒才作罷。只是二奶奶不敢再強硬，只得寫了文書，答應抬方姨娘為平妻。

如今三奶奶閉門不出，安心在院子裡治療臉上的疤，郁心蘭和岑柔又懷了身子，二奶奶禁足中，這宴會的一應事務都要長公主一人操心，她便只得將二姑娘和庶出的三姑娘兩個調出來幫忙。

兩個姑娘如今都許了人家，正該學著如何主持中饋，免得日後到了婆家，沒法子替婆婆分憂。

赫雲慧原本一直躲著郁心蘭，可是席面的菜譜要如何定，長公主偏偏指著她去找大嫂商量，她這才忸忸怩怩地來到靜思園。

「大嫂，上、上回的事，是我對不住妳。」赫雲慧也知道第一重要的是道歉，一進門便伏低做小地道。

郁心蘭抬眸瞟了她一眼，不輕不重地點了她幾句，這才問道：「來找我什麼事？」

赫雲慧這才拿出席面的菜單出來與郁心蘭商量，郁心蘭提了幾條意見，兩人商量完後，總算是回到了最初和睦相處的時光。

抬平妻的喜宴與成親時的喜宴沒什麼不同，不過不會再有花轎和拜堂了，方姨娘少不得嘆息一番。朝中許多官員都應邀前來賀喜，剛剛納妃的賢王明子期也來參加，宴會的時辰還沒到，他便先到靜思園抱悅姐兒玩。

明子期塞了一塊玉佩給悅姐兒，哄著道：「悅姐兒乖，叫表舅舅。妳有沒有想表舅舅？」

悅姐兒大抵是能聽懂他的話，睜著烏溜溜的大眼睛看著明子期，乖乖地叫了一聲：「九九。」

明子期大樂，連親了悅姐兒好幾口道：「悅姐兒真聰明，不如給舅舅當女兒吧！」

赫雲連城斜眼看他，沒好氣地道：「這麼喜歡女兒，讓唐側妃給你生一個，少來搶我的女兒。」

明子期嘿嘿一笑，「若是我有了女兒，咱們兩家就訂娃娃親吧。」

赫雲連城大怒，「滾一邊去，還想騙我兒子！」

郁心蘭在一旁看著他二人打鬧，兩個小寶寶也跟著哇哇叫，這情景讓人不由得會心一笑。

正說笑著，門口傳來明子恆的聲音：「好熱鬧啊，十四弟過來時怎麼不叫上我？」

明子期嘻嘻地笑道：「我看九哥你與霍丞相談得正歡，便沒叫上你。」

郁心蘭差點失笑，若換成旁人，定然不會這般直白地說出來，好生讓莊郡王下不了臺。

明子恆的俊臉上果然閃過一絲尷尬，隨即又自若地笑道：「與霍丞相什麼時候都能談話，不急於這一時，你當叫上我的。」又看向曜哥兒和悅姐兒道：「來，讓伯伯抱抱。」

兩個小傢伙並不認生，不大平穩地走過去，張開兩手讓明子恆抱了。

唐寧和唐羽兩姊妹跟在明子恆的身後，赫雲連城和郁心蘭忙吩咐丫頭們將地龍燒得旺一點，幾人依次在短炕和椅子上坐下——自然是女人們坐在熱炕上，唐寧和郁心蘭兩位孕婦坐在上首，唐羽坐在下首，男人們則在椅子上陪坐。

郁心蘭打量了一下唐寧，唐寧比上次見到的時候胖了些，臉色紅潤，眼睛亮得照人，比起往日漂亮了許多，顯然日子過得舒心。問起唐寧的情況，唐寧笑道：「我可是好得很，有吳大夫在一旁照料著，倒是一點害喜的反應都沒有。」

明子恆在一旁插嘴道：「還是要當心。」

夫君當著這麼多人的面關心自己，唐寧羞紅了臉，滿心都是幸福的泡泡。

為了掩飾臉上的紅暈，唐寧忙從丫鬟手裡接過一個小巧的錦緞包，從裡面拿出件小衣服來，送到郁心蘭的手裡，「這是我前些日子請人拿來的，有百歲老人在上面動過針線，我留了一件，這件拿來給妳。」

這時代的人都相信，穿上百歲老人動過針線的小衣裳，能讓孩子長命百歲。

郁心蘭接過來，笑著道了謝，兩個孕婦便小聲談起了生育經。

這情形瞧在唐羽的眼中，卻是刺入指頭的針尖般痛得難忍。明子期只在洞房那日進過她的屋子，之後雖對她溫柔體貼，卻彷彿是透過紗窗看風景，總是隔著一層什麼，疏遠而生分。

到底是什麼呢？她不由得望向自己的夫君，卻見他們男人表情輕鬆地聊著，眼瞧著要過年了，話題自然是圍著太后的病情和即將到來的新年打轉。只不過，他們三人聊上幾句，就會將目光往這邊投來一次。

赫雲連城自然是看著自己的妻子郁心蘭，而明子恆總是先看一眼郁心蘭，再看一眼唐寧。至於明子期看著的人卻不是她，也同樣是郁心蘭。

為什麼？為什麼都這麼關心郁心蘭？

唐羽將指甲掐入掌心，摳出了血都不覺得痛。

郁心蘭又感受到了那種灼熱的目光，轉眸看去，唐羽卻迅速掩下長睫，端著茶杯，輕輕吹著茶沫，氤氳的蒸氣擋住了郁心蘭的視線。

郁心蘭不由得皺眉思忖道：唐寧的這個二妹，可遠不如她那般溫柔可親了。

宴會之後，唐羽便尋著藉口與長姊同車，在車裡小聲說道：「姊姊，妳不覺得姊夫看誠郡王妃的表情很特別嗎？方才在屋子裡坐著的時候，姊夫總是看向她。」

唐寧心一沉，臉也跟著一沉，低斥道：「妳愈大愈不知事了，這話也是混說得的？妳便是瞧心蘭不上眼，也當顧忌妳姊夫的聲譽！若是再讓我聽到這樣的話從妳口中說出來，就別怪我不認妳這個妹妹！」

唐羽沒想到自己一番好心，想提醒大姊注意一下郁心蘭，竟落了一身埋怨，心中不由得更恨郁心蘭了。

一直騎馬陪在馬車旁的明子恆，也不知聽到兩姊妹的談話沒，俊臉上是如往常一樣的溫文爾雅，只是眸光卻閃爍個不停。

下了幾場大雪後，年關便要到了。

就在大傢伙兒都買齊了過年物資，準備熱熱鬧鬧過個年的時候，宮中傳出了沉重的鐘聲。這鐘聲沉悶而綿長，郁心蘭聽得一怔，赫雲連城細聽了聽，便道：「太后薨了。」

不到兩炷香的功夫，宮中傳訊的公公便到了侯府，果然是太后薨了。好在太后的情形不妙，長公主早有準備，立即令人開倉取出早便準備好的麻衣孝服，令府中一干人等立即換上。府中各處，但凡有點顏色的燈籠和垂幔也都被取下來，換成喪燈和潔白的絹布。

太后雖不是皇上的生母，可太后是一位非常公正非常賢慧的女子，在先帝的立儲詔書下達之後，便一門心思地輔佐皇上，因而皇上對太后十分敬重。痛失慈母，建安帝的眼眶也不禁紅了，下令舉國重孝百日，又放生了一千尾魚和一千隻鳥，大做法事七七四十九日，為太后積德。

次日凌晨，諸人乘著馬車到宮門處，排隊入宮祭奠。所有人都小心地收斂著神色，連呼吸都放得極為清淺。在宮中又跪又磕地折騰了一日，天色全黑之後，官員們才返回各自的府第。

剛走進二門，赫雲連城便低聲問：「累不累？」

其實是很累的，不過長公主做為太后的女兒，跪得比自己多，郁心蘭便不好說出口，剛要搖頭，腰間一緊，整個人已經被赫雲連城給抱了起來。

「連城！」郁心蘭心裡一慌，向旁邊看去，只見侯爺和長公主都露出了幾許笑意，旁邊的下人都低下了頭。她暗掐了赫雲連城一把，悄聲道：「放我下來。」

赫雲連城一本正經地道：「前面黑，路又滑，要小心點，萬一摔了怎麼辦？」

讓丫頭在前面打燈就是了，哪裡用得著這樣！郁心蘭紅著臉低下頭，不敢看公公婆婆的臉色。

赫雲連城見妻子聽話了，冷峻的眉眼化開來，洋溢著春風般的笑容。

舉國大喪百日，新年也過得極為冷清，便是一家人聚在一起，也不敢大聲說笑，不敢大魚大肉、好酒好菜，更不敢談嫁娶之事。赫雲連城搬府別居的時日又往後推了推，待百日孝期過後，已經到了暮春，連今年的三月三上巳節都錯過了，可是郁心蘭的產期卻也要到了。

此時的曜哥兒和悅姐兒已經一歲半了，會說簡單的句子，聽了大人們的話後，便天天吵著要看小弟弟。

兩個小傢伙總是奶聲奶氣地道：「娘親快把小弟弟生出來。」

郁心蘭哭笑不得，努力地解釋道：「還要半個月，小弟弟才能出來跟你們玩。」

這話才說完沒多久，郁心蘭就提早發作了。肚子疼得一抽一抽的，她忍不住捏緊床單尖叫。

正巧郁心瑞上侯府來看姊姊，赫雲徵陪著他過來，兩人邊走邊交流學習心得，剛進得靜思園的大門，就聽到一陣尖銳的叫聲，丫頭婆子們忙碌地進進出出。郁心瑞嚇了一大跳，忙拉住行色匆匆的蕪兒問：「我姊姊怎麼了？」

蕪兒草草行了個禮，「回舅少爺，奶奶要生了。」

郁心瑞立即就興奮了，「姊姊要生了，我能頭一個見到小外甥。」

赫雲徵很自覺地跟著道：「我能第二個見到小侄子。」

兩個小少年興奮莫名，搓著手在堂屋裡走來走去。

赫雲連城剛剛下衙回府，聽得賀塵說是郁心蘭要生了，馬上跳下馬來，一路走得飛快，直往靜思園衝去，把賀塵遠遠地拋在後面。

進得門來，正見到赫雲徵和郁心瑞兩個急得團團轉，赫雲連城的腳下就慢了半拍，收斂了臉上的焦急神色，點頭招呼後，到房中來看郁心蘭。

正是一輪陣痛的時候，赫雲連城衝到床邊，握住郁心蘭的手道：「怎麼樣？痛的話就叫出來！」

半晌過後，那陣痛勁兒過去，郁心蘭調勻了氣息，朝他微笑道：「穩婆說這一胎胎位很正，應該會生得快。」

穩婆忙在一旁接口道：「才剛剛發作，至少也得到傍晚才會生，大爺不如先去暖閣裡坐坐？」

赫雲連城搖頭，「不要緊，我陪著。」

這時代女人生孩子，就沒男人在一旁立著的，穩婆們的臉上都露出了不贊同之色。

郁心蘭雖然很想讓赫雲連城陪著自己，可是他高大的身子站在床邊，的確是有些礙事，便笑道：「你先出去吧，我有事再叫你進來。」

赫雲連城也明白，雖然他非常想代替蘭兒來痛，可是事實上，他卻是幫不到任何忙的，只得柔聲安慰了幾句，出了內室。此時，赫雲連城已經調整好了神色，頗有幾分鎮定自若了。

他邀請兩個弟弟坐下，閒聊、吃飯，再閒聊。明子期有事來尋赫雲連城，聽說郁心蘭要生了，便也坐在一旁陪著。

時間不知不覺就到了傍晚，赫雲徵和郁心瑞兩個最年輕，不由得愕然道：「上午我就以為就要生了，怎麼這麼大半天了，還沒出來？」

赫雲連城覺得此話深得他心，只不過他已為人父，表面上卻要作出頗有經驗狀，不以為然地道：「哪裡那麼容易？上回生曜哥兒和悅姐兒的時候，就用了一整天。」

曜哥兒和悅姐兒剛巧聽見，奶聲奶氣地高興道：「弟弟來了嗎？」

明子期呵呵一笑，「是呀，弟弟來了！」

悅姐兒還乖巧，曜哥兒卻一溜煙地往內室跑，「弟弟！弟弟！」

彷彿要應和他的呼喚，郁心蘭淒厲地尖叫一聲，跟著門內就傳出了嬰兒的啼聲，非常響亮。

明子期笑道：「聽聲音就是個哥兒。」

話音剛落，便有穩婆出來報喜：「恭喜大爺，是個哥兒！」

第二次當父親，赫雲連城鎮定多了，先吩咐了一聲：「通通有賞。」才一頭衝進內室，順道將門口的曜哥兒拎著往後一放，不許他進去。

郁心瑞和赫雲徵也想跟進去，哪知房門竟貼著他倆的鼻尖，「砰」一聲關上，差點撞出鼻血。

曜哥兒感覺自己被父親和母親拋棄了，扁了扁小嘴，哇哇地哭了起來。

郁心瑞趕緊抱起曜哥兒，哄道：「曜哥兒乖，弟弟睡著了，明天曜哥兒再來找弟弟玩好不好？」

明子期抱著悅姐兒走過來，笑嘻嘻地道：「曜哥兒先跟妹妹玩好不好？」

幾個人圍著哄了一圈，小傢伙受傷的心靈終於慢慢癒合，開心地跟小叔叔和舅舅玩起了貓捉老鼠的遊戲。

玩得十分開心的曜哥兒心裡還想著，明天要帶弟弟一起來玩這個。事實上，過了整整一個月，弟弟紜哥兒出了月子，他才有機會見到那個小臉白嫩嫩胖嘟嘟，只知道噘起小嘴，閉眼酣睡，根本不理會他善意笑容的小弟弟。

❖　❖　❖

時間一晃便是兩年多過去了。

赫雲連城和郁心蘭早就從侯府搬到了誠郡王府，自立門戶了。

曜哥兒和悅姐兒已經快四歲了，紜哥兒也有兩歲多了，已經會說可愛又可笑的稚語，跟在哥哥姊姊身後跑了。

這期間，賀塵終於取得了紫菱的首肯，抱得美人歸，並在次年就生下了一個漂亮的女兒，取名賀婷。而因著黃奇的主動追求，大膽求愛，蕪兒也自去郁心蘭跟前求了恩典，成就一樁婚姻，只不過，成親快一年了，肚子還沒動靜，蕪兒不免有些焦急。

錦兒生了長子之後，來年又生了次子，把安泰和安娘子樂得合不攏嘴，原本他們是十分得意男孫多的，可自那回見到郁心蘭和紫菱兩人漂亮的女兒之後，就對香香軟軟又乖巧聽話的小女娃娃心癢得不得了，又開始鼓動兒子努力耕耘，再接再厲，為安家添個可愛的小孫女。

郁心蘭將錦兒和蕪兒的賣身契都發還了，還去官府除了奴籍，跟前也不需要她們再伺候，可是包括紫菱在內，都自願每日到王座中來服侍。

郁心蘭也只得由著她們，不過還是將千荷、千雪給提上來做一等丫頭，身邊的媳婦子自然是嫁與佟孝長子的千葉。千葉被佟娘子好生調教了幾年，現下可老實得多了，親自來向郁心蘭請了罪，表示再也不會與仁王府那邊聯繫。

郁心蘭看在佟孝一家的面子上，也就順水推舟地原諒了她。

郁珍自遠嫁南疆之後，只能與郁心蘭書信聯繫。郁心蘭只知郁珍成親次年便生了一個兒子，極得公婆的喜愛，丈夫又疼惜她，過得很是幸福。

唐寧連生了兩胎，卻都是女兒，明子恆表面上沒說什麼，對兩個女兒也是極為疼愛，可是心底裡卻是十分遺憾，雖然後面另娶的側妃和另一位妾室為他生了兩個庶子，可是到底不是嫡子。

又值夏末，荷花已經開過，正是睡蓮開放的時候了。郁心蘭在誠郡王府也建了一座暖房，初春便能賞到睡蓮，而曲池中的睡蓮卻是正常花期開放的。養了兩年之後，曲池中的睡蓮群已經初具規模，不少名門夫人遞了帖子，希望能到王府中來賞花納涼。

「大姊，妳說我要不要辦一個賞蓮宴？」

郁心蘭慵懶地歪在湘妃竹製成的美人榻上，偏頭問坐在一旁明顯心不在焉的赫雲彤。連喚了三聲，赫雲彤才驚覺，垂眸看著手中的粉彩折枝牡丹茶杯，輕聲道：「弟妹想辦便辦吧，有什麼要幫忙的，只管知會一聲。」

郁心蘭心中微微一嘆，握住赫雲彤的手道：「大姊，我跟連城沒人怪妳，也不會怪姊夫，妳切莫再往心裡去了。」

她知道赫雲彤覺得自己愧對他們夫妻倆，可是這不是赫雲彤的錯，實在沒有必要自責。事情的起因是這樣的，按習慣，大年初一，宮中都要賜宴群臣。今年新年的第一天，宮中也賜了宴，建安帝興致極佳，多喝了兩杯，在宴會之中忽地暈倒在地，手腳抽搐，口吐白沫，儼然是中風了。

好在他從不曾放鬆過習武健身，龍體康健，所以在休養了一個多月後，便好轉了。只是老人家都經不得病，自病了這一回後，眼瞧著建安帝的身體便是差了許多，精神也大不如從前。

這樣的時候，最好是能由皇帝掌管大局，太子從旁理政。只是選誰為儲君，建安帝真的拿不定主意。

在心裡，他更中意睿智果決的十四皇子明子期。可是明子期的確是沒有爭儲的意思，都二十一歲了，連正妃都不願意娶。先前以為是與側妃唐羽情深，可是唐羽幾年未孕，皇上和皇后少不得要去關心一下，尋了賢王府的管事嬤嬤一問，才知明子期壓根兒就極少進唐羽的房間。

巧婦難為無米之炊，建安帝和皇后不知將明子期宣入宮中來斥責過多少回，卻是一點用處也沒有，連子嗣都沒有的皇子，自然是不可能被立為儲君。若要立明子期，還得逼上一逼。

而十二皇子明子信，雖說這兩年也得了一個嫡女、幾個庶子女，可是後宅裡經常有亂七八糟的流言傳出來，連府中後院那幾個女人都鎮不住，如何能壓得住這滿朝文武？況且明子信的謀略基本來自秦小王爺秦肅，唯一沒聽秦肅建議的那一回，就是聽王丞相的那次，還差點行差踏錯。

秦肅的確是個難得的人才，可是臣子太過於精明強幹，君王太過於倚重臣子，日後就難免出現君不君、臣不臣的現象，因而建安帝幾乎沒有選擇他的打算。

至於九皇子明子恆，總的來說，建安帝對他還是滿意的。他聰慧、決絕，為達目的可以不擇手段，更重要的是，他會看時機，在順境中知道如何展示自己，吸引朝臣們來歸附，在逆境之時也懂得韜光養晦，盡量不引人注意，躲避明刀暗劍。只是，要果斷地立他為儲君，建安帝又不知為何遲遲下不了這個決心。

為了給幾個儲君的候選人一個公平的機會，建安帝便在幾個月前提出，他且先去行宮修養，由賢王、莊郡王兩人代理監國，朝中政務交由賢王、莊郡王、誠郡王和霍丞相四人一同協商處理，至於歸期，他並未說明。

此詔一出，滿朝皆驚，這相當於是半禪位了。況且統領朝政的只有明子期和明子恆二人，這就等於在告訴群臣，儲君只會從這兩人之中選出。

因此，以往的暗爭變成了明鬥，莊郡王的不少擁護者從暗處來到了明處。這其中，自然就有平王世子明駿。

明駿一從暗轉入明，許多以前為莊郡王謀劃的事情便會被人揣測猜疑，況且還有個不甘落選的仁王和他的謀臣秦小王爺。不過幾日，朝野內外就開始傳出一些閒話，指責莊郡王人品低下，這其中就有莊郡王刻意挑撥定遠侯一家人關係的流言。

赫雲彤聽到這些傳言後，忙親自上門來謝罪，郁心蘭和赫雲連城都表示沒放在心上，可她仍是自責不已，言道一定會督促丈夫，讓他少出缺德主意。

郁心蘭和赫雲連城都笑著道了謝，其實心中並不抱什麼希望。畢竟現在已經到了最關鍵的時刻了，若是用點手段就能將賢王拉下馬來，相信明子恆一定會用，只要他能登上那個位置，汙巇兄弟的這點小瑕疵就不算什麼了，畢竟，歷史是由成功者來書寫。

今日赫雲彤到誠郡王府來做客，可是卻一直心不在焉，郁心蘭直覺這其中有事，一開始還以為是又跟明駿吵架了，可現在卻覺得不是這樣。於是，她便笑笑道：「我想辦賞蓮宴，自是要請大姊相助的，可若是大姊有事，我卻是不方便相邀了。」

赫雲彤咬了咬唇，遲疑了一下，才道：「我……其實沒什麼事，對了，靖弟近幾日忙不忙？我看駿郎總要三更半夜才能從莊郡王府回家。」

郁心蘭的眸光一閃，想再套點話，可是赫雲彤又咬緊了嘴，什麼也不肯說了。

郁心蘭便沒再強人所難，兩人約定好，後日在誠郡王府辦個賞蓮宴，發帖子邀幾位交好的夫人們過府遊玩，赫雲彤便告辭回府了。

※ ※ ※

下了朝，赫雲連城回到府中，曜哥兒和悅姐兒張開兩手飛奔過去，「爹爹！」兩人一左一右抱著赫雲連城的大腿。赫雲連城慈愛地笑笑，彎腰摸了摸兩個孩子柔軟的頭髮，卻快步走上臺階，將蹣跚著跑來的紜哥兒抱起來，笑問道：「紜哥兒今天乖不乖？」

紜哥兒對自己的評價是非常高的，「紜哥兒很乖很乖。」

你才不乖，你背地裡搶了子期叔叔送我的風車，有膽子的話，就向爹爹承認唄！

曜哥兒鄙夷地看著裝乖的弟弟，小嘴撇到了後腦杓。

紜哥兒卻毫不畏懼地迎視回去，眨巴著黑葡萄似的大眼睛，長長的睫毛像小扇子似的搧個不停，眼神無辜著，那樣子真是要多乖就有多乖。

赫雲連城順著小兒子的目光回了頭，寒星似的眸子在長子那滿是挑釁的小臉上掃了掃，俊秀的眉毛一挑，「曜哥兒又欺負弟弟了？」

曜哥兒氣得跳腳，「爹爹，你又冤枉曜兒，曜兒才沒有欺負弟弟，明明是弟弟搶了我的風車！」

赫雲連城對長子的怒火視若無睹，不鹹不淡地道：「沒有就沒有，這麼急躁像什麼話。再說，你是大哥，弟弟喜歡風車就應當讓給他，以後不許再搶你弟弟的風車玩了。」

說著不再理曜哥兒，抱著紘哥兒進了屋。紘哥兒趁爹爹沒注意的時候，用白白胖胖的小肉手，朝哥哥打了個勝利的手勢，看吧看吧，爹爹就是疼我一些，早說了把風車借我玩一下就好的，現在變成我的了吧，後悔了吧？後悔買不著藥吃吧？

可憐曜哥兒，小小年紀就已經習慣性吐血了，直氣得在原地捶胸頓足，考慮要不要學安佑的樣子，躺到地上打滾。

悅姐兒同情地看著哥哥，看在跟他是同一天生辰的分上，勉強安慰道：「算了，哪個要你那麼搗蛋，爹爹當然就相信弟弟不相信你啦，你在這裡生氣也沒用。」

曜哥兒「哼」了一聲，「我會生氣？我都四歲了，才不會跟個一、兩歲的小娃娃計較！」說罷一揚小腦袋，驕傲地上了臺階。

屋內，郁心蘭正跟赫雲連城說話：「大姊說最近姊夫總在莊郡王府待到半夜才回府，不知朝中是否有要事？」

赫雲連城沉聲道：「是的。皇后娘娘病重，皇上傷心擔憂，龍體也不大好了。」

皇后陪著皇上去了行宮，好好地住了半年，前幾日竟傳來了這樣的消息，難怪莊郡王等人要商議對策了。皇后若是薨了，群臣就可以請皇上另立皇后，若是立德妃為后的話，那麼目前唯一困擾莊郡王的嫡庶問題也就迎刃而解了。

郁心蘭懶怠去管，又說起了賞蓮宴的事，赫雲連城道：「既然要辦，就大辦一次吧，睡蓮的花期長，不如晚上半個月，大慶國太子要帶正妃和側妃出使我國，正好一道宴請，還了人情。」

他如今也是議政的四重臣之一，朝臣們爭相巴結的對象，平日總有人宴請，再怎麼不願也得去一次。去了就得還，不如一次給還清。那大慶國那邊，三皇子因著建安帝的支持，成功上位，被大慶國皇帝冊封為太子。這次出訪玥國，便帶了兩位玥國的妃子回來探親。

郁心蘭一口應下，讓人去準備描金花帖。

到了宴會那一天，郁心蘭一早兒地起身，打扮得漂漂亮亮，赫雲連城欣賞地望過去，只見妻子挽著一頭飛花髻，只戴了一支銀攢珍珠梅花結條釵，和一支銀鍍金點翠鑲料石松葡萄雙喜頭花，額前飾著銀鍍金點翠東珠串流蘇，數量雖少，但件件都非凡品，含蓄地張顯奢華；一身雨後天青色的描金折枝牡丹紋直褙，下襯粉藍色八幅羅裙，腰間繫一條長可及地的繡天青花牡丹花的月白絲條。在這炎熱的夏末季節裡，如一道清澈的泉水，令人不由得心生涼爽之感。

郁心蘭讓乳娘將三個小主子帶到跟前，仔細叮囑：「一會兒賓客中也有不少小孩子，你們可以帶他們玩，也可以自己玩自己的，但是不許欺負他們，聽到沒有？」

說最後幾個字的時候，郁心蘭秋水般的眼眸直望著曜哥兒，三個孩子中就數他最搗蛋，跟隻皮猴似的，三天不打，上房揭瓦，郁心蘭不得不重點防範他。

悅姐兒和紜哥兒乖巧地點頭，曜哥兒壓下心中的委屈，不情不願地應了一聲：「知道了。」

郁心蘭這才放他們三個出去玩。

過了辰時，女賓們陸續到達。

唐羽這是第一次來誠郡王府，以往她總是不願見到郁心蘭，可是旁人總是傳誠郡王府怎麼漂亮雅致，又說園子都是郁心蘭設計的，如何如何蕙質蘭心，今日她實在是忍不住要來看一看。

進了二門，入目的就是一座偌大的池塘，池塘裡盛開著無數的睡蓮，或聖潔或妖嬈或嫻靜或搖曳。唐羽當即被這滿池的風情奪去了心神，癡迷的目光纏繞在淺紫深藍的花兒之上。腳下不停，跟著引路的侍女走過用渾圓鵝卵石鋪就的小徑，繞過四分之一的池塘，便換成了漢白玉石板小徑，小徑一直沿伸到一處高臺之上，化為了臺階。

直到高臺之下，抬頭之間才發覺這是一座恍若仙府的高臺，整個高臺沐浴在一片花海之中，四周的牆壁被整片的豔紅芍藥花和碧綠常春藤占據，只有雪白的漢白玉欄杆露出幾分真容。真像傳說中的仙境，古樸浪漫之中透出低調的奢華。

唐羽的眸光不由得暗了一暗。

「唐側妃來了？」

高臺之上響起郁心蘭熱情的招呼聲，唐羽只得打起精神微笑，提裙上了臺階。

郁心蘭熱情地迎上來，托著唐羽的手臂往內走，「今個兒我們就在這裡賞花，哪裡也不用去。」

唐羽這才望下去，原來站在這高臺之上，可以將大半個後花園盡收眼底，滿池搖曳的睡蓮就鑲嵌在東面落地長窗邊，而西面可以竹海聽濤，南面可以賞曲徑幽花，賓客們只須坐在几案邊，品著美味佳餚，吹著清爽的涼風，就能將滿園景致看個通透。

果然是獨具匠心！

沒等唐羽嫉妒完，郁心蘭又笑道：「妳大姊和三妹都在裡面。」說著讓人引了唐羽進去，她又回到臺階邊，迎接新的客人。

下了朝，赫雲連城陪同大慶國太子殿下，和賢王、莊郡王等人一同回府，郁心蘭親自去二門迎了已被封為太子妃的明華公主和良娣郁琳。

明華公主已不像從前那般張揚恣意，笑容裡有著淡淡的傲氣和疏遠。賓主依次坐下後，明華公主便拉著郁琳的手笑道：「郡王妃的妹妹，也是本宮的好姊妹呢！」

這話聽得郁心蘭心中一寒，她聽說另外一位陪嫁女官比明華公主早一個月懷孕，結果卻難產死了，孩子也沒能保住。如今明華公主拉著至今未有生育的郁琳的手，說出這樣的話來，真讓人不由得同情起郁琳來了。

郁琳謙遜地笑道：「能服侍公主是妾身的福氣。」

明華公主輕責地瞥了郁琳一眼，「說過我們以後以姊妹相稱，妳為何總是記不得？」

這責備也不過是裝裝樣子，郁琳只管垂著頭笑，並不辯駁。

郁心蘭不讓冷了場，便陪笑道：「開宴的時辰尚早，不如請太子妃觀看歌舞吧。」

其實心底裡，明華公主更喜歡太子妃這個稱呼，見郁心蘭知機，便頷首贊同。郁心蘭拍了拍掌，傳來早備下的歌伎舞女，與眾人一同欣賞歌舞。

赫雲連城在前院應酬了一陣後，作為男主人，他得要在女賓客面前露個臉，說幾句「承蒙光臨，不勝榮幸」之類的客套話。

俊美如天神般的赫雲連城走入高臺，便引得女賓客們一陣陣抽涼氣，郁琳沒想到事隔五年自己還能見到他。她還記得那日在郁府驚豔一瞥之時的赫雲連城，平時的他寒星似的眼睛微微一瞇，整個人不苟言笑，凜然而威，一舉一動都有一種與生俱來的貴氣，可採摘梨花的時候，眉目都是舒展的，彷彿能為郁心蘭採枝梨花，是最幸福的事……

今日又見到赫雲連城，不知道怎麼的，郁琳的心臟猛然亂跳起來，胸口又脹又酸，說不出的難受，眼睛一熱，視線頓時模糊了，她從來沒覺得這樣委屈過。

赫雲連城與眾女客說話的時候，表情如常，可那雙眸子卻是厭惡的，但看向郁心蘭的時候，卻眉梢眼底都是笑意，一望而知兩人的感情有多麼深厚。郁琳悄悄地打量郁心蘭，悄悄地捏緊紅菱帕子，憑什麼！憑什麼她和三姊都不幸福，這個沒名分的野種卻可以這樣幸福！

此間都是女子，各式各樣的熏香味、香露味，再好聞的味道混在一起，也讓人難以忍受。赫雲連城隨意說了幾句，與郁心蘭交換了一個眼神，便快步離開了高臺。

明華公主看著赫雲連城的背影，向郁心蘭讚道：「靖哥哥的大名，便是大慶國的臣子們也是聽說過的呢。」

現在赫雲連城的官聲的確不錯，原來他不止是可以當安邦的武將，也可以作治國的文官。其實建安帝善於用人，朝中能力出眾的官員有著不少，只不過很少有人能像他一樣思維敏捷、策無遺漏，而且行事往往別具一格，從不墨守成規，也不假裝高深莫測，通常會用簡簡單單的話來切中要害，令人茅塞頓開。

有這樣的丈夫，郁心蘭自是萬分自豪，也不故作謙虛，只是笑道：「太子妃遠在大慶國也聽說過嗎？」

大人們在一起虛偽地聊天，小孩子們則湊在一起玩遊戲。主人家的曜哥兒就充當老大，指揮大傢伙兒分成兩派，玩官兵捉賊的遊戲。

這其中年齡最大的是莊郡王的庶子，已經八歲了，不大願意跟那群小蘿蔔頭玩，只不過捨不得漂亮得像花仙子似的悅姐兒，又緊巴巴地跟著。女孩子們本是不喜歡玩官兵捉賊這種遊戲的，尤其是從小當淑女教養的仁王的女兒明媚和莊郡王的女兒明嬌，她倆只想玩家家酒。

可是，曜哥兒極受小女孩兒的歡迎，走到哪裡身邊都會跟上一大堆小美人兒搶著討好他，為了不讓旁人搶走自己在曜哥兒身邊的位置，她們也只好答應了，還搶著要當曜哥兒的侍衛。

曜哥兒有點嫌棄地看著她倆，眼睛倒是大的，皮膚也夠白，但是小女孩兒還沒長開，胖胖的小臉擠成一團，便嘟囔道：「我不要這麼醜的侍衛，我要我弟弟當我的侍衛！」

不當侍衛是可以的，但是被說成比他弟弟還要醜，那可就是奇恥大辱了。明媚和明嬌氣呼呼地回頭一瞧，只見兩歲多的紘哥兒粉雕玉琢，眼睛烏溜溜的，確實十分漂亮。明媚和明嬌頓時洩了氣，只得當成了普通士兵。

可是分配人手的時候，卻又有了新的麻煩，女孩兒都想跟曜哥兒一邊，但匪徒那邊不能沒有人啊，於是曜哥兒充分發揮自己的魅力，表示誰願意當賊，一會兒開宴後，誰就能與他共坐一桌，於是，終於分配好人手了。

眾女將、男將在大將軍曜哥兒的帶領下，與錦兒的長子安佑為首的匪徒，展開了激烈的戰鬥，最後是曜哥兒為首的官兵大獲全勝。

曜哥兒非常有當將軍的潛質，指揮著屬下處理俘虜，「男的都抓去做苦役，把那邊石牆上的木樨花都摘下來，放在托盤裡。」正好娘親要木樨花做香露，一會兒可以拿去拍娘親的馬屁。又指著一眾女俘虜道：「女的都充入府中，給我當小妾。」

一眾女俘虜歡欣鼓舞，女士兵們卻萬分沮喪，拉著曜哥兒的袖袍不鬆手。

曜哥兒將軍勉強收下了明媚和明嬌，其他人真不想要了，煩不勝煩，最後終於記起自己還有個兄弟，於是看向紘哥兒，奶聲奶氣地問道：「你要不要幾個？」

紘哥兒堅定地搖頭，更加奶聲奶氣地道：「不要，她們沒有婷妹妹漂亮。」說的是紫菱和賀塵的女兒賀婷。

曜哥兒努力說服弟弟，「先收下幾個吧，也許長大後就好看了，不好看，你再送還我好了。」

眾婆子丫頭守在一邊看著他們玩，邊看邊笑，回頭便有丫頭把這邊的情形報給主子們聽。

女賓客們都笑得前仰後合，郁心蘭愁得不行，曜哥兒這傢伙真不知是跟誰學的，小小年紀就一副花花公子的腔調，偏又得女孩緣，像這樣子下去，只怕將來會被女孩子慣壞。

郁玫要笑不笑地道：「多幾個媳婦服侍妳不好嗎？有人幫襯著，也不怕管不好內宅了。」

居然敢叫我的女兒當妾室，真是豈有此理！郁玫咒罵了一句，心裡又恨，媚丫頭怎麼這麼沒出息，堂堂的郡主竟自願當小妾，而且還是搶著當的。

另一位夫人笑著插嘴道：「小孩子就是可愛，不過話說回來，府中的人丁還是單薄了一點，人人都說郡王妃您賢慧，怎麼不見您幫郡王爺安排幾個通房？」

此人的丈夫素與赫雲連城政見不合，所以才敢當眾嗆聲。

郁心蘭雲淡風輕地道：「男人在外面不容易，我們在府裡就是要好好操持中饋，相夫教子，這樣才能讓家宅安寧。至於如何才叫安寧，那就是各人有各人的想法了。我之美味，彼之砒霜，並非夫人做得好的地方，我家王爺便會欣賞。」

自己做的事要個外男欣賞，也算是一個巴掌摑在臉上了，那位夫人不由得訕訕的，卻又不甘，還想拿女誡之類的堵一堵郁心蘭。郁心蘭卻又笑道：「夫人若是想為自家老爺尋幾個美貌的通房，一會兒我跟王爺說道一聲便是。」

京城裡誰都知道，許多官員給赫雲連城送過美貌的姬妾，他雖是收下，卻轉手便又送人了。跟赫雲連城說一聲，那她家老爺以後可就有享不完的美人福了。那位夫人心裡一顫，終於安靜了。

珍饈美味，靚麗歌舞，宴會一直持續著，賓客們興致高昂，唐羽卻是在看見明子期笑容滿面地來向表嫂請安後，就一直鬱鬱寡歡。

她揀了一條小徑，往沒點燈籠的黑處行去，走至一處涼亭那兒，正聽到明子恆與人把酒言歡。

已然撞上了，唐羽自是要上前行禮。明子恆見是她，便笑道：「弟妹是來尋十四弟的嗎？我見他抱著曜哥兒和悅姐兒去南邊玩了。」

別人的孩子抱得這麼起勁，卻一點也不願自己為他生孩子。唐羽的心中頓時就溢出苦水，眼兒便紅了。明子恆見狀不妙，手一揮，那名知客便退出了涼亭。他輕柔地問：「弟妹有什麼委屈，只管跟我說，妳是寧兒的妹妹，子期又是我的弟弟，若是他有做得不對之處，我便去罵他。」

很多話，唐羽是壓抑得太久了，原想對大姊說，可是往往只開了個頭，就被唐寧給呵斥住，現下姊夫願聽她說，她便一股腦兒地說了出來，將自己怎麼懷疑王爺中意郁心蘭，怎麼對自己看著溫柔實則冷淡的種種，都宣洩了出來。

說完她才想到，好像姊夫也是喜歡郁心蘭的，她是不是找錯了傾訴對象？

明子恆卻是由頭至尾認真地聽，聽完後還當和事佬勸道：「子期玩心重，心蘭弟妹也是個愛玩的，或許，他們只是玩得來而已。」

唐羽咬著唇不說話，明子恆又繼續道：「這樣吧，妳若是懷疑，就想辦法讓他倆單獨在一間屋內待上一陣子，就能看出來了。」

唐羽一怔，「這……不好吧？」

明子恆展了展寬袖，輕輕一笑，「我不過是這麼一說，妳可別當真，雖然連城很信任子期，可男人都不會喜歡自己的妻子與旁的男人獨處一室的。」說完，便瀟灑地走了。

身影一沒入黑暗處，明駿便迎了出來，輕笑道：「王爺終於拿定主意了。您放心，別的都已經準備好了。」

明子恆點了點頭，隨即又輕嘆了一聲，他也不知道自己在嘆息什麼。自幾日前傳來父皇母后都病重的消息，謀士們便同他說，這是最好的機會了。

是的，他也知道這是最好的機會了。行宮離京城有二十日左右的路程，他一直派人在行宮打探，知道父皇和母后病重的消息是真的。若是他能藉此時機剷除十四弟，將朝政牢牢抓在手裡，那麼即使沒有冊立太子的詔書，也沒有關係了。到那時，自有人恭請他登基，尊遠在行宮的父皇為太上皇。

要剷除十四弟，並不一定要讓他死，只要讓他身敗名裂即可，而郁心蘭就是根最好的引線。

只要唐羽將子期和郁心蘭二人引到一處，他自有辦法讓子期中媚藥，強行要了郁心蘭。這一幕再讓赫雲連城撞見，赫雲連城一定會瘋狂的吧？除了他之外，沒有人知道看似極度冷靜的赫雲連城，其實有著非常衝動的一面。

自己在意的人和事受到了傷害，赫雲連城是非常非常衝動的。這一點，他在很小的時候，就領教過了。

雖然唐羽沒有答應，可是他看清了她的眼神，他知道唐羽一定會盡力安排的。

只不過，這樣的話，郁心蘭會不會被赫雲連城給殺了？明子恆胸口一滯，兩手在寬袖中緊握成拳。他曾經夢到過郁心蘭成了他的妃子，他知道，只有郁心蘭那樣聰慧又敏銳的女子，才配站在帝王的身邊，與他一同指點江山，幫他管好後宮，讓他安心無憂。

甚至在大白天的時候，他也曾這樣幻想過：若他登基稱帝，乾脆尋個機會強搶了郁心蘭，封她為貴妃，替唐寧管理後宮。只要給她換個身分，不讓她出現在世人面前，誰會知道他後宮之中的貴妃娘娘到底是什麼人？

只是，做出了這樣的決定，郁心蘭卻只怕會芳魂消散了。

明駿湊近一點，小聲問道：「應該沒問題吧？」

其實，就算今日的計謀不成功，也沒什麼關係，反正將他二人叫到一起的，是唐羽，而不是他，被人發覺了，也是唐羽的事。

明子恆看著天邊的高月，黯然了片刻，遂又抬步往外走，「大慶國太子今日喝高了吧？」

再說那廂，唐羽聽了明子恆的話後，卻是眼前一亮，對啊，哪個男人會容忍自己的妻子與別的男人獨處一室？這樣一來，能看出王爺是否對郁心蘭有心，二來，也可以讓赫雲連城猜忌郁心蘭，最好是打上郁心蘭幾板子，打死了更好。

這樣，豈不是一舉兩得？

唐羽拿定了主意，步履歡快地回到宴席間。正想先尋著丫頭將賢王爺請到這邊來，卻聽得席中眾人議論道：「大慶國太子殿下在誠郡王府小住，這可是天大的榮耀啊！」

唐羽忙問是怎麼回事，便有相熟的夫人告訴她：「太子殿下見誠郡王府美輪美奐，便想在這兒小住幾日。誠郡王爺自是應允，還請了幾位相陪，妳家王爺和妳也會在此小住幾日。」

唐羽聽得此話，心中一動，眸光閃了幾閃。

而作為主人的郁心蘭和赫雲連城忙個不停，宴會即將結束之前，總算是尋著了一個機會，到正房裡商量如何安置這些尊貴的客人。

佟孝當了幾年的外院總管之後，行事越發有章法，當下便提出了自己的意見，郁心蘭覺得十分合適，便道：「那你立即著人去安排吧，今晚客人們便會留下了。」

佟孝領命離去，赫雲連城方看向郁心蘭，握著她的小手道：「累不累？今日辛苦妳了。」

郁心蘭輕輕一笑，「比起王爺處理朝政，還是輕鬆多了。」

居然敢打趣他。赫雲連城作勢要捏她的小鼻子，郁心蘭咯咯笑著往旁邊一躲，卻被赫雲連城牢牢困在懷裡，用力親了好幾下。

笑鬧完了，郁心蘭便說正經事：「今日大姊沒來，說是身體不適。」

「我知道，大姊夫也跟我說了。改明兒有空，妳帶些禮品去探望大姊吧。」

郁心蘭道：「這個我自是知道的，我是想說，這事兒有些怪。」

赫雲連城挑了挑眉道：「怎麼怪？」

郁心蘭慢慢說與他聽：「大姊前幾日還天天到府中來，幫我看採買單子，安排各處的人手，唯恐宴會沒辦好，你我受罰事小，丟了國體事大。今日怎的突然就病了？之前一點兒風聲都沒聽過的。大姊夫又說只是小風寒，大姊比我還著緊這個宴會，若只是小風寒，必定會來幫襯我的。」

聽她這般一說，倒好像真是有什麼事了。

赫雲連城蹙眉道：「這樣吧，妳速備一份禮品，我立即派人去平王府問一問，就說是來探病的。另外，府中的侍衛也要問一問，看今日的賓客中有誰的舉止古怪。」

郁心蘭點了點頭道：「好的，啊，還有，大慶太子怎麼忽然想在咱們府中小住了？」

赫雲連城蹙了蹙眉道：「他今日喝高了，便隨口說出來。我總不能拒絕。」

友邦的太子想來府中小住，說起來是榮幸，但也怕旁人猜忌，說他與大慶國太子密謀什麼，所以他才立時也請了仁王、賢王、莊郡王等幾位王爺陪著住幾日，免得不小心弄出個通敵判國之類的麻煩事出來。

郁心蘭尋思著，「那個大慶國太子，可不像是不通人情事故的人，住在咱們王府中，會給你帶來什麼樣的麻煩，他必定清楚，卻還要這樣做，會不會是受了誰的鼓動？」

赫雲連城挑眉問道：「妳覺得會是誰？」

郁心蘭一想就想到了郁琳，明華公主應當不會幫著大慶國人來害赫雲連城吧，可是郁琳就難說了，那丫頭腦子不是太靈光，為了幫自己的三姊，或許什麼事都會幹，「或許，是仁王不甘心失去繼承的資格，想來個一箭雙雕什麼的？方才請仁王陪住，他是怎麼說的？」

赫雲連城想了想道：「遲疑了一下，才應的。」

郁心蘭拊掌，「那就是了，多派些人監視著仁王住的院子。」

赫雲連城點了點頭，刮了她的小鼻子一下，「妳真是可惜了，若是個男人……」

郁心蘭笑話他：「若我是個男人，你就是斷袖了。」

兩人說完了話，又回到宴會之中。

直到戌時正，宴會才結束。賓客散去，大慶國太子和幾位王爺，被分別安排到了幾處單獨的院裡。唐羽在正廳裡候著明子期，見他搖搖晃晃地進來，忙上前扶住他的胳臂，輕聲道：「王爺，臣妾扶您進去休息。」

明子期忙站穩身子，笑道：「我吃得肚子撐了，想去園子裡散散步，消消食。」

唐羽只得勉強笑道：「好的，白天王爺沒怎麼進園子，恐是不知有多美麗。聽松閣、觀雨閣都是……」話未說完，一旁的小丫頭拚命打眼色，唐羽便笑了笑，停了嘴。

明子期無可無不可地笑笑，關心道：「時辰不早，妳先歇著吧，不必等我了。」說完背負雙手往外走。

耳朵裡聽到那個小丫頭小聲跟唐羽道：「主子，郡王妃就在觀雨閣呢，您怎麼告訴王爺那裡風景好呀？」

明子期一怔，隨即加快了腳步。

看著他的身影消失的大門，唐羽咬牙問道：「是不是都安排好了？」

小丫頭忙道：「是的，已經著人去請了誠郡王妃，她必定會去的。」

此時，郁心蘭正看著眼前來傳話的人，輕笑道：「好了，我知道了，我換身衣裳就去，妳下去吧。」一使了個眼色給千雪，千雪忙拿了個荷包，塞進那個丫頭的手裡。

待那丫頭走後，郁心蘭搖頭失笑，這個唐羽，一點腦子也沒有，以為說得這麼低聲下氣，說什麼請教觀雨閣的設計，自己就一定會巴巴地跑去給她講解嗎？雖然這幾年來，與她的關係並不算僵，卻也不好，深夜裡突然來邀請，我哪可能一點疑心都不起？

她想了想道：「讓賀塵去吧，換女裝去，拿套我不要的衣裳給他。黃奇去前院稟報王爺一聲。」

見千雪等人神色古怪地看著自己，郁心蘭正色道：「賀塵前幾天跟人感嘆說沒有兒子不好向父母交代，讓紫菱傷心了，讓他男扮女裝去，當是給紫菱出出氣。」

您確定您不是自己想看好戲？

千雪等人的臉上寫滿了不信。

千荷忙著下去傳話，不一會兒，赫雲連城便使黃奇來回話道，已經查到一點小事了，要她不用擔心，他已經有了應對之策。

因大慶國太子殿下興致不減，仁王、莊郡王和赫雲連城不得不坐陪，一同在天井裡的石桌上坐下閒聊，只有明子期以醉酒為藉口先行離去。正談到高興處，明子恆的貼身太監小意兒地打了個千，「咱家要盤整一下……」

明子恆覺得丟臉，斥道：「去去去！」

大慶國太子笑道：「一點小事，何必動怒？不如我們來個夜間射箭比賽吧。三箭一比，輸的就喝一罈酒。」

玥國和大慶國都是尚武的國度，在座的又都是男人，自不可能不應戰，赫雲連城當即引人來到後院的廣場之中，使人多燒幾支火把，多點幾盞燈籠，架起了箭靶，眾人加上隨行的侍衛，便在廣場之中開始比賽箭術。

赫雲連城等人都專心射箭，只有那大慶國的太子殿下左走幾步，右走幾步，好似在從各個方向看眾人射箭的手法，其實一雙眼睛時不時地瞄一下四周。

到了月下中天，不少人都喝得醉了，可赫雲連城卻一滴酒都沒沾，自始至終都是他贏。大慶國太子不得不佩服地笑道：「赫雲兄真乃高人也！」

赫雲連城抱拳拱手道：「殿下謬讚。」

雖然明日休沐，但是時辰已然不早，大慶國太子也盡了興，眾人便各自散去。

赫雲連城大步往正屋而去，剛走出沒幾步，便有一名侍衛裝扮的人上前來，附耳低語幾句，忽見赫雲連城神色大變，身側的大手緊握成拳，騰地一下便衝了出去。

明子恆走在後面，見到此情形，眸光一閃，上前向步問道：「府中出了何事？可要我幫忙？」

赫雲連城連話都來不及回答，身影就淹沒在夜色之中。

明子恆之前就已經收到貼身太監帶回的消息，說道唐羽已經開始行動了，他也立即調動了自己收買的人手，務必要一舉成功。

現在，成功應當就在眼前了吧？連城若是衝動之下殺了十四弟，他就沒有對手了。若是沒衝動到這個地步，子期的名聲也毀了。雖然連城可能還會在，但一個頭上戴了綠帽的男人，大抵是不好意思繼續為官的，這個障礙也就沒了。

可是，郁心蘭呢？明子恆忽然被這三個字給擊了一下，怔了一怔，那個嫵媚到了骨頭裡的郁心蘭怎麼辦？若……若她沒有死，他就不嫌她失過身，收在身邊吧。

貼身太監見莊郡王愣愣的不知在想些什麼，忙輕咳了一聲：「王爺，您要跟去看看嗎？」

明子恆這才回過神來，忙提醒自己，我是要辦大事的人，不能這樣兒女情長。總之，郁心蘭若未死，若她被連城休棄，他就好心收了她，一定一定寵著她。若是她……那他也只能在心底裡懷念她，永遠懷念。

想到此處，明子恆深吸一口氣，把那似乎要永遠見不到郁心蘭的痛楚壓下去，飛身去追赫雲連城。追到觀雨閣的時候，只聽得裡面傳出一陣尖叫和喧譁聲。

明子恆的眸光一閃，忙裝作不明所以的樣子衝了進去，「怎麼了？怎麼了？」

一進觀雨閣的偏廳，只見郁心蘭裹著一大塊布幔，坐在矮榻上，掩面痛聲哭泣，而明子期身上纏著一大塊布，仰面倒在郁心蘭身旁的血泊之中，腳上沒有鞋子，身上的衣裳也是亂的，顯然布單下的更亂。而赫雲連城卻是睜大一雙星目，眨也不眨地瞪著郁心蘭，那神情似乎要將她吞下肚去。

明子恆眸光一縮，真的殺了？

當想像中的成功就在眼前之時，明子恆卻有了一絲不確定，不，應該說是非常不確定。這會是真的嗎？連城真的會衝動得連子期都殺嗎？

他快步走到榻邊，伸手去掀明子期身上的布幔，可是布幔太大，又裹了幾層，一時無法掀下來，一旁的賀塵急道：「請王爺住手！」

這時，明子恆正好看到一點明子期胸前的衣服是蓋上去的，也就是說，明子期是沒穿衣的。

他這才鬆了一口氣，眸光閃動，轉頭問赫雲連城道：「連城，這是怎麼回事？」

他這句話像是解定咒一般，一直傻在牆角的唐羽忽地就衝動了，就暴怒了，直撲上去撕咬赫雲連城，「是他，姊夫，是他殺了王爺，他殺了王爺，我親眼看到的，我看到了！」

赫雲連城將手一抖，唐羽就被甩得後退幾步，一屁股坐到地上，卻仍是哭。

赫雲連城如凶神一般瞪著唐羽，咬牙切齒道：「妳既然早就來了，為何不阻止？為何？」

唐羽頓時就呆住了，她為何不阻止，她想的，她恨的，可她怕，怕她出面阻止之後，就讓人知道了王爺與郁心蘭有染，那麼，赫雲連城肯定會休妻，而王爺必定會納了郁心蘭。就算郁心蘭沒名沒分地跟著王爺，她也再不可能被王爺看上一眼。

所以，她怕了，只想著恨，只想著他們能早點結束，不讓人發覺。

哪知道，赫雲連城就這樣提著劍旋風一般衝了進去，隨即她就聽到王爺的慘叫聲，和郁心蘭的驚叫聲……

唐羽又抬起頭來，撲到明子恆的腳邊，抓住明子恆的袍角道：「王爺，我願意作證，我要誠郡王為王爺賠命！」

聽了唐羽的供詞，明子恆的一顆心才真正落了肚，失望又痛苦地看向赫雲連城，「連城，你怎麼能做出這種事來？」他用手指著十四弟道：「你怎麼能殺了十四弟？你不知道殺人是要賠命的嗎？」

赫雲連城似乎終於醒過神來了，喃喃地道：「不對，這是個圈套，是個圈套！」

明子恆的眸光一閃，冷聲道：「是不是圈套，我會查清的，你先去天牢裡待著吧。」說罷手一揮，自有幾名侍衛上前兩步，押了赫雲連城出去。

「不！不！」郁心蘭淒厲地哭叫起來。

明子恆虛扶了她一把，柔聲安慰道：「蘭兒，妳別擔心，若妳不曾參與謀殺賢王，本王自會給妳一個公道。」

連自稱都變了嗎？

郁心蘭呆呆的，任由他指揮王府的丫頭們將自己帶回屋休息。

次日清晨，明子恆便來到正堂裡，要見郁心蘭。

郁心蘭挽了一個極簡單的雙交髻，只插了一支白玉簪子，卻更襯得白膚賽雪，烏髮如雲。

明子恆欣賞地看著她一步一個風情地緩緩走近，示意她坐下後，才溫言道：「我今日來，便是問妳，昨夜到底發生了什麼事？」

郁心蘭臉兒一紅，看得明子恆的眸光一暗。幾番忸怩之下，她才吐出了真言，明子恆遺憾地道：「可惜了，連城本是國之棟樑啊！」又溫言安慰道：「妳放心，此事與妳無關，我會同主審的大人說清楚的，只是可能要委屈妳幾日。」

郁心蘭卻忽地抬起頭來，一字一頓地道：「此事與小女子無關，可是與王爺有沒有關係呢？昨日我府中有人看到王爺與唐羽二人在四風亭密談，談些什麼呢？我是不是應該問一問唐羽？」

她在威脅我？明子恆的眸光瞬間暗了，「妳是嫌犯之一，妳有什麼資格問話？」

郁心蘭卻輕笑，「可是，我昨日卻問了呢，而且賢王的樣子並不像是喝醉了，反倒像是中了什麼壯陽之藥，只要請來吳為一驗必知。王爺，您百密一疏呢。」她的笑容忽地一斂，緊張地站了起來，「啊，我忘了，您那有種藥，過得一段時間就會驗查不出來了。」

此時既已說開，明子恆也懶怠瞞她了，反正她很聰明，只要有一點線索，總會猜得到，於是便許以利誘，「跟著連城有什麼好？他不過是個身分不明的王爺，哪一天皇帝想削爵就削爵。反正事已至此，妳何不就此跟了我？」

「其實，我喜歡妳很久了，記得以前連城很排斥在沒有雪冤之前就成親，可是與妳成親後，卻總是同我說妳如何如何，雖然沒有誇妳可愛，沒有誇妳靈動，可是那眼神卻是難得一見的溫柔，那時我就對妳十分好奇，我想知道妳除了美貌之外，還有哪些優點可以這樣吸引他。」

「還真是被我給找到了，妳真的很聰明，我幾次示弱，想激起連城的俠義之心，讓他主動來幫助我，妳卻用各種各樣的說詞勸阻了他。妳不知道，那時我有多討厭妳，怨子期不懂事，給連城挑了這麼一個媳婦。可是，真的很怪，我卻常常會想像著，如果妳是我的，在我身邊的話，會帶給我什麼樣的幫助。」

「妳就這樣，一點一點的走進我心裡了。」明子恆幾乎是呢喃般的說完最後一句話，看向郁心蘭的眼神也分外溫柔，「只要妳願跟著我，協助我，我不會計較妳曾經跟過別的男人。若妳能給我生幾個聰慧的兒子出來，他日我登上大寶，必定立妳生的兒子為儲君。」

這是多麼大的恩惠啊！

郁心蘭冷笑一聲，俏臉一板，「連城一直拿你當兄弟，你卻打他愛妻的主意，簡直禽獸不如！」

明子恆被郁心蘭的態度激怒了，他覺得自己不嫌棄她失過身，還許下那樣的誓言，她竟然不領情，簡直就是不識抬舉！

他冷笑一聲道：「兄弟？你知不知道父皇小時候有多喜歡他？伴讀都是皇子自己來挑，別的皇子都是如此，待到我挑選的時候，他卻高高在上地對父皇說，『我要跟子恆一起讀書』，此後，我就成了他的伴讀。這件事，一直就被我視為奇恥大辱！」

「所以，你從來就沒有拿我當過兄弟？」

赫雲連城的聲音突然從屋外傳了進來，明子恆一怔，還未及反應，赫雲連城已經進到屋內，迅速將蘭兒攬入自己懷中，保護起來。他看向明子恆道：「原來你竟是這樣認為的。」

明子恆關注的卻是另一件事情，「你怎麼出來的？」

建安帝威嚴的聲音傳了進來：「是朕放他出來的。」

明子恆頓時便慌了，難道是他中計了？確切地說，別人將計就計，讓他中計了？那麼，明子期也一定沒有死，可恨！

建安帝在幾名劍龍衛的保護之下，昂首闊步走了進來，在主位上坐好後，一拍掌，只見江南押著一個男子走了進來。也不用明子恆發問，江南便笑嘻嘻地一揖到地：「給王爺請安，王爺安好！

微臣是奉了皇上之命接近王爺的，為的就是查這個人！嘻嘻，王爺，您一定是認識他的。」

郁心蘭雖然知道昨晚發生的事，卻不知還有這麼一碴，忙看過去，只見那人唇紅齒白，生得十分俊俏，看著也很面熟。她以前是人事科的，識人算是十分厲害，可是這人卻是不能肯定，像某人，卻又不完全一樣，臉形和眼睛不同，她試探地道：「紅渠！」

那人抬眸看了她一眼，江南立即拍掌道：「弟妹真是聰明，的確是紅渠，不過以前他都是化了妝的。」

真是謹親王世子豢養的那個男寵紅渠。

江南偷瞄一眼皇上，見皇上神色淡淡，便笑嘻嘻地解釋道：「此人還有另外一個名字，曾經是御林軍都督，官職不小呢。當年童普製的那些個爆破的藥粉，就是此人放行才搬入秋山的。」

明子恆的臉色已經蒼白一片，哆嗦著向皇上跪下，「父皇，兒臣不認識此人，不知是誰要誣陷兒臣……」

江南嘆了口氣，不言語了。到了這個地步還不承認，不是想試試刑具的滋味是什麼？

赫雲連城瞥了他一眼，淡淡地道：「是否是誣陷，皇上自會查明，還請王爺到天牢之中委屈幾日吧。」

昨晚的話，原封不動地還了回去。郁心蘭暗暗咋舌，原來連城也挺小心眼的嘛。

建安帝似乎是累了，擺了擺手，站起身來，朝赫雲連城道：「你府中的事，你快些料理好，到宮中來回話。」說罷大步走了出去，江南和劍龍衛們押著滿面驚惶卻又滿眼怨毒的明子恆走了。

郁心蘭和赫雲連城忙蹲身恭送御駕。

待人都走遠之後，郁心蘭不滿地輕哼一聲道：「現在可以告訴我了嗎？」

赫雲連城無奈地笑道：「不是我不告訴妳，而是我也是昨晚才知道的。十年前的秋山之案，以及安王的謀亂案，都有一些小疑點無法解釋，皇上其實一直都沒放棄調查，這些我都是不知道的。像江南，是皇上派到子恆身邊的，而子期和子信的身邊，他都派了人，只不過，只在子恆的身邊找到紅渠。別的，還得等審完子恆，才會知道。」

過得兩日，明子期就帶回了審訊得來的確切消息。

原來，這個紅渠若干年前是安王手下的人，在御林軍中任高職，謀劃了秋山一案，只不過當時搬運藥粉後，卻被明子恆發現了一點蛛絲馬跡。正巧那日長公主身體不適，赫雲連城守著照顧母親，他便一人順著線索查下去，發現了那個驚天內幕。

他當時就決定將計就計，想趁機除掉幾個兄弟，一人獨大。他連夜去踩了地形，早就預演好「跌」下山崖的路線，必定能掛在一株極小的崖樹之上，成為唯一活著的皇子。可是沒曾想，赫雲連城竟會不顧自身安危地來救他，無論他怎麼說「放開我，你自己逃生去吧」，赫雲連城都不曾放開他的手，任山石在自己的俊臉上劃下醜陋的傷痕，生生地將他救了出來，卻也將他帶入了父皇的猜忌之中。

之後，安王怕事情敗露，要殺了所有知情人滅口，他卻悄悄地將紅渠救了下來，送給喜好男風的歡世子。

對赫雲連城，明子恆自幼就有一種近乎於恨的嫉妒。因為他二人只相差了三個月，可是皇上對他的關懷遠不及對赫雲連城的，就像他說的那樣，赫雲連城想與他一起讀書，成了他的伴讀，他卻認為是赫雲連城挑了自己當伴讀，失了皇子的尊嚴。

明子期嘆了一口氣，「真不知道九哥怎麼會這樣想，而且，那晚的事不過是他的一計罷了，他還有後招。若是被我察覺了，要對他不利的話，他就在行宮刺殺父皇，再假傳聖旨，先奪了皇位再說。」

明子恆可能以為坐上了龍椅，群臣們就會歸附了，卻不知道，若他的龍椅還未坐穩就被人拆穿了，可是會被揪下來的。

郁心蘭搖頭嘆息了一聲，又問赫雲連城道：「那皇上說的，我們府中的事是什麼事？」

明子期抿唇一笑，「這事兒跟大慶國的太子殿下有關。」

這位太子殿下可不是一般的人物，得了玥國的助力成功擊敗諸皇子當上太子之後，便開始琢磨著怎麼再到玥國來撈好處。聽說玥國皇帝病重，兩位王爺執政之後，連忙帶著兩名玥國的妃子趕來。

他之所以要求在誠郡王府小住，是因為他要放一點東西到赫雲連城的書房內，這個東西會讓人認為赫雲連城是裡通外國的賣國賊，為了不宣揚出去，就只能與他合作。

因為他也看得非常清楚，這兩位執政的王爺手中都沒有兵權，只要赫雲連城支持誰，誰的希望就大，所以他要先拿下赫雲連城，再分別與兩位王爺談交易。

這樣險惡的用心，建安帝自是不會容他，只是他是別國的太子，殺不得，只能將他驅逐出境。不過，幫著大慶國太子來行事的仁王和仁王妃郁玫卻倒了大楣。

明子期道：「已經將仁王府抄了，加上上回與王丞相合謀一事，父皇打算賜酒。九哥那裡，父皇的意思也是賜酒。」

這個酒，肯定不是美酒了。

聽到這樣的話，郁心蘭不由得嘆息道：「他們怎麼一個個地想不明白呢，幫著外國人來害自己人，不就是叛國嗎？若是被百姓們知道，誰會容忍這樣的皇帝？」

只是可憐了唐寧，雖然皇上沒要抄莊郡王府，但也打算收回爵位，她的孩子們以後就是平民百姓了。

明子期看著她道：「若是人人都像表嫂這樣明事理就好了。」說著不知想到什麼，垂下眼眸。

被休一途了。

郁心蘭也不好接話，那晚的事唐羽也參與了，雖然唐羽並不知情，但有了這樣的舉動，也只有

明子期又坐了坐，便告辭回府了。

郁心蘭問赫雲連城道：「現在只有他一個成年的皇子了，皇上難道還不打算立儲嗎？」

赫雲連城道：「立！聽說詔書明日就會下來了，所以今日子期的心情不佳，妳沒發現嗎？」

郁心蘭忙道：「我只關心你的心情好不好。」

赫雲連城親暱地一笑，刮了刮她的小鼻子道：「小馬屁精！」

郁心蘭噘起小嘴，「我不拍你馬屁不行啊，你整天說我聰明，其實你自己什麼事兒都已經理好了，根本不用我多事的。」

赫雲連城清咳了一聲，有些事的確是他早就在關注了，有些事也確實是在她提醒之下才注意的。只不過，為了保持自己的高大形象，他決定不告訴她。

轉了話題，赫雲連城叮囑道：「明駿也落獄了，妳有空去安慰一下大姊吧。」

郁心蘭忙點頭應下，親自提了禮品去看望赫雲彤，哪知赫雲彤分外想得開，「我早勸過他，若是不聽，必會有今天。沒什麼，我自己能將孩子帶大，會教他們如何做人，他們還有祖父祖母，不會少了親情。」

郁心蘭不由得佩服她，一個土生土長的古代女子能有這樣的氣魄，明駿明明娶到了，卻不知珍惜，真是傻啊！

回到王府，定遠侯和長公主也來了，坐在正堂裡逗幾個小傢伙們玩。極難得的，這回侯爺抱著悅姐兒不鬆手，一個勁地誇她乖巧可愛。

長公主笑道：「柔兒連生了兩個兒子，老二家的那兩個小子也是，都皮得要命，現在侯爺喜歡

孫女了。」

郁心蘭微微一笑，其實方二奶奶生的不也是女兒，他們一家五口也時常回侯府探望父母親，侯爺偏偏跑來逗悅姐兒，明明是擔心赫雲連城出事，特意來問問情況的。

侯爺果然便轉了話題，問及皇上打算如何處置莊郡王。

赫雲連城回話道：「明旨還沒下來，不過聽子期說，是要賜酒。」然後又笑道：「皇上並未有責怪孩兒的意思。」

侯爺最擔心的便是這個，赫雲連城是莊郡王的伴讀，就怕皇上誤會什麼，要連坐。其實也是因為侯爺不知道事情的真相，他自知道皇上有意收回兵權，便主動地交出去，如今已是半退休狀態，所以對朝中的動向，知道得並不是很清楚。

一家人坐著說了會兒閒話，郁心蘭說了去見赫雲彤的經過，侯爺喟嘆了一聲，卻沒說話，用晚飯的時候，侯爺忽然道：「我明日打算遞摺子上去，想立你五弟為世子。」

郁心蘭抬眸瞧了一眼婆婆，長公主朝她微微一笑，解釋道：「侯爺和我商量了許久，還是立徵兒為佳。他在軍中的表現比你其他幾個兄弟要好，我們也同你四弟說好了，日後他搬去公主府，而老二和老三總要有個能照應的人……」

長公主說這番話的時候，侯爺一直含笑注視著她。

郁心蘭心道，原來婆婆同意了。其實這樣挺好，公主府的封地一樣可以傳給兒孫，富貴後世，並不比當個侯爺差，還顯得婆婆大方寬宥，贏得了父親的心……

赫雲連城明白，父親跟自己提及此事，便是想要自己在皇上面前美言幾句。

畢竟五弟赫雲徵是甘氏所出，以皇上對甘家的厭惡，只怕會將摺子駁回，再者說，幾個弟弟在軍中歷練的表現，他也十分關注，五弟的年紀最小，卻是表現最出色的一個，皇上雖然收回了一部分兵權，但赫雲家的手中仍是握有不少兵力，必須得由一個能運籌帷幄的人來繼承……雖然三弟和四弟也不差，不過綜合上家庭的因素，還是五弟最合適。

赫雲連城忙表示道：「這樣的確挺好。」

這就是會幫忙的意思了，侯爺滿意地頷首，又逗了會子三個寶貝孫兒，便與長公主回府了。

第二日正好是皇后回京，赫雲連城便藉著探病之機，往宮裡遞了請安摺子，見到皇上和皇后，言辭懇切地分析了一番，定遠侯遞上的來立嗣摺子終於得到皇上的認可，正式下詔，立赫雲徵為定遠侯世子。

待赫雲連城和郁心蘭離開皇宮，皇后便向皇上笑道：「難得清容這般賢慧，竟然主動將世子之位拱手相讓。」

建安帝也覺得頗為自豪，「皇妹素來賢慧溫雅……」說著想到了自己後宮中的那幾個妃子，雖然已經得了處罰，可是若當初抱有一顆平和之心，也不會將幾個皇子教成那個樣子。哪個當父親的，願意給自己的兒子親賜鴆酒。

皇后見皇上蹙起了眉毛，自然知道是為了明子信與明子恆的事兒，忙笑著轉了話題：「子期這孩子已經二十一了，身邊連個服侍的人都沒有，他自己還不上心，咱們可得替他好好操持操持了。」

這話正說到建安帝的心坎上，他沉吟道：「既是未來的皇后人選，就不拘出身門第，最要緊的是品行和氣度。」

事實上，為了將來不會出現后妃干政外戚當權的現象，建安帝更趨向於給明子期挑選一位小家碧玉的女子為正妃。

而皇后則多從母親的角度出發，為兒子著想，「門第可以不拘，品行和氣度都要，但也得子期瞧著喜歡。從唐羽的事兒便能看出，這孩子是個有主意的，咱們強壓他不得。」

「依臣妾想，不如這般，皇上，您心中有哪些人選，讓蘭丫頭在誠郡王府辦個宴會，全都請了去，讓子期自己先過過眼，依他的心意來。再者，先不透露目的，咱們也好看看那些個美人兒的舉止、談吐、品行、氣度。」

這倒是一個好方法，反正適合的人選都是自己提出來的，無論明子期看上的是誰，將來都會是不錯的皇后。

建安帝點頭應允，皇后便尋了個藉口宣郁心蘭入宮，仔細交代一番，將皇上擬好的名單交給她，特意叮囑：「那孩子什麼心性妳也是清楚的，且不必讓他知道，只管看他與誰談得來，之後回稟給本宮就成。」

其實辦個宴會不是難事，難的是找個什麼合適的藉口，讓明子期願意與諸多美女共處一室並多交流。明子期是不大在意男女大防這些俗禮，可是他身分尊貴又相貌俊美，是少女們的最佳婚配對象，參加宴會就會遇上「不小心」迷路的，或是「不小心」掉了香包手帕的少女，所以他其實是不大喜歡跟這些小女人閒聊的。

郁心蘭冥思苦想，終於給她想到了一個，試香會。

她的香雪坊如今已經是愈做愈大了，香露的品種也愈來愈多，正好如今入秋，店裡要推出幾款秋季適用的香脂，還有男士專用的，不如辦個試香會。

試香的，自然是這名單上的少女們。為了不露痕跡，還可以再請上其父母，以及與赫雲連城交好的幾位大人和夫人。明子期作為香雪坊的股東之一，被邀請出席就不算突兀了。

想好了藉口，郁心蘭立即開始著手製作邀請函。

終於，到了試香會那一天，明子期換了常服，早早地來到誠郡王府。他如今已經被正式冊立為太子，出行就得有儀仗跟著，十分不便。今日為了來捧場，不得不凌晨天未亮就出發，免得被朝中的言官看到，又是一陣唾沫橫飛。

入了秋，早上的露水重，明子期趕到誠郡王府時，肩頭的衣服都已經沾濕了。郁心蘭和赫雲連城趕忙讓人準備了熱水，讓陳社和小桂子服侍著太子殿下盥洗，赫雲連城選了一套自己的新衣裳給明子期換上。

明子期梳洗好後，笑嘻嘻地問郁心蘭：「嫂子，都是些什麼東西，妳也得先跟我說道說道！」

郁心蘭忙令人將新產品取來，一一介紹特點和效果，讓明子期試用了，他也覺得十分不錯。

試香會於巳時初刻正式開始，皇上原本就只定了六位閨秀，其中還包括郁心蘭的表妹溫丹，加上她們各自的父母及幾位新請的官員和夫人，也不過二十幾人。因男人都是長輩，郁心蘭便將客人都安排在正廳，坐在一起試香、討論。

明子期身為太子，自不方便亮出股東的身分，而是以客人的身分試用之後，好好地讚了一番。這年代的男子也喜歡熏香，抹點珍珠粉之類的，對香脂的接受能力很強，況且郁心蘭針對男士推出的都是非常清新的香草、青竹等香型，而女士的香脂就更不必提了，試香會進行得非常成功。

只不過，到了後面，明子期卻總是若有若無地瞥一眼赫雲連城和郁心蘭，彷彿已經洞悉了他倆的目的。

郁心蘭只作未見，言道擺了席面，熱情地留客。

明子期也不勉強，笑稱有些乏，先去客房裡歇息一下，實則是去了誠郡王府的後花園，坐到僻靜的壽山石一角，靜靜地發呆。

香雪坊很賺錢，可他並不在意什麼銀錢，他喜歡的是每月月底能與郁心蘭一起算帳、分紅利的時光。可是他的身分已經變了，這樣的機會只怕不可能再有了。

沒坐多久，身側便傳來一陣腳步聲，明子期皺起眉頭，正要懶洋洋地提醒來人，我在這裡，不喜歡人來打攪。可是耳邊卻聽到一陣奇怪的衣服窸窣聲，他不由得好奇地伸頭張望，頓時神情一頓。

只見壽山石前的青石小坪上，一名十七歲左右的明豔少女正扭腰、甩臀、揮手、頓足，做著奇怪的動作。

明子期的記憶一下子就回到五年前，他在郁府第一次見到郁心蘭的時候，郁心蘭也是這樣做著古怪的動作，並美其名曰，活動筋骨。

「喂，妳這一套是誰教妳的？」

聽到問話聲，少女嚇了一跳，驚惶地回過頭一瞧，又嚇了第二跳，原來是太子殿下，她忙規規矩矩地福了一禮，「臣女溫氏見過太子殿下。」

明子期細瞧了她一眼，似乎十分面熟，好像是坐在郁心蘭身旁的表妹，於是便笑道：「平身，妳告訴我，妳這是在做什麼？」

溫丹覺得太子殿下十分和善，便沒那麼拘束了，柔聲回道：「是表姊教我的，叫做韻律操。」

原來真是郁心蘭教她的！

明子期頓時來了興致，從壽山石上一躍而下，站在溫丹面前，笑咪咪地道：「原來叫韻律操啊，妳教教我吧。」

「啊？」溫丹頓時傻了。

眼前的少女原本生得很明媚，與郁心蘭有幾分神似，可是這般張著小嘴直著眼睛看著他的樣子，卻又傻傻的……像什麼呢？哦，對了，像旁人剛送給他的那隻京巴犬。

明子期沒有惡意地客觀評價，表面上卻是端出威嚴之態，「怎麼，妳敢不遵本殿下之令？」

「哦。」溫丹暗自翻了一個白眼，心道：你喜歡學這種女孩兒家的玩意兒就學好了，反正以後被人笑話的不會是我！於是，她便將那套韻律操演示了一遍。

明子期只看一遍就學會了，依樣畫葫蘆地做一遍。溫丹糾正了幾個不到位的地方，他這便算是學成了，左右無聊，便拉著溫丹問郁心蘭小時候的趣事。

大概是因為溫丹不像其他的女孩那樣，用那種含羞帶怯，卻又暗含邀請的眼神看著他，明子期感覺與她聊天沒什麼壓力，一時忘了時間，直到郁心蘭親自找到這兒，才將兩人給揪回宴席。

事後向皇后回稟的時候，談及宴會上明子期與誰談得比較來，郁心蘭卻沒有提溫丹的名字，而是說了另外兩名閨秀。

溫丹今年十七了，之所以還未訂婚，就是因為舅母常氏不希望她嫁入豪門大戶，當那種手下一群小妾的主母。郁心蘭自然要替自家的表妹打算，妃子哪裡是這麼好當的啊？

哪知皇上和皇后自有辦法得知宴會當天的情況，聽說皇兒與溫丹相談甚歡，便立即將明子期尋了過來，問他對溫丹的印象如何。

其實明子期也知道，為皇家開枝散葉是他逃不開的責任，對於太子妃的人選，他也有仔細考慮過，不然那天發現所謂的試香會其實是變相的相親宴的時候，他就會落跑了。

聽到溫丹的名字，他就想起了她傻傻地看著自己的那個表情，像隻小京巴。對這個女孩，明子期談不上喜歡，但至少是不討厭的，不像別的名門千金……

皇后見兒子沉默不語，便知是有門兒了，立即興高采烈地對皇上道：「皇上可以宣旨，讓內務府準備迎聘的采禮，讓欽天監趕緊挑選吉日，咱們宮中太久沒有辦喜事了。」

這就替他決定了？明子期挑了挑眉，嘴唇翕動了幾下，卻終是沒說出反駁的話。既然終歸是要娶太子妃的，那麼娶一個自己不討厭的，總好過娶一個看著就噁心的。

冊立太子妃之事，就這麼極快的定了下來，這忽然砸在頭頂的榮耀，讓溫府上下皆是怔忡了許久。原本因著溫老爺子身體不好自乞骸骨之後就冷落下來的府門前，忽然又門庭若市了。

「其實，我早就知道會選溫丹。」在家庭聚會的時候，長公主十分篤定地道：「溫御史雖說只上了一任，可是兢兢業業，忠心耿耿，皇嫂曾多次說過，只有這樣的人家才能教得出溫柔敦厚且睿智賢慧的女兒來。」

其他人都忙著向郁心蘭道喜，這是她外祖家的榮耀啊。郁心蘭卻是有苦說不出，溫家對此十分忐忑呢。

正說著話兒，忽聽得院子裡的小孩子們齊聲大叫，一旁服侍的丫頭婆子也是一陣喧譁。定遠侯不由得蹙眉喝道：「吵什麼！」

長公主身邊的紀嬤嬤臉色發白地走了進來，深深一福，顫抖著道：「方才……幾位小主子在一塊兒玩耍，奴婢們在一旁服侍，照看不周，以致於……」她話說到一半就不敢再說下去了，偷偷瞟了赫雲連城和郁心蘭一眼。

郁心蘭心中一驚，轉身就往廳外走，三兩步來到走廊上，當真是駭得花容失色。只見曜哥兒的額頭上不知被什麼劃了一條深深的傷口，鮮血汩汩地往外流著。

「說！到底是怎麼回事？」

郁心蘭一把抱住曜哥兒，接過丫頭們遞上來的乾淨帕子，幫著壓在傷口上止血，豎眉喝問。

廳裡，紀嬤嬤終於顫抖著說出事情經過。原來是幾個小孩子在一起玩著玩著，不知怎麼的，方二奶奶生的女兒便要搶悅姐兒的頭花。那朵頭花是郁心蘭親手紮給女兒的，悅姐兒不答應，小孩子就動手開搶。

曜哥兒上前去幫自己的妹妹，赫雲飛的兩個兒子也上前湊熱鬧，原是笑鬧著居多，哪知曜哥兒忽地往前一撲，正摔在臺階上，將額頭磕出了一條血口子。

一旁服侍的下人們都吃了板子，侯爺正在審問幾個小傢伙，是誰將曜哥兒推倒的。

曜哥兒拉了拉爺爺的衣袖道：「祖父，是曜兒自己沒站穩，踩著了階邊的一塊突石，不怪弟弟妹妹們。」

侯爺定定地看了他一會兒，笑道：「嗯，有長兄風範，不錯不錯！」原本小孩子玩鬧就有可能發生意外，也不一定就是故意如何，他便依了曜哥兒的意思，沒再追究，只是訓斥了幾句。

自是有人立即去請來了府醫，府醫上了藥，包紮好了傷口，又叮囑了一些注意事項，才道：「怕是日後會有些疤痕的。」頓了頓又道：「好在是額頭，留些瀏海便沒事了。」

長公主氣惱道：「哪有男人留瀏海的！」

侯爺淡淡地道：「不留瀏海也沒什麼的，我們赫雲家的人都不大會留疤痕，過得十來年，待曜哥兒長大就看不出來了。」

郁心蘭用力點頭，「可不是嗎，連城也不怎麼留疤的，那年秋獵時受了傷，整個背上就沒好肉了，這幾年下來，疤痕就淡了許多。」

說著，心中一動，這可算是一條遺傳證據了呢，只不過，這種事情皇上會一點也不知曉嗎？想到這兒，她試探著問了問長公主，果然，那回爭兒子的時候，侯爺便已說過，可是皇上不予採信。

郁心蘭想，一則可能是古人不相信這種遺傳學方面的東西，二則有可能是皇上寧可自欺欺人地相信赫雲連城是雪妃的兒子，給自己留個念想吧。

正思忖著，不知侯爺和長公主的話題怎麼就轉到多子多福上去了。

長公主殷切地看向郁心蘭，「紜哥兒也有兩歲了，可以自己走路了，你們打算什麼時候再生一個孫女給我們抱抱啊？」

郁心蘭小臉一白，趕忙擺手，赫雲連城卻搶在她之前笑道：「請父親和母親放心，我們一定會多生幾個孫兒，讓你們承歡膝下的。」

侯爺和長公主大樂，「這樣才對嘛！」

郁心蘭欲哭無淚，我不要做生產工具行不行啊！

赫雲連城悄聲耳語：「不會，只是哄哄父母親，我保證順其自然，不會逼妳的。」

這還差不多！

郁心蘭嬌羞地回望了丈夫一眼，輕聲道：「人人都道百年修得共枕眠，能嫁給你這麼體貼的丈夫，我前世定然是在佛前求了五百年。」

赫雲連城抿唇輕笑，「我求了一千年。」

（全文完）

後記

終於完結了，我不由長吁了一口氣，看著自己伏案苦戰了大半年的心血之作，雖仍覺得有些不盡如人意，但也是滿懷欣喜的。

自幼就尤其喜愛看那環髻高聳，裙裾飄飄，廣袖長衫的古裝美女，更是嚮往那毫無工業污染的藍天碧草，可隨心縱馬奔馳的廣袤大地。

每每夜深人靜之時，躺在床上輾轉反側，思緒萬千。隨著胡亂紛飛的思緒，曾不止一次地設想過如果我穿越到了那不知名的朝代又是一般什麼樣的光景？

也許容顏嬌美身姿婀娜卻明珠深埋，也許出身低下不受重視卻不甘命運擺布，也許被人輕忽卻也能恃才脫穎而出，也許在無才便有德的時代卻暗自擁有滿含智慧的狡黠靈魂，也許無法在現代的職場上拚個你死我活卻能在後院中戰鬥得風聲水起，也許在無權無勢的境遇下也能手握鬥爭勝利的權杖。

也許在男尊女卑的時代也能尋覓到傾心相戀的愛人，也許在金錢權勢至上思想為主的朝代也能收穫一份真摯的愛情，也許在女子深鎖後院的時代卻也能與愛人笑傲江湖馳騁天地，也許能夠突破女子作為花瓶擺設只為男子而存在的生活方式而一展所長，也許……

幾番在天色微明，雞鳴夢醒時分，隱隱覺得那身著襦裙繡襖的古裝美女一顰一笑好似就在眼前，那脈脈溫情的男子似乎正情深款款地與我相視而笑，那些心如蛇蠍的豔麗古裝仕女彷彿匍匐在腳下，聲淚俱下地哀哀告饒，那些親如長輩的僕婦愛若姊妹的侍女好像若有若無地輕輕梳理著我的長髮……夢中一切一切的愛恨情仇如絲般纏繞在心頭，久久不能散去。

思及所夢，屢屢唏噓感嘆，總有一個小小的聲音不時在耳邊輕輕吟唱：寫下來！寫下來！把它寫下來！把你所想寫下來！獻給所有心懷相同夢想的讀者們！

是的，寫下來！將我的愛、我的恨、我的情都用筆寫下來。讓自己夢想中的所有都在指間漸漸流淌，愛我所愛，恨我所恨，怨我所怨，喜我所喜，讓紛飛的思緒飄得更遠更遠。

就著點點晨曦，打開電腦，十指如飛，嗒嗒的擊鍵聲將夢想緩緩傳送。如此日復一日，月復一月，

時光飛逝，文稿在夢想的催化下已經成篇累牘，所幸為許多讀者所喜。這讓時時深夜還在埋首寫文的我倍感欣慰。

當我抹下最後一筆，貪念如藤蔓緊緊地纏繞著我，想讓更多的讀者認可我的夢認可我的文，也許這不是一個夢，對嗎？

漾小說 105

妾本庶出 5 完

國家圖書館出版品預行編目資料

妾本庶出 / 菡笑著. -- 初版. -- 臺北市：
麥田, 城邦文化出版：家庭傳媒城邦分公司發行,
2013.11
冊； 公分. -- （漾小說；105）
ISBN 978-986-344-003-1（第5冊：平裝）

857.7 102016933

作者 菡笑
封面繪圖 畫措
責任編輯 施雅棠
副總編輯 林秀梅
編輯總監 劉麗真
總經理 陳逸瑛
發行人 凃玉雲
出版 麥田出版
城邦文化事業股份有限公司
104台北市中山區民生東路二段141號5樓
電話：（886）2-25007696 傳真：（886）2-25001966
發行 英屬蓋曼群島商家庭傳媒股份有限公司城邦分公司
104台北市中山區民生東路二段141號2樓
客服服務專線：（886）2-25007718；25007719
24小時傳真專線：（886）2-25001990；25001991
服務時間：週一至週五上午09:00~12:00；下午13:00~17:00
劃撥帳號：19863813；戶名：書虫股份有限公司
讀者服務信箱：service@readingclub.com.tw
麥田部落格 http://blog.pixnet.net/ryefield
香港發行所 城邦（香港）出版集團有限公司
香港灣仔駱克道193號東超商業中心1樓
電話：852-25086231 傳真：852-25789337
E-mail：hkcite@biznetvigator.com
馬新發行所 城邦（馬新）出版集團【Cite (M) Sdn Bhd】
41, Jalan Radin Anum, Bandar Baru Sri Petaling,
57000 Kuala Lumpur, Malaysia.
電話：(603) 90578822 傳真：(603) 90576622
Email：cite@cite.com.my
美術設計 洸譜創意設計股份有限公司
印刷 鴻霖印刷傳媒股份有限公司
初版一刷 2013年11月07日
定價 250元
ISBN 978-986-344-003-1